CONTIGO APRENDÍ

© Hilda Rojas Correa, 2017

Diseño portada: Pamela Díaz Rivera
Imagen de portada: Istock / Flickr
Corrección: Andrea Araya Valenzuela y Pamela Díaz Rivera

Primera edición, julio 2017
©Editorial Pamela Díaz Rivera E.I.R.L
San José de la Estrella 0610, La Granja
Santiago, Chile

Safe Creative 1701310487947
ISBN: 9789569752247

Contigo Aprendí

Hilda Rojas Correa

«Si disfrutas con el juego erótico que implica a una persona sujetando a otra o condicionándola de alguna forma, o a una persona dando órdenes a la otra, o alguna otra forma de dolor erótico, como mordiscos, arañazos, azotes y así sucesivamente, entonces lo que haces puede englobarse bajo la amplia definición de sadomasoquismo. Puede que incluso ya seas un "pervertido". ¡Felicidades!»

BDSM, Introducción a las técnicas y su significado
Jay Wiseman.

UNO

*E*s una mierda encontrar información decente... —maldigo cerrando mi laptop con algo de violencia, nuevamente estoy frustrado. No logro lidiar con esa sensación, me molesta. Me revuelvo el pelo harto de todo. Mejor me voy a la cama.

¿Seré yo el raro? Tal vez merezco esto.

No tengo la más puta idea de qué hacer. Quiero encontrar a alguien, pero no me interesa pagarle a un sitio de citas especializado, donde probablemente el ejercicio de prueba y error sería desastroso... Como siempre sucede cuando te metes en lo desconocido.

Internet me ha dejado una idea vaga, sesgada y, a la vez, abrumadora, pues ese mundo —ese que estoy estudiando—, está lleno de reglas, decálogos, foros, experiencias, videos, cursos en línea, manuales de pseudo gurúes del tema y, a veces, toda esa misma información se contradice hasta el punto de no saber qué creer y qué no. Qué es fantasía y qué es realidad...

Y ahora... ahora me siento más perdido aún... Porque de la única forma en que puedo desarrollar esto de la manera que quiero —o sea, haciéndolo bien. Como corresponde—, es con gente que sabe y practica de verdad, y la solución sería irme del país y visitar ciudades como Nueva York o Barcelona, y eso, en este preciso momento de mi vida, es imposible. Tengo toda mi existencia anclada aquí, en Santiago de Chile, y siendo honesto, con suerte puedo costear un viaje a Cartagena... No Cartagena de Indias, Cartagena, el balneario de la región de Valparaíso donde vamos a parar los que no podemos pagar unas vacaciones en Reñaca.

Lo único que he sacado en limpio es que no importa cuántos manuales en línea haya, o cuantos libros lea, o cuanta información de calidad encuentres, si no lo vives en carne propia... es complicado aprender.

Tengo mucha, mucha teoría y casi nula práctica. He hecho todo lo que he podido hacer en solitario. Hacer todo solo apesta cuando uno ya maneja ciertas técnicas.

Y no es fácil sobrellevar esta situación, porque uno no llega y, de buenas a primeras, le dices a una mujer que te gusta y que a ti te va la dominación sexual y que necesitas una compañera —no sé si decir sumisa, el término me parece anacrónico, a pesar de ser el adecuado— para poder practicar, porque básicamente, en este rincón del mundo no hay locales especializados para encontrar gente con la que puedas aprender y practicar. Y eso nos trae de vuelta al tema de concertar citas virtuales, pero, el gran pero… es que odio las sorpresas y las mentiras.

Me bastó intentarlo unas cuantas veces para descartar ese tipo de experiencias. Me encontré con mujeres que decían ser sumisas y que estaban dispuestas a practicar con un novato, pero cuando las veía en el primer encuentro en vivo y en directo para poder conversar y conocernos, bueno… Había algo en ellas que no me convencía, aparte de que las imágenes de perfil que usaban parecían ser de ellas mismas, pero con diez años menos, y lo que más me perturbaba era que deseaban ir a la práctica al instante, sin conocerme, sin saber cómo soy, o sea, perfectamente podría ser un sicópata descuartizador y ellas se hubieran ido felices conmigo siendo totalmente inconscientes. No es que sea demasiado exigente, lo único que pido es la verdad, honestidad, y si me mienten mostrando algo que no son, o si están demasiado desesperadas como para aceptar cualquier cosa, pues no me da confianza. Simple.

A veces recuerdo qué fue lo que gatilló todo esto y maldigo la hora en que ella me pidió que le diera unas nalgadas, justo en el fragor de un muy placentero encuentro sexual. Aquello me sorprendió, pero bueno, supuse que no era nada del otro mundo dar unas palmaditas. Pero lo que me sorprendió aún más fue que me gustara sentir cómo picaba el contacto en mi mano y el calor que desprendía la suave piel de ella… castigar y acariciar… una y otra vez, embistiéndola, una y otra vez… hasta que ella dijo «basta».

Y me detuve. No quería hacerle daño… pero la sensación de que era algo más… que había algo más… que yo era algo más, quedó ahí. Escondida.

Ella fue mi novia un corto tiempo más, no continuamos esa relación porque de algún modo, ya no me llenaba. Para ella, lo que fue un breve juego, que tal vez no le gustó, porque a mí se me fue de las manos, para mí fue un asunto más trascendental. Esa sola sensación removió algo en mí y todo se me volvió cuesta arriba, porque primero, ni siquiera había fantaseado de algún modo con alguna vez vivir algo de ese tipo, y segundo, empiezas a cuestionártelo todo y llegas a pensar que eres algún tipo de degenerado o enfermo mental, y luego, cuando pasa el miedo y lo enfrentas, encuentras información y te das cuenta de que hay otras personas con las que compartes algunas de tus preferencias. Y sientes alivio de que no eres el único al que le pasan estas cosas, y que no eres un degenerado por querer dominar con maestría esa delgada línea entre el placer y el dolor, dar y quitar, atar, liberar, bajar barreras, que alguien te entregue ciegamente su cuerpo, su confianza... Que dependa de mí entregarle el placer a ella. Jugar... sobre todo jugar.

Mierda, ya se me puso dura de tan solo pensar en ello... ¡Esto es frustrante! ¡Mierda, mierda, mierda!

Pero practicar sadomasoquismo —o BDSM[1], llámenlo como quieran— no es tan sencillo, por lo menos en esta parte del mundo. Para empeorar las cosas, como ya dije, mis recursos económicos no son holgados, trabajo como cualquier otro, y gano lo suficiente para vivir tranquilo. Pero últimamente ya no vivo tranquilo tampoco.

Me estoy volviendo loco. A veces pienso que es peor decir que soy un... dominante sexual —bien, lo dije no es tan terrible— que decir «soy *gay*». Hay un prejuicio sucio, oscuro y sórdido que condena esta forma de vida, y que no existe solo una manera. Hay una infinidad de formas para vivirla, tantas, como personas copulando en este momento. Se puede ser suave, se puede ser brusco, se puede ser cruel, se puede ser tierno y así y todo es sadomasoquismo.

Y aquí estoy... Solo, completamente solo, porque de veras que lo he intentado. He estado con algunas señoritas tratando de volver a ser lo que era antes, pero después de un corto tiempo me di cuenta de que ellas son... simples, convencionales... o como suelen decir en la jerga, son solo «vainilla». Ok, no tengo nada en contra de eso, me encanta lo tradicional, pero me encanta mucho más lo otro, o sea, si la vainilla me la dan en forma de helado, y ese helado ponerlo en partes estratégicas de mi compañera para poder lamer a mi antojo, entonces sí me va de las mil maravillas la vainilla.

---

1 *BDSM: término creado para abarcar un grupo de prácticas y fantasías eróticas. Se trata de una sigla que combina las iniciales de Bondage y Disciplina; Dominación y Sumisión; Sadismo y Masoquismo*

Todo esto ha sido lamentable, cada uno de mis intentos por establecer una conexión más allá han sido en vano. He buscado minuciosamente a mujeres que, en apariencia, son más propensas a experimentar, más liberales. Pero me he llevado solo decepciones. Con tan solo conversar, he podido darme cuenta de que, para ellas, no es más que una fantasía pasajera para sacarse la espina, pero no un estilo de vida.

Tal vez soy yo el que está equivocado.

Tal vez debo estudiar más… Solo he dado con un libro que ha sido mi salvación. Pero creo que internet está definitivamente descartado para hallar a una compañera o información confiable.

Tal vez no soy lo que ellas quieren o esperan.

Tal vez solo debería dejarlo estar.

Tal vez… no sé. Estoy tremendamente confundido, querer ser algo, y no poder.

No sirve de mucho descubrir que eres una persona que disfruta de la dominación sexual y no tener a alguien a quien dominar… Bueno, en mi caso, aprender a dominar. Es decepcionante… ¿Y quién en su sano juicio querría ser conejillo de indias? Todas buscan al puto y lunático Christian Grey para salvarlo de su perversión. Yo no quiero ser salvado, quiero aprender y ser mejor que un personaje de ficción que tiene un tremendo trauma —sí, me leí el libro para formarme mi propio criterio y opinar—, y definitivamente, no tengo ningún problema siquiátrico, ni espero que me llamen «Maestro» o «Amo» —lo encuentro una soberana pelotudez—, tengo un nombre, y a decir verdad, me gusta mucho. Y vaya que en este camino me he encontrado con dizque «mentores» y son un real fraude. Idiotas que se la pasan todo el día en un chat intentando ser «Amos-machos-recios-alfa-dominantes». Digo yo, si fueran tan súper mega maestros, estarían ejerciendo su auto denominado título y no chateando 24/7.

En fin, nuevamente me estoy quemando el coco, odio estar tan inseguro, no suelo ser así. Siempre he sido el de la iniciativa, el que propone, el que busca y encuentra, que obtengo lo que quiero y de la manera que quiero. Desde que tengo memoria siempre ha sido así, un poco arrogante —debo reconocerlo—, y seguro de lo que hago. Y si hay algo que no sé, asumo que no tengo conocimientos y lo aprendo.

Y ahora tengo mucho que aprender.

¿Y si me contacto con alguna señorita con tarifa? Solo para practicar… No, mala idea, no quiero pagar por una actuación, deseo algo real. Lo quiero perfecto.

¿Es un pecado querer algo real?

¡Todo esto es un puto desastre!

¿Cómo mierda salgo de esta? ¿Quiero salir de esta?

¡Maldito circulo vicioso de pensamientos! Son las tres de la mañana y no concilio el puto sueño. Han pasado dos años desde que descubrí esto en mí, pero los últimos meses… han sido como estar en una constante agonía.

Mañana es lunes, debo trabajar, y como siempre, me toca un día duro en la oficina. Debería pegarme con una piedra en los dientes por estar de vacaciones en la universidad y no enfrentarme a un día eterno, que parte a las siete de la mañana y termina a las doce de la noche. Llevo tres años con ese ritmo, y agradezco cuando estamos a mediados de diciembre y terminan las clases. Quiero ser profesor de educación básica, es mi sueño… Soy un tipo normal…

O eso es lo que quiero pensar…

*****

—Damián, ¿puedes venir por favor? —solicita mi jefe con amabilidad desde el intercomunicador. Tengo unas ojeras dignas de un oso panda. Maldito insomnio.

—Voy en un segundo —respondo con un tono de voz neutral, haciéndome el ánimo para enfrentar este día.

Me levanto lentamente, el cuerpo lo siento embotado y cansado, pero hay que trabajar igual, y los lunes son de locos. Entro a la oficina de mi jefe y él me recibe con una sonrisa. Siempre está de buen humor. Por lo general, es un hombre paciente y solo se enoja cuando le tocan las pelotas. Ahí sí que es de temer. Siempre tiene el mismo libro en su escritorio, bueno, no el mismo libro, siempre es la misma cubierta. Me he dado cuenta de que son libros diferentes por el grosor, a veces son largos, otras veces cortos, y me intriga el porqué oculta los títulos.

Me insta a sentarme frente a él, voy con mi block de notas y mi lápiz negro.

Sí, soy un secretario… no pregunten, es una larga historia.

—¿Todo bien, Damián? —me pregunta escrutando mi rostro.

—Sí, solo es un poco de insomnio —respondo con una verdad a medias, ¿para qué quebrarse la cabeza?

—A veces pasa, cuando estás con mucho *stress* y de repente tienes un relajo, se te va al carajo el esquema y no hallas qué hacer. Intenta tomarte las cosas con calma —me aconseja con un tono de voz paternal—, me espantas a la gente con la cara de *zombie*. —Y no puede evitar terminar su discurso con alguna broma.

—Debe ser como tú dices... estoy acostumbrado a andar duro. —«En más de un sentido», pienso con sarcasmo—. Voy a tratar de relajarme.

—¿Y, sigues invicto en la U?

—Completamente.

—¡Excelente, profesor! ¡Felicitaciones!

—Gracias, Leonardo. Pero no puedo cantar victoria, me falta el último año y la titulación todavía.

—No importa, me alegro mucho por ti, hombre, de verdad. No es fácil no echarse los ramos en la universidad... Bueno, vamos a comenzar. Anota. —Y es en este momento en el que empieza a disparar un montón de pendientes, como cada lunes—. Hazme un listado de las solicitudes de cotización de servicios especiales y las normales las respondes tú. Agenda una reunión por *Skype* con la gente de Internexa para que nos cuenten si hay una última propuesta de ellos, para presentarle los candidatos a Héctor, y finalmente, hay que poner un anuncio en las bolsas de trabajo para buscar un reemplazante para Juan...

—¿Se va? —interrumpo sorprendido.

—Sí, a fin de mes, le ofrecieron un trabajo, y es una oportunidad que no puede desperdiciar. Va a ser difícil encontrar su reemplazo —afirma Leonardo ya resignado a dejarlo partir. Juan no es solo un compañero, es uno de sus mejores amigos también.

—Tienes razón... —concuerdo, lo vamos a extrañar en muchos sentidos—. ¿Cuáles son las características del puesto? —pregunto para poder redactar el anuncio que me pidió.

—Hombres y mujeres... y lo que está entremedio también. —Reímos por el comentario, mi jefe no se hace drama con esas cosas, y yo tampoco—... Ingeniero en redes, ya sea de universidad o instituto profesional… proactivo, que sepa trabajar bajo presión, ofrecemos buen ambiente laboral y que indiquen sus pretensiones de sueldo. No pondremos nada más, quiero que estés conmigo en las entrevistas. Tú tienes buen ojo con las personas. —«No últimamente, se me descalibró el ojo, sobre todo con las mujeres», pienso pesimista—. Y eso *po'h*[2]. Es todo, cuando empiecen a llegar los currículos los imprimes y los vamos revisando.

—¿Por qué no le dejas esa pega a los de Recursos Humanos? —pregunto directamente, no sé si es un defecto o una virtud, casi nunca me guardo lo que pienso… siempre y cuando me dan la confianza eso sí.

—¿Para qué sometan a la gente a estúpidos *tests* sicológicos cuyas respuestas están en internet? Es una tontera, quiero ser yo quien esté involucrado durante todo el proceso. Que ellos se preocupen de hacer el contrato nomás.

Me queda vagando en la cabeza la palabra «contrato»… Me pregunto si es necesario hacer uno con alguna compañera de juegos… lo encuentro estúpido, es mejor conversar y establecer las reglas de manera verbal. ¿Para qué tanto *show*?, digo yo. Tal vez es parte del encanto… la anticipación, la expectativa de que se pueden realizar todas esas cosas que se especifican por escrito…

Unos dedos chasquean frente a mis ojos, parpadeo asustado. Mierda.

—¡Despierta, hombre! —me reprende Leonardo—. ¿Dónde estabas?

—Perdón, me quedé pegado.

—Anda a darte una vuelta a la manzana para que respires y después vuelves. Es una orden —decreta serio.

—Pero… yo… —balbuceo intentando rebatir lo que me ha dicho.

—Es una orden —insiste levantando las cejas. Es inútil, tiene razón. Es increíble que sea tres años mayor que yo y me habla como si fuera mi papá. No sé, debe ser porque él ya tiene su vida hecha, está casado y su esposa está esperando un bebé… o un pequeño *alien* como dice él.

—Ok, ok… —claudico, me levanto y me dirijo a la puerta…

—Damián… —me llama de pronto Leonardo y me doy

---

2 *Po'h: muletilla que significa pues y es usada en Chile para dar énfasis a cualquier cosa que se dice*

media vuelta—. Lo que sea que esté pasando, ya se va a solucio-
nar en el momento en que menos lo esperes. No te desanimes.

Me dejan un poco descolocado sus palabras, ¿tanto se
me nota esto? Tal vez le estoy dando demasiada importancia a
este asunto. A lo mejor Leonardo tiene razón y debo dejar fluir
las cosas y no forzarlas. Esto se está convirtiendo en una maldita obsesión.

—Gracias —digo de corazón. Salgo de la oficina, dejo
mis cosas en el escritorio y me voy a dar la vuelta manzana
ordenada por mi jefe.

Tal vez es lo mejor...

DOS

—¡Deténganlo! ¡Ayuda! —grito desesperada y la voz se me ahoga corriendo detrás de ese infeliz que acaba de robarme la cartera—. ¡Ayuda! —Gente de mierda, solo se quedan mirando y le abren paso a ese ladrón. ¿Cómo es posible que en tres cuadras no haya ningún valiente? Mis piernas no dan más del cansancio... Malditos tacones... Ya la perdí... ¡Mierda! Mis cosas, mis documentos, mi plata... Ayuda.

Dejo de correr lentamente y veo cómo se aleja ese imbécil con mi cartera, tan veloz como si fuera el hermano de Usain Bolt... Pero qué... ¡Oh, por Dios, el *hueón*[3] cayó como saco de papas! ¡Un alma caritativa le hizo una tacleada!

Acelero el paso, y a los pocos segundos, me acerco jadeante para poder recuperar mis cosas y darle las gracias al joven que tiene mi cartera y que me ha salvado de la miseria. Veo cómo él se ha alejado del grupo de personas que le están dando una paliza a ese pobre e infeliz delincuente... Claro, ahora hacen algo, ¡si el tipo está en el suelo! Y no gracias a ellos precisamente.

—¡Muchas... gracias! —exclamo y me falta el aire—. Llevaba... corriendo... tres cuadras... Gracias...

El joven se ve un poco incómodo por la situación y me entrega mi preciada cartera y esboza una sonrisa.

—No es nada, fue algo que pasó muy rápido. —Y de pronto me mira fugaz a los ojos—. ¿Estás bien? —Y me sujeta suave el brazo, como si temiera que me caeré desmayada en cualquier momento.

—Sí. Solo fue el susto, la impotencia, los nervios. —Sobre todo los nervios que hacen que mi voz se escuche trémula—, y ahora el cansancio. ¡Uffff! Mi estado físico es terrible —afirmo para aligerar mi estado de ánimo y relajarme.

En ese momento llega paz ciudadana y carabineros con las sirenas a todo dar y empiezan a dispersar el linchamiento —en esta parte de la ciudad aparecen en el acto—, y el ladrón

---

3 *Hueón: Huevón, estúpido, imbécil, tonto*

está en el suelo chillando y llamando a su mamita con su cara ensangrentada. Se llevó la peor parte, la gente cuando ve a un delincuente en el suelo se desquita con él, por una cuestión de justicia divina por todos los delitos impunes.

—¡A ella le robaron! —indica una voz femenina que no logro distinguir y un carabinero mira en nuestra dirección.

—Va a ser un día largo para ti —acota el joven—. Denúncialo nomás —aconseja con seguridad—. Puedes aportar a que ese imbécil pase más de ocho horas en el calabozo, y que lo dejen adentro por reincidente.

—Puede ser... no sé —respondo dudosa. La verdad es que pienso en todas las diligencias legales que se vienen por delante y me mareo.

—Nunca se sabe, pero tu denuncia puede contribuir a que reciba de una vez lo que se merece.

—¿Y que el tipo salga con una maestría en carterazos de la cárcel? —rebato—. No sé qué es peor.

—Yo lo haría solo por el gusto de saber que no va a estar libre de hacer lo que quiera por un tiempo. Pero bueno, es tu decisión.

Me quedo un segundo mirándolo, y él se ha quedado ensimismado observando el caos que hay, y luego vuelve sus ojos hacia mí. Es como si ambos fuéramos ajenos a todo lo que ha sucedido, y en realidad estamos totalmente involucrados. Se acerca un cabo de carabineros hacia donde estamos nosotros y me mira solemne.

—¿Nos acompaña, señorita, a prestar declaración? —solicita con ese tono que usan todos los carabineros, es raro, es como mandón, pero cantadito. Como los *huasos*[4] en el campo.

Dudo.

Siento una leve y tibia caricia, y luego el frío en mi brazo. Ahora me doy cuenta de que el joven recién me ha soltado y que no deja de mirarme.

—Sí, no hay problema —resuelvo casi por instinto... Estaba segura de que no iba a poner la denuncia, pero algo en ese joven me hizo cambiar de opinión. Estoy loca.

—Muy bien, acompáñenos, por favor. —El cabo se da media vuelta, y bueno, supongo que quiere que lo siga a la patrulla.

---

4 *Huaso: habitante del campo, mestizo de sangre española e indígena, que es diestro en las tareas rurales y en montar a caballo; es uno de los personajes típicos de la cultura popular chilena. También se le denomina de esa forma a una persona de modales rústicos, sin educación.*

—Muchas gracias de nuevo. —Y le sonrío contenta y agradecida a mi rescatador de carteras. Ahora me doy cuenta de que no es un jovencito, es más bien un hombre. No es de un atractivo avasallador; sus facciones son simétricas, ojos castaños claro, cejas gruesas y pobladas, cabello corto y oscuro, nariz recta, un poco pálido, y su barba densa y recortada ensombrece su rostro. Se ve un poco cansado y ojeroso. Si paso por el lado de él en la calle no me giraría a mirarlo, pasaría de largo. Pero si lo observo con detenimiento, resulta que tiene encanto, una especie de magnetismo, como si me invitara a conocerlo más...

Debe ser el síndrome post traumático agudizado por el estado «damisela en aprietos» que me hace analizar demasiado a este hombre.

—De nada. Digamos que hoy me di el lujo de hacer justicia con mis propias manos —responde socarrón, restándole importancia. No tiene idea de que tengo toda mi vida en esa simple bolsa de cuero.

El carabinero se aleja rápido, más vale que me vaya... Miro al hombre que tengo al frente, y a pesar de que él aún no me ha quitado los ojos en encima, no me hace sentir incómoda. No es como si me estuviera desnudando, es otra cosa, es como si intentara ver mis secretos y más allá.

¡Locaaaaa, bastaaaaa!

—Me tengo que ir, gracias por todo.

—Cuídate... que te vaya bien.

Usualmente, no me despido de beso en la mejilla con gente que no conozco, pero no le doy más vueltas, simplemente lo hago, y él se inclina para recibirlo y logro percibir el aroma de su perfume, es suave... y muy masculino. Menos mal que no es de los que se baña en colonia o desodorante para el cuerpo. Aprecio eso en los hombres, que sean sutiles y que no anden pregonando que están disponibles usando su olor. A lo mejor él no está disponible... ¡Pero que estoy pensando, por Dios! Definitivamente, es algún tipo de fiebre lo de estar como «damisela en aprietos».

—Adiós —susurro y me voy tras el carabinero a paso veloz para alcanzarlo. La gente se ha dispersado, todo vuelve a la normalidad.

Me da curiosidad si él todavía me está mirando... ¡Qué más da, no es pecado mirar hacia atrás! Lo hago, pero él ya se ha dado media vuelta y está hablando por teléfono, alejándose lentamente.

Esto de estar recién divorciada me está haciendo malas jugadas mentales.

El cabo de carabineros está esperando al lado de la patrulla y me hace subir en el asiento de atrás para ir a la comisaría.

—Muy valiente de su parte, señorita. Generalmente las víctimas no ponen denuncias y a este «pajarito de Dios» lo tenemos que soltar todo el tiempo —informa el cabo que se ha sentado al lado mío—. Ya con esto estará por lo menos unas horas más, y si el juez de garantía anda de buenas, capaz que las medidas cautelares sean más duras esta vez.

—Bueno, hoy ando con algo tiempo para hacer esto.
—«Algo de tiempo». ¡Já! Es un eufemismo para decir que estoy cesante.

—Habitualmente las personas andan tan apuradas, y por no tomarse la molestia, ellas mismas son las que los dejan libres. Así es el sistema.

—Así es...

Me quedo en silencio y miro por la ventanilla. Es la primera vez que estoy en una patrulla y es extraño. Este día debería ser el mejor de mi vida, después de tres años al fin me pude divorciar de manera unilateral. Oficialmente soy soltera... divorciada. Libre.

Tan solo tres meses después de la muerte de mi papá, el que era mi marido me dejó por otra y desapareció del mapa como si fuera un fantasma.

Un día cualquiera y sin motivo aparente, solo me dijo que ya no me amaba y que estaba enamorado de otra mujer. Yo ni siquiera pude reaccionar cuando me lo confesó todo, Gabriel tenía las maletas listas para irse de nuestra casa. No sé si agradecer o condenar ese acto de compasiva crueldad. Supongo que para él fue más rápido y menos incómodo. Soltarme la bomba y escapar. Literalmente.

No tuve derecho a réplica, ni a montar una escena, o gritarle millones de improperios. No tuve derecho a nada. Me quedé en estado de shock, y solo cuando él cerró la puerta tras de sí, me di cuenta de que todo lo que había sucedido había sido real. Muy, muy real.

En mi cartera aparte de tener otros documentos importantes, estaba el papel del registro civil e identificación que corroboraba mi nuevo estado civil. Con eso cerraba una etapa muy dolorosa de mi vida.

Todavía tengo ese recuerdo fresco en mi memoria, no había visto venir esa confesión. Para mí, todo estaba bien en ese momento. Pero no era así, no me había dado cuenta de que él cada día era más distante, que el sexo ya no existía entre nosotros, y no porque yo me negara o no me gustara, él ya no quería tocarme, siempre estaba cansado…

Era todo tan simple, se enamoró de otra persona y huyó. Yo no era la mujer de su vida, tal vez ni siquiera estaba tan enamorado de mí, estuvimos demasiados años juntos como novios y el matrimonio solo duró uno. Vivimos juntos tan solo un año… y todo se derrumbó. Nos casamos con separación de bienes y la casa estaba a mi nombre, y a él no le importó llevarse nada, salvo su ropa, artículos personales y la *PlayStation*.

Asumo que el resto de las cosas me las dejó como «compensación por los servicios prestados».

Así y todo me hizo sentir que todos esos años con él fueron un desperdicio de tiempo. Amarlo fue en vano, ceder, aceptar, compartir, adaptarme a él, todo fue por nada.

Todo por nada.

Para qué decir cómo superar el tiempo que estuve llorando en cama con depresión, sintiendo que yo no valía un peso para nadie. Que nunca fui valorada, que nunca fui amada realmente. Un golpe así es difícil de asimilar, lo amaba mucho, mucho… Se suponía que tenía mi vida resuelta. Fue muy largo ese año.

Menos mal que le hice caso a mi mamá en solicitar el cese de convivencia en el registro civil en cuanto me di cuenta de que mis intentos por comunicarme con él eran inútiles. Mi familia política también me dio la espalda, nunca me quisieron, siempre fui poca cosa para ellos. ¡Claro que era poca cosa! Si yo no era una mujer que poseía un apellido con clase, ni tampoco poseía rasgos nórdicos, no era un piojo resucitado como ellos, una nueva rica. Mi profesión, mi trabajo y mi nombre no les confería status. Simplemente, era del montón.

Me carga la gente clasista, tienen la sangre roja igual que yo, y acabarán en un foso dos metros bajo tierra igual que yo. Tanta plata que tienen y les hace ser más estúpidos todavía.

En fin, heme aquí. El día en que finalmente me siento libre de verdad de mi pasado, estoy atada de manos, sentada al lado de un carabinero para poner una denuncia por robo frustrado.

Y ni siquiera le pregunté cómo se llamaba al hombre que me ayudó. Era agradable y simpático… y por su culpa estoy aquí. ¿En qué estaba pensando?

No tengo ni la más remota idea…

*****

Después de terminar de declarar los hechos y dejar mis datos en la comisaría de carabineros, me voy a mi casa. Son las dos de la tarde y han pasado cuatro horas desde que me asaltaron. Me sorprende lo lento que es todo este asunto de poner denuncias y dejar mi testimonio junto con mis datos para un futuro juicio… Si es que llega a haber alguno.

Vivo sola con mi hija, ella tiene dos añitos. Cuando mi ex esposo me abandonó, tenía cuatro meses de embarazo y no me había dado cuenta. No tuve mareos, ni nauseas, y la regla llegaba como si nada, y como no soy una modelo de pasarela, en realidad no se notaba que estaba en estado interesante. Lo irónico de todo, fue que cuando me enteré era demasiado tarde, ya llevaba un mes sin poder comunicarme con el que fue mi marido. Ni siquiera me tomé la molestia de inscribirla con el apellido de su progenitor, mi hija es mía, solo mía. No tiene padre. Nadie tiene derecho sobre ella, solo yo.

Me despidieron hace cuatro meses, lo único bueno de haber estado cesante este tiempo es que he disfrutado de mi hija al máximo. Cuando trabajaba, mi mamá me ayudaba a cuidarla, y ahora ella, tiene unas merecidas vacaciones… forzadas. Pero igual viene a visitarme casi todos los días. Creo que en el fondo, ella piensa que cualquier día de estos cometeré alguna locura. Como suicidarme.

No pretendo hacerlo, pero según ella no avanzo, no he superado nada, y que a lo mejor me hace falta despeinarme un poco. Me dice que tengo que salir con alguna amiga y distraerme, o tener un «veranito de san Juan» con algún hombre y, tal vez, si tengo muchísima suerte, entablar de nuevo una relación seria. Sé que tiene razón, pero no me dan ganas de hacer nada de eso. Siento que cualquier salida es tiempo que le quito a mi hija de estar conmigo.

Mi mamá me aconseja que tengo que ser un poco más egoísta, siempre me preocupo mucho más de los demás que de mí misma. A lo mejor está en lo cierto, pero mi sentimiento de culpa es peor.

Pero debo reconocer que en el fondo, muy en el fondo, tengo miedo a equivocarme, a que me desechen, a que me ignoren... A volver a sentir que no merezco que me amen. No quiero sentir dolor nuevamente... Y también, en el fondo, extraño la parte bella de querer y compartir mi vida con alguien.

Soy humana, en mis genes y en mi alma siempre estará ese anhelo de amar y ser amada, de querer tener un compañero y una familia como la que soñé alguna vez. Pero creo que ya es tarde para mí, estoy decepcionada de los hombres, de mí, del amor. Por lo menos tengo a mi niña que cada día crece y aprende, y ha sido mi pequeño paraíso cada vez que llego a casa.

Y cada día que pasa, mi paraíso corre peligro de derrumbarse si no consigo trabajo pronto. Al principio buscaba solo en mi área, pero ahora necesito trabajar casi en cualquier cosa que me permita ganar algo más que el sueldo mínimo.

Si no logro levantar cabeza tendré que volver a la casa de mi mamá... y no quiero, no quiero volver con el rabo entre las patas, no quiero sentir el fracaso.

No quiero sentir que fallé.

TRES

*T*odavía me pregunto qué diablos pasó por mi cabeza en el momento en que decidí estrellar mi hombro contra el pecho de ese «lanza»[5]. Me quedó todo adolorido.

Aproveché el término de la hora de almuerzo para poder escabullirme al baño y ver en el espejo si me quedó algún hematoma… Y sí, ahí está empezando a formarse una mancha que pronto cobrará un color oscuro, como mi ánimo.

Por lo menos, hice mi buena acción del día, la mujer estaba realmente agradecida, y me sorprendió gratamente cuando aceptó mi sugerencia de poner la denuncia. Hubiera jurado por todos mis antepasados que ella no iba a hacer nada. Era linda, y muy decidida como para correr tres cuadras sobre unos tacones. De hecho, sus gritos y el repiqueteo de sus zapatos me llamaron la atención, y al darme media vuelta, la vi a lo lejos y al tipo que corría a toda velocidad justo en mi dirección. No sabía si el ladrón era Moisés o algo así, porque la gente se abría paso ante él como si fuera el maldito Mar Rojo. Idiotas egoístas, no les costaba nada detener a ese ladrón.

El precio de la embestida valió la pena. Mi mente retorcida se dio un festín con la mujer que hablaba entre jadeos, agitada, sonrojada y un poco desarreglada por la carrera, sobre sus hombros se escabullían unos sensuales bucles castaños de su peinado. No pude evitar tocarla, soy un degenerado, no era necesario, pero ella era como un imán para mí. Sus ojos grandes, castaños y veteados con tonos muchos más claros eran… cautivadores, transparentes, tanto como su voz. Tuve que desviar la vista para no ser tan cargante y evidente con ella.

Soy un imbécil, un animal. Cuando la miraba, podía sentir cómo estaba cobrando vida cierta parte de mi anatomía que está escondida en mis pantalones. Todavía no entiendo mi propia reacción porque, por lo general, no me excito con tan solo mirar a una mujer —a menos que esté desnuda—, y eso es muy extraño. Supongo que sucedió por mi agitado estado mental y

---

5 *Lanza: Persona que suele dedicarse al robo por sorpresa en las calles*

cualquier estímulo enciende mis sentidos. Ella no era una mujer despampanante, era... normal, ni alta, ni baja, ni flaca, ni gorda... Pero tenía algo en su mirada, algo profundo... y unos pechos preciosos que se asomaban por su blusa blanca, y también poseía un trasero digno de ser admirado, grande, redondo, apetecible... mordible... azotable.

¡Mierda, basta!

Espero que ella no se hubiera dado cuenta de nada, fui respetuoso, no intenté coquetearle o atosigarla como si yo fuera un buitre. Eso es para los desesperados, yo lo estoy, pero soy más fuerte que todo esto, tengo que controlar esta compulsión. Al fin y al cabo, de eso se trata todo esto que estoy asumiendo.

De control.

Controlar mi cuerpo, mis emociones, mis deseos, la situación. Nada debe escapar al azar, todo debe ser calculado, porque es muy fácil fallar y arruinarlo todo...

Voy a tomar esta experiencia como una lección aprendida.

—¿¡Por qué no avisas que está ocupado, Damián, por la misma flauta!? ¡Estás casi en pelotas! —me reprende la esposa de mi jefe tapándose los ojos. Ha entrado al baño sin golpear la puerta y yo olvidé poner pestillo. El baño es común. Ella también trabaja aquí. ¡Demonios!

—Solo me estaba viendo el hombro, no seas alharaca, Jesu —le respondo mientras me vuelvo a colocar la camisa.

Se destapa los ojos y sonríe burlona, es una pilla.

—Me contó mi jefecito, lindo, precioso, que te las diste de súper héroe, ¿te duele mucho, Damiancito?

—Más o menos, es soportable. —Muevo el brazo para demostrarle que no se me va a caer—. Menos mal que era un flacuchento el tipo.

—No me puedo imaginar un «lanza» obeso, *po'h*, Damián.

—Como sea, los huesos del tipo eran duros, igual me duele el golpe.

—Te va a salir feroz moretón, hay ibuprofeno en el botiquín, por si te interesan las drogas duras —bromea. Su segundo pasatiempo, aparte de acosar sexualmente a su esposo es burlarse de mí.

—No las necesito, soy un hombre duro. —aseguro firme, y alzo una ceja, desafiándola a que siga molestando. «Últimamente me la paso duro, señora hobbit. Pero eso no tienes por qué saberlo», pensé irónico.

—Sí, claro —afirma con sarcasmo levantando las cejas también—. Todos los hombres son unos quejones, mañana estarás pidiendo que te amputen el brazo porque no podrás aguantar el dolor.

—Calla, mujer. No digas ridiculeces.

—Mejor me voy, ya he saciado mi curiosidad.

—No me diga. —Ahora soy yo el del sarcasmo—. Yo pensé que tenías un real interés en el prójimo y le hacías honor a tu nombre.

—No, solo es para ver tu lamentable estado y contarle a la Carito. No olvides colgar tu foto en Instagram con el baño de fondo, para regodearnos con esa tableta de chocolate derretido que tienes por abdomen. —Pesada, mi abdomen todavía es digno. ¡Y no tengo cuenta en Instagram!

—Son unas brujas —mascullo mientras abotono mi camisa de nuevo. Lo que no tiene de altura lo tiene de infumable.

Y así sin más, ella se aleja soltando una risotada maléfica, igual que los personajes malos de las películas, pero en versión hobbit. Lo cual no intimida nada.

Menos mal que apareció Jesús e interrumpió el hilo lujurioso de mis pensamientos. Sin querer le hace el honor al nombre, y me salva de la tentación.

Todavía me queda lunes por trabajar.

*****

Miércoles, y faltan un par de horas para que termine el día que marca la mitad de la semana, y afortunadamente, mi brazo ya no se cayó. Acabo de imprimir el último currículo y han postulado un montón de personas. Descarté de inmediato a los que no tenían ningún título y que solo enviaron sus datos por si tenían suerte. Así y todo, son unos veinte postulantes al cargo, lo cual indica que la situación laboral está complicada y todo el mundo desea trabajar en lo que sea... Tal como me sucedió a mí en algún momento, pero eso no es lo importante.

Golpeo la puerta de mi jefe y me hace pasar. Tiene los ojos pegados en la pantalla de su *laptop*, pero cuando me escucha entrar levanta la vista y me levanta el pulgar indicando que está disponible.

—Veinte postulantes —le informo moviendo las hojas.

—Uf, es un buen lote. Revisemos y veamos si tenemos algo decente.

Y así nos llevamos una hora, yo leo los datos, Leonardo a veces me pide mi impresión de acuerdo a lo que logro dilucidar entre líneas y luego decide si llamamos a entrevista o no. De los veinte, solo decidimos citar a cinco personas, dos hombres y tres mujeres.

Me sorprenden sus elecciones, sobre todo porque el área informática, desde siempre, ha sido dominada por el género masculino.

—Suéltalo, pusiste cara de tener una pregunta —asegura Leonardo entrelazando sus dedos, tomando una postura relajada; es un tipo muy franco y no se guarda nada. Me gusta trabajar con él.

—¿Por qué has elegido más mujeres que hombres? —interrogo directo con la misma franqueza.

—He aprendido que las mujeres de cierta edad trabajan mejor que los hombres. Algunas ya tienen por lo menos un hijo… No me importa si está casada o no, pero una madre es una mujer que protege y valora su pega. Los hombres en cambio, y sobre todo los de nuestra generación, se cambian de trabajo como quien se cambia de calzones y necesito constancia en el grupo de trabajo del *data center*[6]… Además, hay que equilibrar las cosas, hay demasiada testosterona en este edificio.

Bien, eso me sorprendió y le encuentro la razón. Las mujeres, las que son madres, son seres que sacan fuerza de no sé dónde… Recuerdo a mi mamá, una mujer incansable, independiente y luchadora… hasta el último día de su vida. A veces los recuerdos vuelven y la echo de menos… Debo ir pronto a visitar a mi papá al campo, los caballos han sido lo único que lo ha mantenido ocupado y cuerdo. Si no es por ello, la pena se lo hubiera comido.

—Creo que tienes mucha razón —concuerdo con él y ordeno las hojas de papel que están separadas por los postulantes que pasaron a entrevista y los rechazados.

—Siempre la tengo, pero no se lo digas a mi esposa —bromea con socarronería—. Llama a entrevistas y cita desde las diez de la mañana con media hora de diferencia entre una y

---

6 *Data center: es un ambiente acondicionado que contiene computadoras y otros dispositivos de hardware, conectados en red y equipados con el software necesario para desarrollar el procesamiento de los datos.*

otra. Si la persona llega tarde mañana, no me sirve. Me anotas las hora de llegada, versus la hora concertada —indica con un tono serio.

—¿Algo más? —pregunto mientras termino de anotar en mi block sus instrucciones.

—¿Cómo está tu hombro?

—Pues, tiene un hematoma con la forma de Groenlandia, pero nada serio.

—Vale.

En ese momento, suena su celular, lo contesta, cierra los ojos y pone una cara de estar en serios aprietos y luego suelta una palabrota, me susurra que debe irse y que no volverá. Se despide con un gesto apurado para salir de la oficina como alma que lleva el diablo. Probablemente, olvidó que tenía control de embarazo con su esposa, esta sería la cuarta vez que le pasa eso.

Me quedo solo en la oficina y mi mirada se desvía al misterioso libro que cambia de forma por lo menos tres veces al mes, pero que tiene la misma cubierta. Lo abro con curiosidad y leo el título… Y esto, sí que es una sorpresa, «El límite del placer», la autora es Eve Berlin… ¿Pero qué diablos lee este hombre? Le doy la vuelta al libro y leo la sinopsis.

Muy interesante, hojeo un poco y me detengo en un pasaje… muy inspirador.

—Así que lees novelas románticas y eróticas… y esta es sobre dominación y sumisión. Eres toda una cajita de sorpresas, Leonardo Apablaza. Supongo que este es uno de los motivos por los cuales tu esposa anda siempre contenta —pienso en voz alta. Estoy solo, me da lo mismo hablar conmigo mismo—. Eres un maldito suertudo.

Desde que asumí esta parte de mí, he leído, he comprendido y descubierto muchas cosas acerca de mi propia sexualidad y de cómo llevar una relación sentimental sana. Si bien soy un novato en todo esto, puedo decir con toda seguridad que en general los hombres no comprendemos el poder que tenemos sobre la relación con nuestras compañeras. Las mujeres son complejas, cada una es un mundo, pero todas tienen en común el hecho de que les gusta sentirse seguras, deseadas, atendidas, amadas, respetadas y protegidas. Debemos conocerlas, aceptarlas como son y darles toda la libertad para que no dejen de ser ellas mismas, porque una mujer que no tiene confianza y libertad se marchita. Dominarla sexualmente no es reprimirla, ni maltratarla, es estimularla para llevarla hasta el límite, sacar todo el potencial que tiene su cuerpo para estallar.

Y de esto se trata este estilo de vida, hacer que una mujer se entregue por completo, y nosotros tomar ese regalo, alimentarlo y hacerlo florecer.

Pero claro, no a todas las mujeres les gusta la idea de que las aten, les den unos azotes, y algo de sexo duro para hacerlas florecer.

He ahí el problema.

Encontrar a una mujer tan segura de sí misma, tan valiente y con ganas de experimentar todo eso conmigo, es como encontrar el puto Santo Grial.

Supongo que debo ser paciente y dejar que todo fluya. Como dicen por ahí «cada roto tiene su descosido».

Dejo el libro en su lugar, cuando cambie de grosor esperaré a tener la oportunidad para echarle un ojo a la «lectura educativa» de Leonardo. En una de esas me lo compro para saciar mi curiosidad.

Me retiro a mi escritorio, tengo que concertar unas entrevistas de trabajo.

*****

Levanto el auricular, solo me falta una persona y luego me largo a descansar a mi departamento. Leo el nombre de la postulante… «Haidée». Hace un momento cuando revisábamos con mi jefe su currículo, coincidimos en que la mujer poseía un nombre muy extraño, pero tenía un historial impecable. ¿Cómo se pronunciará su nombre, la H en inglés o español?, optaré por el español. Marco su número y espero.

—Buenas tardes —saluda una voz femenina desde el otro lado de la línea.

—Hola, buenas tardes. ¿Hablo con Haidée González?

—Sí, con ella.

—La estoy llamando porque envió su currículo a nuestro anuncio de trabajo, y queríamos saber si está disponible para una entrevista el día de mañana.

—¿En serio? —pregunta con un tono sorprendido—. Sí, claro, déjeme buscar algo para anotar. —Se escucha un murmullo y a lo lejos una voz infantil, y luego un «hijita, eso no» dicho con suavidad, pero firme. Al parecer, Leonardo tenía razón con

30

su lógica sobre las mujeres de cierta edad y la maternidad—. Ya, listo, dígame a qué hora y donde.

—Debe presentarse en calle Carabineros de Chile, número 50, tercer piso, oficina uno —dicto pausado para que retenga la información—. A las doce del día.

—Perfecto, muchas gracias. Ahí estaré.

—Que tenga buenas tardes, señorita.

—Usted también, adiós.

Cuelgo y respiro profundo, anoto la hora a la que fue citada la última candidata. Su voz me era familiar, tal vez fue el tono que usó para hablarle a su hija lo que me hizo recordar de inmediato a mi mamá, hoy ha estado presente en mis pensamientos, se acerca su cumpleaños. Debo visitar a mi papá, va a estar melancólico.

Mi día ha terminado, espero descansar esta noche también.

CUATRO

—Deséame suerte, papito —me encomiendo al cielo para que el espíritu de mi papá me acompañe, necesito este trabajo. Él siempre confiaba en mis capacidades y me animaba para ir siempre hacia adelante... ¡Cómo le echo de menos!

Miro la hora en mi reloj de pulsera, faltan diez minutos para las doce. Buena hora.

Entro al edificio que no es muy alto, me presento en recepción y me indican que suba por el ascensor. Estoy nerviosa, con el tiempo he perdido mi aplomo en las entrevistas laborales, sobre todo después de aquella en que me aceptaron, pero al día siguiente se retractaron.

En ese momento supe que mi ex jefe estaba cumpliendo su palabra, pero no había comprobado empíricamente el alcance de su amenaza.

«No volverás a pisar un *data center*... ¡Te lo doy firmado!».

Cierro los ojos molesta, viejo infeliz... No me va a vencer.

Tomo el ascensor, pulso el botón del tercer piso e inspiro profundamente para calmar mis nervios y mi ansiedad. Allá vamos.

Al llegar a mi destino entro a la oficina uno, la puerta está abierta y me presento al ¿secretario? ¡Vaya qué sorpresa! Y muy grata por lo demás. Es muy raro ver a un varón ejerciendo esa profesión. Probablemente, él es súper, mega, ultra *gay*. ¡Qué desperdicio de hombre! Está vestido de manera impecable y está absorto en lo que sea que está en la pantalla, tiene los dedos entrelazados y le tapan la mitad de la cara... Y no se ha dado cuenta que estoy frente a su escritorio. Toso para llamar su atención, me mira y abre mucho los ojos.

Su cara me es familiar... Lo conozco, ¡es el rescatador de carteras!

—¡Hola! —me saluda de manera informal, ya que obviamente me ha reconocido. Mira la hora en su reloj y frunce el cejo y luego vuelve a poner sus ojos sobre mí, de pies a cabeza, pero el gesto no es lascivo—. ¿No me digas que eres Haidée González?

Contesto con una sonrisa, afirmando lo que dice, esa misma soy yo.

—Así es. Mira qué pequeña es esta ciudad —afirmo con soltura.

—Sí, minúscula. —Sonríe por la coincidencia—. Guau... increíble. —Anota algo en un papel y luego se levanta de su puesto. Se ve más alto de lo que recordaba—. Damián Cortés, mucho gusto. —Extiende su mano y yo devuelvo el saludo, su agarre es firme, pero controlado—. Anunciaré que llegaste, dame un segundo, por favor. —Asiento con la cabeza y me suelta la mano, para luego internarse en la oficina contigua.

Bueno, al parecer no es un secretario súper, mega, ultra *gay*... A menos que sea un actor consumado, su forma de mirarme demostraba algo de interés... O tal vez estoy pensando tonteras por los nervios. Esos que ya no siento, ahora me doy cuenta que han amainado por el agradable encuentro. Miro el escritorio donde trabaja Damián, es limpio, ordenado, sobrio. No hay adornos, ni fotografías.

—Pasa, por favor —Damián indica de pronto, acercándose a mí, sacándome de mis cavilaciones—. Relájate, él es muy buena onda —susurra cuando paso por su lado y luego me guiña el ojo. Eso en otra situación me pondría los nervios de punta, pero él me tranquiliza. No siento como si estuviera flirteando conmigo, es más bien seguro y sosegado. Seguramente lo hace por simpatía y solidaridad.

—Gracias. —Entro y me encuentro con otro hombre joven, me mira y me sonríe. Se levanta de su asiento y también me saluda extendiendo su mano. Su saludo es firme, y a la vez diferente al de Damián.

—Leonardo Apablaza, un gusto. Tome asiento, por favor.

—Buenas tardes, muchas gracias. —Me siento dónde me indican, y al instante me doy cuenta de que Damián estará presente en la entrevista porque está con una libreta para tomar notas y se sienta en la silla que está a mi derecha.

—Bien, Haidée... —Leonardo inicia la entrevista, hablándome de la empresa y de las características del cargo al que estoy postulando. Me explica sobre los términos del contrato, la

34

duración, el sueldo, los horarios, etc. Luego toma una hoja de papel, asumo que es mi currículo y lee—. Veo que estudiamos en la misma universidad. ¿Le hizo clases el profesor Carvallo? —interroga, concentrando su atención en mí.

—Sí, es inolvidable ese hombre.

—Ni que lo diga. ¡Era terrible! —Leonardo continúa con su lectura un poco más y luego me vuelve a mirar—. Aquí dice que hiciste la práctica en el laboratorio del Instituto La Araucana. ¿Carvallo te recomendó?

—La verdad, no tengo idea, un día me llamaron y la práctica era mía.

—Eso es obra de Carvallo. Solo recomienda a los mejores.

—¿Ah sí? Nunca me dijo nada al respecto.

—Nunca dice nada, él es un perro sin corazón. Pero sabe recompensar a los alumnos sobresalientes, no es de palmaditas en la espalda. —Ríe, tiene razón acerca de nuestro antiguo profesor. Es muy simpático mi entrevistador—. Luego dice que permaneciste trabajando en el Instituto durante un año más, y que después fuiste jefa de *housing*[7] en Wirenet durante tres años hasta hace cuatro meses… ¿Renunciaste?

—Me despidieron —contesto, no debo mentir. Una vez lo intenté, pero sabían que no era la verdad gracias a mi ex jefe, y la entrevista terminó en ese momento. No voy a tentar a mi suerte esta vez.

—¿Y el motivo fue…?

—Me rehusé a no hacer un respaldo de un servidor con información crítica, y por acoso sexual por parte de mi jefe directo.

—Bien. —Tose un poco incómodo y luego resopla. Me mira serio por unos segundos—. ¿Sabe usted que hace un tiempo llamó Andrés Valdebenito, y me pidió expresamente que no la contratara si llegaba a solicitar trabajo? —Se recuesta en el respaldo de la silla, junta las yemas de sus dedos y me escruta con sus ojos—. De hecho, su ex jefe contó una versión de la historia muy diferente a la que usted acaba de dar. Dijo que robó información confidencial de un cliente importantísimo y que además andaba ofreciendo favores sexuales para lograr un ascenso.

Yo me quedo boquiabierta, de verdad no sé qué decir

---

7 Housing: *servicio que proporciona un data center, donde provee espacio en una sala de servidores para alojar un servidor dedicado*

ante tremenda calumnia. ¡Todo es mentira! ¡Lo que haya dicho ese cerdo es mentira!... ¡Mierda, con razón nadie me da trabajo!

Inspiro profundo para recomponerme de la impresión. No debo llorar ante nadie y menos por ese desgraciado infeliz.

—Cualquier cosa que Valdebenito haya dicho de mí no es cierto —me defiendo con firmeza, mi verdad es lo único que tengo—. Yo de verdad renuncié, si quiere le muestro la carta notarial de...

—No se preocupe —me interrumpe tranquilo, pero con autoridad—, Valdebenito es un imbécil y un caliente de mierda. Además a mí no me interesan los rumores de nadie. Así que eso no será factor en su evaluación, ¿ok? —Se vuelve a incorporar en su asiento, y veo sinceridad en su actitud—. Solo se lo digo para que se haga la idea de la reputación que le ha colgado ese hombre. A mí en realidad me sorprende que alguien con su impecable historial no haya conseguido trabajo hasta ahora. Pero creo que el motivo es bastante claro. Lamentablemente, el medio informático es muy machista.

—Claro. —No soy capaz de decir nada más. Intento contener la rabia, ahora sé qué clase de pestes repartió en todas partes. Cerdo asqueroso.

—Continuemos... Cuénteme, ¿es usted soltera, casada, hijos? —pregunta con un tono casual.

—Divorciada, una hija —respondo, no puedo evitar sonreír a recordar a mi pequeña Julieta.

—¿Cuántos años tiene su hija?

—Dos años.

—¿La lleva a sala cuna, jardín infantil?

—No, la cuida mi mamá.

—¿Recibe pensión alimenticia?

—No, su progenitor está inubicable desde antes que mi hija naciera.

—Perfecto... Dígame algo sobre usted, algo positivo y algo negativo. No relacionado con el trabajo, sino con su manera de ser.

Esa pregunta me saca un poco de equilibrio, el interrogatorio fue muy rápido, casi como un juego de tenis de mesa. Generalmente una está enfocada a contestar cómo es uno como trabajador. Intento no pensar demasiado.

—Soy persistente, no me rindo fácilmente... y por el lado negativo... a veces pienso que me cuesta decirle que no a las personas.

Miro de soslayo a Damián, y también me está mirando de reojo, ni siquiera lo disimula y vuelve su atención a su libreta.

—Obviamente tiene un límite eso de no poder decir que no —acota Leonardo—. Le dijo que no a su ex jefe.

—Siempre hay un límite infranqueable —aseguro. Y noto que Damián se remueve un poco de su asiento y vuelve a anotar.

—Siempre —concuerda Leonardo—, ¿le quedó muy lejos haber venido para acá?

—Un poco, pero tengo buena locomoción. En todo caso, Wirenet me quedaba más lejos aún, pero me gustaba trabajar allá.

—Ya veo, ellos como *data center* tienen buena reputación. ¿Ha estado involucrada en algún proceso de certificación? —Ahora la entrevista ha vuelto a ser sobre trabajo, esto ha sido toda una montaña rusa.

—Cuando entré a trabajar a Wirenet, estaban empezando el trámite de la certificación ISO.

—Entonces, usted como jefa de *housing* llevó a cabo todo ese proceso hasta el final.

—Así es.

—Excelente… —Nos quedamos todos en silencio. Damián no ha dejado de mirarme de reojo de vez en cuando y ha tomado notas de cuanto he dicho—. Bien, una última pregunta. Si se queda con el trabajo, ¿cuándo puede empezar?

—Hoy mismo. —«Ahora si es preciso. No hallo la hora de empezar de nuevo», pienso casi con desesperación.

—Muy bien. Creo que eso es todo, te estaremos llamando por sí o por no.

—Muchas gracias, don Leonardo.

—Gracias a ti, que tengas buen día. Damián, acompaña a la señorita, por favor.

Damián asiente, se levanta y me invita a hacer lo mismo con un gesto. Me despido de Leonardo con un apretón de manos y salimos de la oficina. En cuanto Damián cierra la puerta tras de sí, me relajo por completo y suelto el aire que no sabía que estaba reteniendo en mis pulmones. Sin duda ha sido la entrevista de trabajo más inusual y reveladora a la que he asistido.

—Bueno, supongo que no me fue tan mal. —A pesar

de todo, me siento bien, si no consigo este trabajo ya sé, precisamente, a qué atenerme. Tal vez deba cambiar de profesión, claro que para estudiar otra cosa necesito generar recursos. Mi plan no es perfecto.

—Espero que así sea, señorita Haidée. Por mi parte lo has hecho muy bien, pero no sé qué dirá Leonardo. —Es muy amable Damián, pero es lógico que no quiere darme falsas esperanzas—. Fue un gusto haberte visto nuevamente. —Esa es mi señal para irme. En realidad, ya no tengo nada más que hacer en este lugar.

—Para mí también, ahora sé tu nombre... —Sí, será una anécdota interesante de relatarle a mi mamá. Me pregunto si huele tan bien como recuerdo—. Cuídate, Damián. —Nuevamente, como la primera vez que lo vi, me despido con un beso en la mejilla, no puedo evitar llenar mis pulmones con su esencia. Dios, su aroma es delicioso, mejor que la primera vez. Su barba roza mi piel y el contacto es tan fugaz como el beso en sí.

Digo adiós moviendo mis dedos, y él responde de la misma forma. Sonríe con simpatía. Sí, me gusta su sonrisa.

Me pregunto si esta será la última vez que lo veré. Es la segunda vez que me lo encuentro, y me doy cuenta que esta coincidencia me agrada mucho...

Tanto como ese hombre.

Salgo del edificio suspirando hondo y miro la hora. Son las doce y media, y el calor ya es abrasador. Camino en dirección a la Alameda, en esa avenida ocurrió el incidente del robo. ¿Qué habría estado haciendo Damián en ese momento? Estoy solo a la vuelta del edificio donde trabaja. Hoy noté que las ojeras habían desaparecido y tenía mucho mejor aspecto que cuando salvó mi cartera. A decir verdad, su apariencia mejoraba considerablemente sin el rostro demacrado. Seguramente, ahora sí me voltearía a verlo.

Creo que estoy pensando demasiado en ese hombre, ni siquiera debería darle importancia. Es muy posible que no vuelva a verlo nunca más. Debo ser más realista, a lo mejor el hecho de ser mujer, divorciada y con una hija, sea una desventaja para mí respecto a los otros candidatos para este trabajo. Para qué edulcorar el panorama, estoy en una situación más que complicada.

A lo mejor ya no debo seguir intentándolo, tal vez debo enfocar mis esfuerzos en conseguir otro tipo de trabajo, donde no hayan llegado los rumores que ha esparcido Valdebenito. Empezar de cero.

No me importa si tengo que limpiar mierda o barrer calles, solo me interesa poder pagar las cuentas y darle una buena vida a mi hija. Tendré que hacer economía de guerra y quizás en un tiempo más, cuando mi nombre haya sido olvidado, volver a intentar conseguir un trabajo donde no recuerden o sepan quién soy supuestamente ahora.

Se acerca la navidad, agradezco que mi pequeña no sea realmente consiente de que para mí no será tan dulce y feliz como otros años. Me partiría el alma ver una carita de decepción porque no llega un presente de parte de su mamá que se hace pasar por el Viejito Pascuero.

Más vale llegar pronto a mi casa. De repente me dieron unas ganas locas de abrazar a mi pequeño paraíso y decirle cuanto lo amo.

CINCO

—¿Qué te pareció ella? —me pregunta Leonardo cuando entro a su oficina después de haberme despedido de Haidée.

—Pues, para tener mi edad tiene mucha experiencia y sin duda sabe cómo trabajar bajo presión —respondo intentando mantener toda la objetividad del mundo, porque si fuera por mí, la habría contratado con solo preguntarle el nombre.

—Así es, debe ser muy buena y tener temple de acero. Hazte la idea de las situaciones que ha pasado: debes trabajar para hacerte cargo, para mantener tu vida y la de tu hija de dos años, y que el donante de esperma desapareció antes de que la niña naciera. Eso significa que vivió una separación, un embarazo y la crianza de su hija durante su jefatura en Wirenet, y así y todo sacó una certificación adelante. A eso yo le llamo ser una súper mujer.

No lo había visto desde esa perspectiva. Debió ser dura esa época para ella, ¿qué clase de retrasado mental puede dejar a una mujer como ella? La respuesta es fácil, uno que no tiene puta idea de lo que tiene al frente. Haidée es muy fuerte, digna de admiración.

—Es indudable que es una súper mujer. —Y al terminar la oración pienso que sí lo es, pero al fin y al cabo todo «súper» tiene su kryptonita, y puedo intuir cual es la debilidad de ella, aparte de no saber decir «no». Ningún ser humano puede mantener el control de todo a tiempo completo, en algún momento ella debe ceder —… Y también te puedo dar fe de su tenacidad, es capaz de correr a toda velocidad tras un ladrón durante tres cuadras sobre tacones. —Leonardo levanta una ceja como si me estuviera preguntando de donde saqué eso—. Haidée es la mujer que ayudé unos días atrás.

—¿Ah, sí? Mira que chico es el mundo... o el destino... —Leonardo sonríe de un modo burlón. Se hace el tonto, pero es un romántico empedernido—. Pues para mí está claro, los demás candidatos también eran buenos y calificados, pero ella tiene cojones e integridad, dos cualidades que aprecio mucho en las personas. Además, si sobrevivió a Carvallo y, más encima, la recomendó a una práctica, fue porque la mujer es sobresaliente. Y tampoco me agrada la idea de darle en el gusto a Valdebenito, estoy seguro de que la versión de ella es la verdadera.

—Se pasó de la raya ese imbécil. —No conozco al infame de Valdebenito, pero cualquier persona que abusa de su poder merece ese calificativo. A ese tipo de hombres no se les puede llamar de tal modo, son seres inseguros que necesitan destrozar a los demás para sentir que su pene no se les cae—. Es un cerdo.

—Los hombres que no saben usar su posición siempre terminan mal y eso se llama karma, estimado. Andrés Valdebenito es un pésimo líder y en algún momento se le va a caer todo a pedazos. —Resopla un tanto molesto por la situación en general y luego me mira—. Al final del día llama a la señorita González, ella se queda con el puesto. Dile que debe presentarse aquí el lunes, a las nueve de la mañana. Les comunicaré a los chicos de *housing* que tendrán una nueva compañera y que Juan debe inducirla en su puesto para no tener problemas más adelante —resuelve determinado.

A pesar de que un principio no sabía quién era Haidée, siempre supe que ella se quedaría con el puesto, por eso la dejé para la entrevista final. Les puso el pie encima a todos los demás.

Mi cara en este instante no demuestra nada, pero internamente estoy realmente contento por ella, y después de haber presenciado su entrevista me da una versión un poco más exacta de cómo es Haidée en otros aspectos aparte de lo profesional... Para qué lo voy a negar, la mujer me gusta mucho. Sé que hay algo más, pero no sé cómo explicarlo, viene desde lo más profundo de mis entrañas. Tal vez es química o instinto, lo puedo sentir en el aire cuando estoy cerca de ella.

Mientras la observaba durante la entrevista me fijé en sus gestos, en su postura y en su voz. Vestía de manera formal y recatada, su cabello lo tenía recogido. Da la impresión de que siempre se encuentra rígida, impenetrable, pero a mí no me engaña, Haidée es mucho más de lo que deja entrever. Es como si pusiera una barrera para no revelar más de la cuenta y tengo que averiguarlo, debo conocerla —literal... y por qué no, bíblicamente—, y tengo que ser inteligente y muy, muy cauto.

—No hay problema, la llamaré —confirmo con voz monocorde lo que Leonardo me ha pedido—, ¿necesitas algo más?

—Nada. Si Héctor pregunta por mí dile que me fui a almorzar con la Jesu al «Ají seco».

—Dale. No te preocupes.

Ambos salimos de la oficina, Leonardo va en busca de su esposa y yo tomo asiento frente a mi escritorio con apariencia pensativa, pero por dentro estoy intentando refrenar un poco todas estas emociones. Desde hace mucho tiempo que no me sentía de esta manera, ya ni recuerdo cuando fue la última vez que sentí que debía conocer a alguien… De hecho, ahora que lo pienso mejor, no recuerdo haber tenido ese deseo imperativo de averiguar lo que esconde una mujer.

Pude sonar a que soy el imbécil más narcisista, insensible e infeliz de la tierra, pero debo y deseo seducirla. Nadie antes había despertado en mí esa necesidad de poseer, y ruego al cielo que sus «límites infranqueables» sean mucho más flexibles que los de cualquier otra mujer que haya conocido antes.

Debo ser paciente e ir despacio. No sé a dónde llegará todo esto, pero no quiero que esta oportunidad se me escape de las manos, ni arruinarlo como un pelotudo.

El sonido de mi móvil me saca bruscamente de mis pensamientos y en la pantalla aparece el nombre de mi papá. Parece que me hubiera leído la mente, tenía la intención de llamarlo el día de hoy.

—Hola, papá —saludo a mi viejo por el teléfono.

—Hola, Damiancito, ¿cómo estás, hijo ingrato? —responde y me reprende a la vez, pero con mucho cariño.

—Bien, mucho trabajo y acabo de terminar el semestre sin echarme ningún ramo —le informo orgulloso, me deslomo estudiando para demostrarle a él y a mí mismo que me la puedo—. ¿Y tú, todo está bien?

—Pues, acá las cosas no cambian mucho, La Salerosa tuvo al fin su potrillo, es un ejemplar hermoso, ya quiero que lo veas, es igualito a ella —relata mi papá también muy orgulloso, La Salerosa era la yegua que más le gustaba a mi mamá, es negra azabache y arisca, no acepta que cualquiera la monte, solo mi papá y yo.

—¿Y todo salió bien? —interrogo verdaderamente interesado, que no sienta que el criadero es mi destino, no significa que no me guste.

—Afortunadamente, sin ningún problema. La Salerosa

es un ejemplar con un linaje de excepción. —La yegua es el gran orgullo del criadero, solo ha dado crías inigualables, la eligió mi mamá hace ya varios años. Cada uno en la familia tiene un caballo, el mío se llama Pícaro.

—Me alegro mucho por ti, papá.

—Yo también me alegro mucho por ti, hijo. Qué bien que todo vaya bien por allá. —Se queda unos segundos en silencio y lo noto dubitativo desde el otro lado de la línea telefónica—... Quería preguntarte qué vas a hacer para navidad y año nuevo.

—¿Por qué me lo preguntas si sabes la respuesta? —interpelo con suavidad y cariño, es obvia la respuesta.

—No sé, últimamente no andas muy comunicativo. Supuse que tenías mejores cosas que hacer para esas fechas.

—No, papá, en estas fechas nunca tendré mejores cosas qué hacer que estar contigo. No digas tonteras, te lo prohíbo. El día 23 salgo al medio día del trabajo y ya tengo el pasaje de bus comprado. Estaré llegando como a las ocho de la noche a Cauquenes.

—Entonces, te estaré esperando, hijo mío.

—Sí, no te preocupes… te quiero mucho, papá.

—Yo también, yo también.

—Nos vemos la próxima semana. Un abrazo.

—Adiós, Damiancito.

—Adiós, papá.

Inspiro profundo cuando corto el llamado. Mamá falleció justo el día de su cumpleaños, en navidad, hace dos años. Sé que estos días son muy difíciles para él… y también para mí. Esa fecha se convirtió en un recuerdo agridulce que nos llena de nostalgia. La echamos mucho de menos, y todos los días me acuerdo de ella. Los hombres en general solemos enterrar un poco las emociones que nos agobian, con el trabajo, el estudio, algún vicio… pero cuando mi papá y yo no podemos evitar la pena es mejor que estemos juntos, frente a la tumba de mamá, brindar con ella y celebrar su vida con un buen vino tinto.

Mi viejo es un hombre joven, tiene 58 años, vivió toda la vida en un criadero de caballos chilenos de propiedad de mi abuelo, y cuando éste falleció, mi papá lo heredó junto con mi tío, quien le vendió su parte hace unos diez años más o menos, y gracias a eso, pasó a ser el propietario absoluto de las tierras y el negocio.

Admiro cómo mi papá ama el campo y a esos majestuosos animales, pero yo no pude seguir la senda de él. Toda mi existencia viví empapado de todo ese mundo, pero simplemente no pertenezco a ese lugar. Mi sueño va por otro lado, desde que tengo memoria siempre quise ser profesor.

Al principio, mi papá se enojó mucho por mi decisión y no me quiso apoyar para que estudiara pedagogía. Y bueno, de terco a terco y medio. Después de la última discusión me fui de la casa con lo puesto a Santiago, y solo mantuve contacto con mi mamá, quien a veces me enviaba algo de dinero. Conseguí trabajo en un supermercado y poco a poco fui logrando mis objetivos. Por ese motivo tengo veintisiete años y recién acabo de terminar el sexto semestre de carrera, porque todo fue muy complicado al principio... Pero cuando falleció mamá de una manera tan repentina, la soledad y la pena le hizo claudicar a mi papá en sus intentos de que volviera al criadero y que aceptara que esa era mi vida. El golpe le hizo darse cuenta de que no tenía a nadie más que a mí, y fue ahí cuando retomamos el lazo que se había roto durante años.

No soy orgulloso ni rencoroso. En cierto modo, él y yo somos muy parecidos en muchos aspectos, yo también necesitaba a mi familia... o a lo que quedaba de ella. Así que vuelvo a Cauquenes a ver a mi papá cada vez que puedo. Aunque debo admitir que los últimos meses sí he sido un ingrato y le he llamado muy poco. Entre los estudios, el trabajo, y esa obsesión que me carcome la existencia, pues se me ha olvidado. Pero lo enmendaré.

Dejo mis recuerdos a un lado, o si no me dará un bajón anímico. Me levanto de mi asiento, tomo mi almuerzo y me voy a la pequeña cocina que hay en el piso, tiene todo lo necesario para calentar comida y comer tranquilo. Desde que vivo solo, preparo mi alimento, no soy un Master Chef, pero me defiendo con dignidad. Al principio fue complicado porque solo sabía preparar lo básico, pero aburre comer arroz y fideos con huevo todos los días... y con lo que me gusta comer. Ahí bendigo la existencia de internet y la abundancia de videos y recetas, ahora me hago lo que se me antoja, y también gracias a ello me di cuenta de que me gusta cocinar y sobre todo cuando lo hago para alguien más.

Hace demasiado tiempo que no cocino para nadie...

*****

No sé por qué estoy tan ansioso, simplemente debo tomar el auricular y marcar su número de teléfono. Estoy hace cinco minutos mirando el maldito aparato esperando que se me pase esta sensación. No quiero delatar mi entusiasmo con mi voz, no deseo provocar rechazo, sino todo lo contrario.

Inhalo, exhalo profundo varias veces intentando relajarme. Es solo un llamado telefónico, Damián. ¡Toma el control!

Sin dudar más, tomo el auricular y marco...

—Aló —saluda esa voz femenina que ahora reconozco a la perfección.

—Hola, buenas tardes, señorita Haidée —respondo tranquilo—. Te llamo por los resultados de tu entrevista de trabajo... —Me quedo un segundo en silencio y percibo el leve sonido de la respiración de ella. Incluso, sé que está nerviosa—. Debes presentarte el lunes a las nueve de la mañana para comenzar tu inducción...

Silencio...

SEIS

—Haidée, ¿estás ahí?, ¿pasa algo? —me pregunta Damián preocupado, puedo notarlo en su tono de voz. Pero no puedo responderle todavía, estoy intentando contener estas lágrimas de alegría, de alivio, de pena escondida, de esperanza—. El trabajo es tuyo, y lamentablemente me verás muy seguido —bromea y no puedo evitar reír por lo que ha dicho.

—Gracias... estoy bien. Solo fue la sorpresa. —Al fin le puedo hablar, pero me fue imposible impedir que mi voz se quebrara. Toso un poco para componer mi garganta—. El lunes estaré ahí sin falta —aseguro con un poco más de serenidad.

—Muy bien, señorita Haidée. Entonces, tenemos una cita.

Vuelvo a reír, lo ha dicho con tanta naturalidad y seguridad que casi me lo creo. Pero sé que está bromeando para levantarme el ánimo. Ha sido imposible ocultar del todo mis emociones.

—En tus sueños —le respondo un poco coqueta... ¿pero qué diablos? Yo no coqueteo.

—No perdía nada con intentarlo —admite con ligereza—. Nos vemos el lunes y que tengas un buen fin de semana.

—Gracias, tú también.

—Adiós, señorita Haidée.

—Adiós, señor Cortés.

El llamado finaliza y me quedo mirando el móvil, incrédula... Y sin más empiezo a llorar en silencio, la felicidad y alivio que siento me embarga, me desborda, y no puedo contenerme más. Estoy sola en mi habitación y me puedo permitir este desahogo.

Ahora tengo la posibilidad de empezar de nuevo sin tener que preocuparme de cómo llegar a fin de mes, de poder pagar las deudas y mantener este barco a flote sin mayores problemas. Ahora puedo estar tranquila sin tener que ocultarle a mi mamá que cada día que pasaba estaba más cagada de miedo por no conseguir trabajo, y que de a poco se me estaban empezando a acabar mis ahorros, y que el seguro de cesantía era una medida de parche por un breve tiempo.

Al fin apareció alguien en el camino que no le dio importancia a los rumores que esparció el infeliz de Andrés Valdebenito. Tengo que retribuirle a Leonardo la confianza que ha depositado en mí, voy a poner todo de mi parte para que no se arrepienta de haberme contratado.

Estoy unos minutos intentando salir de esta catarsis, pero se me hace muy difícil, las lágrimas siguen saliendo. Creo que he estado demasiado tiempo con toda esta presión, y ahora que sé que hay una solución, no puedo retenerlas, simplemente caen.

Espero unos minutos más para calmarme, y cuando lo logro, decido ir al baño para lavar y refrescar mi cara para que nadie se dé cuenta de que he llorado. Me miro al espejo y mis ojos están rojos al igual que mi nariz, es imposible que vuelvan a la normalidad en un instante. Necesito más tiempo.

Intempestivamente golpean la puerta del baño y me hace dar un respingo como si estuviera haciendo algo malo, desvío mi mirada hacia el reflejo de la puerta, casi esperando a que la abran. Pero sé que eso no ocurrirá, está cerrada con pestillo.

—Hija, ¿vamos con Julietita a la plaza? —propone mi mamá desde el otro lado de la puerta.

—Sí, ya voy. En un ratito salgo. —Voy a extrañar los paseos de la tarde con mi pequeña, pero los sacrificios son inherentes a ser madre soltera. De hecho, son constantes.

—¿Le cambio la ropa para que pueda ensuciarse? —consulta. Siempre me pegunta lo que hará respecto al cuidado de Julietita esperando que yo apruebe todo, y se lo agradezco. A pesar de que mi mamá cuida, y está la mayor parte del tiempo con mi hija, intenta hacerme partícipe y responsable de todas las decisiones.

—Sí, mamita. Ponle el pantalón y el polerón que va al choque, por favor —indico, para que use la ropa que ya está manchada y que solo sirve para que la siga ensuciando. No vamos a vestirla con galas para que llene todo de tierra, pasto y cualquier cosa viscosa.

—Ya, *mijita*.

Inspiro profundamente y vuelvo a mirarme al espejo, mis lágrimas han cesado del todo y poco a poco se van evaporando las evidencias faciales de mi llanto y todo retorna lentamente a la normalidad. Me desnudo rápidamente, mejor me doy una ducha corta y le echo la culpa al shampoo de mis ojos rojos.

Me gusta bañarme con el agua muy caliente, y que todo se llene de abundante vapor, me lavo el cabello, y luego enjabono mi cuerpo solo lo necesario, intento ignorarlo y apenas lo miro. No es el mismo que tenía hace dos años, mis pechos todavía dan leche, y mi vientre nunca más volvió a ser firme y plano. Pero no me importa, no me interesa a que se volteen a mirarme en la calle o atraer al sexo opuesto.

Pero debo admitir que a veces, cuando estoy sin poder dormir, extraño que alguien me mire con deseo y que me acaricie. A veces, extraño el calor de la persona que tu corazón ha elegido para amar. A veces, extraño a la mujer que fui, la que podía sucumbir al placer entre los brazos de su hombre.

Sé que es tarde para mí, pero no puedo evitar sentir algo de esperanza y convencerme por unos segundos de que eso no es así y que sí estoy a tiempo de despertar esa parte de mí que está enterrada en lo más profundo de mi alma. Como hace un instante, cuando salió la Haidée coqueta que alguna vez fui, hace muchos años atrás.

Todo el mundo —y cuando digo «todo el mundo», me refiero a mi mamá y a mi amiga Camila que vive en Concepción— me dice que todavía soy joven y que debo rehacer mi vida amorosa... ¡Claro que lo sé! Pero no tengo tiempo para quitárselo a mi hija y dedicarlo a un hombre. No tengo tiempo para una relación, no estoy buscando un padre para Julieta, no deseo que me exijan más de lo que puedo dar y tampoco quiero ser la muñeca de nadie.

No ahora, eso es imposible.

Lo lamento mucho, pero no soy una mujer que se siente con la libertad de estar con cualquier hombre que desee para tener una fugaz aventura y después sentirse vacía de nuevo.

Me bastó solo una vez para intentarlo, y el resultado fue desastroso para mí. No sirvo para lo efímero y banal. Así de simple, merezco algo más que un polvo casual con un desconocido y ser olvidada como si fuera una cosa desechable.

Sentirme desechable es lo que encabeza mi lista de experiencias para el olvido —y que nunca pude olvidar gracias al gentil auspicio de mi ex marido—, y que no quiero volver a repetir. No me va el masoquismo emocional.

Corto el agua de la ducha, debo apurarme, tengo una

cita ineludible e impostergable con mi pequeña.

*****

—Conseguí trabajo, mamita —le doy la excelente noticia a mi mamá, estamos en la plaza sentadas en una banca y observamos a Julieta jugar en el pasto con sus juguetes.

—¡Qué bueno, mi niña preciosa! —exclama y me abraza fuerte—. Sabía que lo conseguirías.

—Gracias —susurro sin dejar de abrazarla—. Te quedaste sin vacaciones, lo siento —bromeo y ella ríe.

—No importa, sabes que por mi nieta haría cualquier cosa. —Dejamos de abrazarnos y miramos a mi hija—. Sabes que odio los jardines infantiles. No soportaría saber que mi pequeñita está al cuidado de un extraño.

—Y yo solo confío en ti, mamita. Voy a trabajar cerca del centro, y la estación de metro Baquedano está al lado, así que no demoraré nada en ir y volver —detallo mientras mi mamá me observa con atención, y ambas miramos de reojo a Julieta que está en su mundo. Decido narrarle mi anecdótico encuentro con Damián, mi mamá pasó el tremendo susto cuando le conté sobre el robo frustrado del que fui víctima—. ¿Te acuerdas del rescatador de carteras?

—Sí, claro, hijita, ¿cómo olvidar a las personas decentes? Son pocas las que quedan en este mundo.

—Bueno, hoy cuando fui a la entrevista de trabajo había un secretario en el lugar, y resultó que era la misma persona que me ayudó esa vez.

—¿En serio? ¡Qué coincidencia! ¿Estás segura que no le preguntaste el nombre esa vez? —me interroga con un poco de picardía—. O a lo mejor le diste tu teléfono sin darte cuenta…

—Mamá, por favor —interrumpo sus conjeturas descabelladas. Ella se ríe desenfadada porque ya le he puesto mala cara—. Fue todo demasiado rápido. Damián solo rescató mi cartera y ya. Fin de la historia.

—Así que se llama Damián, ¡te pillé, sí le preguntaste el nombre!

—Que no le pregunté nada. Recién lo supe cuando me reconoció en la oficina y se presentó. Ya te dije, es un secretario.

—¿Y no chutea para el otro equipo? Es raro ver a un hombre que sea secretario y que no se le derritan los helados

—especula mi mamá. Pues, tiene razón. Sí, es muy extraño.

—Bueno, la impresión que me dio es que si llegase a ser *gay* lo disimula muy, muy bien, porque no da indicios de serlo… —Me quedo unos segundos en silencio, y me he dado cuenta de que tontamente he caído en el juego de mamá—. ¡Pero da lo mismo si es *gay* o no! Si yo voy a trabajar, no a buscar un noviecito.

—Yo no he hablado de noviecitos ni nada. —De nuevo caí, ¡que tonta soy!—. A mí no me engañas, yo te parí y sé cómo es mi hija. Te haces la loca nomás.

Mejor me quedo callada y no le sigo hablando de Damián, mi mamá está empecinada en que encuentre a alguien y no hay forma de convencerla de lo contrario. Ella es una romántica hasta la médula, y tiene razón de ser así. La única cosa que la separó de mi papá fue la muerte. Estoy segura de que Julietita ha sido lo único que la ha mantenido aferrada a este mundo para no sumergirse en la tristeza. Le he pedido que venga a vivir conmigo, pero prefiere estar en la casa que compartió con papá durante casi todo su matrimonio.

Ella no se quiere ir y yo no quiero volver.

—El lunes empiezo a las nueve de la mañana —continúo con la información sobre mi nuevo trabajo para distraerla sobe el tema de medias naranjas y compañía masculina.

—Entonces, tengo que estar aquí a las…

—A las ocho, si puedes un ratito antes, mejor.

—Menos mal que vivimos cerca, sino tendría que levantarme tempranísimo.

—Sí, menos mal.

—¿Y a qué hora sales?

—A las seis de la tarde y los viernes a las cinco.

—Mira qué bien, tienes mucho mejor horario que antes.

—Sí, y también pagan más que en Wirenet.

—Maravilloso, te deseo toda la suerte del mundo, hija.

—Gracias, mamita.

Espero que todo salga bien, nos quedamos calladas y de nuevo toda nuestra atención se vuelca en Julieta, que es mi versión en miniatura pero mejorada, el mismo color de cabello que es largo y ondulado, la forma de los ojos, sus facciones. Toda una mini-mí.

Parece que cuando la concebí la hice con tanto amor que solo mis genes predominaron, en su carita no hay nada que me recuerde a Gabriel o a su familia. Menos mal.

A veces lo recuerdo, cuando éramos novios y el breve tiempo que duró nuestro matrimonio. A veces, estúpidamente intento encontrar respuestas a lo que nos pasó, y siempre llego a la conclusión de que no nos dimos cuenta de que el amor, en uno de nosotros, murió irreversiblemente.

Creo que a estas alturas de mi vida no le guardo rencor. En realidad, no siento nada por él, cada día que pasa olvido cosas como el timbre de su voz, y su rostro se ha vuelto borroso. Supongo que eso se debe a que quemé las fotos, borré videos, boté todo lo que se le quedó, me salí de *Facebook,* eliminé su correo electrónico, su número de teléfono. Si él me había dejado yo no tenía por qué conservar algo de él, ojala hubiera podido hacerme una lobotomía para borrar mi memoria de manera rápida. Pero bueno, de eso se ha encargado el tiempo.

Debo ser positiva, creo que no es una simple casualidad que mi divorcio y mi nuevo trabajo se den casi al mismo tiempo. Estoy segura de que se inicia una nueva etapa en mi vida. Espero de corazón que todo mejore, no quiero, ni debo desperdiciar esta oportunidad.

Presiento que lo que se viene es importante.

SIETE

—De nuevo tienes cara de *zombie*, ¿quieres espantar a la señorita González cuando llegue? —Leonardo me reprende y bromea a la vez. A su lado está su esposa mirándome con una mezcla rara de lástima y diversión.

—Insomnio —respondo y bebo un sorbo del café más negro que pude preparar esta mañana. Me acosté temprano, pero tuve un inquietante sueño erótico con la señorita Haidée y un collar de perlas, y ya no pude dormir más... Mierda, el recuerdo del sueño todavía lo tengo fresco en la memoria.

—Deberías tomar agüita de melisa cuando te vayas a la cama —aconseja Jesu—. La puedes mezclar con pastillas para dormir o alcohol. —Ella también tiene la misma mala costumbre que su esposo de dar consejos o reprender, y luego, sueltan una broma.

—Qué eres mala, hobbit —le llama la atención Leonardo a Jesu—. Prefiero que Damián llegue cagado de sueño en vez de borracho o medio drogado.

—Ay, no sea exagerado, jefecito lindo, precioso —responde Jesu como una aduladora profesional—. Era una broma, Damiancito. Tómate un vaso de leche tibia y *voilá*, sueño al instante... Igual hay otros remedios caseros, pero para eso necesitas una *polola*[8], novia, amante, esposa, muñeca inflable... —recomienda con picardía y mirando de reojo a Leonardo, que se hace el tonto fingiendo una tos, dándole un poco disimulado codazo a su mujer.

Si supiera Jesu que estoy así precisamente por la falta de una...

—Mientras no te caigas dormido sobre el teclado todo bien —continua Leonardo como si nada, ignorando las salidas de madre de su mujer—. Hoy estaremos con Juanin induciendo a Haidée en su trabajo durante todo el día así que me verás entrar y salir a cada rato.

—No hay problema, mantendré todo bajo control. No te

---

8 *Polola: Novia*

53

preocupes. —Y tomo otro sorbo de café.

—Gracias.

—Adiosito, Damián —se despide Jesu, le da un casto beso a su marido y se va a la sala de *housing*, mientras que Leonardo entra a su oficina.

Maldición, anoche estaba durmiendo tan bien, y ¡pum! Aparece ella en sueños, todo fue tan vívido y perturbador, ha sido lo más cercano a una sesión del sexo de las que quisiera tener... todo lo sentí muy, muy real.

Había una luz cálida y suave proveniente de velas que estaban regadas por todas partes. Haidée se encontraba desnuda y solo adornaba su cuerpo un largo collar de perlas rosadas y blancas de tamaños irregulares. Estaba de rodillas sobre la cama, con los ojos vendados esperando a que yo le diera una orden. Con el mismo collar de perlas, y sin quitárselo del cuello, le até las muñecas con dos vueltas flojas, y le advertí firme: «si te las sacas o las rompes intentando liberarte, no te dejaré llegar al orgasmo». Ella asintió con la cabeza, mojándose lascivamente los labios con la lengua.

Guié sus manos a que se aferraran al respaldo de la cama y con una mano acaricié lentamente su hermoso y suave trasero, y con la otra, me abrí paso entre su carne húmeda y resbaladiza. Empecé a tentar su capacidad de aguante, dándole suaves palmadas en distintas zonas de su trasero, que ella gustosa recibía, y solo me decía «¡más!». Lo que me daba permiso a seguir incrementando la intensidad de los azotes. Acariciaba y luego mi palma aterrizaba en su piel y torturaba su clítoris, repetía lo mismo una y otra vez.

Ella jadeaba, estaba empapada, otra caricia, otro azote, y con mis dedos la penetré. El color de su trasero ya se había tornado rojizo, encendido, caliente, y sus caderas se movían involuntariamente, buscando mis manos, intentando tener más contacto para llegar al orgasmo. Sus nalgas ardientes rozaron mi miembro que estaba rígido a más no poder, y no lo soporté más... exploté... y desperté totalmente enojado conmigo mismo por perder el control como si fuera un chiquillo virgen.

Ahora que lo pienso fue una verdadera pesadilla. No entiendo cómo ella se me ha metido entre ceja y ceja.

—Buenos días, Damián.

No tengo que mirarla para reconocer su voz. Control, Damián, enfócate y no des indicios de que eres un enfermo degenerado. Nuestras miradas se encuentran y no puedo evitar sonreír, ella no tiene idea de que se ha vestido de una forma que a un fetichista como yo le fascina, pantalón gris ajustado a sus generosas caderas, blusa de un color claro que se pega a sus sinuosos pechos y lleva puesto un collar de perlas... No son como las de mi sueño, pero ya es bastante provocativa esa piedra para mí sobre la piel de ella.

—Buenos días, señorita Haidée —saludo sin perder mi sonrisa—. ¿Cómo estuvo el fin de semana?

—Tranquilo, como siempre —me responde como si estuviera resignada a que sean así sus días—. ¿Y tú?

—Tranquilo también, devorando series en Netflix. —«Y documentándome», acoto mentalmente. Quizás por eso tuve ese sueño erótico. Eres un idiota Damián Cortés.

—Parece que hasta tarde, tienes una cara de no haber dormido nada.

—Sé que parezco panda, pero me faltaban tres capítulos para terminar «Luke Cage» —miento descaradamente, Haidée no tiene por qué saber que ella fue la protagonista de mi lúbrico sueño y la causante de mis investigaciones de fin de semana.

—Eres un vicioso. —«No sabes cuánto, señorita González», pienso seguro en que sí lo soy de verdad—. ¿Está Leonardo? —me pregunta mirando la puerta de la oficina de él.

—Sí, llegó hace un par de minutos, no es de los jefes que llega a las diez, él llega diez para las nueve. Siempre.

—Qué bien.

—Déjame avisarle que has llegado. —Levanto el auricular y marco su anexo, me contesta al instante—. Leonardo, llegó la señorita González... No, no le asustó mi cara, es más valiente de lo que crees. —La miro y ella está conteniendo la risa apretando sus labios, entrecierro los ojos fingiendo reprenderla y a ella más ganas le dan de reír... Y Leonardo sigue dándome indicaciones—... Ya, yo le digo. —Corto la llamada y levanto una ceja—. Leonardo sale en un instante, irán a la sala de *housing* para presentarte con los chicos y empezar tu inducción.

—Vale... ¿Me puedo sentar aquí? —consulta indicando la silla que está frente a mi escritorio. Me llama la atención que no haya elegido el sofá que hay para visitas. Punto para mí.

—Claro, adelante. —Se sienta y me mira, pareciera que quiere preguntarme algo, pero al parecer no se atreve. De pronto el silencio se hace presente—. No muerdo, Haidée. Pregunta lo que quieras saber. —Ella levanta sus cejas y un lindo rubor colorea sus mejillas. Su piel es blanca y está moteada por unas pequeñas pecas que le hacen ver muy juvenil e inocente, así que lamentablemente para ella, no pasa desapercibida su sorpresa y vergüenza. La pillé, no soy tan malo intuyendo sus señales.

—No he dicho nada...

—Tienes cara de querer preguntar. En serio, pregúntame lo que quieras.

Se queda unos instantes en silencio y se mira las manos y luego me vuelve a mirar más resuelta.

—Es raro ver a un secretario...

—Ahhh, eso... —No sé por qué no me sorprende—. Es una larga historia, pero básicamente soy una especie de experimento de Leonardo. No sé si es un genio, o está chiflado.

—¿Experimento?

En ese momento el aludido sale de su oficina y saluda a Haidée, me deja a cargo de la oficina y se la lleva...

Supongo que la conversación ha quedado pendiente... Pero estoy contento, he despertado su curiosidad. Otro punto para mí.

*****

El transcurso de la mañana es relativamente normal, de vez en cuando viene Leonardo a darme algunas instrucciones, a buscar algo que se le olvidó, o simplemente, a ver si hay alguna novedad. Pero de la señorita Haidée, nada de nada. Espero que le esté yendo bien.

En fin, mi trabajo es fácil, al menos yo lo considero así, me dejan estudiar en los tiempos muertos —pocos, pero hay— y el horario se acopla perfectamente a mis clases vespertinas. Hay días complicados como en todo trabajo, pero realmente no me desagradan las labores de ser secretario, o asistente, como le llaman ahora. A mí me da igual el término, como dice el dicho «es la misma mierda, pero con diferentes moscas»...

Veo la hora en mi reloj de pulsera... la una de la tarde, y ya salió a almorzar Juan con Carolina, eso significa que en unos minutos más saldrán Leonardo con Jesús... y si tengo algo de suerte, podré interceptar a cierta persona de mi interés.

Espero mi señal unos minutos, y ¡bingo! Tal como lo predije, sale mi jefe con su esposa a almorzar. Menos mal que no me hicieron esperar demasiado, soy un animal de costumbres y ya a esta hora me empiezan a rugir las tripas y yo con hambre, soy terrible. Activo la contestadora automática y me dirijo rumbo a la cocina.

Abro la puerta y me encuentro con la señorita Haidée dándome la espalda, está con las manos apoyadas en el mesón, frente al microondas esperando distraída a que pase el tiempo... Se inclina ligeramente para ver como gira su comida, y es toda una imagen erótica para mí ver como el pantalón se ciñe a su trasero, y puedo advertir que su ropa interior no es de abuelita, porque solo se marca la parte superior, así que mi mente pervertida asume que ella usa una diminuta tanga.

Cada vez me gusta más el estilo de la señorita Haidée.

—¿Así que no sales a almorzar afuera? —pregunto para que ella note mi presencia. Se yergue rápidamente y luego suena la campanilla del microondas haciendo ¡ding!, lo que le hace dar un leve respingo.

—No, no hay presupuesto para gastar en almorzar afuera —responde, volviendo su atención al horno para sacar su plato de comida—. En este momento es un lujo.

—Te creo, estar sin trabajo tantos meses es complicado —comento mientras saco mi contenedor de comida del refrigerador y luego vacío mi almuerzo en un plato.

—Sí, es muy, muy complicado... —subraya sentándose a la mesa, donde tenía preparado su servicio y un vaso de agua.

La miro por unos instantes y ella tiene su atención fija en el trozo de pollo que está ensartado en el tenedor. Devuelvo mi atención al horno y lo programo para calentar por dos minutos. Ella se concentra en almorzar su puré de papas con filetes de pollo a la plancha, o al menos eso creo de qué se trata su menú. Yo me preparé algo más... elaborado.

—¿Y qué tal tu primer día? —pregunto interesado en entablar más de cuatro palabras con ella durante los cincuenta minutos que dura la colación.

—Súper bien, me gusta mucho el equipo de trabajo, es fenomenal. Las chicas son muy simpáticas y las hacen todas —relata entusiasmada—. Me encanta tener a cargo solo a mujeres, este lugar es una excepción a la regla.

—Sí, Juanin era «bendito entre todas las mujeres». Cuando él se vaya, el *data center* será bautizado como el aquelarre.

Ríe, me gusta cómo suena, pero hay algo... triste en su

risa. No es como la que escuché por teléfono hace unos días atrás, cuando flirteamos un par de segundos.

Suena la campanilla del horno y mi almuerzo está listo.

—Mmmmm, qué rico huele eso, ¿qué trajiste de almuerzo, Damián? —me pregunta con real interés.

—Ají de gallina —contesto mientras el aroma de la comida llega a mis fosas nasales. Me quedó súper bueno esta vez—. ¿Quieres probar? Está rico —ofrezco un bocado para que ella pruebe, mira dudosa, pero finalmente acepta y abre su boca, a la vez que yo le acerco el tenedor. Mastica lentamente y solo emite un «mmmmmm» muy largo y sugerente para mi sanidad mental.

—Delicioso, ¿lo hiciste tú o te lo hizo tu señora? —pregunta casi sin mirarme, y según mi experiencia, esa pregunta solo quiere decir una cosa: ella desea saber si estoy soltero y disponible, o no.

—Lo hice yo, me gusta comer bien —respondo y como un bocado. ¡Diablos, esta cosa me quedó para chuparse los dedos!—... Y estoy soltero y sin compromisos, Haidée —acoto, soy un cabrón por ponerla en evidencia, lo sé, pero no me importa, le respondo lo que quiere escuchar.

—Cocinas muy bien... ¿Siempre lo has hecho? —interroga ignorando completamente mi respuesta para no continuar con el tema de disponibilidad, y no me extraña, ella reprime su curiosidad, creo que está casi arrepentida de haberme preguntado solapadamente si tengo esposa.

—No, ahora de adulto he tenido que aprender, mi mamá me mimó mucho y solo sabía lo básico. Y cuando llegué a Santiago no me quedó de otra más que aplicarme. Me gusta la buena mesa y no iba a comer solo arroz con huevo hasta la muerte.

—Entonces, eres un chef autodidacta... felicitaciones.

—Autodidacta es mi segundo nombre.

—¿De dónde eres? —vuelve a interrogar. Casi no me deja formular ninguna pregunta. No me gusta hablar todo el tiempo de mí, en este momento me interesa saber más de ella. Pero bueno, me sirve para analizar otras cosas, ya que evidentemente la señorita Haidée no desea que indague más sobre su persona. Está levantando un muro, ella desea ser inexpugnable para mí... y creo que para cualquier otro ser humano.

—Cauquenes —respondo sin dar más información, esperando su próxima pregunta.

—¿Por qué te viniste a Santiago?

—Trabajo y estudios. Acabo de aprobar el tercer año de pedagogía.

—¿En serio? Eres una extraña combinación.

—¿Por qué lo dices?

—Tu trabajo y tus estudios son carreras dominadas por las mujeres.

—Puede ser, pero no me molesta, me gusta mi trabajo, y ser profesor es mi vocación, desde chico quise serlo.

—Interesante... ¿Por qué en la mañana dijiste que eras una especie de experimento de Leonardo?

—Porque postulé al cargo sin saber exactamente de qué se trataba. El anuncio en internet era ambiguo, estaba sin trabajo y solo tiré mi currículo porque sí. A Leonardo no le interesaba tener a un asistente profesional, sino a alguien que deseara aprender y salir de la zona de confort... además que le caí bien.

—Se arriesgó mucho al contratar a alguien no calificado.

—Básicamente, sí, pero nos ha ido bien...

No sigue preguntando más, se enfoca en comer y yo hago lo mismo. No la voy a presionar a que me dé información si ella no quiere hablar. Me temo que para conocer más a la señorita Haidée se requiere de más paciencia de la que supuse. Cuando ella se da cuenta de que está bajando sus barreras, se empeña en subirlas aún más alto.

De algo que me puedo jactar en esta vida, es que soy un buen observador y suelo analizar muy bien a las personas, y de algo estoy seguro, Haidée, la verdadera Haidée, se esconde y no quiere ser encontrada.

Pero hay una parte de ella que desea con fervor todo lo contrario...

OCHO

—Chao, Jesu. Nos vemos mañana —me despido de mi nueva compañera de trabajo. Ella se queda de las ultimas esperando a su esposo. Son una pareja muy singular.

—Que te vaya bien, Haidée, mañana nos vemos.

Hoy ha sido un día muy arduo e intenso, hay mucho que aprender y mucha información que asimilar, y estoy feliz... Sí, muy, muy feliz. He caído en un lugar donde podré poner a prueba todas mis capacidades y toda mi experiencia. Es un gran desafío, y se me nota en la cara, tengo una sonrisa que nada ni nadie me la va a quitar de los labios.

Salgo de la sala de *housing* e inevitablemente debo pasar por el frente de la oficina de Leonardo y eso solo significa que me tendré que cruzar con Damián. Eso fue lo único que me perturbó el día de hoy, compartir la hora del almuerzo con él fue, en cierto modo, extraño.

No es que él tenga la culpa, fue muy amable, abierto y simpático, soy yo la del problema. No sé qué me pasa con él, es como si con tan solo mirarme pudiera saber lo que pienso, lo que siento, y aun así, él quiere saber más... y yo... no puedo dar más, no quiero...

Y es completamente absurdo que esté conjeturando todo esto.

No sé por qué le pregunté si la comida la había hecho él o su esposa. No quise ser tan evidente, pero desde el primer día me causó curiosidad saber si tenía pareja o no. Para ser soltero es muy sobrio y no parece ser de los que les sirve cualquier mujer, es como si no deseara llamar demasiado la atención en el sexo opuesto. A lo mejor, de verdad le gustan los hombres.

Y sería todo un desperdicio, creo que él es un hombre como pocos...

Y no debería estar pensando así respecto a él.

Paso por el frente de su puesto de trabajo con un ridículo temor, y no hay nadie... Siento una punzada de decepción. No debería ser decepción, ¡debería ser alivio! Diablos, estoy hecha un maldito lío y él ni siquiera se ha insinuado, él solo es amable. Estoy pensando demasiado, viendo cosas que no son, y es estúpida esta situación.

Salgo del edificio y camino rumbo al metro por la entrada que da al parque Bustamante. El calor en diciembre es horroroso, debí haber venido con falda, pero con pantalones me siento más cómoda, menos expuesta. Pero al sentir cómo se pega la tela a mis piernas me hace arrepentirme de no vestir un poco más fresca. La hora punta es terrible, sobre todo con este calor y los olores que se mezclan en los vagones. Da la impresión de que nadie se baña en verano, sobre todos los hombres. Es repugnante.

Pero hago tripas corazón, debo llegar a casa pronto. Mi pequeña me espera.

Pago mi pasaje pasando la tarjeta por el torniquete, y bajo las escaleras que dan al andén de la línea 5. Mi trayecto en total dura una hora más o menos y debo hacer combinación con la línea 4 para llegar hasta La Florida. Si todo sale bien, a las siete estaré abrazando a mi hija.

Esta mañana cuando salía de mi casa para el trabajo, se me partió el corazón en miles de pedazos, mi chiquitita me rogaba: «¡no te vayas, mami!». La recuerdo y me dan ganas de llorar. Espero que se acostumbre luego a verme partir por las mañanas, porque me da mucha pena verla con sus lagrimitas rodando por sus cachetitos, mirándome por la ventana.

El andén está lleno de gente que se apretuja para poder entrar cada vez que las puertas del vagón se abren. Decido dejar pasar un tren, y me quedo detrás de la línea de seguridad para asegurarme de entrar de las primeras para la próxima. Odio la hora punta.

Llega un nuevo tren, abre sus puertas y algunos pasajeros logran salir del vagón, y literalmente, una marea de gente me empuja para entrar, dejándome aplastada contra la puerta opuesta del carro reduciendo mi espacio personal a cero. Al cerrarse las puertas, nuevamente me empujan y siento que alguien me aplasta con todo su cuerpo.

—Perdón, me empujaron. No fue mi intención —se disculpa una conocida voz masculina.

Un escalofrío recorre mi espalda, miro mi reflejo en el vidrio de la puerta y el de la persona que se acaba de disculpar…

¿Gabriel?… ¡Qué ilusa fui al pensar que ya apenas lo recordaba! Siento como si hubiera desaparecido ayer.

Evidentemente no se ha dado cuenta que soy yo, él es mucho más alto y solo debe ser capaz de ver mi cabeza y nada más. Mi cabello castaño y recogido, no es muy diferente que el de la mitad de la gente que está en este lugar... Soy invisible.

Siempre me pregunté qué haría al verlo de nuevo... ¿Recriminarle por abandonarme de una manera tan baja? ¿Restregarle con furia que tiene una hija que no lleva su apellido? ¿Sacarle en cara la mierda de familia que tiene? ¿Gritarle? ¿Abofetearlo?... Aunque quisiera no podría, nuevamente no puedo hacer nada. Estoy encerrada con apenas espacio para moverme y de pronto solo quiero escapar. No deseo que me reconozca, no quiero que me toque, no quiero tenerlo cerca. Cierro los ojos, quiero llorar y tampoco puedo, intento apaciguar este torrente de sentimientos.

Me duele el pecho. Inspiro y espiro profundo, pero las lágrimas escocen mis ojos, todo es inútil.

Soy una cobarde. No quiero estar aquí. ¡Quiero escapar!

—Permiso —pido apenas susurrando, abriéndome paso entre la gente. Solo miro el suelo intentando evitar cualquier contacto con él, haciéndome espacio—. Permiso... disculpe. —No quiero estar en el mismo lugar que él, no quiero respirar el mismo aire que él. Gabriel me repugna más que el hedor de este vagón. No sé ni siquiera en qué estación voy, solo deseo que el tren pare para huir—. Permiso, por favor...

Y lo logro, apenas se abren las puertas del vagón, salgo escopetada al andén para poder respirar el aire fresco que llena mis pulmones. No puedo evitarlo más, estoy zozobrando, y simplemente mis lágrimas caen, porque... porque todavía duele.

Me desplomo sobre uno de los asientos del andén, y no me importa que la gente curiosa me mire llorar. Pasa un tren más y todavía no me puedo calmar, me cubro la cara. No puedo todavía... lo dejo pasar.

—Haidée, ¿qué haces aquí? —Miro y frente a mí, y agachado a mi altura está Damián con cara preocupada y compasiva. No puedo contestar. Niego con mi cabeza, simplemente no puedo dejar de llorar.

Siento la mano de Damián acariciando mi espalda, y noto que se ha sentado al lado mío, y sin pedir permiso me acoge entre sus brazos. Su calor me envuelve, y no puedo más, me dejo llevar, como si el peso de estos años de pronto me hubiera caído de nuevo sobre los hombros. Sentí de nuevo el dolor y angustia de esas noches en las que intentaba encontrar respuesta, teniendo un bebé que crecía en mis entrañas, preguntándome qué había hecho mal… por qué merecía eso…

No sé cuánto rato pasó. Damián no me soltaba, ni yo quería que lo hiciera. Había algo reconfortante en su abrazo, y de a poco iba remitiendo esta tormenta de sentimientos que no sabía que todavía tenía en mi corazón. Tontamente creí haber superado esto, pero me equivoqué, porque sé que no he cerrado este capítulo en mi vida. No he podido ponerle punto final.

Deseo hacerlo, quiero hacerlo… pero no sé cómo.

Mi celular empieza a sonar dentro de mi cartera, Damián sin palabras me entrega un pañuelo de tela, planchado y sin usar para secar mis lágrimas… ¿Quién puede usar pañuelos de tela en pleno siglo XXI? Creo que solo una persona como él puede conservar ese tipo de costumbres.

Miro la pantalla, es una llamada perdida de mi mamá, van a ser las siete y ni siquiera voy a mitad de camino. Mi llanto bruscamente se evapora ante la idea llegar tarde. La llamo de vuelta y le miento diciendo que voy retrasada, que no podía tomar el tren… Lo cual no está muy lejos de la realidad. Le prometo que llegaré en cuarenta minutos.

—¿Te sientes mejor? —pregunta Damián tranquilo, su tono de voz es diferente, más paternal.

—Mucho mejor… gracias.

—De nuevo nos encontramos, esto ya parece ser chacota del destino —bromea y yo río ya más sosegada—. Pero me alegra haberte encontrado. Odio la idea de que estés sola en estas condiciones.

—No seas mentiroso, ¿quién quiere encontrarse a la nueva compañera de trabajo llorando como loca en el andén?

—Estás muy equivocada, señorita Haidée. En primer lugar, yo no soy mentiroso, y en segundo lugar, no me molesta encontrarme con mi nueva compañera de trabajo, llorando desconsolada y sola en un andén. Solo me preocupa y me pregunto por qué estás así.

—Es una larga historia…

—Y no vas a querer contarme nada. Como hoy a la hora de almuerzo.

—Eso no es cierto —rebato, sintiendo que me han descubierto.

—Tal vez, no te diste cuenta, pero monopolizaste la conversación hacia mi persona. Ni siquiera me diste la oportunidad de saber algo de ti.

Me quedo en silencio, es cierto. Y Damián no me da tregua, él es muy directo y dice lo que piensa. No anda con rodeos ni es condescendiente.

—El silencio otorga —continúa—. Si estás mejor, tomemos el siguiente tren, ¿te parece?

—Sí, debo llegar pronto a casa.

En ese preciso instante, vemos que se acerca un tren a lo lejos y nos levantamos para poder subir. Todavía van repletos los vagones, pero igual podemos entrar. Hay un rincón disponible al lado de la puerta y me ubico en ese lugar, Damián se pone delante de mí, muy cerca, pero sin llegar a tocarme, y se afirma de manera tal, que se convierte en una barrera para que nadie más entre en mi espacio.

—¿En qué parte vives? —me pregunta de pronto... no puedo con él y su insistencia, me rindo. No es culpable de solo querer entablar una conversación.

—La Florida, cerca de la estación Elisa Correa.

—Es bien largo el viaje —comenta y una persona le ha dado un empujón, pero él no cede ni un milímetro.

—Sí, pero en metro es más rápido que en bus.

—Siempre el metro es más rápido... ¿Cuánto tiempo llevas divorciada? —¿Por qué me pregunta esto ahora? Estaba bien la conversación trivial.

—¿No crees que es demasiado personal tu pregunta? —interpelo directamente—. Apenas te conozco.

—La idea es conocerte y que me conozcas, por eso estoy intentando conversar algo más personal y más sustancial que los tiempos de viaje —replica sin amilanarse, ¿cómo le hace para que se escuche tan natural?—. Acaso, ¿no crees en la amistad entre un hombre y una mujer?

—Definitivamente, no. A menos que una de las partes sea *gay* —respondo casi a la defensiva. Súbitamente él ha cambiado el tenor de la conversación.

—No soy *gay*, me descarta como proyecto de amigo —afirma levantando una ceja—... según tu criterio.

—Y tú, ¿no crees en la amistad entre un hombre y una mujer? —replico apresurada, me está poniendo nerviosa. Estoy tan oxidada con este tipo de conversaciones que no sé cómo actuar. Ahora que lo pienso mejor, nunca he tenido este tipo de conversaciones que rozan el flirteo.

—Depende —responde lacónico.

—¿De qué?

—Del estado civil, si están comprometidas, en pareja, casadas… todas ellas pueden ser mis amigas sin peligro de que intente seducirlas. Francamente no tengo pasta para meterme en medio de alguna relación, me parece bajo intentar liarme con alguien que no es libre.

—No tengo ningún compromiso, eso me descarta como proyecto de amiga… según tu criterio —parafraseo a Damián.

—Tal parece que no estamos destinados a ser amigos. Pero soy de la opinión de que a veces uno debe arriesgarse e intentarlo. Nunca se sabe, ¿no crees?

Su declaración me hace dudar… Amistad, ¿hace cuánto tiempo que no converso con nadie que no sea mi mamá? Antes tenía amigas, pero hace varios años que no las veo y perdí el contacto con ellas, solo una ha permanecido en el tiempo, pero vive a cientos de kilómetros. Ahora todo el mundo tiene *Facebook*, y por ese medio, las personas mantienen contacto, yo cerré mi cuenta, y a decir verdad, soy de las personas que prefiere juntarse y conversar con una taza de café… Tampoco hice grandes amigos en mis trabajos ni en mis estudios. Estoy, prácticamente, sola si de amistades se trata.

No tiene nada de malo que intentemos ser amigos, a menos que sea estúpida y me enamore de Damián. Debo ser realista y sincera conmigo misma: él me gusta mucho, y cada vez me creo menos mi discurso de que no quiero ningún tipo de relación. Mis excusas pierden fuerza cada vez que él se muestra de esa forma tan honesta y abierta.

—No creo que seas del tipo cobarde, señorita Haidée. —Me mira de una manera en que no lo había hecho antes. No sabría cómo interpretarla—. Sé que no lo eres.

No sé por qué creo que él no está hablando precisamente de una relación inocente de amistad entre un hombre y una mujer. Lo siento, yo no estoy para polvos casuales.

—No seré tu amiga con derecho. Olvídalo —declaro tajante, no soy una chiquilla a la que puede engatusar con ese tipo de propuesta.

—Yo no he hablado de derecho, a lo que me refiero es

que puede ser algo más. Por eso te quiero conocer, porque quiero algo más si las cosas se dan. No estoy tratando de darte gato por liebre. Ya te dije, no soy mentiroso.

Y me quedo de piedra, el tono de voz que usa es seguro, sin una pizca de coquetería o cursilería que soy muy capaz de reconocer en los hombres. Damián está muy lejos de ser un don Juan de tercera categoría. Está hablando en serio... muy, muy en serio, no hay diversión en su mirada, es otra cosa. Es como si fuera completamente consciente de lo que dice.

¿De verdad le gusto? Acaso, ¿no se da cuenta de que soy divorciada y tengo una hija que mantener y criar? Damián puede tener a quien quiera, cualquier mujer sin tantas responsabilidades como las mías, a cualquiera que esté libre. Esto es una tontera del porte de un buque.

—Tú eres una mujer madura hecha y derecha, no me interesan las chiquillas que salen con pendejadas cada media hora. Estás divorciada y eres mamá, eso no significa que estás muerta. —¿Y me lee la mente también respondiendo lo que pienso?, ¿de dónde salió este hombre?—. Todavía no me cuentas cuánto tiempo llevas divorciada. —No da su brazo a torcer, y quiere mi respuesta.

Si le cuento, sé que será como abrir una represa. Si no le cuento, mi vida seguirá siendo igual que siempre. Él se cansará de insistir y se distanciará… como todos los que han intentado iniciar una conversación personal conmigo para llegar más allá.

Pero Damián no es como todos los demás, hay algo en él que no logro dilucidar y que le hace ser diferente. Es como si de alguna forma fuera poderoso, en un sentido que no comprendo del todo y me hace confiar en él.

Todo esto es ridículo…

«Pero sabes que todo esto no es una ridiculez, eres una cobarde. Estás cagada de miedo de confiar de nuevo», me acusa mi consciencia, y tiene razón, soy una cobarde.

Está en silencio esperando mi respuesta, no me quita los ojos de encima, como si me estuviera estudiando. Estoy cansada de huir, hoy estoy agotada y quiero —necesito— sacar esto de mi sistema de una vez.

Y así también podré comprobar hasta qué punto le dura la valentía a Damián. Es posible que con esto desista…

—Llevaba ocho años de relación con Gabriel cuando él me abandonó hace tres años…

NUEVE

Enciendo la luz al entrar a mi departamento y cierro la puerta tras de mí. Hoy fue un día largo e intenso... Sobre todo las últimas dos horas. Sin duda alguna, mis encuentros con Haidée son una gran jugarreta del destino... O, tal vez, es el universo intentando decirme algo.

En la tarde, antes de irme del trabajo, estaba mentalizado para encontrarme con ella, incluso la esperé unos minutos, pero soy humano, mi vejiga boicoteó mis intenciones y tuve que ir al baño. Cuando volví, ella se había ido.

Con la decepción instalada en mis ánimos, enfilé mis pasos hacia la estación de metro para volver a mi departamento. Obviamente nunca imaginé que me iba a encontrar con Haidée llorando sin consuelo en la estación que está cerca del edificio donde vivo. Para los hombres es complicado lidiar con las lágrimas. Siempre nos han dicho que son un signo de debilidad, y tenemos enquistado en nuestro ADN esa estupidez de que los hombres no lloran... Nos vuelven inútiles para entender por qué las mujeres tienen esa facilidad de canalizar todo a través de las lágrimas. Y ahí me encontraba, sintiéndome el ser más lerdo del mundo intentando consolarla con lo único que uno atina a hacer, abrazar en silencio y esperar a que la calma volviera. Y sí, soy un bruto, pues me sentí muy bien siendo el paño de lágrimas de esa mujer, ser el único hombre en el que ella confía, tanto como para aceptar que la abrazara.

Y también soy un desalmado, porque no puedo evitar ser directo con ella. Maldito carácter que tengo, más de alguna vez me ha traído problemas, pero soy un convencido de que al decir cosas importantes, no debo dar cabida a interpretaciones erróneas, segundas lecturas y falsas ideas respecto a lo que quiero comunicar. Lamentablemente, muchas personas lo confunden con crueldad, lo siento por ellas, no soy suave, ni me gusta endulzar las cosas.

Digo lo que pienso, y a la vez pienso lo que digo. Tampoco soy un troglodita que es incapaz de contener su verborrea.

Y sí, la presioné; y sí, la acorralé; y sí, Haidée cedió a mostrarme lo que probablemente muy pocos saben de ella, su historia completa, el motivo por el cual ha enterrado en lo más profundo de su ser a la mujer que tiene escondida dentro de una caja de hierro, y sin embargo, a esa mujer escondida la logro percibir, en esos fugaces momentos en que ella sale y se muestra ante mí.

Sus ojos hablaban más que sus palabras, ¿no la querías conocer, Damián? Pues ahí la tuviste, en un vagón de metro repleto de gente, ella te mostró por qué es cómo es y por qué no desea depositar su confianza nuevamente en un hombre para iniciar una relación. Porque bastó con que uno fuera lo suficientemente cobarde y cruel para tomar su corazón y aplastarlo como si fuera basura y desaparecer como si fuera un puto fantasma. ¡Ah! Y aderecemos más esta suculenta combinación con que fue su primer amor, su único hombre, y que le dejó como recuerdo el fruto de un amor que al final solo ella sintió.

Maravilloso. Simplemente, maravilloso.

Y yo la empujé a que me contara todo, absolutamente todo, con sus ojos castaños claros, profundos y vidriosos que transparentaban todo ese dolor del que fui testigo en el andén. Ese dolor que resurgió al encontrárselo de manera casual, y que lleva todos los días sin darse cuenta, y que no le ha permitido cerrar su historia. Y eso es lo que necesita, Haidée es una excelente madre, una profesional competente, una hija ejemplar… ¿Y la mujer? Prisionera de sí misma y del miedo a ser herida nuevamente. Ella debe avanzar, debe levantarse de verdad, debe vivir, no sobrevivir, porque ya se está marchitando… y una mujer como ella no debe marchitarse, debe florecer.

Todo es culpa de su ex marido. Cada vez que se me viene a la mente el puto Gabriel, me dan ganas de buscarlo y castrarlo para que no se vuelva a reproducir el hijo de su putísima madre que lo mal parió. He visto *hueones* maricones y mala clase en mi vida, pero éste se lleva el premio mayor. ¡¡Ahhhhhhhh, no soporto a los poco hombres!! ¡Me descomponen los maricones! ¡Me superan!

En fin, fue una hora de recorrido muy duro y revelador para ella, y debo admitir que para mí también lo fue. Uno imagina ligeramente que un divorcio lo gatilla la típica historia de desamor, o una pareja que no es compatible, incluso infidelidad por alguna de las partes, y tal vez su historia no hubiera sido tan terrible si no es por cómo él la dio por terminada, y que ella estuviera embarazada sin saberlo hasta que fue demasiado tarde.

Lo sé, no es la primera ni la última mujer a la que abandonan y que se tiene que hacer cargo de su hija y de su vida, pero me descorazona el motivo que la llevó a ser madre soltera. Ella tenía su plan de vida armado y se le desmoronó como un castillo de naipes.

La acompañé hasta la puerta de su casa, no iba a permitir que se fuera sola en esas condiciones. Me sentía responsable de su seguridad y no me pareció correcto que después de tener una peculiar terapia de metro, ella pensara que solo deseaba saciar mi curiosidad. Yo, de verdad, quiero conocerla, ahora más todavía. De todas las formas posibles.

Creo que nunca olvidaré su rostro cuando nos detuvimos en frente de su casa, ya habían desaparecido los rastros de su llanto, y se le veía mucho más relajada y tranquila. Se notaba el alivio en su voz, y en sus ojos el agradecimiento, tal como la primera vez que nuestros caminos se cruzaron. Ya con eso me aseguré de que estaba de mejor ánimo para seguir, porque su día todavía no terminaba, tenía que llegar a hacerse cargo de Julieta, de la casa y de ella misma. Solo espero que a la hora de dormir Haidée pueda descansar, porque de noche llegan todos los fantasmas e inseguridades que suelen aconsejar muy mal.

Y la pregunta del millón es, ¿quiero seguir adelante y arriesgarme? Pues claro que sí, ella me gusta, pero ahora tiene toda mi admiración y ha capturado mi total atención. Mucho más que antes. Ella, a diferencia de otras mujeres, tiene ese algo que me provoca seguir más adelante, independiente de mis preferencias, quiero despertarla, quiero tentarla, quiero que me necesite para liberarse, quiero hacerla mía.

Mía.

*****

Cocinar me distrae, son las diez de la noche y no puedo dejar de preguntarme si ella estará bien. Pretendo llevar mañana algo de sushi, ahora que no tengo clases hasta marzo, me puedo dar el lujo de preparar cosas más elaboradas o aprender otras que he visto por ahí y me han llamado la atención.

Pero es inútil, por más que hago rollos de arroz, mi concentración se hace humo y mis pensamientos vuelven una y otra vez hacia la señorita Haidée… y no puedo seguir dándole más vueltas a este asunto y decido llamarla por teléfono, aunque parezca un acosador cargante, no me importa.

Sí, lo reconozco, soy un desvergonzado, me aprendí el maldito número cuando la llamé para confirmarle que había obtenido el trabajo… El fin justifica los medios.

Marco su número y espero…

Y espero…

Y espero…

Y espero…

No contest….

—¿Aló? —Es su voz. Definitivamente la reconocería en cualquier parte. Era el número que recordaba.

—Hola, soy Damián.

—Ah… hola —saluda en voz baja y vacilante—… ¿Cómo conseguiste mi número? —pregunta a la defensiva.

—De tu currículo —contesto con la verdad, para qué voy a intentar inventar ridiculeces.

—Ah… de veras, perdón.

—No hay nada que disculpar. En realidad, lo memoricé sin tu permiso. Sé que eso no se hace, pero bueno… Es por una buena causa. Te llamaba para saber si estás bien.

—¿En serio?

—¿Y por qué no iba a estar hablando en serio? Soy hombre, pero tengo sangre en las venas y me preocupa saber cómo estás ahora.

—Perdón, me descoloca que me llamen… y sobre todo a esta hora… En realidad, nadie me llama, salvo mi mamá… —explica… ¿Está nerviosa?

—Lo sé… ¿Estás bien, Haidée? —insisto con mi interrogatorio. ¿Por qué diablos no puede contestar la pregunta que le he hecho y ya?

—¿Quieres que te diga la verdad? —propone con un poco más de seguridad. Eso quiero, que ella se sienta confiada.

—Siempre… Siempre, siempre sé honesta conmigo, Haidée…

—Está bien… Es extraño, después de hablar, bueno, que me empujaras a hacerlo… —Suspira profundo—. Todo fue diferente, no sé cómo explicarlo con mejores palabras, pero es como si me hubiera cambiado la percepción de algunas cosas.

Hace años que no hablaba de esto con nadie.

—Y supongo que eso es bueno.

—Es muy bueno. En realidad, necesitaba que alguien me obligara a sacar todo esto, pero no me había dado cuenta de ello. De lo mal que me hacía.

—A veces, mi querida señorita Haidée, hay que soltarse y dejarse llevar —aconsejo, intento aplicarlo siempre en mi vida…Y yo conozco unas cuantas maneras de soltarse y dejarse llevar.

—Pero uno no se puede soltar con cualquiera. —Ahí está, intentando esconderse de nuevo.

—Evidentemente, pero conmigo puedes hacerlo.

—Estás muy seguro de lo que dices.

—Absolutamente. Te he estado observando y analizando desde que te vi la primera vez, y puedo concluir varias cosas. Una de ellas es que estás obligada a tomar el control en todos los aspectos de tu vida, como madre, profesional, hija… incluso cuando estuviste casada. Pero no se puede mantener el control de todo, ¿no es así? Me atrevería a decir que no solo el hecho de que tu ex marido te haya abandonado ha bloqueado a Haidée, la mujer, sino que tú misma tienes miedo de perder el control de esa faceta tuya. Tienes miedo a confiar, a entregarte, porque lógicamente no puedes controlar los sentimientos de tu contraparte.

—¿Y se supone que has logrado ver eso en solo un día? —interroga con una cierta cuota de sarcasmo. Y ahí está de nuevo a la defensiva, y eso solo me confirma que he apretado la tecla correcta.

—Pues claro. Hay cosas que son evidentes para mí.

Se queda en silencio, supongo que pensando, puedo sentir el compás de su respiración a través de la línea telefónica.

—No sé cómo hacer eso… de soltarse… —admite con un hilo de voz—… y dejarse llevar.

—Tienes varias alternativas, y me ofrezco para que las pruebes todas conmigo…

—¿Perdón?... —interrumpe mi propuesta bruscamente sin dejarme terminar—. Damián, estaba hablando en serio cuando dije que no voy a ser tu amiga con derecho.

—Y yo no he hablado de eso. —Maldición, no quería hacerlo de este modo, esta conversación se me ha ido de las manos… Pero seré honesto, asquerosamente honesto. No soporto irme por la tangente por demasiado tiempo, me desespera—. Haidée, los amigos con derecho tienen libertad de follar con quien se les plazca sin compromiso, sin explicaciones, sin ninguna clase de fidelidad o de frecuencia. Yo te ofrezco algo muy diferente; exclusividad, respeto, seguridad, estabilidad, estar contigo todo el tiempo y hacerme cargo de sacar de nuevo a la mujer que tienes adentro.

—Damián, no puedo creer que estemos teniendo esta conversación... —Lo sé, ni siquiera yo puedo creer que estamos teniéndola, no ha sido a propósito—. No te conozco, no puedo llegar y acostarme contigo porque sí.

—¿Y por qué no? —interrogo para que halle alguna justificación real y válida para mí—. Eres mujer, eres joven, soltera y atractiva, estás viva, permítete sentir deseo, no le debes fidelidad a nadie, destierra a Gabriel de tu piel. Sé dueña de tu cuerpo y de hacer lo que quieras con él.

—¿Entonces, todo el discurso de conocernos se reduce a solo sexo? —replica. Quiere respuestas, no la culpo. Debo ser claro y muy específico.

—El sexo es una parte importante y que define muchas veces nuestra manera de ser y de relacionarnos con los demás de manera implícita. A través del sexo nos conectamos con el instinto, somos más animales y salen a la luz nuestros secretos más oscuros. Pero estás equivocada si piensas que todo se reduce a una relación sexual. Si yo quisiera simplemente llegar y follar, tomaría a la primera que se me cruce y ya. ¿No te ha pasado que simplemente quieres conectar con alguien? ¿Conversar de todo lo que quieras sin que te juzguen? ¿Confiar plenamente en alguien para entregarte al placer si ninguna restricción? Sí, podemos ser amigos y tener sexo, y explorar muchas alternativas, pero te puedo asegurar que no me acostaré con otra, ni me iré de la noche a la mañana sin ninguna explicación. No deseo a otra que no seas tú.

—A mí nadie me asegura que cumplirás lo que estás proponiendo. Ni siquiera sé si lo que dices es verdad...

—Bueno, ese es un salto de fe que debes dar... ¿Qué tantas ganas tienes de avanzar y tomar lo que se te plazca?

—¿Y qué pasa si me enamoro de ti? —Una gran pregunta, y también demuestra su gran temor, es lógico y comprensible, no soy un tarado que no ha visto esa posibilidad, quiero experimentar un montón de cosas con ella, pero no significa que mis emociones no se involucrarán. Si nos enamoramos y si somos compatibles, sería el maldito Edén.

—¿Y qué pasa si me enamoro yo de ti? —subrayo—. El riesgo es el mismo para los dos, yo también tengo corazón y también me puede pasar. Lo único que nos diferencia es que yo me quiero arriesgar a pesar de que soy consciente de lo que puedo perder.

—No sé por qué pienso que solo tú te beneficias de esto.

—Tú también te beneficiarás, conocerás una parte de ti misma que te has negado todo este tiempo. Una parte que todas las mujeres llevan adentro y que no explotan a plenitud por tabú, el qué dirán, los prejuicios, incluso por el miedo a ser juzgadas por sus propias parejas.

—¿Y se supone que yo aprenderé contigo todo eso? —pregunta con un tono de burla. A pesar de todo, me encanta su actitud, está peleando, luchando con todas sus fuerzas para no ceder, lo está pensando todo, cuestionando todo. No quiero que acepte todo sin preguntar; bueno, eso lo quiero en la cama, para lo demás la quiero belicosa y rebelde.

—No soy un gran experto, si eso quieres saber. Pero puedo decir que sé muchas cosas más que un tipo promedio que solo sabe el misionero con algunas variantes, y si tienes suerte, una demostración torpe de sexo oral. Yo también aprenderé contigo practicando ciertas cosas que no he podido hacer. Los dos nos beneficiaremos.

—Damián, esto me ha tomado totalmente por sorpresa. ¿Ni siquiera te has puesto a pensar en la situación en la que me acabas de someter? Mañana nos encontraremos en el trabajo, ¿con qué cara te voy a mirar?

—El trabajo es el trabajo, yo no hablaré ni te insinuaré nada de esto. Me dará amnesia y ni siquiera recordaré que hemos tenido esta conversación. Ante todo soy un caballero.

—Un caballero no hace propuestas sexuales de la nada. ¿Y tú crees que es fácil abstraerse de todo esto?

—Digamos que será una buena lección que aprender. —Para ambos, porque no soy de madera—. Haidée, reconócelo, yo te gusto y tú me fascinas. Te he dicho lo que quiero y pienso, sin intentar engañarte con falsas promesas.

—Pues, ha sido una brutalidad, muchas gracias. —Su voz se ha elevado y destila ironía—. Es insólito que esto esté pasando.

—No te enojes conmigo por ser honesto —le reprendo sin una pizca de diversión por su mal humor—. Somos adultos y no niños de diez años.

—Damián... yo no pue...

—No digas que no puedes, Haidée —interrumpo, no quiero escuchar esas palabras saliendo de su boca, no quiero que se subestime—. Nunca digas eso... Piénsalo, ¿vale? Intenta analizar todo y si deseas dar un paso al frente, me lo haces saber. Una vez que corte el teléfono haré como que no hemos tenido esta conversación y tan amigos como siempre. Si rompo esta promesa, te juro que renuncio al trabajo.

Silencio.

—¿Prometes que no dirás nada?...

—Absolutamente, tengo algo llamado honor, ¿sabes? Piénsalo y si lo deseas me das una respuesta después de Navidad por sí o por no.

Nuevamente silencio...

—Haidée...

—¡Esta bien, lo pensaré! —claudica y eso tiene sabor a triunfo para mí. Suelto el aire de mis pulmones y mis músculos se relajan—. No te ilusiones.

—Me conformo con que lo pensarás. —Y es la verdad, que ella aceptase a estudiar la posibilidad es lo más valiente que ha hecho como mujer los últimos tres años... y eso me hace sentir orgulloso de ella. Es extraño, ni siquiera me desanima la posibilidad de que no acepte mi propuesta—. Bien, ha sido una conversación muy fructífera y reveladora. Espero que tengas buenas noches, nos vemos mañana, señorita Haidée.

—Hasta mañana, señor Cortés.

Es la segunda vez que me dice «señor Cortés»... no puedo negar que me gusta el tono seductor con que lo dijo. Se escucha demasiado bien.

Creo que no me salió del todo mal eso de «tirar toda la carne a la parrilla». Me jugué todas mis cartas, solo espero ganar esta mano.

Mi suerte está echada.

DIEZ

$\mathcal{D}$amián está completamente loco, es un demente… No, es un total desvergonzado… No, mejor dicho, es un sádico que goza poniéndome en situaciones como ésta.

¿Pero por qué demonios siento que no debo rechazar de plano la locura que me está proponiendo? ¿Por qué accedí a pensarlo?

Me he dado quinientas mil vueltas en la cama, no puedo conciliar el sueño y mi cabeza va en todas direcciones. ¡Maldito sea!

No quiero aceptar que él tiene razón en muchas cosas que me dijo. Maldición, me hizo una radiografía completa, sin endulzar, sin temor a que yo rebatiera sus argumentos. Solo dijo lo que interpretó en mí… y odio pensar que soy así de evidente.

¿Qué hago? ¿Por qué me pone en este lío?

«*Haidée, reconócelo, yo te gusto y tú me fascinas* »… No puedo evitar sonreír con su descaro. Me gusta mucho, no lo voy a negar. Debo reconocer que es la primera persona que es tan directo conmigo de una manera tan… encantadora y brutal. No es igual al acoso directo y asqueroso de Andrés Valdebenito, él me quería obligar y Damián me propuso una locura y solo me pidió que lo pensara y prometió no hablar de esto en el trabajo para no perturbarme.

Y lo estoy pensando demasiado.

No sé qué hacer.

—Mami… *quedo* pipí. —Mi pequeña interrumpe mis incesantes cavilaciones que no me llevan a ninguna parte. Ella tiene su habitación, hace poco tiempo que se la habilitamos para que empezara a ser más independiente… Creo que yo la echo más de menos que ella mí. A veces duerme de corrido, y en otras ocasiones se pasa a mi cama a medianoche.

Me levanto y la llevo al baño. Es una campeona, aprendió a avisar poco antes de los dos años y ya me olvidé de los pañales. Casi no me doy cuenta de lo grande que está. Depende de mí, sí, pero ya no es una bebita que necesita de mí para vivir.

—Listo, ¿quieres dormir conmigo, hijita? —le propongo mientras ella se tapa los ojos porque la luz del baño le molesta.

—Sí —acepta con su voz remolona, la adoro.

Nos vamos a la cama, abrazo su cuerpecito tibio y se acomoda buscando mi pecho, hasta que lo encuentra entre los tirantes de mi camiseta, lo acoge entre sus manitas y empieza a succionar. No me importa si es muy grande para tomar leche materna, es la manera que tenemos para conectar, ella lo necesita, y no se lo voy a negar… Algún día le aburrirá hacer esto, yo de momento lo disfruto.

Y sin más, el sueño me invade, y me quedo dormida.

*****

Tal como lo prometió, Damián no hizo ningún tipo de acercamiento, salvo el saludo matutino hecho con toda la naturalidad del mundo. Su rostro imperturbable no demostró nada, fue amable como siempre, y eso me hace preguntarme si la conversación de anoche fue una loca alucinación de mi parte.

Literalmente, él tiene amnesia.

La mañana de mi segundo día de trabajo transcurre vertiginosa y llena de actividad, cosa que agradezco desde el fondo de mi ser. Solo me concentro en ello y no le doy cabida a ningún pensamiento que pueda distraerme. Leonardo y Juan son personas muy profesionales, contestan todas mis preguntas y me enseñan todo lo que saben, Jesús y Carolina son compañeras increíbles y todos conforman un gran equipo.

Mi tranquilidad llegó hasta el mediodía, cuando vi a Damián apoyado en el marco de la puerta que da a la sala de *housing* sosteniendo una bolsa de plástico negro. Solo estamos las mujeres, Leonardo y Juan han salido a una reunión con Héctor.

—Señoras y señorita —nos llama la atención Damián sin moverse de su posición—. Me han encomendado una misión. —Nos mira a las tres con una sonrisa de estar tramando algo muy perverso.

¿Dios, acabo de pensar eso?

—Al grano, Cortés —apremia Carito—. Pareces *mina*[9] de quince haciéndote el interesante.

—Eres una bruja —reprende Damián—. Vine a pregun-

---

9 *Mina: mujer*

tar si van a participar para el amigo secreto de Navidad.

—De veras que el viernes es la fiesta de Navidad —comenta Jesu—. Ya, *po'h*, no hay problema por mi parte, ¿Carito?

—Solo espero que me salga de nuevo Damián para darle el regalo que merece —responde burlona.

—¿Ah, sí? Tú me das miedo, bruja. Este año hazme el favor de que la muñeca inflable sea morena, no me excitan las rubias.

Carito y Jesu estallan en carcajadas y Damián ríe también de muy buen humor, es divertida la situación, pero no entiendo nada. Jesu se da cuenta y espera a calmarse un poco para contarme.

—El año pasado... le regalamos una... novia a Damián —explica entre carcajadas y afirmándose la barriga—. Una muñeca inflable rubia... le hubieras visto la cara que puso el año pasado.

—El pobre parece salido de un seminario para sacerdotes —interviene Carito—. El año pasado perdió la virginidad con la Brittany.

—El nombre de la muñeca —me explica Damián levantando las cejas—. En fin, señoras, guarden la compostura y digan si van a querer jugar o no —demanda de una manera que corta las bromas y las risotadas de mis compañeras. No está enojado, ni nada por el estilo, solo su voz dio punto final a la jugarreta.

—¿Y perderme la oportunidad de presentarte a una nueva *polola*? Pues estoy adentro, san Damián —responde Carito desenfadada. Es increíble cómo ella se comporta con el resto de los hombres, mientras que con su esposo, Juan, es mucho más dócil.

—Yo también, sabes que no te regalaré una muñeca... —Jesu sonríe de una manera divertida.

—Puede que este año ninguna de ustedes sea la afortunada, no cuentan a la señorita Haidée, y tampoco a los ilustres varones —responde él con suficiencia y me mira fugaz volviendo su atención hacia sus contrincantes—. Les recuerdo las reglas del amigo secreto: los regalos prohibidos para los hombres son las bebidas alcohólicas, y para las mujeres están prohibidas las cremas y colonias. No hay tope máximo de dinero, y el mínimo es cinco mil pesos. El regalo se deja en el arbolito de pascua que pondré en el pasillo.

Jesu y Carito aceptan las reglas y luego me miran, yo no he dicho nada de nada. No voy a ser tan pesada de no participar, además me gustan las reglas impuestas, por lo menos me aseguro que de no me llegue una crema para manos.

—Claro, estoy adentro —afirmo e intento no hacer contacto visual con Damián, porque me pone nerviosa.

—Bien, entonces pondré tu nombre. —Deposita un papelito en la bolsa plástica que tiene en las manos, la infla y la agita—. Solo faltaban ustedes, así que haré el sorteo de inmediato. —Abre la bolsa para Jesús y ella saca un papel. Ella lo lee e intenta contener la risa. Luego va en dirección a Carito y repite la acción—. Te toca, bruja del demonio. Definitivamente, Juanin es mi héroe. —Ella ríe burlona y saca un papelito, lo lee y da una risotada acusadora. Parece que este año Damián no se salvará de la muñeca inflable. Luego, inevitablemente, se acerca a mi puesto y me ofrece la bolsa. Meto la mano intentando ignorar el suave aroma de él que se cuela por mis fosas nasales y saco el bendito papel. Lo desdoblo y leo.

«San Damián Cortés». Mierda.

Él no tiene nada de santo, por Dios, si supieran las chicas lo que me propuso anoche. No sé si reír o llorar, el azar ha evitado que le regalen una muñeca inflable, pero en repentinos lapsus se me cruza la idea por la cabeza de probar lo que él me ha propuesto… y cumplir el rol de la muñeca de una manera mucho más activa.

Pero solo son esos, lapsus, nada más. De momento mi respuesta es no. Un no muy rotundo.

—Señorita Haidée, antes que se me olvide. La necesito en mi escritorio, por favor —solicita Damián de manera afable, interrumpiendo mis pensamientos.

—Sí, claro. —Me levanto de mi silla y lo sigo en dirección a donde ha indicado.

Avanza a paso seguro, felino y relajado, no mira hacia atrás. No sé si lo ha hecho a propósito, pero el día de hoy se ve mucho más atractivo, más estilizado, ¡qué sé yo! Maldito, solo está usando ropa negra, camisa y pantalón de vestir.

Se sienta en su puesto de trabajo, saca una carpeta y me la entrega.

—Aquí está la copia del contrato que deberás firmar —aclara antes de que yo hiciera la pregunta—. Léelo para ver si todo está en orden. Necesito saber si tienes FONASA[10] o ISA-PRE[11] y en qué AFP[12] estás inscrita.

—Tengo FONASA y estoy en la AFP Modelo —respondo de inmediato y él anota en su libreta.

—Bien. Si después de leer el contrato no hay problemas, puedes ir a Recursos Humanos en el piso cuatro para firmarlo.

—Ok, ¿eso es todo?

—Sí, eso es todo.

Sin duda alguna, Damián tiene amnesia. No sé qué diablos pensar, por lo que pude deducir hace unos minutos, tiene una muy buena relación laboral con todos, pero a la vez es muy reservado respecto a su vida personal, del hecho que todos creen que casi tiene voto de castidad. Pues lo dudo mucho, ni en sueños Damián es virgen y tampoco es un santo. Eso menos que nada.

«… *Pero puedo decir que sé muchas cosas más que un tipo promedio que solo sabe el misionero*».

Damián, definitivamente no es un tipo promedio.

*****

A veces maldigo no tener presupuesto para comer afuera, así que estoy obligada a compartir mi hora de colación con él, confío en que Damián cumpla su promesa. Esta será su prueba de fuego para no mencionar nada cuando estemos los dos solos… Soy una masoquista, estoy casi esperando a que la rompa.

Me saca que quicio que esté así de fresco y tranquilo. Es casi imposible que no le afecte, estoy completamente segura de que anoche, cuando me hablaba, podía percibir ese deseo al decirme lo que quería de mí de esa manera tan cruda y a la vez tan natural. Me da miedo y, a la vez, una profunda curiosidad probar eso de soltarse… y dejarse llevar…

Maldición, otro lapsus.

De momento estoy sola tratando de almorzar, casi no tengo apetito, pero debo comer. Si estuviera tan segura de que mi respuesta es no, no estaría tan tensa, tan a la expectativa. Estos fideos me saben insípidos, a pesar de que están preparados como a mí me gusta. Tomo un sorbo de agua fresca… no puedo

10 *FONASA: Fondo nacional de salud*
11 *ISAPRE: Instituto de salud previsional*
12 *AFP: Aseguradora de fondo de pensiones*

parar, me la bebo toda. Me levanto a buscar más y me dirijo al refrigerador pequeño que hay aquí. Su tamaño me obliga a inclinarme para alcanzar la botella, hace un calor infernal, y el aire frío que me da en la cara me parece una bendición. Me quedo unos segundos sintiendo la brisa fresca.

—Es muy tentadora esa postura, señorita Haidée —Damián del demonio… Intento poner cara de póker ante su provocación—. No soy de madera.

—Eres un mentiroso —acuso irguiéndome al instante, cerrando de golpe la puerta del refrigerador—. Acabas de romper tu promesa.

—Yo solo prometí no hablar acerca de lo que tú ya sabes. No dije nada acerca de hacer comentarios sobre tu persona. O tus posiciones.

—Eres un manipulador, mentiroso. —Camino aireada a mi asiento y sigo almorzando bastante molesta por su declaración. Mierda, olvidé la botella de agua.

—No soy mentiroso, ya te lo he dicho tres veces con esta, Haidée. ¿Manipulador? Eso puedo concedértelo —manifiesta con un tono benevolente mientras abre su contenedor de comida—. ¿Quieres unas piezas de sushi? Debo decir que me quedan muy buenos.

—No, gracias —me niego secamente. Aunque se me hace agua la boca, no cederé.

Él se encoje de hombros y toma una pieza con sus palillos, la sumerge en soya y luego se la come de un solo bocado. Es muy diestro con los dedos, sus movimientos fueron fluidos, muy elegantes… ¡Haidée, deja de mirarlo, por la flauta!

—Está muy bueno. No seas orgullosa… —Me mira de reojo y sigue comiendo—. Te estas mojando los labios, sé que se te hace agua la boca por probar… el sushi.

—¡Pero que engreído eres! —Ni siquiera me di cuenta de que estaba haciendo eso, si no es porque en realidad tengo mis labios húmedos…

—No lo soy… Bueno, un poco tal vez, pero no del todo… —Juguetea con los palillos con destreza entre sus dedos y luego elije otro bocado—. ¿Cuál es el punto de reprimirte y negarte lo que en verdad deseas?

—¿Estás hablando del sushi? —interrogo incrédula.

—Absolutamente. Solo dime la verdad.

—No quiero ceder ante ti, Damián —reconozco, esto es

como una lucha de poderes. Yo la siento así.

—Entonces sí se trata de orgullo… Esto no es una competencia, señorita Haidée, si quieres probar el sushi, pruébalo y punto. A mí solo me darás el placer de que has probado algo que hice con mis manos. Nadie gana y nadie pierde, es justo. Pero… —Me apunta con sus palillos—. Tú debes dar el primer paso.

—¿Cuál es el punto de hacer estos jueguecitos mentales?

—Mmmm… lo hace divertido, intento entenderte, conocerte. Saber cómo reaccionarás frente a un estímulo en particular. Pero debo admitir que en este momento solo deseo que pruebes lo que he cocinado. Si aceptas comer, no involucra lo que tú ya sabes. Para nada.

Damián es muy inteligente, y eso le hace ser muy seductor. Tiene mucho poder de convencimiento… y no tiene nada de malo comer una pieza… Está bien, probaré el sushi, en realidad me encanta y hace meses que no me doy ese lujo.

Solo será una pieza.

Porque estamos hablando del sushi… ¿cierto?

Es sushi, y solo sushi.

—¡Oh, está bien dame una pieza! —cedo, solo quiero una probadita.

Damián sonríe, abiertamente como si estuviera contento.

Toma una pieza con sus palillos, tienen el tamaño preciso, es perfecta. La sumerge en soya y me la ofrece. Resoplo en un estéril intento de poner resistencia, y abro la boca.

Desgraciado, infeliz, maquiavélico, cocina como los dioses, esto está DE-LI-CIO-SO.

—¿Quieres más? —ofrece en cuanto he comido esa maravillosa pieza—. De hecho, traje una ración doble… Los chicos siempre picotean mis sobras, pero puedes ser egoísta y comértelas todas. Será nuestro sucio secreto.

¡Diablos, qué más da!

—Ya, dame otra…

Me comí doce, y él se dio el trabajo de dármelas una por una. Según él para que no corriera el riesgo de manchar mi ropa con soya… Mentiroso.

Te odio, Damián Cortés.

ONCE

*F*alta poco.

La señorita Haidée de a poco está empezando a ceder, me encanta presionarla, ella lo sabe, y estoy disfrutando como nunca. Ella quiere, lo desea, lo anhela, pero es orgullosa y terca como una mula. Pero entiendo por qué lo hace. No quiere perder el control, y debo convencerla, de algún modo, que cediéndome el control, no tendrá de qué preocuparse. Hacerle olvidar por unos momentos que no debe tomar decisiones, solo disfrutar, gozar, y de paso, gozaré yo también venerando cada rincón de su cuerpo...

Ya lograré hacer que baje las barreras, me encantaría hacerlo a punta de besos salvajes y dejarle los labios enrojecidos, pero bueno, dudo que quiera llegar a ese tipo de instancias... de momento.

Este día ha sido un delicioso suplicio, verla tan fuera de sí, tan a la defensiva, y sus ojos que dicen todo lo contrario, darle de comer... Se me puso tan dura con solo mirar cómo devoraba cada bocado. Para mí fue un verdadero martirio erótico que luego tuve que resolver rápidamente usando mis manos. No lo voy a negar, tener un orgasmo pensando en Haidée ha sido uno de los mejores que he tenido en solitario.

Pero insisto, lo estoy disfrutando como nunca.

Miro el papelito que me tocó para el amigo secreto de navidad... Sin duda, el azar es tan retorcido como el destino...

«Haidée "pajarito nuevo" González».

Tengo una lista kilométrica de regalos que podría hacerle, y ninguno es decente para dar en medio de una fiesta laboral, así que me tendré que aplicar en obsequiarle algo inocente y sugerente... difícil, muy difícil.

Supongo que podría hacer algo de ingeniería social y averiguar algo más sobre sus gustos, de momento, sé que le gustan las perlas, siempre usa algún accesorio con esa piedra.

*****

—Hasta mañana, Damián —se despide Haidée, va junto a Jesu y Carito... Qué raro, ellas siempre se van con sus maridos.

—Hasta mañana —respondo amable, como siempre.

—Vamos a comprar tu nueva *polola*, san Damián —informa la bruja Carolina, es una pesada.

—Ya te dije que me gustan morenas... y agrégale un lubricante también —pido como si nada.

—¿Así que estás exigente ahora? —interpela guasona—. ¿No quiere algo más el señorito?

—Pues, ahora que lo dices, me encantaría que le agregaras unas esposas, unas buenas eso sí, no esas que se rompen con solo mirarlas. ¿No hay esposas? Entonces, una soga suave, de algodón para que no raspe. ¿No hay sogas? Incluso, el film plástico o cinta adhesiva me sirve... Ingéniatelas —propongo relajado como si le estuviera dando la lista del supermercado.

—Pobre muñeca —comenta Jesús riendo a carcajadas—. Se va a encontrar con Damián Grey. Falta que digas «yo no hago el amor, follo, duro» —parafrasea al personaje intentado imitar una voz masculina con algún tipo de retraso mental.

—No necesito un cuartucho del terror para ponerme a tono —respondo relajado, en cierto modo es verdad—. Les aseguro que la muñeca lo pasará muy bien.

—¡Qué es fantasioso, san Damián! Ni él se la cree, lo que tú tienes de Grey, lo tengo yo de princesa Disney —declara Carito muerta de la risa.

Las brujas ríen a carcajadas y Haidée me mira de un modo extraño. Lo bueno de que esa novela se haya hecho famosa, es que todo el mundo conoce o tiene una idea vaga de lo que es el juego de dominación y sumisión. Lo malo es que en todas partes salieron pendejas y no tan pendejas que se creyeron el cuento de salvar al pobre dominante traumatizado, y arruinaron lo poco que estaba empezando a surgir en este país, invadiendo foros, chats, blogs y sitios especializados. Cuando empecé a buscar información a fondo, me di cuenta de que todo estaba abandonado desde hace por lo menos tres años, así que asumo que esa horda de sumisas de cartón le hizo un flaco favor a quienes sí estamos de verdad interesados en desarrollar este estilo de vida.

En fin, todo el mundo sabe de lo que hablo, pero todos, absolutamente todos, creen que es una broma, y lógicamente, prefiero que sea de esa manera.

—Piensa lo que quieras, bruja, es mi regalo, deberías hacer el trabajo completo —sugiero serio sin ninguna clase de diversión en mi tono de voz—. La muñeca sola es muy aburrida.

—Y nos salió regodeón san Damián —rezonga Jesús con sarcasmo—. Estás *agranda'o*, muchachito. Sí que necesitas una mujer de verdad.

Me encojo de hombros, en eso estoy trabajando, señora hobbit. Ellas ríen de buena gana a costa mía.

—Me aburrí de hincharte las pelotas. Nos vemos mañana, señorito —se despide Carito.

—Adiosito, Damiancito —continúa Jesu haciendo un gesto con sus deditos.

—Hasta mañana —Haidée apenas articula palabra.

¿Se habrá dado cuenta de que yo hablaba en serio? Estoy casi seguro que no… Y en realidad, eso me complica, porque esto no es fácil de confesar ni de explicar. Porque ¿cómo inicias una conversación de ese tipo sin que la otra persona crea que estás loco, o que eres un pervertido o un sicópata? Bueno, tal vez sí sea todo eso, pero sin llegar al extremo. Si me pongo a pensar, todos somos un poco así, solo que algunos no enterramos nuestros deseos y los queremos hacer realidad. Así de simple.

Yo creo que esa conversación será lo más difícil. Si es que llego a confesarlo.

Y debo reconocer, que ese es mi temor más profundo, que Haidée no quiera saber más de mí cuando se entere. Porque no podría mentirle ni ocultarle demasiado tiempo esto que es parte de mí, y que desde hace mucho me encuentro en un punto sin retorno. Ya no puedo ser como antes.

Debo tener algo de fe en que, si Haidée acepta lo que le propuse, logre comprenderme y me deje enseñarle y aprender todo esto junto con ella… eso espero.

Eso espero.

*****

Una epifanía…

Una vitrina que exhibe joyas de fantasía fina…

Un collar de perlas rosadas y blancas, idéntico al de mi sueño…

El corazón me late desbocado como si fuera una estampida de mil caballos.

Simplemente, entro y lo compro… ya tengo su regalo.

Será la primera vez que le hago un regalo como este a una mujer, me encantaría verle la cara a Haidée cuando abra la caja. Me excito con la sola idea de ver esas perlas rodeando su cuello.

Mierda, otra cosa más a mi lista de fetiches.

Esta navidad solo deseo una cosa. Ella diciéndome, «quiero probar».

*****

—¿Y qué tal fue salir con las brujas? —interrogo a Haidée mientras almorzamos—. Creo que me salvé de que no me convirtieran en sapo.

—Lo pasamos bien eligiendo muñecas inflables. —Ríe jocosa. Malditas brujas, contaminaron a Haidée—. En realidad, fuimos a comer un helado y luego cada una se fue para su casa.

—¿Aquelarre? —bromeo, sonriendo, me las imagino con sombreros puntiagudos frente a un caldero humeante y riendo guturalmente.

—Más o menos.

Seguimos comiendo en silencio. Hoy no le he insinuado nada, ni deseo provocarla… No todavía, quiero ver cómo se comporta.

—¿Puedo hacerte una pregunta? —Haidée interrumpe de pronto el silencio.

—La que quieras —respondo tranquilo y como el ultimo bocado de mi comida.

—¿Hace cuánto trabajas aquí?

—Unos dos años.

—¿Y hace cuánto que no tienes pareja? —Levanto las cejas sorprendido, bien, no esperaba tener este tipo de conversación… No imaginé que ella preguntaría algo así, pero pensándolo mejor, tiene que ver con mi fama de santidad en esta oficina.

—Dos años, tal vez un poco más, no lo recuerdo. He intentado tener pareja de nuevo, pero simplemente no se han dado las condiciones.

—Ah.

Silencio.

—¿Siempre haces esto? —interroga de nuevo al cabo de unos eternos segundos.

—¿Qué cosa?

—Lo que tú ya sabes.

—No. De hecho, eres la primera a quien le propongo lo que tú ya sabes. —Y es la verdad, nunca nadie me había llamado la atención lo suficiente como para proponer una relación sexual.

—¿Por qué yo?

—Es complicado de explicar. —Muy complicado.

—Necesito entender —expresa casi como un ruego, y de verdad me encantaría decirle todo, absolutamente todo. Pero estoy seguro que no me entendería, así que decido explicar lo más simple.

—Me gustas mucho, te encuentro fascinante y me provocas curiosidad... una profunda curiosidad.

—¿Curiosidad? —pregunta un tanto incrédula, como si ella no fuera alguien que llama la atención. Pues se equivoca, señorita, llama mucho la atención. Sobre todo la mía.

—Siempre me he preguntado hasta dónde puedes llegar, hasta dónde me permitirías llegar. Hay cosas que delatan que dentro de ti hay una mujer muy diferente a la quieres mostrar.

—¿Y cómo me delato, según tú?

—Son detalles, gestos, reacciones... lo haces inconsciente, no te das cuenta... como ayer con el sushi. Cuando cediste a tus deseos, disfrutaste cada bocado como si fuera tu última cena. La verdad fue muy estimulante verte así... despojada del control.

—No puedes comparar la comida con lo que tú ya sabes qué —rechaza incrédula.

—Si puedo. Es más, ambas cosas son muy similares —explico mirándola fijamente y ella no evita el contacto—. Son necesidades vitales, si no te alimentas, no tienes fuerzas, enfermas, te mueres. Si no hay sexo en mucho tiempo, la gente cambia, es como si llevaran una carga extra, no hay válvulas de escape, de a poco se pierde esa chispa. Es como si perdieras el contacto con tu propia humanidad, no vives plenamente.

—Para ti es muy importante —afirma convencida.

—Ya lo dije, es una necesidad vital.

—Cuando estuve casada, nunca fue lo primordial —confiesa con un dejo de tristeza—. Nunca fue una necesidad vital como tú dices.

—Tal vez él nunca fue el adecuado. Ustedes eran demasiado jóvenes y sin experiencia previa antes de empezar su relación. Aprendieron sobre la marcha… Pero algo me dice que él nunca fue… ¿entusiasta?

Se queda callada unos segundos, mira su plato de comida, hace un buen rato que está mareando el último trozo de carne de su almuerzo.

—No lo sabes —afirmo—, porque nunca has conocido a alguien más. No puedes saber si era bueno, malo, si era creativo…

—Creativo no era… —interrumpe—. Eso sí lo puedo asegurar… en general los hombres son más bien ¿básicos? Y se conforman fácilmente mientras puedan acabar… pero de todas formas, lo amaba.

—Y tal vez te hubieras resignado toda la vida a aceptarlo de esa manera, por amor.

—Es probable.

—Si hubieras estado casada, no habría hecho lo que hice. Aunque te parezca ridículo, tengo principios.

—Las mujeres con compromiso están vetadas, lo sé.

—Y por eso me puedo permitir sentir deseo por ti.

Se queda pensativa, sin dejar de mírame fijo, nos quedamos en silencio unos segundos. Me está estudiando, tal vez intentando encontrar algún rastro de falsedad de mi parte… No, señorita. Todo es cierto.

—¿Y qué pasa con los demás sentimientos? —interroga develando lo que más le preocupa.

—¿Como el amor?

—Sí… como el amor.

—Pues, me gustaría amar otra vez, nunca he rechazado esa posibilidad… Los hombres, en general, no somos lo que las mujeres desean, tenemos millones de defectos. Lamentablemente para ustedes, nos es más fácil separar las cosas y solo si lo deseamos involucramos el corazón. En cambio, ustedes, a pesar de tener la misma capacidad para separar las cosas, no pueden sostener la situación por demasiado tiempo, e inevitablemente amarán. Creo que las mujeres nacieron para amar a idiotas como los hombres. Si no, probablemente, todas serían lesbianas y se acabaría el género masculino.

—Tal vez estaríamos reproduciéndonos como las amebas —bromea esbozando una sonrisa.

—Eso no lo sabremos nunca... —Entrecierro mis ojos para llamar su atención—. ¿No te da curiosidad?... ¿ni siquiera un poquito? Lo que tú ya sabes qué.

Haidée me mira un tanto desconcertada, sé que lo ha estado pensando... y eso la tiene intranquila. Y no la culpo, por eso me ha interrogado todo este rato, necesita respuestas para tomar una decisión.

—¿Haidée, ya terminaste? —interrumpe Juan entrando súbitamente a la cocina—. Perdona que te moleste, pero tenemos reunión de planificación con Leonardo y Héctor.

—Sí, claro, se me había pasado la hora. Ya voy. —Son increíbles los cambios que tiene su rostro, nadie hubiera pensado que estábamos sosteniendo una conversación sexual-existencial. Se levanta de la mesa y hace el ademán de levantar el plato. Le toco la mano y ella me mira sorprendida.

—Anda, yo lavo el plato. No te preocupes.

Duda... y luego suspira. Cede.

—Gracias.

—No hay de qué.

Haidée sale de la cocina siguiendo a Juan, y yo me quedo solo pensando en que es muy probable que pronto aceptará mi propuesta, pero me temo que no será algo simple. Haidée no es de las que puede separar el sexo y el amor, estoy seguro de que si accede a estar conmigo, tendré que, tarde o temprano, entregarle mi corazón.

Y es extraño, la idea ni siquiera me molesta.

DOCE

Se nota que es víspera de las fiestas de navidad, el metro en la mañana no está reventando de gente... Hasta pude conseguir un asiento y eso sí que es un milagro.

Repaso mentalmente lo que ha pasado estos últimos días, y sin duda, ha sido la semana más intensa de mi vida. Por el lado laboral, llegar a este lugar ha sido una gran experiencia, gracias a las personas con las que trabajo, el grato ambiente, los nuevos desafíos que se avecinan. Haidée, la profesional, está llena de energía y entusiasmo por continuar en este trabajo y progresar.

En cambio, para Haidée, la mujer, esta semana se ha convertido en un caos inmenso. Cada día que pasa, una parte de mí está más que convencida de entregarme a la locura que me ofrece Damián, mientras que la otra parte se resiste, como si estuviera colgando de la orilla de un barranco.

Y no sé qué hacer... la verdad no tengo idea.

Lo que él ofrece es casi una relación sentimental, será exclusiva, con respeto, me dará seguridad, estabilidad y sexo desenfrenado y sin prejuicios... Porque de eso sí estoy segura, el sexo será salvaje. Al menos la primera vez.

Pero debo ser realista, sé que él no me está ofreciendo amor, pero yo me conozco, ¿cómo podré evitar enamorarme de él, si me ofrece tantas cosas buenas? Damián es un buen hombre, lo ha demostrado, cuando me ayudó sin conocerme, al animarme en la entrevista de trabajo, al consolarme cuando me encontré con mi pasado, incluso con esa atípica propuesta sexual, cualquier otro solo estaría ofreciendo solo un polvo y nada más.

Las chicas aquí lo adoran, a pesar de todas sus bromas, le tienen mucho cariño, y solo quieren que encuentre a la mujer de su vida, porque, según ellas, él la merece. Y también es encantador y seduce de una manera contradictoria, es franco y a la vez sutil. Pero me he dado cuenta de que solo lo es conmigo, con el resto es amable y cordial. ¿Cómo voy a evitar no sentir algo más?... ¿Y si él se enamora? Él tampoco descarta esa posibilidad, ni siquiera parece tener miedo ante ese escenario.

El desgraciado es un desechado de virtudes, demasiadas, a decir verdad. Algo malo debe tener, algo que lo haga humano y no un súper hombre. ¿Pero qué es? Ni idea.

Una de las cosas que le dan puntos a favor —aún más— a Damián, es que no parece ser de aquellos hombres que se vanaglorian de su supuesto repertorio sexual, y que después, al momento de la acción, solo empujan hasta acabar. El otro día, cuando bromeaba con las chicas sobre la muñeca inflable, sabía que él estaba hablando en serio, su cara, el tono de su voz, para mí era una clara señal de que no bromeaba, y que mucho de lo que dijo sí era cierto. Si no estuviera seguro de sí mismo no estaría ofreciéndome acuerdos sexuales para pasarlo bomba. Dados todos estos antecedentes, es muy probable que no sea del tipo fanfarrón sexual... Así era Gabriel la mayoría del tiempo, sobre todo los últimos años, con sus amigos hacía bromas acerca de nuestra frecuencia y de las acrobacias que practicábamos en la cama. Pero nunca nada era cierto, la creatividad no era su fuerte... solo era... ¿normal? Muchas veces fue decepcionante. Cuando éramos novios íbamos a moteles y lo pasábamos bien, pero solo bien, nunca fue mejor, nunca fue extraordinario.

Siempre me pregunté si eran exageradas mis amigas cuando decían que después de una salida con sus novios no podían sentarse al otro día... A mí ni calambres me daban, ni tampoco me ardió alguna parte noble de mi anatomía...

Pero eso no me hacía amarlo menos, era su defecto, y bueno, tenía que aceptarlo, así como él aceptaba los míos. De eso se trataba ser una pareja, ¿no?

Ese fue mi secreto mejor guardado, siempre quise más en el terreno sexual, pero nunca lo recibí, al principio por ser completamente inexpertos, y luego, porque él, lisa y llanamente, no era un tipo que le entusiasmara demasiado el tema.

No era una necesidad vital, como lo describe Damián.

Para mí sí lo era, y solo una vez me atreví a pedirle que jugara más, que fuera más osado, que probáramos, que hiciéramos algo más atrevido, más «sucio»... Ese recuerdo aún me duele, me acusó de que criticaba su desempeño sexual para tener una excusa plausible para serle infiel sin culpas, y luego se victimizó, aduciendo que yo era una especie de ninfómana, y que, tal vez, él no era suficiente hombre para satisfacerme...

Desmadró todo y me sacó de contexto lo que le pedía. Lloré tanto, me sentí tan culpable en ese momento… lo amaba tanto que acepté todo. Casi cancelamos el compromiso por esa discusión.

Y nunca, nunca más lo intenté.

Y luego, dos años después, pasó lo que pasó… A veces me pregunto si simplemente yo no le gustaba en la cama y por eso optó por ser infiel… Creo que esa respuesta nunca la tendré.

En fin, quiero saber si realmente hay más, si de verdad es tanto lo que se puede experimentar en el terreno sexual, quiero comprobar si existen tales niveles de placer.

Si es tan bueno y conveniente lo que me ofrece Damián, ¿por qué diablos no acepto de inmediato? Y si no me gusta, pues se corta por lo sano y ya. ¡Son puros beneficios!

No acepto ahora mismo porque estoy cagada de miedo, ¡por eso! Miedo a traspasar una línea delgada y enamorarme, que me vuelva a pasar lo mismo. Me aterra la idea de que en el momento en que sienta que tengo de nuevo mi vida armada y tranquila, me vuelvan a dejar por otra sin ninguna explicación. No sé si soportaré una segunda vez a sentirme como alguien desechable.

Si no me enamoro, nunca me harán daño de nuevo… Este mandamiento ha regido mi vida los últimos años y me ha funcionado a la perfección, nadie ha jugado conmigo, nadie me ha herido, y estoy sola.

Mierda, soy tan cobarde…

Y ya no quiero ser cobarde… Gabriel me convirtió en una mujer pusilánime.

Yo no era así, antes estaba llena de energía y con ganas de experimentar todo lo que me daba la vida. Era valiente.

¡Maldita sea! ¡Por qué lo recordé! Mis ojos de pronto se llenaron de estúpidas lágrimas… Supongo que hay cosas que todavía le duelen a mi alma. Las seco con premura y cuidado antes de que arruinen el poco maquillaje que uso. Miro por la ventanilla cómo avanza veloz el tren dentro del túnel. Así es mi vida, oscura y monótona con algunos destellos de luz que solo me da mi hija.

Me siento vacía y patética.

¡No más! ¡Se acabó!

No voy a dejar que ningún hombre me vuelva a humillar de esa manera, pero tampoco me voy a negar a disfrutar de mi vida. He permitido que el fantasma de Gabriel haya amargado mi existencia lo suficiente durante tres años. No le daré el gusto de haber arruinado mi futuro también.

Ya, lo he decidido… Voy a vivir… Como a mí se me dé la real gana.

*****

Miro en todas direcciones, no hay moros en la costa. Camino intentando no hacer ruido, saco el paquetito con el regalo del amigo secreto de navidad y lo dejo bajo el arbolito… ¿Ya hay un paquete? ¿De quién será?

¡Alguien viene! Mejor me alejo a paso veloz para que nadie sospeche que yo he dejado el regalo de Damián.

Espero que le guste.

*****

—Pajarito nuevo —me llama Juan—. Ya, suficiente por hoy, vamos a la sala de reuniones para devorar el picoteo.

Ahora me doy cuenta que soy la única que queda en la sala de *housing*.

—Al tiro[13] voy… ¿En qué momento salieron las chicas? —pregunto desconcertada.

—Unos cinco minutos, más o menos… No te sobreexijas, Haidée —aconseja Juan. Él es muy relajado y tranquilo, es como si nada lo perturbara, ni siquiera el carácter explosivo de Carito.

—Sí, es que estaba muy concentrada. Vamos. —Me levanto de mi puesto y sigo a Juan a la sala de reuniones.

Todos ya se encuentran disfrutando de la pequeña fiesta del piso, a excepción de Damián. El ambiente es distendido y cordial, y todo el mundo conversa, ríe, bromea. Este año, la víspera de navidad es día sábado, así que no habrán días libres para estas festividades, lo cual es bastante decepcionante para la mayoría, pero para mí, que ni siquiera he terminado mi primera semana de trabajo, no me afecta en nada no tener unos días libres… o vacaciones.

Los regalos del amigo secreto ya los trajeron, y los dejaron ordenados encima de una mesita ubicada en una esquina de la sala. Ahí, entre todos los regalos, diviso mi paquetito, y

---

13 *Al tiro: de inmediato*

me he puesto ligeramente nerviosa…

—¿Quieres una cerveza, piña colada, jugo? —me ofrece de pronto Damián a mis espaldas, juro que pude percibir el calor de su aliento en mi nuca. Me ha erizado toda la piel a lo largo de mi columna. Me doy media vuelta y su rostro no revela nada de lo que ha hecho.

—Un jugo —pido y me entrega un vaso que ya estaba servido.

—Supuse que no deseabas alcohol —esclareció esbozando una sonrisa que le hace ver como si fuera un jovencito muy inocente. ¡Claro, muy inocente!

—No es que no me guste el alcohol. Mi hija todavía toma leche materna, no pretendo darle «cola de mono»[14] y emborrachar a la pobre —expliqué.

Damián levanta las cejas y luego sonríe como si le hubiera dicho algo muy perverso.

—Mmmmmm… muy interesante —comenta y el tono que usa, es… indescifrable.

—¿Qué es tan interesante? —interroga Jesu, que de pronto aparece de la nada.

—Que la hija de Haidée todavía toma leche materna —informa Damián como si estuviera hablando del clima.

—¿En serio? ¿Y cómo lo haces? Yo quiero amantar todo lo que pueda a mi bebé cuando nazca, pero me da miedo no hacer leche. La Carito solo pudo menos de un año y puf, se le cortó. —Jesu me acribilla con preguntas de maternidad, y yo le sonrío divertida por su interés. Me acuerdo de mi embarazo… tan dulce y agraz espera… Mejor olvido lo triste y rescato lo bueno.

—Es muy relativo, mientras el bebé succione, harás leche… —le tranquilizo—. Aunque también influye tu herencia genética. En mi familia todas las mujeres son lecheras. Mi mamá me cuenta que mi abuela le dio leche a ella hasta como los seis años.

—¡Noooooo, guau, increíble! —exclama entre maravillada y asombrada.

—Así que a pesar de que mi hija no esté todo el día colgada de mí, igual hago leche. —Me encojo de hombros porque, en realidad, es tan natural para mí que no me sorprende.

—¿Leonardo no es intolerante a la lactosa? —pregunta

14 *Cola de mono: bebida alcohólica hecha a base de leche, aguardiente, café, vainilla, canela, clavo de olor y azúcar. Se suele tomar en navidad.*

casual Damián a Jesu.

—Hasta donde yo sé, no. ¿Por qué lo preguntas?

—Porque sería un tremendo problema para ustedes si él es intolerante, ¿no crees?

Jesu pone cara de no entender nada, y tres segundos después, abre la boca durante tres segundos más, y luego ríe a carcajadas y le da un manotazo a Damián

—¡Idiota! ¡Las tonteras que dices, ridículo!

—En algún momento la va probar —responde y ahora caigo en cuenta de lo que quiso decir. E inmediatamente mi imaginación se hace la imagen mental de Damián lamiendo y chupando fuerte mis senos… Siento la cara caliente, mierda.

—¿Te dio calor? —me pregunta Jesu un poco preocupada al ver mi súbito color carmesí en mis mejillas.

—Sí, es que parece que somos muchos en la sala —justifico con lo primero que se me ocurre. Damián me mira fugaz y se retira para unirse al grupo conformado por Juan, Leonardo, Carolina y Héctor.

—Bueno, sí. No digamos que es muy grande esto —razona Jesu, ajena a mis turbulentos pensamientos.

Tomo un trago largo de jugo, que está muy frío y lo agradezco.

Maldito Damián.

Después de ese lapsus, Jesu y yo seguimos hablando de cosas de maternidad, y de pronto se nos une Carito rezongando contra Leonardo, diciendo que arruina sus chistes contando el final. Mi cara vuelve a ser la misma de antes e intento no pensar nada fuera de lugar para no volver al tono rojo tomate furioso intenso.

—¡Ya, gente! —llama Leonardo y todos guardamos silencio—. Llegó el momento del intercambio de regalos del amigo secreto. Como todos los años vamos a tomar el primer presente y la persona que lo reciba deberá adivinar quién le hizo el regalo, y si no adivina, se lo quitamos —Todos rezongan y abuchean a Leonardo, quien ríe guasón—. Ya, ya, ya bueno, si no adivina tendrá que intentar hasta que le atine. —Toma un paquete, y lee—. Este es para… ¡Juanin!

Y así se suceden los regalos, las adivinanzas y las risas. Es la primera vez que veo regalos decentes en el amigo secreto, yo creo que es por las reglas y porque entre ellos se conocen muy bien. Aparte de ser compañeros de trabajo son amigos, esposos.

Es muy raro que se den situaciones similares, pero bueno, no duran demasiado tiempo, Juan nos deja y yo le reemplazaré, así que las cosas cambiarán de manera inevitable.

Quedan tres paquetes que corresponden a Carito, Damián y yo. Leonardo toma mi regalo, es una caja pequeña e incluso la hace sonar para saber que tiene.

—Y este es para… ¡San Damián!

Todos aplauden, él sonríe alegre y recibe su regalo. Empieza a deshacer con cuidado el nudo de la cinta de raso con la que la decoré. Sonríe como niño en navidad… toda una ironía.

—Definitivamente, no hay una muñeca inflable aquí adentro —bromea y todos ríen—. Tampoco son esposas, qué decepción… —Hace un falso puchero, abre la cajita y saca mi regalo—. ¡Pero qué bonito! —Exclama admirado. Exhibe una cadena de plata con un colgante con forma de espada—. Esto sí es un regalo. —Le enseña la cadena a Carito—. Así que es obvio que no fuiste tú. —Dirige su mirada hacia mí y sonríe más aun—. Fuiste tú, pajarito nuevo. —Yo asiento con la cabeza y él viene en mi dirección y me abraza—. Gracias, me gustó mucho. Está precioso —me susurra y luego me besa la mejilla—. Gracias. —Se separa de mí y se coloca la cadena que le queda muy bien colgando de su cuello.

—Bien, yo esperaba otra muñeca inflable. Una morena, según las malas lenguas —continúa resignado Leonardo, y toma justamente la misma caja que ya estaba bajo el árbol esta mañana —. Este es para… Haidée «pajarito nuevo» González.

Todos aplauden, y yo sorprendida por la coincidencia, recibo mi regalo, le quito el papel navideño y abro la caja con cuidado.

¡Dios mío, es maravilloso!… Creo que es uno de los mejores regalos que me han hecho en toda la vida. Es un precioso collar de perlas rosadas y blancas de tamaños irregulares, es muy larga como para darle dos vueltas. Definitivamente, este regalo no lo hizo Carito o alguien que apenas me conoce, esto es más… personal.

—Fuiste tú, san Damián —adivino sin temor a equivocarme.

Todos empiezan a molestar exclamando «¡uhhhhhhh, son *pololos*, son *pololos*!», como si fueran niños de tercero básico y yo me sonrojo por el incómodo momento. Hoy es el día en que mi cara pasa más colorada que normal. Me acerco a Damián y tal como él, le abrazo y le beso la mejilla. Cómo le hace para oler tan bien…

—Gracias —le susurro—. Es precioso, las perlas son mis favoritas.

—Es precioso como tú —replica solo para mí, y rompe el contacto. Azorada por el halago rápidamente me coloco mi collar nuevo, me encanta. Lo voy a cuidar como si fuera hueso santo.

La entrega de regalos finaliza con el último que es para Carito, y se lo regaló Jesu, y pronto la fiesta termina. Todos tenemos planes para lo que queda del día, en mi caso, comprar presentes de última hora para mi hija y mi mamá. Son las dos de la tarde y ya terminamos de retirar las sobras de la sala de reuniones y dejamos todo limpio para no darle la lata a la gente de aseo.

De a poco todos se van, y estoy sola en la sala de *housing*. Cada segundo que pasa me pongo más y más nerviosa, rogando al cielo que Damián no se haya ido todavía. Inspiro profundo, salgo.

Camino en dirección al puesto de él y me lo encuentro observando el colgante de la cadena con mucho interés. Me detengo en el umbral de la puerta, como si hubiera una línea imaginaria que me impide entrar, pero que quiero cruzar.

—¿De verdad te gustó? Lo puedo cambiar si quieres —ofrezco solícita, a causa de la repentina inseguridad que me invade.

—¿Qué? No, ni lo sueñes, está perfecto. De hecho, es la primera vez que me regalan algo así.

—Qué bueno… La espada es el símbolo de san Damián, me pareció especial para ti —explico para que sepa el porqué de mi elección.

—Ahora me gusta más, es un gran detalle, Haidée. Muchas gracias.

Nos quedamos en silencio, y yo estoy reuniendo el valor para hablar. Él solo me mira, pero no me presiona, solo espera.

—Oye… Tengo que hablar contigo. —Doy mi primer paso para dejar atrás mi cobardía y cruzo el umbral de la puerta—. Es importante.

—Tú dirás. ¿Sucede algo malo?

—Es sobre tu propuesta. —Doy otro paso más, e intento retener el coraje que siento que se me escapa. Es difícil, no es tan fácil para mí.

—Ah… ¿Ya lo pensaste? —interroga tranquilo, pero su voz me ha parecido que se ha vuelto más profunda. Se levanta de su asiento, rodea el escritorio y se acerca a mí—. ¿Lo pensaste bien? —me pregunta suave e inclina su cabeza buscando mi mirada.

—Sí… lo pensé muy bien. —Mi corazón late frenético, las manos me sudan, mis piernas tiemblan, y entre ellas, siento aquel palpitar que pensaba que no volvería a sentir nunca más en mi vida. Por mucho tiempo pensé que estaba muerta.

—¿Y la respuesta es…? —Levanta con suavidad mi barbilla, quiere que lo mire a los ojos cuando le dé mi respuesta, y simplemente… me suelto…

Y me dejo llevar…

—Yo… Quiero probar…

TRECE

*S*onrío.

Sé que no hay nadie en el piso, todos se han marchado. Estamos solos.

Y no me importa nada más, salvo probar esa boca que acaba de decir las palabras que tanto ansiaba escuchar desde el lunes.

Contrólate, Damián, o follaremos aquí mismo y no deseo eso para nuestra primera vez.

—¿Puedo besarte ahora? —pregunto para calmarme, para calmarla; sus mejillas están teñidas de rubor y me encantan.

Ella asiente con su cabeza, pero yo deseo oírla.

—Contéstame, preciosa ¿puedo besarte ahora? —demando firme, pero con suavidad.

—S-sí… —responde vacilante—. Sí. —Toma valentía y se nota en su voz.

Acuno su cara entre mis manos y con mis pulgares acaricio sus pómulos encendidos, y la beso, suave, lento, tierno. Un ruido sordo me distrae, es la cartera que ella ha dejado caer. Mejor, así no hay estorbos entre nosotros.

Sus labios son tibios y responden a los míos con anhelo, con hambre, esa misma hambre que yo siento, e inevitablemente ella abre su boca y me entrega su lengua, húmeda, dulce y caliente. Es exquisita, me uno a ella y profundizo aún más el contacto. No puedo dejar de besarla, no quiero dejar de probarla. Pego mi cuerpo al de ella, siento sus pechos contra mi torso, sus manos ancladas en mi cuello, su vientre suave acogiendo mi miembro que desde que la vi en la puerta ya está duro y dispuesto para entrar en ella, y todo esto es la gloria hecho beso.

Sus manos con timidez vagan por mi cabello, mi cuello, mi torso. Su toque me quema, me consume y me desarma. Mi voluntad se hace aire, mis manos abandonan su cara; con la derecha, le rodeo la cintura para sentir más el cuerpo de ella, y la izquierda, se atreve subir su falda para tomar y apretar una de sus nalgas. Benditas sean las faldas, toda la semana usó pantalones y hoy me tortura con darme acceso directo... Dios, su ropa interior es diminuta.

Ella emite un gemido y me enloquece. Estoy a punto de eyacular aquí mismo y no deseo que termine así. Control, Damián, control.

Mi mano abandona su cintura y se une a la otra que acaricia, y ambas, aprietan con codicia su suave y perfecto trasero. Ella vuelve a gemir, sus caderas empiezan a buscarme, a provocarme, a rogar que la penetre. Pero hoy no será así como lo deseamos...

Aquí no...

Pero eso no impide que juegue con ella.

—Eres una perversa, ¿por qué usas falda hoy? —pregunto con la voz ronca. Ella no responde—. Contesta. —Aprieto fuerte su carne.

Haidée ahoga un grito, pero sonríe. No está asustada con mi brusquedad.

—El calor se ha vuelto insoportable estos días —responde evasiva, sé que hay más.

—¿Solo el calor? —interrogo, ni siquiera yo me reconozco la voz. Es como si me estuviera transformando de a poco en algo que suelo ocultar, en lo que en el fondo soy.

—Tú has hecho que el maldito calor sea insoportable —responde con rebeldía.

—Me has hecho el día, señorita Haidée...

La vuelvo a besar, ya no me mido, y ella tampoco lo hace. Es húmedo, es lúbrico, es caliente. Abro un par de botones de su blusa para descubrir sus pechos cubiertos de encaje blanco. Libero uno y mi mano lo encierra, tanteando su peso, su suavidad, su firmeza. Es carne madura, su pezón es oscuro y contrasta a la perfección con su piel clara. Atormento su botón sensible con las perlas frías del collar que le he regalado hasta volverlo duro.

Pellizco... solo un poco.

Ella vuelve a gemir y mi boca ahoga su voz.

Acaricio nuevamente con las perlas... suave... vuelvo a pellizcar... un poco más fuerte.

Haidée da un gritito... Abandono su boca y mi lengua acaricia su pezón apaciguando el leve dolor que le causé.

Suspira, y sus manos se pierden entre mis cabellos.

Abro otro par de botones de su blusa, libero su otro pecho, repito exactamente el mismo tormento al que sometí a su gemelo.

Acaricio, pellizco, acaricio… pellizco y lamo.

Y chupo… Un néctar dulce llena mi boca. No sé por qué, pero esto me excita… demasiado. Haidée es deliciosa, toda ella es mejor de lo que imaginé. Sé que hay fuego, sé que quiere experimentar lo que sea… sé que será perfecta. Todo su cuerpo me lo dice.

El aroma de su excitación me clama, llega a mis fosas nasales como si fuera un hechizo. Mi mano que todavía está aferrada a su trasero lo abandona, y recorre su piel hasta encontrar su monte de venus. Sin mediar palabras, ella abre sus piernas y cubro con la mano todo lo que puedo de su sexo, y la exprimo suave, como si fuera una fruta jugosa. Siento su calor húmedo traspasando su ropa interior impregnándose en la palma de mi mano.

Quiero probar a qué sabe la dulce Haidée.

Un dedo se escabulle entre su ropa interior, está todo mojadísimo y me fascina. Con suavidad busco su entrada.

—Ah —jadea cuando la penetro con facilidad—. Más —exige al sentir que he abandonado su centro cálido.

—Sabía que eres una deliciosa perversa. —Chupo mi dedo, su sabor es sobre todo dulce con un leve toque salado—. Tu sabor también es delicioso… ¿Podrás regalarme un orgasmo solo con mis dedos? —susurro a su oído.

—Solo si sabes hacerlo bien —desafía… Es muy osada para hacer eso. Me gusta.

—Me gustan los desafíos, señorita. Ábrete más —exijo—. Me encanta sentirte tan húmeda y dispuesta. —Mi mano completa se mete dentro de su ropa interior, mi palma se empapa de ella y la vuelvo a penetrar con el dedo medio.

Froto su duro clítoris con mi palma al mismo tiempo que penetro con tortuosa lentitud, ella jadea y mueve sus caderas, se aferra a mis hombros y entierra sus uñas.

—Quieta —ordeno suave, pero firme, ella obedece—. Así, muy bien, preciosa. —Me apodero de su boca, sin dejar el ritmo cadencioso de mi mano. Ella se resiste a la tentación de imponer su ritmo, es maravillosa. Aumento la velocidad que anhela e introduzco un segundo dedo. Su sexo se contrae intentando apresarlos. La respuesta de Haidée es magnífica.

—¿Quieres acabar? —pregunto sabiendo lo que me dirá, su cuerpo desea liberarse.

—Oh, sí —responde con la voz entrecortada y su respiración acelerada.

—¿Más?

—¡Sí, más!

Un tercer dedo se hunde en su interior y acelero el ritmo sin llegar a ser frenético, solo sigo el compás que su interior me dicta. Está a punto.

—¡Hazlo para mí! ¡Dámelo! —exijo penetrando rápido y duro.

No pasan más de cinco segundos y lanza un mudo grito. Toda ella se tensa, su espalda se arquea y entierra todavía más sus uñas en mi carne, puedo sentir todo su orgasmo líquido y palpitante entre mis dedos, sobre mi palma, llenándome de su humedad, y lentamente, dejo de mover mi mano sobre su sexo resbaladizo.

Ha sido increíble.

Y me encantaría estar dentro de ella.

Pero, insisto, ahora no. Esto es solo para ella, por su valentía... y porque, sencillamente, no es el momento.

Haidée apoya todo su peso en mi cuerpo, está cansada, y laxa. La sostengo entre mis brazos, beso sus labios con suavidad, miro sus ojos, su iris casi no existe, es solo un ribete castaño rodeando su dilatada pupila.

Preciosa.

—Lo has hecho perfecto —halago, y es cierto—. Eres perfecta.

Su respiración agitada no le permite hablar, y para mí esto es el paraíso.

Acomodo su ropa interior, bajo su fada y adecento su blusa. La guio al sillón de visitas que está en esta misma habitación. La siento sobre mi regazo, acaricio su espalda y beso su cabeza. Ella no me habla, solo está quieta recibiendo mis caricias.

—¿Estás bien, Haidée? —pregunto preocupado—. ¿Estás conmigo?

—Sí —afirma y apenas puedo oírla.

—¿Hice algo mal? ¿Hubo algo que te molestó?

—No, todo fue... perfecto.

—¿Pero? —interrogo intuyendo que hay algo más.

—No hay pero… Es la primera vez que hago algo así… Estoy abrumada.

—¿No habían jugado contigo de esta manera?

—Dios, no… No en un lugar en el que sé que podría entrar alguien en cualquier momento.

—Estamos solos, no te hubiera arriesgado a exponerte.

—No cuentas a las personas del aseo.

—La señora Maribel llega a las cuatro. Me avisó hace un rato… Dime la verdad y solo la verdad, Haidée. ¿Te ha gustado jugar, aunque hubiera peligro?

—Perdí totalmente la cabeza… no me importó. Sentir tus manos sobre mí fue más fuerte que el temor a que nos sorprendieran.

—La adrenalina… ¿Te excitó sentir el peligro?

—Pues, sí.

—No hay nada de malo en ello, pero puedes confiar plenamente en que no te voy a someter a una situación que ponga en peligro tu trabajo… o el mío. ¿Entiendes? ¿Puedes confiar en mí, de verdad?

—Sí…

—Muy bien, preciosa. Gracias.

Nos quedamos unos minutos en silencio, la respiración de Haidée lentamente vuelve a la normalidad… y yo… bueno, no es fácil que baje esta erección sintiendo su cuerpo suave y dúctil sobre el mío.

—Damián… ¿Y tú? —interroga Haidée de pronto.

—¿Yo qué? —pregunto de vuelta.

—¿No quieres… tener un orgasmo?

—Claro que quiero, pero si empiezo no podré detenerme hasta estar dentro de ti, y para mi mala suerte, no ando con preservativos. Siendo honesto, no esperaba que me dieras una respuesta hoy. Me has sorprendido mucho… de una manera muy, muy grata. Pero prefiero poder poseerte en un lugar más privado y tomarme todo el tiempo del mundo.

—¿En un motel? —pregunta interesada.

—Es posible, o en mi departamento si quieres asegurarte de que las sabanas estén limpias.

Ella ríe por mi broma, su voz es diferente, más cristalina, más relajada… Está verdaderamente contenta y eso me hace sentir tan bien, como hace mucho tiempo no me sentía. Sé que no he jugado demasiado duro ni he hecho todo lo que me gustaría, pero no percibo ese vacío que sentí otras veces, esta vez me siento... completo. Ella se entregó totalmente, dejó todo en mis manos —literalmente—, se dejó llevar por mí... Me dejó ser yo.

—Eres terrible. No te dura mucho hablar en serio.

—Nunca soy demasiado serio.

—¿Te puedo confesar algo?

—Todo lo que quieras, preciosa. Ahora soy tu mejor amigo.

—Es la primera vez que tengo un orgasmo así...

—¿No me digas que él nunca te tocó de esa manera durante ocho años? —interrogo sorprendido, ¿pero cómo?, si esto acaba de ser fenomenal.

—No... sí, lo hacía, pero no era paciente, nunca supo hacerlo en realidad —revela con un poco de timidez. Eso explica mucho. Ese infeliz era un imbécil.

—Debe ser toda una novedad para ti.

—Sin duda... se sintió muy diferente... más intenso. Parece que san Damián ha obrado un milagro. —Reímos por su ocurrencia. Es increíble cómo cambia una mujer cuando se libera de sus propias ataduras.

—Bueno ya tienes una muestra de lo que podemos lograr juntos. Solo te pido que siempre me digas lo que sientes, si te gusta, si te incomoda demasiado. Siempre, sin vergüenza, sin miedo. No soy cien porciento adivino, así que confío en que tú me guíes. Esta vez tu cuerpo habló por ti... podía sentirte, preciosa. Te sentí entera y fue exquisito. Pero jugaremos a otras cosas, y ahí necesito que confíes, que me ayudes, que me enseñes. ¿Me lo prometes?

—Te lo prometo.

—Gracias, preciosa.

Haidée se acurruca sobre mi pecho, me parece tan tierno ese gesto, y significa tanto para mí, su confianza, su entrega. La abrazo más para sentirla más cerca. Podría estar así horas, pero el tiempo se ha vuelto nuestro enemigo hoy.

Mi celular suena, es la inconfundible melodía del contacto de mi papá, lo ignoro hasta que el sonido muere al cabo de un minuto. ¡Maldición, debo tomar un bus en cuarenta minutos! Pero no puedo faltarle a mi viejo, es navidad, el aniversario de mamá... no puedo, no debo.

—Preciosa... no quisiera por nada decirte esto, pero tenemos que irnos. Debo tomar un bus a Cauquenes para ir a ver a mi papá. —Ella hace un puchero y se incorpora lentamente y suspira.

—Bueno, yo también tengo que hacer. Debo comprarle regalos a Julieta y a mamá. Debí pensarlo antes de tirarme al dulce contigo —bromea coqueta. Qué guapa se ve así, tan libre, tan... tan ella—. Supongo que a la vuelta solucionaremos tu tremendo problema.

—No lo dudes... me compensarás con intereses.

Se levanta perezosa y alisa su falda, arregla su collar de perlas, y nada delata que acaba de vivir una experiencia erótica que nunca antes había probado, y eso me hace sentir total y completamente satisfecho. La observo recoger su cartera del suelo y como sonríe para sí misma, supongo que todavía no puede creer lo que ha pasado la última media hora. Me levanto del sillón y me acerco a ella, muy, muy cerca, y la beso dulce y suave.

—Te acompaño a la salida. —Tomo mi bolso de viaje y vamos al ascensor. Pulso el botón al primer piso, y al entrar, solo se escucha la melodía ambiental navideña.

Me resisto a la tentación de arrinconarla y besarla. En este lugar es demasiado riesgoso, y no pondré en juego su reputación. Es tan fácil enlodar el nombre de una mujer, que prefiero no tentar a la suerte. Casi sin darme cuenta llegamos al primer piso y atravesamos el hall de entrada, y desde este instante, nuestros caminos se separan.

—Nos vemos el lunes, señorita Haidée —me despido, besándole la mejilla y ella acaricia mi barba.

—Me gusta, es suave —comenta ladina—. Nos vemos el lunes, señor Cortés.

Se aleja en dirección al metro, y yo tomo un taxi para llegar pronto y no perder el bus.

Respiro contento y tranquilo. Definitivamente, Haidée me ha dado los mejores regalos de navidad que he recibido en toda la vida.

CATORCE

*T*odavía no puedo creer lo que he hecho…

Voy de vuelta a casa con el metro atestado de gente, cargada con regalos… y no me importa. Estoy sonriendo, sonriendo de corazón, envuelta en una sensación de estar flotando, libre, tranquila, satisfecha…

Nunca antes me había sentido tan… tan… liviana. Es como si de pronto me hubiera encontrado con esa mujer que soy y que no recordaba cómo era. Y ahora me doy cuenta de que echaba de menos a Haidée, la mujer. Esa que no tiene miedo, que es dueña de sus actos, que hace lo que quiere, porque quiere, porque lo desea. Esa que es capaz de sentir…

Ahhhh sentir…

Las manos de un hombre que acarician, que poseen, que entregan placer… Hace tantos años que no me sentía así… tantos, tantos años que ya ni recordaba esa sensación de plenitud, de saciedad, y a la vez, de querer más.

Por Dios, quiero más, mucho más. Deseo sentirlo sobre mí, dentro de mí, entre mis piernas, embistiéndome… duro. Haciéndome todo lo que le plazca y lo que siempre quise, solo con el afán de sentir y entregar placer. Nunca antes había tenido una experiencia como esta, Damián siempre estuvo al mando, pero por algún motivo no me sentí disminuida, solo estaba cómoda y segura, porque algo en mí sabía que él tenía todo bajo control. Y yo me olvidé del mundo, y solo me dediqué a sentir, a recibir y estallar como nunca lo había hecho en mi vida.

Lo que viví hoy fue único, Damián no estuvo normal… fue más que bien… estuvo extraordinario. Me gusta que tenga iniciativa, intuición, imaginación… creatividad. Dios cómo me excité que me tomara, así, sin preguntar nada más, aparte de que si me podía besar. Era como estar con un verdadero hombre, de esos que solo encuentras en las películas románticas, un hombre que sabe perfectamente lo que hace, y con la seguridad suficiente como para no preguntar cada cinco minutos si me gusta lo que está haciendo o no. Si él hubiera querido, habríamos tenido sexo ahí mismo, sobre el sofá... o en el suelo, pero Damián fue más consciente de todo, fue capaz de dominar la situación y mantener a raya su instinto, y se lo agradezco. Yo también quiero que la primera vez que esté dentro de mí sea especial.

Y tengo toda la seguridad que así será.

¡Diablos! Odio las comparaciones, pero solo los dedos de Damián me entregaron más intensidad que Gabriel en ocho años... Él siempre estaba apurado, no me dedicaba tiempo para encenderme lo suficiente, y yo, bueno con el tiempo empecé a adquirir experiencia para poder seguir su ritmo acelerado... Pero la única que creció fui yo, él parecía que se había quedado estancado en los diecisiete, y no precisamente por la capacidad de recuperación que tienen los hombres a esa edad. Para él simplemente el sexo fue bueno en la medida que él lograba el orgasmo... y para mí, si podía bien, si no... solo fingía.

Supongo que fingir no aportó mucho a la comunicación, pero era eso o que en alguna discusión me sacara en cara que yo era frígida... Preferí darle en el gusto, solo para evitar sus palabras hirientes cuando estaba inseguro o esas pocas veces en que se tomó un trago de más y comenzaba a escupir sus dardos venenosos. Muchas veces pensé que me odiaba... Al otro día él no recordaba nada y volvía a ser el de siempre. El que me quería, el que gritaba a los cuatro vientos que me amaba por su muro de *Facebook*, pero que rara vez me lo decía a la cara.

No sé por qué, pero recuerdo perfectamente que la última vez que me hizo el amor, ni siquiera me tomé la molestia de fingir... solo acepté el hecho de que siempre sería así... mediocre, y que tal vez, tendría que masturbarme a escondidas para poder sentir placer en algún momento. A él no le gustaba para nada la idea de que me autocomplaciera. Decía que para eso lo tenía a él, que debía ser suficiente para una mujer normal. ¡Claro!, como si él fuera una máquina de sexo fenomenal y productora de innumerables orgasmos...

Ya ni sé por qué diablos lo amé tanto, seguramente fue la inexperiencia, la costumbre, la estabilidad, lo seguro y conocido. Hoy comprendo cosas que estuvieron siempre ahí y que no le presté demasiada atención. Sí, lo amé, y también estuve ciega, incluso hasta hace unos días no era capaz de ver con claridad.

Pero ya no. Me he perdonado, no fui solo una víctima,

también tuve algo de culpa, me hago cargo de mis errores para aprender y no repetirlos.

Y esta vez he decidido tomar lo que deseo, y simplemente soltarme… y dejarme llevar.

*****

—¡Pero que collar más lindo, hijita! —exclama mi mamá al verlo cuando ya he desparramado toda mi cansada humanidad sobre el sofá.

—Sí, es precioso. —Lo toco por instinto. Definitivamente, el collar tiene un significado muy especial para mí. Es el símbolo de mi nueva libertad.

—¿Dónde te lo compraste? —interroga. Es tan curiosa ella, siempre está pendiente de mí, de mis cambios, de mi estado de ánimo, de que esté bien. No la culpo, yo sería igual con Julietita.

—Me lo regalaron —respondo y trato de poner mi mejor cara de póker, porque no quiero que me atosigue con preguntas que no puedo contestar ahora.

—¿Cómo, quién, dónde? —acribilla sin piedad por información.

—Jugué al amigo secreto, Damián, en el trabajo… —contesto cada una de sus preguntas sin dar mayor detalle, como si recibir un hermoso collar de perlas fuera la cosa más natural del mundo. Prefiero decirle la verdad, soy pésima mintiéndole a mamá. Siempre me descubre.

—Así que fue Damián… —Una sonrisa pícara surca su rostro, esa que siempre luce cuando hablo de algún hombre. Generalmente siempre se hace ilusiones en vano… pero en esta ocasión…

—Mamá, tú solo escuchas lo que quieres. Solo fue un juego y ya. —Al terminar de decir esas palabras inevitablemente mi mente vuelve a lo que viví hace solo unas cuantas horas. No sonrías, Haidée, no te delates.

—Mmmmm, pues se esmeró mucho con ese regalo. Lógicamente no son perlas de verdad, pero tampoco son cualquier baratija hecha en China —comenta tocando las perlas con cuidado—. Se tomó demasiadas molestias el secretario, digo yo —acota con ese tono de voz de celestina que no puede ocultar.

—Fue muy amable de su parte, en realidad todos hicieron muy buenos regalos. Había reglas para no regalar cualquier tontera.

—Interesante, ¿y a ti a quien te tocó?

—¿Y Julietita, dónde está? —interrogo para evadir olímpicamente el tema. No quiero hablar mucho de él, quiero guardar este secreto tanto como sea posible.

—Ah, se quedó dormida hace un rato…

—Pero, mamá, es muy tarde, la niña va a ponerse eléctrica hasta la hora del cuesco y a la noche se dormirá tardísimo —la reprendo, y a la vez, mi voz delata mi pesar por el lamentable destino que tendré esta noche.

—Bah, no te preocupes, es viernes, hija. No le pongas tanto color, exagerada —replica relajada.

—Tú vas a estar durmiendo calientita y tranquila —replico intentando que se sienta culpable… pero eso nunca lo voy a lograr.

Ella ríe despreocupada restándole importancia. Se levanta del sillón estirando su cuerpo y luego me mira. Adoro a mi mamá, sin palabras, ella es capaz de decirme que está orgullosa de mí y que me ama con su alma. Soy su única hija, y junto con mi pequeña somos todo lo que tiene.

—Ya compré la carne para el asado de la cena de navidad, hija. —Me da un beso en la frente y toma su cartera enorme—. Me voy a la casa, estoy cansada. Nos vemos mañana.

—Cuídate, mamita. Descansa.

—Tú también, hijita. —Se dirige a la puerta, me hace un último gesto de despedida con su mano y se va.

Doy un largo resoplido, ha sido un día lleno de emociones, y ni siquiera son las seis de la tarde.

—Mamá… —me llama Julietita con voz somnolienta a la entrada de la sala de estar, está con sus mejillas coloradas y restregando sus ojitos.

—Hola, mi bebé —la saludo estirando los brazos, y ella con paso vacilante viene a mi encuentro. La pongo sobre mi regazo y la beso—. ¿Cómo estás?

—*Miem* —contesta buscando mi pecho. Abro mi blusa y le doy lo que quiere.

Siempre hace lo mismo cuando llego a casa, simplemente es nuestro ritual.

*****

¿Será demasiado desesperado de mi parte si le llamo? Me he estado preguntado lo mismo durante la última hora. Son las doce de la noche y Julieta ya lleva una hora en el mundo de los sueños. Tal como predije, estuvo hiperactiva, como una ardilla que ha tomado *Red Bull*, hasta que me colmó la paciencia y la fui a hacer dormir.

Pero yo no puedo, una y otra vez recuerdo a Damián, y lo que me hizo sentir… y quiero más. Me gustaría tanto que esté aquí. Pero sé que es imposible, tengo una hija, no estoy sola. No puedo traer un hombre a mi casa solo para saciar esto que ya no puedo controlar… Solo podría si esto fuera algo más.

Pero no lo es.

Y lo voy a tomar tal como venga, no voy a esperar más de lo que él me ofrece. Pero diablos, no voy a negar que me encantaría que esto resultara en todos los sentidos.

Súbitamente la oscuridad de mi habitación es iluminada por la pantalla de mi teléfono y su sorda vibración, qué raro. Tomo el aparato y veo que tengo un mensaje de *WhatsApp* de Damián. Sonrío de inmediato, tanto por la agradable sorpresa, como por que me haya leído el pensamiento.

«*¿Estás despierta?*», es su mensaje. Me pregunto qué cosa estará cruzando por su mente en este momento.

«*Todavía… y tú, ¿ya llegaste a Cauquenes?*», contesto de vuelta y el corazón me late más rápido. Esa emoción, ese cosquilleo, esa anticipación que no sentía desde hace siglos.

«*Llegué hace rato, me mata el viaje en bus*», responde de inmediato, espero unos segundos, está escribiendo algo más.

«*¿Cómo estás, preciosa?*», me encanta que me diga así… nunca fui preciosa para nadie, solo fui «osita» por algunos años y luego mi nombre de pila, y me gusta que, aunque sea un acuerdo entre nosotros, Damián me trate con cariño y dulzura.

«*Bien… pero debo decir que parece que has creado un monstruo*», confieso sin vergüenza y ahogo una risita.

«*¿Ah sí?, pero qué interesante… ¿Te puedo llamar? Quiero escucharte*», abro los ojos sorprendida y leo de nuevo. Bueno, yo también quiero escucharlo y hablar es más rápido que los mensajes.

«*Dale, llámame*», autorizo y diez segundos después mi móvil vibra entre mis manos.

—Hola —saludo susurrando.

—Hola… así es mejor. ¿Julieta duerme?

—Sí, hace un rato ya…

—Por eso hablas bajito, lo supuse… Se escucha muy sexy tu voz en ese tono, así como tus jadeos esta tarde. Si no fuera porque era imperativo venir aquí, probablemente habría estropeado tus intenciones de hacer tus compras navideñas.

—Me hubiera encantado que las arruinaras, pero ya estabas comprometido. La familia es la familia.

—Sí, nada que hacer. No podía dejar de visitar a mi papá en estas fechas. Hace meses que no vengo y en este momento nos necesitamos. El domingo vamos a ver a mamá al cementerio.

—Entiendo, debías ir sí o sí… ¿Hace cuánto falleció tu mamá?

—Dos años, tuvo un dolor de cabeza, fue a dormir la siesta y jamás despertó —me relata de manera mecánica. Lo entiendo, cuando hablo de la muerte de mi papá tengo la misma actitud. Solo digo secamente «fue un infarto fulminante».

—Lo siento mucho.

—Fue muy repentino, jamás imaginamos que algo así pasaría, falleció en Navidad, en su cumpleaños… Así que esta fecha tiene un significado muy diferente. —Suspira—. A veces me haces recordarla, eres igual, luchadora, independiente, incansable, una gran mujer… —Se queda unos segundos en silencio después de aquella confesión—… Pero bueno, en realidad no te llamaba para hablar de cosas tristes.

—No te preocupes, también quiero conocerte y estas cosas son importantes. Mal que mal, han formado parte de tu carácter.

—Sí, tienes razón, pero mejor cambiemos de tema… Quiero saber algunas cosas de ti…

—¿Y qué cosas en particular quiere saber el señor Cortés? —interrogo con una sonrisa en los labios, mi tono de voz es totalmente provocativo, y soy muy consciente de ello.

—Sobre tus preferencias —responde lacónico.

—¿Preferencias?… sea más específico, por favor —solicito ya inmersa en la conversación íntima. Sé de lo que quiere hablar, pero me encanta escuchar cuando habla con ese tono tan seductor.

—Sexuales, principalmente, pero también me gustaría saber sobre las cosas que te gustan. Si tienes algún pasatiempo, o algo que te haga feliz, lo que te da miedo, alergias, fobias…

En fin, háblame de ti.

Suspiro profundo, me es extraño hablar de sexo, y para Damián es tan simple y natural… supongo que nunca es tarde para aprender.

—No deseo sexo tan convencional —manifiesto firme. Bien, no fue tan difícil, seguramente es porque sé que hablar de esto con Damián no va a ser motivo de pelea, criticas o burlas. Para él, esto es importantísimo—. Para mí fueron suficientes ocho años de misionero y algunas variantes… y casi nulo sexo oral —parafraseo lo que alguna vez me dijo él, debo admitir que él acertó a muchas cosas sobre mí.

—Define «no tan convencional», sé más explícita —pide y su voz se ha vuelto más profunda, como esta tarde cuando me tomó.

—Variar las posiciones, supongo… tal vez… juguetes… juegos —respondo un tanto vacilante. Hay tanto que quisiera descubrir, pero no sabría cómo.

—Me gusta mucho la parte de juegos y juguetes. ¿Te gustaría que te atara?

—No sé por qué no me sorprende que preguntes eso… Hablabas en serio cuando las chicas bromeaban —afirmo, y sin duda, la imagen mental de estar atada me provoca un hormigueo entre mis piernas.

—En cierto modo, hablaba en serio. —Ya lo sabía, no estaba tan errada con mi conjetura—. ¿Te gustaría probarlo conmigo?

—Definitivamente, me gustaría probar eso contigo —acepto, y de pronto pienso que me faltará vida para probar todo y repetirlo muchas veces.

—Me gusta tu entusiasmo… ¿de manos y pies?

—Probemos solo con las manos… la idea de estar completamente inmovilizada me hace sentir vulnerable.

—Te quiero vulnerable, señorita Haidée. Para mí es un condimento extra, sentir toda esa entrega, indefensa, a mi merced… que me des toda tu confianza y ser merecedor de ella. Pero iremos un paso a la vez, probaremos, y si te gusta, podremos seguir incrementando las restricciones.

—Eres extraño, Damián.

—No encuentro que yo sea extraño, puede ser que sea un tanto pervertido. La mayoría de los hombres lo somos.

—No lo creo. Nunca he conocido a un hombre como tú…

Pero debo reconocer que me atrae mucho que seas un «tanto pervertido».

—Pues, eso es mejor para mí… ¿Qué tipo de juguetes quieres probar?

—En realidad, no sabría decir…

—Hay una innumerable variedad de juguetes, dildos de diferente tipo de materiales tamaños, texturas; vibradores, bolas chinas, *plug* anales, rosarios, anillos y la lista sigue y sigue… depende de cómo y por dónde quiera estimularte. Ya tan solo la idea de usar cualquier cosa en ti hace que se me ponga dura… más dura de lo que ya está… ¿A ti no te excita estar hablando de esto e imaginar las posibilidades?

Trago saliva… Sí, esto me está excitando… y mucho.

—No soy de madera, Damián.

—¿Quieres jugar ahora?

—¿Jugar?, pero…

—¿Nunca tuviste sexo telefónico? Puede sonar anticuado, pero me gustan los clásicos, las cámaras *web* no dan mucho a la imaginación.

—Nunca he tenido ni lo uno, ni lo otro.

—Mmmm… Me agradaría mucho ser tu primera vez… Solo si quieres.

—Quiero probar… no sé muy bien cómo funciona…

—Solo sigue mis instrucciones y disfruta… Pon el altavoz y acuéstate.

Hago lo que me pide y bajo el volumen, lo coloco sobre la cama, cerca de mí para poder escuchar.

—Listo, ¿me escuchas bien? —consulto para probar, no deseo interrupciones técnicas.

—Perfecto. ¿Tú también me escuchas sin problemas?

—Ninguno…

—¿Estás vestida?

—Sí —respondo nerviosa, siento que toda mi temperatura corporal se ha elevado un par de grados.

—¿Qué llevas puesto?

—Una camiseta y un pantalón corto.

—¿Sin ropa interior?

—Sí… no llevo nada debajo.

—Me gusta mucho… Imagina que te toco sobre la ropa, recorre lento tus pechos. Tómalos con las manos, siente como se te llenan…

En silencio, hago lo que él me dice al pie de la letra, solo es la voz de Damián y mis manos obedeciendo sus palabras.

—No dejes de acariciarte… ¿Te gusta tocarte?

—Sí… ¡Ah! —E inmediatamente mi afirmación se trasforma en un jadeo. Es delicioso.

—Eres exquisita… levanta tu camiseta y deja libre esos preciosos pechos. —Se queda unos segundos en silencio y se oye un sonido de metal tintineando, y luego sisea—. ¿Se te han puesto duros los pezones por el aire frío? Tócalos… acarícialos entre tus dedos… estimúlalos para mí, tironéalos suavemente… pellízcalos, intenta soportar lo más que puedas. Los quiero bien duros.

Dios, su voz es tan cruda, siento que no debo hacer otra cosa más, solo lo que él dice. No quiero romper el hechizo, y el deseo aumenta con cada caricia.

—¿Sabes qué estoy haciendo? ¿Lo que me haces, preciosa? —me pregunta y casi no reconozco su voz.

—Imaginando que mi boca te está devorando —afirmo, no fue difícil deducir que el ruido que escuché fue la hebilla de su cinturón.

—Sí, preciosa, y lo haces como una diosa. Eres perfecta… quiero que te toques. Ábrete con tus dedos… ¿Estás mojada?

Mis manos abandonan mis pechos, recorro toda mi piel hasta llegar a mi monte de venus y abro mis pliegues que ya están muy húmedos, con un dedo recorro cada rincón de mi sexo y solo quiero que me penetre… pero todavía no lo ha ordenado.

—Estoy muy mojada, Damián.

—Quítate el pantalón… —Lo hago rápido, sin perder un segundo pateando lejos la prenda—. ¿Quieres que te la meta, preciosa? —interroga y su tono ronco y contenido no le hace sonar soez, sino todo lo contrario, deseo que lo haga. No soy una princesa, no soy una chiquilla puritana. Quiero que siempre me diga lo que quiere y lo que desea de mí sin pudor.

—Oh sí, profundo —respondo, no me reconozco y no me interesa pensarlo demasiado—. Duro y profundo.

—Me estas matando, Haidée. —Su respiración comienza a agitarse y la mía le acompaña. Somos una sinfonía de jadeos y respiraciones entrecortadas imaginando que estamos juntos—. No sabes lo que me estás haciendo… Tócate, preciosa, mete dos dedos, soy yo dándote lo que quieres, embistiendo duro entre tus piernas… Mueve tus caderas, siénteme, quiero que empapes tus manos con tu humedad, siente toda tu vagina resbaladiza y lista para mí... —Dios, Damián también me está matando, ¿cómo lo hace el maldito?—. Frota tu clítoris que ya debe estar duro recibiendo todo. —Hago lo que ordena, me muevo, y mis dedos entran y salen. Jadeo. Sé que él me escucha y eso me encanta, no podré soportarlo más—. Dios, esos ruiditos que haces me vuelven loco... Sigue, no pares, avísame cuando estés cerca.

—Damián... Ah... Ah... me falta... poco... Ah, ah, ah... —Y todo esto me excita más allá de todos mis límites, su voz, sus indicaciones, los sonidos que él emite. Él también me está imaginando lamiendo su pene, metiéndomelo hasta el fondo de mi garganta—. ¿Te gusta mi boca? ¿Quieres que siga chupando?

—Eres maravillosa, lo haces todo perfecto, mete otro dedo, y dámelo. Quiero que acabes ya, quiero hacerlo contigo...

Hundo otro dedo y me siento colmada. Estoy siendo bestial y ahogo mis gritos mordiendo mis labios una y otra vez, porque estoy a punto de estallar. Mis movimientos son desenfrenados y siento mi interior atrapando mis dedos para alcanzar el placer que está creciendo fuerte y ya no lo puedo contener más...

—Damián... Damián... Damián... Ahora... Damián...

—Haidée...

El clímax me azotó fuerte todo el cuerpo, lo sentí en mis pechos, en mis dedos, en mi sexo que no dejaba de palpitar. Me tensé por largos segundos intentando retener ese placer que me inundó poderoso, hasta que simplemente se desvaneció cálida y lentamente.

Sé que Damián escucha mi respiración agitada, tanto como yo escucho la de él... Los dos hemos alcanzado la cima a la vez... y no sé qué fue lo que me excitó más, obtener un increíble orgasmo de esta manera o escuchar el quejido varonil de él al derramarse, pensando en mí, imaginándome, anhelándome, deseando estar dentro de mí...

Nos quedamos en silencio, recuperando el aliento, y no sé qué decir... Bueno, sí lo sé, ha sido realmente sexy y estimulante este juego... Yo no sé cómo le voy a hacer para soportar, porque estoy segura de que cuando lo vuelva a ver a solas, me costará un mundo contenerme y no lanzarme sobre él para que me tome y hagamos todas las cosas que acabamos de imaginar.

No lo sé... Estoy perdiendo la cabeza... y realmente no me importa.

QUINCE

—*F*eliz cumpleaños, mamá —saludo sobre su lápida. Apenas puedo emitir esas palabras, la garganta se me ha cerrado. Brindo con la copa de vino que tengo en la mano y bebo un trago largo.

—Feliz cumpleaños, Martita. —Mi papá hace lo mismo, y se agacha para acariciar el nombre de ella sobre la placa de mármol—. Te echo de menos, negrita… todavía.

En silencio observo a papá, sé que está llorando. Durante toda mi vida nunca lo vi derramar ni una sola lágrima, y únicamente lo hace por mamá. Lo hizo cuando falleció y cada vez que la visitamos. Su muerte es más de lo que su alma puede resistir. Yo tampoco soy de piedra, mis ojos se humedecen, me duele ver a papá así, y que mamá ya no esté con nosotros.

Puedo oír el sonido de la brisa que mece los árboles, sentir los rayos del sol que queman la piel, observar un ave solitaria atravesando el cielo limpio y celeste, percibir apenas las voces de personas a lo lejos… y sin embargo, aquí entre nosotros, hay solo un largo silencio y nuestro mudo lamento.

—La Salerosa ya tuvo su potrillo, Martita, es igual a ella… ¿Qué nombre crees que debemos ponerle «Pelafustán», «Endemonia'o» o «Toribio»? —le pregunta papá a mi mamá, secándose las lágrimas con un pañuelo blanco.

—A mí me gusta «Endemonia'o» —le comento a mamá, imaginando que está con nosotros—, pero papá insiste en preguntarte como siempre.

—Claro, si tú los bautizabas… y seguirás haciéndolo. —Sirvió otra copa de vino, brindó y derramó su contenido sobre la lápida—. Bebe un poco con nosotros, negrita y piénsalo. —Le entrego a papá tres papeles con los nombres para el potrillo y él los pone sobre la húmeda piedra y se levanta. Me abraza por sobre el hombro y respondo del mismo modo, y nos quedamos esperando la respuesta de mamá. No tenemos prisa, estaremos aquí hasta que nos dé una. Nunca nos falla mamá.

El sol rápidamente seca la superficie de mármol junto

con la brisa, y los papelitos amenazan con volar, pero solo uno se despega y rápidamente yo lo recojo y lo leo.

—Mamá eligió «Endemonia'o», papá. Tenemos los mismos gustos ella y yo.

—Pero si tú eres igual a ella, Damiancito. Si te lavaras la cara seguramente te parecerías aún más —bromea por mi barba, siempre lo hace ya que no le gusta que la use, pero bueno, la cara es mía y se me irrita demasiado con el afeitado diario—. ¿Cierto, negrita, que tiene que bañarse más seguido este *cabro*[15]? —pregunta a mamá de mucho mejor humor. Después de la tristeza, logramos recuperarnos y avanzar.

—Papá, ¿nunca me vas a perdonar la edad del pavo? Por favor, supéralo.

—¿Y perderme toda la diversión? —se burla dando una risotada. Definitivamente, ya pasamos lo peor de las visitas a mamá—. Está loco este *cabro*, ¿cierto, Martita?

Yo solo me río, supongo que nunca va a dejar de ser duro visitarla, pero en esta ocasión no nos costó tanto salir de la pena. Hemos aprendido a vivir con el dolor, no nos queda de otra.

*****

—¡Dale con todo, Damián! —exclama Abelardo.

—¡Eso! ¡Móntala! ¡Dale, Damián, que no te gane La Zaina! —grita mi papá, yo apenas le pongo atención. Esta yegua está dando la pelea por zafarse de mi agarre, salta, patea, y yo no suelto las riendas e intento controlar la montura.

Dos jinetes asisten la doma acorralando a la bestia gritando y fustigándola, lo que la hace encabritar con más brío, intentando derribarme de la montura y salir victoriosa.

Pero no me la va a ganar.

Intento guiarla, pero es terca, no quiere rendirse, tiro fuerte y me aferro con mis piernas a sus costados, encajando bien mis pies a los estribos. Ella no cede y sus movimientos se vuelven más violentos e intenta hociquear a los otros jinetes, y encabritada se enfila desesperada a la salida del corral.

—¡Abran el portón! —ordena mi papá—. ¡Que Damián la haga correr!

Dos peones obedecen, y la yegua al ver el portón abierto empieza a galopar a toda velocidad… Esta es la mejor parte,

---

15 *Cabro (a): niño (a), jovencito (a)*

cuando se dejan llevar, y corren con todas sus fuerzas intentando escapar, mi cuerpo sigue todos sus movimientos, y la bestia y yo somos uno, aunque ella no quiera dejarse domar. Mis escoltas me siguen, pero cuando se acercan, la yegua se pone chúcara e intenta arrojarme al suelo. Pero no lo logra, no he perdido el toque. Aún estoy sobre ella, aunque no quiera.

Poco a poco, La Zaina se rinde, pero no disminuye la velocidad de su galope, y me puedo permitir sentir a plenitud todo lo que sucede a mí alrededor. El cómo entra en mis pulmones el aire puro mezclado con el olor de la tierra mojada, el aroma del cuero fundido con el de la yegua. El sonido de los resoplidos de la bestia, los cascos que apenas tocan el suelo, los gritos y aullidos de los otros jinetes que están disfrutando de la carrera tanto como yo. En mis venas fluye la adrenalina y lo único que deseo es ir más rápido. Instigo a la yegua a que acelere su carrera, y furiosa aumenta la velocidad de su galope.

Y así me pierdo… en que solo soy libre por algunos minutos y no escucho nada, hasta que noto que la yegua empieza a disminuir el galope por el cansancio.

Pruebo guiar al animal para que gire, tirando de las riendas, y de mala gana, obedece y emprendemos el retorno al corral, sé que no quiere volver, pero ya está agotada de luchar aceptando mi dominio y que yo sea su jinete.

Y se rinde…

Sé que le queda mucho para estar completamente domada, pero le he adelantado mucho trabajo a Abelardo, la mano derecha de papá, y estoy seguro de que me lo agradecerá.

Toda la vida viví aquí, hasta los diecinueve. Domar caballos, montarlos, galopar, cuidar de ellos, para mí es algo normal y parte de mi educación. Solo la gente que se dedica al campo, la hípica y la crianza, sabe de caballos. En Santiago nadie sabe qué hago esto, es como si fuera un gran secreto, pero en realidad, no me gusta alardear de este tipo de cosas, no me gusta ponerlo como tema de conversación.

Una vez, a una novia que tuve le conté sobre el criadero y los caballos en Cauquenes. Fue decepcionante. Paulatinamente, cambió su trato hacia mí, se volvió más cariñosa, e insistía en que la llevara al criadero, y tristemente me di cuenta de que existen muchas personas interesadas en lo que pueden obtener de uno. Lamentablemente, para mí este lugar es mi herencia —y espero eso ocurra en un futuro muy, muy lejano—. Si continúo o no con la tradición familiar, no importa, es un legado que voy a recibir… y eso implica dinero… bastante diría yo.

Pero no me interesa, no me veo lo que me resta de vida dirigiendo todo esto. No puedo negar que me gusta este lugar, la gente que trabaja aquí, el campo, la tranquilidad… Pero yo siempre quise otra cosa.

En fin, toda la vida estuve involucrado con este mundo… pero en el fondo no deseo el negocio, porque me impedirá hacer lo que más quiero en la vida… Educar, aunque a los profesores les paguen un moco. Es un riesgo que tengo asumido.

—Todavía no pierde el toque el muchacho —alaba Abelardo cuando entro con la yegua al corral—. Ya te quiero ver cuando tus críos quieran domar… algún día.

No contesto su comentario, solo sonrío. Acá todos se casan jóvenes y de mi generación solo falto yo. No solo a las mujeres las presionan socialmente. Aquí es uno de los pocos sitios donde todavía creen que los hombres deben sentar cabeza cuando sobrepasan los veintitantos años. Pero a mí eso me importa un pepino, eso ocurrirá cuando tenga que ocurrir.

—Muy bien, hijo —felicita mi papá cuando desmonto y me da unas fuertes palmadas en la espalda—. La vida en la capital no te ha hecho perder la costumbre. Ya pensaba que te habías *ablanda'o*.

—Esto es como andar en bicicleta. —Me limpio el sudor de la cara con un pañuelo y me da un punzante dolor y me quejo—. Pero mi espalda me va a dar un recordatorio toda la semana, estoy viejo para esto.

—¿Y qué queda para el resto de nosotros? —replica papá riendo de buena gana. Sé que en el fondo todavía abriga esperanzas con que me quede con esto… Creo que no debí aceptar intentar domar a la yegua. Se ilusiona.

—Asegúrate de que los más jóvenes aprendan —respondo con un tono monocorde.

—Podríamos aprovechar tus dotes educacionales para esa tarea —sugiere mi viejo, así como que no quiere la cosa. Ese truco lo ha usado demasiado—… en el futuro.

—Papá, no empieces, por favor…

—Ya, ya, ya… No te pongas a la defensiva. No me culpes por seguir intentándolo.

—Bueno… Solo déjalo de ese porte. De verdad, no quiero pelear contigo por lo mismo.

Mi papá claudica con un suspiro y me da unas palmaditas en el hombro. Mierda, ahora me siento culpable.

—Ya, papá… ¿Por qué no vamos mejor a bautizar a Endemonia'o? —propongo con tono conciliador. Él sonríe y nos dirigimos a las caballerizas para ver al potrillo con su madre.

*****

—¡Chao, hijo, no te pierdas! —grita mi papá despidiéndose de mí, le hago un gesto positivo y luego le digo adiós con la mano. Definitivamente, debo venir más seguido, se ve más viejo desde la última vez que lo vi… y estuvo tosiendo más de la cuenta. No me gusta para nada.

En año nuevo, sin duda volveré… y lo obligaré a ir al médico.

El bus empieza a moverse lentamente, es el último que sale a Santiago, como son casi siete horas de recorrido prefiero tomar este y dormir durante todo el recorrido. Así llego rápido a mi departamento para dejar mis cosas, cambiarme, y partir al trabajo.

Me quedo mirando la nada, la negrura del paisaje. En algunos tramos se pueden ver las estrellas nítidas en el firmamento, es una imagen realmente preciosa… Y a propósito de preciosa, me pregunto si Haidée estará durmiendo o esperando a que la llame, los dos últimos días hemos conversado mucho, sobre todo de ella, y también hemos jugado. Nunca pensé que iba a disfrutar tanto del sexo telefónico. Haidée es una mujer que se deja llevar, pero a la vez tiene iniciativa e imaginación. Me ha confirmado lo que ya sabía de ella, desea explorar, es curiosa, entusiasta. Quiere probarlo todo, más bien casi todo, los tríos están descartados por ambos, a ella no le gusta compartir y a mí tampoco.

Y he descubierto que, de verdad, tiene tendencias sumisas, pero ella no tiene idea de ello.

Yo creo que Haidée siempre esperó más entusiasmo e iniciativa por parte del "tarupido" de su ex, porque en el fondo ella prefiere que alguien domine la situación, que incite el juego, que la satisfaga a plenitud y no de manera mediocre e irregular. Lógicamente, ocho años con un hombre que no hace nada por innovar o mantener la chispa, termina por aburrir, y en el caso de ella, por resignarse. Sin duda, si llego a conocer a ese imbécil me voy a acriminar con él.

Haidée en nuestras largas conversaciones ha logrado reflexionar mucho, sobre ella, sobre su vida, y me encanta que se abra de esa manera conmigo. Ella confía en mí y eso es un regalo que pretendo honrar siempre.

Y por esa confianza que me ha otorgado le he propuesto algunos juegos de dominación, y no los rechaza de plano, al contrario, le llaman la atención y siempre quiere intentar. Espero que ella una vez que pruebe no le dé la «resaca emocional» —he leído que eso pasa con algunas mujeres que experimentan y disfrutan una sesión de *bondage* o cualquier otra práctica, pero al día después no desean volver a vivirlo, como si se dieran cuenta de que hicieron algo terrible—. Espero que ella lo supere bien, y si no escapa… se lo contaré. Ella no merece que le oculte para siempre esto que es tan importante para mí, pero tengo un miedo terrible de que me rechace como si fuera un monstruo degenerado. De verdad, me dolería si ella me considera de ese modo, y me dolería aún más herirla por este motivo.

Realmente la aprecio, la admiro y la respeto mucho. Le tengo un cariño profundo por cómo es como persona, como madre, como mujer…

Porque siendo honesto, yo la quiero…

Y quiero y deseo que esto verdaderamente funcione.

Desbloqueo mi celular… y tecleo mi mensaje…

«*¿Estás despierta, preciosa?... Hoy no podremos jugar, me encantaría, pero estoy en el bus rumbo a Santiago. ¿Quieres conversar un rato aunque sea por mensaje?*».

Su respuesta no se hace esperar demasiado.

«*Estoy despierta… No importa si no jugamos hoy, y me gusta mucho conversar contigo*».

Creo que esta noche dormiré muy poco.

DIECISÉIS

Anoche no pude dormir casi nada, después de enviarnos mensajes con Damián durante dos horas, no pude descansar del todo. Dormía y a la vez no lo hacía, era consciente de cada ruido, de la luz, del agobiante calor. Maldita anticipación, las ganas de verlo después del fin de semana son irrefrenables y, sin embargo, sé que no podré hacer mucho cuando lo vea el día de hoy. El trabajo, la gente, la exposición juega totalmente en contra de nuestros deseos, es irritante y a la vez tiene un encanto especial. Esta tortuosa espera me despierta emociones tan fuertes como contradictorias.

¿Me había sentido así alguna vez? Definitivamente, no.

No se parece en nada al enamoramiento adolescente que viví con Gabriel, tampoco se asemeja a ninguna clase de expectativa que pude tener cuando iniciamos nuestra vida sexual, a escondidas, a la rápida, un poco torpes, y luego, las escapadas a los moteles una o dos veces al mes... Que a la luz de los últimos hechos vividos con Damián, he descubierto que tampoco eran la gran cosa.

Todo esto que estoy experimentando y sintiendo es abismalmente diferente. Soy más adulta, más madura, más lúcida de todo lo que me rodea, de mi cuerpo, de lo que siento y de lo que puedo aprender, de lo que he aprendido y descubierto. Conversar con Damián me ha abierto los ojos en muchos aspectos que desconocía, y ha despertado fantasías que jamás se me cruzaron por la cabeza hasta ahora.

Desde la primera vez que él lo mencionó, me ha dado vueltas por la cabeza la fantasía de estar atada. La visión cada vez se me hace más y más explícita, y lejos de asustarme, me atrae cada vez más.

¿Me estaré volviendo loca o todo esto es parte del juego? Damián me ha preguntado tanto sobre qué cosas me gustan sobre el sexo, y me ha contado tantas otras, que con suerte he escuchado alguna vez, y maldición, lo quiero probar todo. No quiero decir «esto no me gusta» sin haberlo probado antes...

Algo me dice que no debo preocuparme, que confíe en él…

Pero sé que algo oculta, Damián se ha centrado solo en mí, pero sé muy poco de él. Quiero saber más, todo, todo de él.

*****

Llego al trabajo un cuarto para las nueve, paso por el puesto de trabajo de Damián y aún no ha llegado.

Decepción.

Enfilo mis pasos a la sala de *housing* y dejo mis cosas en mi escritorio. No ha llegado nadie, supongo que la navidad para algunos es más movido que para mí. Un café bien negro me vendría perfecto.

Voy a la pequeña cocina del piso a preparármelo, y al abrir la puerta, el aroma a café recién hecho me da la bienvenida, y me encuentro con Damián que está tomando uno y leyendo concentrado un libro muy grande, el cual cierra bruscamente cuando se da cuenta que estoy en la habitación. Lleva puesta la cadena que le he regalado, me gusta que la use… Demasiado.

Me mira y sonríe de una manera perversa. Sí, me encanta esa sonrisa, es verdaderamente lasciva.

—Buenos días, señor Cortés —saludo con el corazón latiendo acelerado.

—Buenos días, señorita Haidée —replica sin perder su sonrisa—. ¿No ha llegado nadie más? —interroga mientras deja la taza en la mesa y se levanta de su asiento.

—No, solo yo —respondo, y me ha puesto nerviosa, porque se acerca a mí, pega mi espalda contra la puerta con su cuerpo, sin llegar a tocarme del todo, y se queda quieto a un centímetro de mi boca.

—¿Te puedo besar? —pregunta susurrando y siento el aroma del café emanando de su aliento caliente sobre mis labios. Yo asiento con la cabeza porque, de pronto, he olvidado hablar—. Contesta, preciosa.

—Sí, sí puedes… —logro responder con aplomo.

Entierra sus dedos entre mis cabellos provocándome escalofríos, a la vez que su boca me invade con voracidad, y mi respuesta es automática, intentando devorarlo también, colgándome de su cuello, porque estoy hambrienta de él, ardiendo por cada poro de mi piel que solo desea estar desnuda bajo él, sobre él, de todas las maneras posibles.

Degusto su lengua impetuosa impregnada de café y solo se me antoja quitarle ese sabor con la mía. Todo es caliente y húmedo, y súbitamente siento que la ropa me estorba.

Sus manos abandonan mis cabellos y descienden sobre mis pechos apretándolos con avidez y me encanta cómo lo hace. Pero esta vez, no seré tan pasiva como la última vez. Una de mis manos abandona su cuello y también desciende mucho más al sur hasta llegar al bulto de su prominente erección.

Acaricio sobre el pantalón y siento la tensa y dura longitud, dolorosamente confinada y que pugna por salir de su prisión. Damián interrumpe bruscamente el contacto, sisea casi como si fuera un ruego, y su reacción me parece tan erótica como este beso.

—No seas mala —susurra—. ¿Avisaste que llegarás más tarde a casa? —interroga a la vez que sus manos bajan hasta mi trasero y aprieta todo lo que puede abarcar. Jadeo y mi respiración es superficial.

—Sí. —Mojo mis labios con la lengua y continúo—: Solo tendremos dos horas. No puedo aprovecharme tanto de la nobleza de mi madre —explico.

—Pues valdrá la pena, preciosa —susurra en mi oído—. Haremos que cada maldito minuto lo valga. —Me vuelve a besar casi violentamente y muerde mi labio inferior sin causarme dolor—. Hoy será un día demasiado largo. —Se separa lentamente de mí, arregla mi ropa, y se me queda mirando fijo—. Te has soltado el cabello, y estás usando el collar que te regalé. Te ves muy linda, más libre… Me vas a matar, preciosa. Estás cumpliendo algunas de mis fantasías y ni siquiera te he visto desnuda.

Sonrío con suficiencia, lo he hecho a propósito para probar si lo notaba y Damián levanta una ceja y resopla.

—Eres mala, mala, mala, mala. Te castigaré con esto. —Toma mi mano y la deja sobre su dureza sin soltármela, y con ambas manos, la mía y la suya, la aprieta levemente y vuelve a sisear.

—No me has preguntado cómo estoy, es de muy mala educación no hacerlo, señor Cortés.

—No necesito preguntártelo, es obvio, estás preciosa, rica, caliente, y a la tarde serás mía. En todo caso, tú tampoco has preguntado… Definitivamente, te castigaré. —Vuelve a ejercer presión sobre su erección con nuestras manos y sé que es un suplicio enorme para ambos—. Mejor me voy a ver un video de la Tigresa del Oriente en *YouTube*, a ver si es verdad lo que un día dijo Leonardo, que eso le mata la erección hasta a un burro.

Yo río a carcajadas ante semejante comentario, Damián nunca es tan serio. Toma su libro y la taza de café, y sale de la cocina, no sin antes darme una nalgada con el mismo libro y escucho cómo se aleja silbando. Me preparo mi café y me lo llevo a mi puesto de trabajo.

Será un muy largo día, pero me encanta.

*****

Pensé que sería un día largo… pero me equivoqué. Esta es la última semana de Juan con nosotros, y ya están empezando a delegarme sus labores, por lo que esta semana será la transición para tomar formalmente el cargo a partir del próximo lunes.

Más trabajo y menos tiempo para pensar en Damián, cosa que en el fondo agradezco, porque en los pocos segundos que me distraigo, la ansiedad me empieza a lamer el cuerpo, desde las piernas hasta el cuello, haciendo que todo me tiemble de anticipación.

El ambiente festivo no cesa, todos tienen la cabeza en el jueves y viernes, ya que esos días se celebrará una despedida para Juan, y al siguiente la despedida del año.

Y hoy… hoy tengo la despedida final a la antigua Haidée. Quiero recibir el nuevo año siendo otra.

A veces pienso que no importa cómo termine esta historia, solo sé que nunca será peor que con mi ex esposo. Si pude soportar eso, podré soportar todo lo demás, porque estoy creciendo y ya estoy saliendo de ese maldito aturdimiento que me autoimpuse por tanto tiempo.

Ya no soy la misma, ni quiero volver a serlo.

*****

La hora del almuerzo de hoy es fuera de lo común, al entrar a la cocina me encuentro con Leonardo, Jesús y Damián, lo cual me sorprende. Conversan animados mientras todos comen el mismo menú y me hacen un lugar al lado de Damián. El ambiente es distendido y casual, y me relajo al instante, a pesar de la creciente tensión sexual que percibo ante la presencia de Damián.

—¿Y te ha gustado el lugar, Haidée? —me pregunta Leonardo interesado.

—Siendo honesta, nunca creí que me tocaría trabajar en un lugar como este. Estoy muy contenta de haber llegado aquí —contesto con sinceridad. De verdad, ha sido lo mejor de este año.

—Qué bien, hemos trabajado duro para hacer que sea así. Héctor, mi jefe, me ha permitido hacer muchos cambios. Hace un par de años estábamos en el octavo piso, pero se nos hizo chico cuando nos autorizaron a implementar nuevos planes de ventas —relata Leonardo algunos aspectos que desconocía de su trabajo.

—Sí, escuché varias veces a Valdebenito quejándose de la competencia, específicamente sobre ustedes.

—Su ego es demasiado grande para aceptar que no todas sus ideas funcionan. Él ha optado por entregar servicios *premium*, pero para qué vamos a mentir, en Santiago hay más pequeñas y medianas empresas que clientes *top*. Si se va un cliente pequeño, para nosotros no será un desastre, pero si a Valdebenito se le va uno, es una catástrofe.

—Tienes razón. Además, aquí el factor humano es muy importante. Me llama mucho la atención que en este piso hayan dos matrimonios trabajando sin problemas.

—Somos lo suficientemente inteligentes para separar las aguas. De otra forma no funcionaría. —Y le creo, he sido testigo de ello, todos están tan compenetrados que logran, incluso, llegar al consenso que el trabajo es trabajo y lo personal queda afuera de este edificio.

—¿Ustedes se conocieron aquí? —interrogo curiosa, Leonardo y Jesu dan la confianza suficiente como para permitir que uno pregunte asuntos personales.

—En ese entonces, Leo tenía tu cargo y yo entré a hacer la práctica… —narra Jesu relevando a su marido en la conversación—. Le costó un par de meses reaccionar, pero pronto se dio cuenta de que no encontraría a una mujer mejor que yo. Digamos que estuvo con un prolongado cuadro de ceguera.

—No hay duda, me saqué la lotería —admite Leonardo sin ningún rastro de vergüenza, está orgulloso, increíble.

—Esta cocina antiguamente era un antro —interrumpe Damián—. Si hablaran estas paredes, quizás qué clase de perversidades contarían.

—Ay, no le pongas color, san Damián. Eres un exagerado, solo fue una vez —rezonga Jesús masajeándose la sien fingiendo una jaqueca.

—Mis virginales ojos aun no superan el trauma al que me sometieron —arremete nuevamente Damián sonriendo y tapándose los ojos. Leonardo y Jesu se ríen y no pueden terminar de consumir su plato.

—¿Y cuántos años tienes tú? ¿Catorce? —interpela Leonardo totalmente fuera de su papel de jefe, es más bien un amigo de Damián—. Si nos pillaste besuqueándonos nomás.

—Esa es tu opinión. —Damián levanta las cejas y se cruza de brazos—. Sé perfectamente lo que vi.

Todos reímos por el intercambio verbal, sin duda son un grupo de personas muy especiales. Me encantaría poder llegar tener una relación tan cordial con todos ellos. Son todos verdaderos amigos.

—¿Y vas a poder venir a la despedida de Juanin? —pregunta Jesu de pronto, cambiando de tema.

—Yo creo que podré estar un ratito. Por mi hija —excuso mitad verdad, mitad mentira. Ese día pretendo hacer otras cosas, todo depende de cómo resulte lo que haremos Damián y yo el día de hoy.

—El jueves saldremos una hora más temprano y nos iremos al tiro para el departamento de los chicos. Va a ser tranquilo, todos somos unos ñoños y no correrás el peligro de ser corrompida —bromea Leonardo, siempre hace lo mismo, dice algo en serio y remata con un chiste. No sé cómo le hace, en cualquier otro tipo de persona esa fórmula no funcionaría.

—No les creas, pajarito nuevo —advierte Damián, volviendo a interrumpir—, apenas te pillen volando bajo, te incluirán en algún campeonato de *Mortal Kombat*, esta gente no madura.

—Él, *po'h*, el más maduro —interviene Jesu socarrona—. Lo que pasa es que no le halla gracia a la *PlayStation* porque es un *huaso* que viene del sur. Solo sabe de vacas y gallinas —se burla de Damián imitando el acento de la gente campesina.

—Ustedes se morirían de la pena en el campo, ya me gustaría verlos intentando atrapar un chancho —desafía Damián muy seguro de sí mismo—. Yo no sé cómo diablos no se han puesto obesos... Si no es porque Jesu está embarazada parecería un palillo.

—Ahhh, eso es fácil de contestar, pero es un secreto familiar —replica Jesu con una risita que da a entender claramente de qué se trata el «secreto familiar».

—Y es mejor que no lo divulguen, en serio, me puedo hacer una idea de qué se trata el famoso secreto familiar. —Damián vuelve a ponerse en su papel de santurrón. Es muy gracioso verlo bromeando de esa manera, cuando sé que en realidad es un pervertido.

—Ay, san Damián, no seas tan mojigato —reprende Jesu divertida—. Yo sé que te haces el tonto nomás, «los calladitos son los peores».

—Esa es una verdad incuestionable. La lógica de Jesu es innegable... —Leonardo toma su plato vacío y el de su mujer y se levanta—. ¿Vamos, Jesu, a dar una vuelta a la manzana? Necesito bajar la comida y tú debes caminar un rato para que la pequeña *alien* no te dé una patada karateca de aburrida —propone.

—Vamos —acepta animada.

Leonardo lava los platos rápidamente y sale de la cocina tomando a Jesu de la mano, dejándonos a solas. Es envidiable su relación.

—También trajiste ajiaco —comenta Damián mirando mi plato—. El plato típico de las sobras navideñas.

—Sí, y eso que solo cenamos mi mamá y yo, pero siempre calcula de más... Todavía cuenta a papá.

—Te entiendo perfectamente, suele pasar... —Mira su plato y sonríe—. Si no es porque Jesu trajo un montón de ajiaco hubiera tenido que comer afuera. Pero a decir verdad, prefiero la comida casera.

Nos quedamos en silencio, de pronto el ambiente se densa. Me cuesta comer, el nerviosismo se apodera de mi apetito...

—No hallo la hora de irme... De verdad tengo muchas ganas de estar contigo, Haidée —confiesa Damián mirándome a los ojos, pero no intenta hacer ningún contacto físico—. Te has convertido en toda una prueba a mi autocontrol. En este momento me encantaría hacerte tantas cosas, pero no puedo ni debo exponerte, ¿me entiendes?

—Sí, claro que lo entiendo... Yo, también quiero estar

contigo, sé que no debemos arriesgarnos más de la cuenta.

—Toma. —Me entrega un papel doblado y yo lo tomo sin cuestionar—, necesito que le envíes la dirección de mi departamento y mi número de teléfono fijo a tu madre. —Lo miro desconcertada, ¿por qué quiere que haga algo así?—. Es posible que nos olvidemos del mundo y si le pasa algo a ella o a tu hija, prefiero que sepa donde contactarte en caso de que no escuches tu celular —explica como si me hubiera leído la mente. Estoy segura que no formulé ninguna pregunta.

—Entiendo. De hecho, le dije que iba al *babyshower* de Jesu. Espero que me haya creído… me siento como si fuera una *cabra* chica haciendo esto. Mentirle no me hace sentir cómoda… Mi mamá hace tanto por mí —admito la única cosa que verdaderamente me quita la calma.

Siento que el valor que tenía hasta hace un momento me está abandonando… qué atroz.

—Entonces, dile la verdad… a medias.

—¿Quieres que le diga que voy a salir con mi nuevo compañero de trabajo a tener sexo a su departamento? —recrimino, y sé que soy demasiado dura. Estoy descargando mi frustración con él, lo sé.

—No debes ser tan explícita, ni sarcástica, señorita Haidée —me reprende Damián, serio—. Dile que soy tu novio y ya. Ella estará saltando de felicidad, ¿o no? Tú misma me lo has dicho, ella quiere que rehagas tu vida.

—La conozco, si le digo eso querrá conocerte y, prácticamente, someterte a un interrogatorio en un cuarto oscuro.

—Pues, si eso te hace estar tranquila a mí no me molestaría que me interrogara. En realidad, no sería mentir tanto, salvo el hecho de que no estamos locamente enamorados.

—No, no lo estamos… —Y bajo la vista… Me lo tengo que meter muy bien en la cabeza, si no quiero perder más de la cuenta. Estoy plenamente consciente de los daños colaterales. Sé que Damián no se cierra a la posibilidad de enamorarnos… pero ¿y si él nunca llega a sentir más que deseo? Estoy segura que si eso sucede, lo nuestro será breve. Es archiconocido que una relación se acaba si se sustenta solo en la pasión… y también por la falta de ella. Los extremos siempre son malos.

—Haidée, mírame. —Lo miro a los ojos no puedo evitarlo—. No sé a dónde nos va a llevar esto. Tal vez resulte, tal vez no… Pero créeme que quiero que esto funcione, porque me gustas mucho, te admiro y te respeto. Si esta tarde no cumplo con tus expectativas, te juro por mi vida que te dejaré tranquila y haré como que nunca nada sucedió. Sabes que no rompo mis promesas —declara con tal convicción, con tanta fe, que mis últimos vestigios de cargo de conciencia e inseguridad quedan relegados a un lugar ínfimo y oscuro de mi mente. Debe ser así, o no lograré disfrutar nada y no será culpa de Damián, solo será la mía, y no quiero que por nada del mundo eso suceda. Valor, Haidée, valor. Sé jodidamente valiente.

—Lo sé… Discúlpame, pero esto es muy importante para mí. Lo sabes perfectamente.

—Y estoy honrado que de hayas aceptado. ¿Estás segura de continuar?

—Completamente.

—Entonces, que así sea —sentencia, y casi puedo notar que se ha relajado, sonríe y percibo un destello de alivio en sus ojos—. Tenemos una cita. Te estaré esperando en la boletería de la línea 1 del metro, a las seis y cuarto. Te prometo que será especial. Para mí también es importante… más de lo que crees. Quiero y deseo que sea la primera de muchas.

Yo también deseo lo mismo.

DIECISIETE

*N*unca antes había salido tan rápido de la oficina. ¿Que si estoy nervioso? Absolutamente. Tanto que miro la hora cada tres segundos. ¿Haidée dará el paso final? Esta tarde la vi tan llena de fantasmas y temores que no me extrañaría si se retracta. Y si eso pasa, mierda, de verdad eso me descorazonaría.

Me daría pena, no tanto por mí, sino por ella.

Seis y diez minutos, el temblor de mis piernas amenaza con hacerlas flaquear, por lo que empiezo a caminar lentamente alrededor de la boletería. Solo necesito moverme, que el tiempo transcurra y no darme cuenta de ello.

Una vuelta, dos... a la tercera me está esperando, está buscándome con la mirada, pero yo estoy detrás de ella.

Alivio, un inmenso alivio me invade y me acerco a ella, mi valiente Haidée.

—Hola —saludo a sus espaldas, da un leve respingo y se gira lentamente, recibiéndome con una tímida sonrisa. Me encanta su bienvenida—. Qué bueno que viniste.

—Hola. —Se encoge de hombros—. ¿Teníamos una cita, o no?

—Definitivamente, tenemos una. ¿Vamos, señorita Haidée? —ofrezco mi brazo y ella sonríe.

—Vamos, señor Cortés. —Acepta mi ofrecimiento y enfilamos nuestros pasos hacia los torniquetes de acceso y bajamos las escaleras para dirigirnos a la combinación con la línea 5.

No hablamos nada, creo que no es necesario. Solo me basta con sentir su contacto en mi brazo, siguiendo mis pasos. Esperamos el tren de ruta roja, hoy no me interesa la maldita hora punta, ni estar apretado como si fuéramos sardinas. Lo único que deseo es llevármela pronto a mi departamento.

Ahí viene un tren.

Siempre pasa lo mismo, unos pocos bajan del vagón, y muchos suben. Intento que nadie toque a Haidée y la protejo con mi cuerpo, pero es prácticamente inevitable estar pegado a ella y puedo sentir por completo cómo ella se acopla a mí a la perfección.

Maldición, está siendo osada. Siento su mano acariciando mis testículos sobre el pantalón. Miro en todas direcciones y creo que nadie lo nota, luego desvío mis ojos hacia ella y tiene una cara de póker digna del más avezado jugador.

Definitivamente, la castigaré con lo que se está entreteniendo. Ya van tres con esta.

Se lo negaré tres veces, a ver si le divierte… Si es que lo logro, en una de esas, soy benevolente por mi propio bien.

Rápidamente llegamos a la estación Ñuble, la señorita Haidée me ha torturado por unos siete minutos, siete por tres, veintiuno.

Veintiuna veces que la embestiré lentamente…

Bajamos del vagón y la llevo de la mano caminando con prisa, no lo voy a ocultar, tengo demasiadas ganas por llegar pronto y hacer rendir esas dos horas a las que estamos sentenciados.

Soy consciente del repiqueteo de sus tacones y su afán por seguir mi paso. Soy consciente de mi corazón que late desbocado y de la agitada respiración de ella. Soy consciente del terrible calor que me ahoga y, a la vez, lo disfruto.

Me siento vivo, ya había olvidado de sentir esa sensación con alguien.

Cruzamos la Avenida Vicuña Mackenna y justo en esta calle está nuestro destino. Entramos al edificio, saludo rápidamente al conserje y nos dirigimos al ascensor… Y el maldito ascensor está lleno. Hora punta, en todas putas partes.

Las puertas se cierran y están marcados el piso dos, seis, ocho, el mío el número once, y dos más que no me interesan. Este ascenso será un jodido vía crucis.

Control, Damián. ¡Control!

Inspiro y espiro, intento relajarme. Encontrar el temple y realizar lo que he anhelado por tantos días. Siete largas jornadas en los que Haidée me ha hecho sacar todo mi arsenal para convencerla y seducirla. Y quiero que valga la jodida pena.

Piso once, se abren las puertas y nos dirigimos a la puerta 1106 y la abro con mis llaves. En estos momentos agradezco ser un hombre ordenado, la invito a entrar y ella no puede evitar recorrer mi espacio con su mirada aprobadora. Avanza hacia la pequeña sala de estar y el sol que entra por el ventanal recorta su preciosa figura.

—Las llaves estarán colgadas aquí —le indico. Ella se gira y me pregunta con la mirada—. Nunca se sabe. —Y me encojo de hombros, Haidée susurra un «ok»—. ¿Le diste mi dirección y teléfono a tu mamá? —interrogo. No tiene la más mínima idea, pero en realidad es una medida de seguridad para sí misma, más que por la posibilidad de que le suceda algo a su familia. Después de todo, soy un extraño para Haidée y quiero que me conozca más. Y este tipo de medidas le dan una señal implícita de que no oculto nada y que su madre es libre de contactarla a través de mí.

—Sí, se lo di por *WhatsApp* —afirma y deja su cartera sobre el único sofá de la sala.

—Muy bien, preciosa. —Me acerco a ella y del bolsillo trasero de mi pantalón saco el sobre con el membrete de un laboratorio—. Toma, estos son mis papeles médicos, me hice exámenes de sangre la semana pasada y prueban que no tengo ninguna enfermedad que pueda contagiarte.

Haidée recibe los papeles y lee con detención. Buena chica.

—Yo… no me hago exámenes médicos desde que estuve embarazada de Julieta. En ese entonces estaba sana… Desde esa ocasión… solo lo he hecho una vez… y con protección —confiesa con la voz teñida de vergüenza, su cara está pigmentada de rubor.

—¿Hace cuánto fue? —interrogo interesado, no tengo celos, pero si solo lo hizo una vez, debió ser una mala experiencia para ella. La abrazo, pero no rompo el contacto visual.

—Casi dos años.

—Bien… Por favor, no sientas vergüenza. Que no me hayas contado antes no significa nada. Solo quiero saber, y no es por ego, sino por ti, ¿cómo fue esa experiencia?

—Nefasta, vacía… terminé fingiendo… y el alcohol no digamos que fue de mucha ayuda. La valentía líquida no sirvió de nada —admite, su voz se quiebra y baja sus ojos.

—Haidée, mírame —le ordeno con suavidad y ella levanta la vista—. Quiero que a partir de ahora, seas totalmente sincera conmigo. Mi objetivo es darte placer y obtener el mío a través del tuyo. Si algo no te gusta, te ruego que me lo digas, si necesitas que vaya más lento o rápido, por favor, dímelo. Necesito conocer tus tiempos, tu ritmo, tus puntos sensibles, lo que adoras, lo que odias. Tu cuerpo habla, pero soy hombre y soy humano y me puedo equivocar. Quiero aprender contigo y quiero que aprendas conmigo. Confía en mí.

—Por supuesto, solo que... —No termina su sentencia, veo la duda.

—¿No confías en ti? —interrogo adivinando su última barrera, y ella confirma lo que he dicho con un leve gesto de cabeza—. Preciosa, eres la mujer más valiente, inteligente y hermosa que he tenido el privilegio de conocer. Confía en ti, mereces encontrar el camino que te lleve a ser feliz, y si yo soy parte de ese camino, créeme que soy el hombre más afortunado de la tierra por recibir lo que me vas a dar. Eres más de lo que crees que eres.

Ella me mira, y su emoción se refleja en sus ojos vidriosos, no deja que sus lágrimas caigan y las seca con el dorso de su mano, y cuando vuelvo a encontrarme con su par de iris castaños, lo único que veo es determinación.

—Gracias, Damián.

—Gracias a ti... —Inspiro profundo y exhalo—. Señorita Haidée, sea tan amable de acompañarme. —Le ofrezco la palma de mi mano, ella sonríe y deja sus dedos sobre ella. Los atrapo y beso entre sus nudillos—. Vamos, preciosa.

No es muy grande mi departamento en realidad, pero me encanta este pequeño ritual de llevarla a mi dormitorio. Cruzamos el umbral de la puerta y la cierro tras de mí.

Ha llegado el momento.

Me acerco, la beso, suave. Todo está en silencio, salvo el ruido de la ciudad y el de nuestros labios convirtiéndose en los primeros acordes de una melodía erótica. Poco a poco intensificamos el contacto y nuestras lenguas se encuentran, de forma delicada, sutil. Quiero encenderla de a poco, que esta experiencia sea especial y no solo un polvo rápido.

Abro su blusa sin dejar de besarla y la dejo caer a sus pies. Ella quiere hacer lo mismo conmigo, pero freno sus intenciones.

—No. Quiero desnudarte primero. Cumple mi primera fantasía, quiero que solo estés vestida con esto. —Y acaricio el collar de perlas junto con la piel de su cuello—. ¿Puedes darme ese regalo?

—Sí. —Sus dedos sueltan el botón y ancla sus manos en mi cuello.

—Eres perfecta. —La vuelvo a besar más profundo y

prosigo con mi labor.

El botón de su falda, el cierre que se desliza suave y despacio, y que, al cabo de unos segundos, se convierte en un charco gris en el suelo. Recorro todas sus curvas, nalgas, caderas, cintura, pechos, vientre. Un respingo. Problemas.

—¿No te gusta aquí? —interrogo con suavidad y pongo mi mano sobre su vientre.

—No, está feo.

—Para mí no es feo. Me gusta cómo se siente. Así eres tú y me encanta. —Acaricio lento, de verdad me gusta su vientre—. No tocaré aquí hasta que te sientas cómoda, pero recuerda que yo no soy perfecto tampoco. —Mis manos suben y se desvían a su espalda, desabrocho su sostén liberando sus redondos y firmes pechos, y la prenda cae uniéndose al resto de su atuendo. Sostengo cada uno con mis manos, y lamo sus pezones. El collar de perlas suena cuando lo paso a llevar con mis movimientos. Me encanta.

Se me cruza por la mente la idea fugaz de que todo es un sueño, pero todo es real, su piel, su aroma, los gemidos que se ahogan antes de salir por su boca, su cuerpo que busca el mío.

Chupo el pezón derecho. Ah, me fascina. Muerdo un poquito. No puedo evitarlo.

—Ah —jadea Haidée, y vuelvo a lamer y a acariciar con mis manos.

Lamo rodeando con la lengua ese botón carnoso, podría estar mucho rato recorriendo esa piel con mis labios.

Le doy las mismas atenciones al lado izquierdo, ante todo equilibrio. Su jadeo al morder es acompañado con la sensación de sus uñas en mi nuca. Bella.

Beso el valle que se forma entre sus pechos, y desciendo, evadiendo su zona prohibida, hasta arrodillarme ante ella. No me importa hacerlo, ella me permite en cierto modo dominarla y esto forma parte de ello.

Me fascina su ropa interior, tan pequeña y que cubre solo lo justo. Mis pulgares se enganchan a cada lado de los tirantes de su tanga blanca y bajan la prenda dejando al descubierto su pubis totalmente depilado y suave para mí.

Dios, ha hecho toda la tarea. La adoro, ni siquiera se lo pedí.

—Santa Haidée, gracias por el favor concedido. —Ella da una risita, y agradeciendo de rodillas, lamo aquel capullo de carne que ha quedado totalmente expuesto y luego lo succiono. Una, dos, tres, exquisito, cuatro, cinco veces. Soy su jodido devoto—. Abre las piernas, quiero más. —Ella obedece en el acto. Sujeto sus caderas y lamo lento, muy lento, y chupo su clítoris junto con el capuchón, ella entierra sus dedos en mi cabello y acaricia mi cabeza.

Mojada, está muy mojada y jadeante. Con dos dedos la invado sin dificultad y vuelvo a chupar y a trazar lentos círculos con mi lengua alrededor de ese botón de carne. Su aroma femenino me vuelve loco, la ropa me quema y solo deseo penetrarla. Pero debo controlarme… y castigarla.

Me detengo y sonrío, porque ha susurrado frustrada un «no, no pares».

—Acuéstate, preciosa —pido mientras me levanto y limpio mi boca y mi barba con el dorso de mi mano, y tiene algo de perverso y sucio sentir su esencia impregnada. No puedo, ni deseo liberarme de ella. La beso duro y exigente para que me sienta y se sienta ella misma—. Te quiero de espalda y abre las piernas. —Haidée se muerde el labio inferior. Pero la muy ladina no le basta con solo acostarse, sino que gatea sobre la cama dándome una vista panorámica de todo su sexo y sus sandalias de tacones que todavía no se quita—. Eres muy, muy mala. Mejor quédate en esa posición… Quieta… Así, muy bien… Tú y tus posiciones. No soy de madera. —reprendo y le doy una nalgada… no muy fuerte, pero lo suficiente para sentir ese leve picor del golpe en la palma de mi mano. Y realmente estoy sorprendido porque no me ha fulminado con la mirada, ni ha chillado como loca, y decido hacer otra pequeña prueba—. Vuelve a provocarme y te daré otra.

Ella ríe nuevamente con malicia. Adoro su risa cuando estamos solos, porque es solo mía, soy el único que la incita y la recibe. Pero Haidée es rebelde, contonea sus caderas desafiando lo que le he dicho, cierro los ojos y muerdo mi labio inferior. No sabe lo que me hace.

Otra nalgada para que quede parejo. Estoy tan duro que no quiero ni saber cuándo esté embistiendo contra ella. Me mira por encima de su hombro y vuelve a reír.

Arremango mi camisa y froto mis palmas hasta calentarlas y aprieto su trasero, y con mis pulgares abro un poco su sexo, Haidée sisea y es maravillosa la vista desde aquí, toda esa carne hinchada y resbaladiza esperando por mí.

Me vuelvo a arrodillar en el suelo y la altura es perfecta. Mordisqueo despacio sus labios mayores, y lamo. Vuelvo a morder un poco más fuerte, tiro con suavidad y parece que no le ha molestado, vuelvo a lamer y ella se contonea ansiosa. La penetro con mi lengua, ella no puede contener el movimiento de sus caderas. Sé que le excita, pero no es suficiente para hacerla explotar, y debe ser absolutamente tortuoso sentir eso de querer y no poder. Froto su clítoris con mis dedos y dejo que se mueva a su antojo, y mi lengua la sigue. Y cuando empieza a jadear nuevamente, me detengo.

—Eres un desgraciado, Damián Cortés. Estaba a punto —rezonga, mirando de nuevo por sobre su hombro—. ¿Por qué lo haces?

—Eso te pasa por haberme provocado el día de hoy... El metro fue la gota que rebalsó el vaso.

Entrecierra los ojos y me fulmina con la mirada, pero sé que no está enojada, en el fondo sabe que solo nos estamos divirtiendo.

Ya me he cobrado dos. Creo que es suficiente, quiero escucharla gritar.

—Voy a ser benevolente, y te daré a elegir, ¿quieres estar arriba o abajo? —interrogo mientras me desabotono la camisa y ella no deja de mirarme. Y cuando me la quito del todo, ella mira fijo, sin disimulo la enorme cicatriz de mi abdomen—. No eres la única que tiene cicatrices, querida Haidée, claro que las mías no fueron producto de crear vida. Estas nacieron por mi irresponsabilidad. Y no son motivo de orgullo para mí. —Desato la hebilla de mi cinturón y desabotono mi pantalón y sus ojos se desvían a mi entrepierna mientras bajo el cierre.

Se lame los labios.

Bajo mis pantalones, arrastrando consigo mi ropa interior, incluyendo los calcetines y zapatos, exponiendo a plenitud mi miembro total y absolutamente rígido.

—¿Quieres probar? —ofrezco y me fijo en su expresión, no quita los ojos de mi pene y vuelve a mojarse los labios—. No me enojaré si no quieres.

Sin hablar, se gira y se sienta en la orilla de la cama. Acaricia con sus dos manos toda mi longitud y también atiende mis testículos con delicadeza. Su cara es de fascinación, con una mano sostiene mi pene y con la otra rasguña mis abdominales, y al mismo tiempo, chupa mi glande y luego lo lame, dándome una oleada de placer que me hace sisear. Lo hace suave, primero probando, tanteando, conociendo. No veo desagrado ni asco. En sus actos solo hay deleite.

Se está cobrando mi castigo y me está matando.

Chupa solo el glande por un buen rato, y sin previo aviso, lo engulle todo.

Maldición, lo hace como las diosas. Tomo su ondulado y sedoso cabello, y lo empuño para mirar mejor cómo entro y salgo de su boca. Estoy hipnotizado con la vista aérea de sus pechos preciosos, y la sensación de sus pezones que me rozan los muslos cuando ella me devora, y esas perlas que suenan al compás de sus embestidas. Sin duda, este momento lo voy a recordar toda mi puta vida.

—Si sigues así, la fiesta acabará pronto y deberás esperar de nuevo, preciosa —advierto con la voz estrangulada—. Quiero estar dentro de ti ahora.

Haidée me da una lenta y tortuosa última chupada con fuerza y se relame los labios.

—Quiero estar abajo —elige y me llama la atención su elección, cualquier otra mujer, y sobre todo ella, habría elegido estar arriba.

—Me sorprende que elijas el clásico misionero.

—Quiero averiguar si es tan excitante como imagino que será contigo.

—Intentaré hacerle justicia a tu imaginación, señorita Haidée. Acuéstate y abre bien esas piernas para mí. Y no te quites las sandalias. Eres el sueño mojado de este pobre hombre.

Saco de la mesa de noche un preservativo —benditos sean los de efecto retardante—, y rápidamente le quito el envoltorio y enfundo en látex mi erección. Haidée ha obedecido, me está mirando fijamente mientras me subo a la cama y me arrodillo entre sus piernas, guiando mi miembro en su entrada.

Y la penetro, recibiendo la cálida bienvenida de su cuerpo, y siento que estoy en casa, al fin.

Tortuosamente, todo ese fuego líquido que ella posee en su interior está quemándome, rodeándome, excitándome. Apoyo mis manos a cada lado de su cabeza y me retiro.

Y la embisto, lento… y al llegar al fondo, ella frota su clítoris contra mí, siguiendo mi ritmo con sus caderas.

Me retiro, qué dulce martirio.

Embisto perezosamente una y otra vez hasta contar hasta veintiuno. Y al terminar la cuenta, ella está gimiendo, exigiendo más.

Y se lo doy, todo.

No es difícil darse cuenta cómo Haidée intenta imponerme su ritmo tomando mis caderas y yo la dejo, porque no se trata de mí, esto es para ella, me está enseñando a darle placer de esta manera. Mis acometidas ahora son cortas y fuertes, y Haidée no deja de moverse cuando nuestros cuerpos colisionan y mantiene su interior tenso. Y sea cómo sea la velocidad, la fuerza y el impacto, de todas maneras estoy a punto de acabar. Haidée es una mujer total y absolutamente deliciosa. Toda ella me excita.

Y de pronto, acelera la velocidad de sus movimientos, ahora son rápidos y feroces, y mi nombre, muchas veces, mi nombre saliendo de sus labios, y siento como todo su interior me apresa y palpita, golpeando todos mis sentidos. Lava ardiente me rodea y toda ella convulsiona dando un grito salvaje e intenso. Solo estoy pendiente de ella, sé que no está fingiendo. Es real, hay que ser retrasado mental para no distinguir el placer de esta mujer cuando es verdadero y cuando no. Ya lo he sentido antes entre mis dedos. Y es adictivo.

Haidée se queda quieta y respira agitada, sus parpados están apenas abiertos, y una amplia sonrisa satisfecha no da lugar a dudas de que está contenta.

Y esto todavía no termina.

—¿Puedes tener otro? —interrogo muy interesado en su capacidad multiorgásmica, algunas pueden, otras simplemente no. En mi opinión, creo que es solo práctica.

—Ni idea… estoy demasiado lacia…

—Te dejaré descansar un ratito, tal vez si cambias de posición te favorezca.

Asiente y me acuesto de costado, al lado de ella, apoyando mi cabeza en mi mano. Observo cómo, paulatinamente, su respiración vuelve a la normalidad y la satisfacción abandona su rostro. Preciosa.

—Eres perfecta —halago con sinceridad—. Nunca intentes fingir, porque ya sé cómo son tus orgasmos —advierto y levanto una ceja acusadora—. Si no puedes, solo me lo dices y ya. —Sonríe y me mira.

—¿De dónde diablos has salido, Damián Cortés? ¿Qué clase de hombre eres tú?

—No sabría responderte, solo has visto lo mejor de mí. Tal vez no te guste tanto cuando conozcas lo peor… —Y antes que se vuelva existencial esta conversación post orgasmo maravilloso, cambio de tema—. Móntame, quiero ver cómo me cabalgas, preciosa.

Las energías de Haidée han retornado a su cuerpo y casi sin darme cuenta ya estoy de nuevo dentro de ella. Esta vez no lo resistiré. Se mueve delicioso, voluptuosa, ardiente, como una diosa del sexo y es mía.

Indiscutiblemente, es más fácil para ella estar arriba, y la respuesta de su cuerpo es más rápida que estando abajo, y yo lo disfruto todo. Recorro su silueta con mis manos hasta llegar a sus pechos y me los meto a la boca casi con desesperación, son mi nuevo fetiche, me calienta de sobremanera chuparlos, morderlos y lamerlos, escuchando de fondo sus gemidos, haciendo insoportable el placer. Estoy a punto nuevamente, pero esta vez sé que no aguantaré. Me romperé.

Mis manos se anclan en sus caderas y empiezo a embestirla siguiendo su ritmo enterrándome en ella, más profundo, más fuerte. Y eso es todo lo que necesita Haidée para ser catapultada una vez más. Todo su cuerpo me habla, sus gemidos se ahogan transformándose en las sílabas de mi nombre, y sus dedos marcan mi pecho intentando aferrarse a mi carne para salir viva de la pequeña muerte.

Adoro que diga mi nombre cuando está inmersa en el gozo, soy yo quien se lo da, soy yo quien está dentro de ella, solo yo estoy en su mente, nadie más.

Y otra vez me golpea esa exquisita sensación, su interior empuñándome, y de nuevo el calor manando de sus entrañas, y simplemente me dejo llevar junto con esa marea de éxtasis.

Me dreno, el placer estalla y me azota, y me entierro aún más. Todos mis músculos se tensan y esa sensación no me quiere abandonar. Mis gemidos se mezclan con los de ella y es música para mis oídos. Cierro mis ojos fuertemente y la embisto por última vez, intentando vaciarme por completo. Somos un jodido coro celestial del sexo.

Odio el maldito condón, quiero llenarla, marcarla, poseerla de verdad, piel con piel.

Porque ella es mía… completamente mía.

—Eres mía.

DIECIOCHO

Adicta.

Hola, soy Haidée González, y soy adicta a Damián Cortés y el maravilloso sexo que me da, digan hola.

Hola, Haidée.

Nunca, nunca pensé que sería así…

Me hice una idea, expectativas. Pero el sexo con Damián es algo de otro mundo, acabo de tener dos orgasmos y fueron tan poderosos que no tengo fuerzas ni siquiera para levantar un brazo. Estoy sobre él, unida a él, intentando recuperar el aliento, sus dedos tibios recorren mi columna vertebral, es tan cálido, me siento tan bien, tan, tan… libre.

Me excita que me diga lo que quiere de mí, que se atreva a jugar conmigo, con mi cuerpo. No sé cómo lo hizo, pero no le costaba darme lo que necesitaba, ni siquiera alcanzaba a pedir o sugerir nada, porque él hacía lo que necesitaba en el momento preciso. En mi mente solo existía el placer que Damián me daba, nada más, porque él no hizo otra cosa que estar pendiente de mí, de mis deseos. Se tomó su tiempo, me esperó… fue perfecto.

Perfecto, incluso con esa picardía que tiene siempre a flor de labios.

Perfecto, incluso con ese afán de hacer todo bien y de tener todo absolutamente controlado.

Perfecto, incluso con esa fijación que tiene de morder, apretar y pellizcar.

Perfecto, incluso con esa voz grave y erótica diciendo «abre las piernas».

Perfecto, incluso con esos ojos que me miraban fijo, cuando él entraba y salía de mí, con el pendiente de espada colgando sobre mi pecho, balanceándose al ritmo de sus embestidas.

Perfecto, cuando dijo que era suya.

Mierda, lo soy, lo soy…

—¿He cumplido con tus expectativas? —me pregunta de pronto con su voz calma, sin dejar de acariciar mi espalda.

—No —respondo y sus dedos se detienen—. Las has

sobrepasado con creces. —Sus dedos vuelven a acariciar. Soy mala le he hecho pasar un susto.

—Definitivamente, a ti te gusta que te castigue con esto —Levanta un poco sus caderas y siento que todavía está duro—. Entonces, ¿no tendré que olvidar que esto ocurrió?

—Tendrás muchos problemas si lo olvidas. Te propongo que repitamos esto semanalmente.

—¿Tú crees que podré aguantar una semana completa sin poder estar dentro tuyo?

—¿No puedes?

—Puedo, pero no quiero… Dame un día a la semana, y uno el fin de semana…

Pienso por unos instantes… Demonios, pienso demasiado, déjate llevar, Haidée.

—Está bien, supongo que sí podré. Le diré a mi mamá nuestra verdad a medias, para no tener que mentirle nuevamente.

Silencio…

—Oye… Haidée.

—Dime.

—La verdad no es tan a medias. Si no hubiera resultado lo de hoy, si no hubieras disfrutado… yo… probablemente, me habría costado olvidar. Para mí todo fue perfecto, y en definitiva, también sobrepasó todas mis expectativas… Siento que esto está funcionando… tú y yo… ¿me entiendes?

—Sé a lo que te refieres, simplemente encajamos.

—Eso, encajamos… Y a propósito de ello… Necesito que te levantes, preciosa, para sacarme el preservativo.

—Perdón, lo olvidé… —Me separo de él y siseo por la sensación de abandono, y me siento vacía, terriblemente vacía.

—Yo no, es imposible olvidar esta cosa. —Ríe mientras se lo quita y se asea con una toalla de mano que tenía sobre el velador y luego me ofrece una y hago lo mismo—. ¿Quieres algo de beber?

—Por favor, agua helada.

Se levanta y sale de la habitación, y de paso, me ofrece una vista completa de su espalda esbelta y ancha que termina en estrechas caderas. Y sin duda alguna me encantaría a mí también apretar esas bien formadas y generosas nalgas.

Me incorporo y miro todo a mí alrededor, la habitación de Damián es bien iluminada, ordenada y ventilada. Todo es como su puesto de trabajo, pulcro. Sin embargo, y a diferencia de su escritorio en la oficina, aquí sí hay unas fotografías familiares. Me llama la atención que en todas las fotos hay caballos, probablemente es porque proviene de Cauquenes y esa es una ciudad donde hay mucho campo.

Intempestivamente, vuelve Damián con una bandeja con vasos, una jarra de agua con hielo y un cuenco con cerezas. Lo deja todo en la mesa de noche. Es extraño verlo desnudo haciendo algo tan corriente, mas no se ve que esté incómodo. De hecho, se ve muy seguro y sin una pizca de vergüenza por estar en esas condiciones.

No puedo quitarle los ojos de encima, su cuerpo no es de un hombre que se mate en un gimnasio, se ven sus abdominales, pero no es mega, ultra marcado. Son naturales, así como toda su musculatura, pero sus piernas, esas sí que son dignas de mención, pilares fuertes que sostienen su cuerpo, con músculos y muslos duros como si fueran esculpidos en piedra. Y esa cicatriz en su abdomen es enorme, y ahora me doy cuenta que la extensión de ella llega hasta las piernas justo antes de sus rodillas.

Digamos que hace un rato me centré en otras cosas que sobresalían enormemente y llamaban mucho más la atención.

—¿Que te sucedió ahí, en tu vientre? —interrogo mientras él sirve un vaso de agua.

—Fue un accidente a caballo —responde lacónico y me entrega el vaso. Lo miro extrañada, no comprendo cómo un caballo puede provocar esas laceraciones. Damián suspira y empieza a llenar el otro vaso—. Tenía unos catorce o quince años, y los hombres a esa edad somos bien estúpidos, y nos gusta lucirnos cuando se es habilidoso en algo. —Toma un trago de agua bien largo y continúa—: Puedo decir que monto muy bien a caballo, lo he hecho toda la vida, pero el potro en esa ocasión no estaba bien domado todavía, perdí el control y me botó. Me enredé, ni siquiera recuerdo cómo, y el animal galopando me arrastró unos buenos metros por la tierra. Nunca más monté a torso desnudo o con ropa inadecuada para ello. Y así fue cómo me gané las cicatrices y una circuncisión por si no la notaste. Si el caballo me arrastra unos diez metros más me quedo con medio pene. Desde ese entonces, mis ánimos por alardear por cualquier cosa se esfumaron.

Tomo un sorbo de agua hasta vaciar el vaso... impresionante, estoy perpleja. Y sí, ahora me doy cuenta de que eso era lo que él tenía fuera de lo habitual. Pero en ese momento no me iba a quebrar la cabeza, si lo único que quería era probarlo, dejarlo al límite a punta de lamidas, y de hecho, fue muy, muy placentero para mí.

Le entrego el vaso a Damián y luego me ofrece el cuenco con cerezas, grandes y muy oscuras, perfectas, pruebo una. Exquisita dulce y ácida.

—Pues, debió ser muy doloroso —comento y me imagino el temor para un hombre tener la posibilidad de perder su pene—. Terriblemente doloroso. —Boto la semilla de la cereza en el cuenco y cojo otra.

—No lo niego, aunque debo reconocer que estar circuncidado tiene sus ventajas. —Levanta sus cejas y elige una cereza enorme y la engulle.

—Pues, acabo de probar una de sus ventajas, una muy deliciosa. Me encantó comerte entero —afirmo, ya estamos en confianza, no voy a estar haciéndome la santa como si fuera un pecado decir las cosas por su nombre. Tomo una cereza y la lamo tal como lo hice con su glande y luego me la como. Soy una pérfida devoradora, pero realmente el pene de Damián es perfecto, del tamaño justo, no es gigantesco y tampoco es minúsculo, pero sí tiene un muy buen grosor —por lo menos para mi gusto—, es de esos que dan ganas de empuñarlo y engullirlo.

—Eres una verdadera perversa… Me he ganado la lotería contigo. Según mi experiencia, son pocas las mujeres que realmente disfrutan una felación. Muchas lo hacen solo por complacer. —Come otra cereza y mastica pausado y luego bota la semilla—. Lo hacen ver como un trámite desagradable, y tal vez, por esperar lo mismo a cambio. Los hombres nos damos cuenta de ello, pero nos hacemos los tontos. Pero tú, realmente lo disfrutaste por completo.

—No sé por qué me gusta tanto. Pero creo que tiene su encanto sentir que te tengo bajo mi poder —confieso y me como una cereza.

—No debería decirlo, pero hace mucho rato que me tienes bajo tu poder.

—¿Ah sí? No sé cómo puede ser eso —asevero con sarcasmo, para esconder mi incredulidad.

—Créeme, no soy tan insistente con nadie. Por lo general, si me rechazan doy un paso al costado y me retiro. Pero contigo… digamos que he aprendido mucho sobre la perseverancia.

Vaya, interesante. Es halagador que me confiese este tipo de cosas. No es un tema menor que se haya armado de paciencia y perseverancia. Me gusta esto, de conversar de manera íntima, sin esconder lo que uno siente, a corazón abierto.

—Los dos estamos aprendiendo muchas cosas de nosotros mismos, Damián.

—Sin duda alguna.

—Quiero confesarte algo.

—¿Y qué sería?

—Es la primera vez que logro un orgasmo con el misionero.

—¿En serio? Has tenido muchas primeras veces conmigo.

—Así es, esa posición nunca fue especialmente excitante para mí. Pero no sé por qué he fantaseado todo el fin de semana con que estuvieras así. Y Dios, te mueves demasiado bien, mi orgasmo se sintió de otra manera, mucho más intenso… Bueno, debo admitir que todos mis orgasmos contigo han sido terriblemente intensos.

—Gracias por el cumplido… El misionero es un arte, pero lamentablemente pocos lo hacen bien. Solo empujan de manera egoísta, pero si la mujer es receptiva y activa, como tú, es menos complejo hallar el ritmo adecuado para complacerla. Aunque también es una tortura, porque es muy estimulante. Se pierde la cabeza con mucha facilidad.

—No se encuentra el placer si a una la taladran como si fuera una porno.

Damián estalla en carcajadas y yo también río. Es tan cómodo estar con él, puedo hablar de lo que sea, incluso bromear acerca de mi mediocre experiencia sexual anterior.

Dejamos de reír casi al instante, en el momento en que nuestras miradas se encuentran. Los ojos de Damián son preciosos a contraluz, son casi como la miel.

—De verdad que eres increíble, Haidée —susurra y arregla uno de mis mechones de cabello que ha caído sobre mis ojos. Me besa, pausado, sin prisa, su lengua está fría y dulce por las cerezas, delicioso. Sus manos que nunca se quedan quietas comienzan a recorrerme por completo, y tal como lo prometió, evade mi vientre. Tal vez, algún día me sentiré más cómoda para permitir que me toque ahí.

Pero él no tiene zonas vetadas, y lo acaricio por todas partes. Me doy el lujo de apretar esas nalgas que pedían a gritos que le enterrara los dedos. A cambio recibo lo mismo, pero no voy a comparar mis manos con las de Damián, las de él son grandes y abarcan mucha más piel, me excita que haga eso. Cada vez que aprieta, pellizca o muerde alguna parte de mí, un calor exquisito me invade, me dan ganas de pedirle más, pero no sé a ciencia cierta qué es ese «más».

—¿Has alguna vez has jugado con hielo? —me susurra al oído y luego muerde el lóbulo de mi oreja—. Abre las piernas, preciosa.

—No, nunca… ¡Ah! —jadeo cuando siento que sus dedos me penetran.

—¿Te gustaría probar?

Mi primer impulso es asentir con la cabeza, pero sé que me pedirá que le conteste verbalmente. Sí, no hay duda de que eso sucederá si no me escucha decir que sí… Me encanta cuando Damián me exige que le responda.

Asiento con la cabeza.

—Contesta, preciosa. ¿Te gustaría probar? —Dios, cómo me calienta que me diga eso.

—Sí, quiero probar.

Sin sacar sus dedos de mi interior alcanza con su otra mano los restos de hielo de uno de los vasos de agua. Me muestra el cubito y sus ojos se desvían a mis pechos.

—Primero probaremos aquí… ¿Te he dicho lo mucho que me gustan tus pechos?

—No.

—Pues me encantan, sobre todo si están esas perlas cerca de ellos. La combinación de mis dos fetiches favoritos. —Acerca el hielo y lo deshace recorriendo mis areolas. Mis pezones se enfrían y endurecen, toda la piel se contrae—. Mmmmm, aunque pensándolo mejor, toda tú es mi fetiche favorito—. Juega con el cubito directo sobre mis pezones y el agua cae fría por mi piel, erizándola por completo. Y él no deja de jugar con sus dedos, entrando y saliendo, recorriendo mi intimidad, esparciendo mi humedad por todos lados, su toque es sedoso, sensual. Es malditamente diestro.

Sigue jugando de esa manera con un segundo cubito entumeciendo mis pezones y enfriando mi piel, y yo ya estoy moviendo las caderas pidiendo que vuelva a entrar en mí con algo más que sus dedos. Lo necesito.

—Me encanta cuando te desesperas y te contoneas de esa manera —comenta Damián con una sonrisa perversa y luego lame un pezón y lo muerde. Un leve dolor punzante.

Jadeo, pero me gusta y un calor se expande y se siente delicioso.

Repite lo mismo en el otro pecho. Despierta mis sentidos con su lengua y sus dientes dejando mis pezones duros y sensibles. Es una deliciosa tortura, pero ya no la soporto.

—¿A qué hora pretendes penetrarme, Damián? —interrogo desesperada.

—Justamente ahora, estaba esperando a que dijeras algo, señorita Haidée. Quería saber cuánto aguantabas sin decir nada... Puedo decir que lo soportas bastante bien.

—¿Es esto es una maldita prueba? —lo reprendo, pero mi tono de voz suena a un ruego—. ¡Ah, Dios! —exclamo cuando hunde un tercer dedo.

—Arriba o abajo —ofrece ignorando mi pregunta.

—Arriba —respondo tragando saliva.

—Me quieres sentado o acostado. —Vuelve a darme un par de opciones... muy tentadoras las dos, pero quiero variar.

—Sentado.

Sin mediar más palabras, él retira lentamente sus dedos y se sienta a la orilla de la cama. Aprovecha el momento para colocarse el preservativo y me insta a que me siente arrodillada sobre él. Me invade con facilidad y me hace sentir colmada.

—Muévete, preciosa —anima jadeando y devorando mis pechos—. Disfruta a tu hombre y dame un orgasmo.

Y lo hago, descubro que el ángulo es diferente y me estimula por completo, cada movimiento roza mi clítoris en un punto perfecto y preciso que me empuja velozmente al éxtasis, y Damián no deja de tocarme y susurrarme lo preciosa y perfecta que soy, lo mucho que lo excito, que lo vuelvo loco.

Me está enloqueciendo ahora, es tan íntima esta posición, estamos tan cerca. Me aferro a su cuello y él ancla sus manos en mi trasero y me toca como a mí me gusta que lo haga, como si me abriera a un mundo de sensaciones que nunca tuve el placer de sentir.

Todo es tan maravilloso, acelero la velocidad de mis movimientos y uno de los dedos de Damián se impregna en mi humedad y empieza a acariciar mi ano, no me invade, tan solo es un toque resbaladizo y sensual.

Y me rompo, jadeando su nombre, porque adoro gritarlo mientras el placer me azota fuerte, y no hago otra cosa más que tensar mi espalda intentando retener aquello que lentamente me abandona hasta dejarme laxa.

Damián se queda quieto junto conmigo, abrazándome fuerte, puedo sentir los latidos de su corazón que pareciera que en cualquier momento va a salir de su pecho. Y no entiendo muy bien por qué está así.

—Me mata cuando dices mi nombre… Casi no lo aguanto y solo deseo que disfrutes un poco más.

Me conmueve que se preocupe a ese nivel de mí, incluso de postergar su propio placer, solo por mí, y eso me da una idea malvada.

—¿Puedo pedirte algo?

—Lo que quieras.

—Dime, ¿en qué posición aguantas menos?

—La del perrito, no duro nada con esa…

—Entonces esa haremos.

—Pero…

—No importa, Damián —interrumpo antes de que objete—. Te juro que han sido tan fuertes mis orgasmos que en realidad no me siento capaz de tener otro. Ahora quiero que disfrutes tú.

—¿Segura?

—Completamente.

Me separo de él, me arrodillo y pongo mis manos sobre el colchón, cerca de la orilla de la cama, ofreciéndome sin pudor alguno. Damián se pone de pie y acaricia mi espalda, mis pechos, enrosca el collar de perlas en su muñeca y me sujeta el hombro. Con su otra mano libre, guía su miembro y me penetra fuerte y luego se aferra a mi cadera.

Dios mío. Damián no se controla, es duro, es brutal y me encanta. Me sujeta de manera posesiva y se entierra en mí como si el mundo se fuera a acabar en tres segundos. Solo escucho sus resoplidos y siseos varoniles, su pelvis chocando contra mi sexo. Puedo sentir la textura de su miembro entrando en mí y cómo sus dedos se hunden en mi piel, marcándome, poseyéndome.

Estoy completamente encendida de nuevo.

Sus acometidas apenas rozan mi clítoris, y me desespera, porque no pensé que volvería a excitarme de esta manera, subestimé el hecho de que en esta posición no estaría tan estimulada, pero me equivoqué. Damián, sin duda, me provoca de otras formas, es algo más subliminal, no tan explícito.

—Mierda… Haidée —exclama con la voz estrangulada. Y siento, sin duda alguna, cómo él se vacía. Se aferra a mí como si fuera su única salvación para no caer, abrazándome por la cintura con un brazo y sosteniendo mis pechos con el otro.

Se queda quieto y de vez en cuando me aprieta más, como si el éxtasis aun no lo abandonara por completo. Y yo ya quiero explotar otra vez. Sé que si me diera la posibilidad, alcanzaría el cielo una vez más…

«*Mi objetivo es darte placer y obtener el mío a través del tuyo*».

—Damián, necesito… quiero acabar de nuevo… ¿tú… puedes…?

—Hazlo rápido —interrumpe jadeante—, aprovecha que todavía puedo, preciosa…

Sin perder más tiempo, se sienta sobre la orilla de la cama y repetimos esa postura en la que hallé el placer tan rápido. Estoy desesperada, es como si me hubieran tenido amarrada…

Amarrada…

Mi imaginación vuela ante esa visión, mientras me empalo frenéticamente sobre Damián, que aguanta estoico mis movimientos y me anima a continuar. Estoy cerca…

Tan cerca…

Y me golpea nuevamente el éxtasis, rápido, violento y animal.

Y me deshago, mi alma y mi cuerpo no soportan nada más, y me desplomo casi sin vida, y él me sostiene con fuerza y delicadeza, como si fuera la cosa más preciada que tiene en el mundo.

¿Cómo diablos no me voy a enamorar de él? ¿Cómo?

He protegido tanto tiempo mi corazón, tanto, que solo se había convertido en un musculo que bombeaba sangre para vivir por mi hija. Pero ahora, nuevamente late por mí… gracias a él.

No me importa, simplemente no me importa, si me enamoro… si me estoy enamorando de Damián, que así sea.

Esta vez no voy a huir.

DIECINUEVE

—*B*uenas noches, Damián.

—Buenas noches, preciosa. Nos vemos mañana. —La beso reverenciando sus labios y me despido de ella en la puerta de su casa. Espero que entre y dirijo mis pasos rumbo al metro para volver a mi departamento. Es lo mínimo que debo hacer para retribuir su hermoso regalo, su cuerpo, su control, sus deseos de aprender y experimentar.

Por soltarse y dejarse llevar...

La vida me ha regalado a una hermosa y perfecta mujer, y no la voy a dejar escapar tan fácilmente, ahora que la he probado y he estado dentro de ella, no deseo a otra más.

Haidée, solo a Haidée.

Y estoy casi seguro de que tengo grandes posibilidades de aprender y practicar junto con ella, y que me acepte tal como soy. Aunque debo ser cauto, tendría que ser un retrasado mental si lo doy todo por sentado, porque hay una mínima posibilidad de que esté interpretando todo mal.

Pero debo ser optimista. Todo depende de cómo nos vaya el jueves y tal vez el viernes —aunque en el fondo sé que será perfecto—, porque de verdad necesito sincerarme con Haidée y saber qué piensa acerca de este mundo del cual solo he rascado la superficie junto a ella, sin que sea realmente consciente de ello; jugando, dándole órdenes, introducirla un poco con el dolor erótico, recibir su sumisión natural que tiene hacia mis deseos de cómo llevar a cabo el sexo —y eso es lo que de verdad me mata—, si le pregunto arriba o abajo, solo elige una de esas opciones... Haidée podría perfectamente ser rebelde y decir de pie o de lado, o a lo perrito, qué sé yo.

La he estado probando, seduciendo, y lo he disfrutado todo... Todo.

*****

—Ayer le dije a mamá que estoy saliendo contigo —comenta Haidée mientras almorzamos en la cocina, este lugar se ha convertido en una especie de santuario donde podemos conversar tranquilos, en privado y sin levantar sospechas.

—¿Ah sí? ¿Y cómo se lo tomó? —interrogo interesado, observo atento su rostro intentando encontrar gestos para interpretar su ánimo.

—Pues bastante bien, así que tengo todo resuelto para que podamos salir tranquilos el jueves y viernes. —Sonríe y se muerde el labio inferior—. Pero tal como ayer, solo tendremos disponibles dos horas.

—Entonces, al igual que ayer, haremos que valga la pena —respondo y levanto las cejas, y Haidée me sonríe cómplice.

Complicidad… Eso era lo que antes me faltaba. Con ella es natural, no tengo que forzarla, ni esperar eternos meses para que se relaje del todo y se muestre tal cual es. Haidée solo necesitaba estar segura de sí misma y liberarse de sus propias cadenas.

—¿Qué fue lo mejor de ayer? —pregunto, y no lo hago por ego. Necesito saber todo, si lo hice bien, si la incomodé con algo, todo, para poder saber cómo seguir avanzando.

—Todo en general. Sin duda alguna, ha sido el mejor sexo de mi vida —responde resuelta. ¡Guau! Definitivamente la mujer que tengo al frente no es la misma que conocí hace un poco más de una semana. Me gusta mucho la nueva Haidée, mucho más que ayer.

Y yo que decía que ella no podía separar el sexo del amor, pero yo ni siquiera me tomé la molestia de resistirme. Ya tiene mi puto corazón en una bandeja de plata.

—¿Qué fue lo peor? —continúo con mi interrogatorio.

—El tiempo, se me hizo muy poco. Me hubiera gustado estar mucho más contigo, pero no solo jugando. Conversar contigo me gusta mucho.

—A mí se me hizo nada. Algún día me gustaría que pasemos toda la noche. Tenerte a cualquier hora.

—A mí también me encantaría… Pero debes entender que no estoy sola, y no puedo dejar a mi hija al cuidado de mi mamá toda la noche. Es suficiente con lo que ella hace durante el día, como para cargarle más responsabilidades. Sé que lo haría encantada, pero no quiero abusar de su voluntad. Julieta es mi hija, no de mi mamá.

—Comprendo perfectamente… Tal vez, más adelante…

Si todo resulta bien.

—Si esto se convierte en algo más profundo de lo que es hoy, ahí recién podríamos… ¿entiendes? Soy mujer, pero también soy madre y debo ser cuidadosa respecto a las personas que entran en la vida de Julieta.

—Lo sé, preciosa, te entiendo muy bien… Te prometo que siempre se nos harán cortas las dos horas. —Le guiño el ojo y ella lo hace de vuelta… Si todo sale bien… tal vez… algún día—. Quiero saber una última cosa de ayer, ¿qué fue lo más digno de recordar?

—Yo creo que la forma que disfrutamos todo… Y sé que se pondrá mejor, tú no eres de los que se queda dormido en los laureles.

—¿Quieres hacer algo especial para el jueves?

Se queda pensativa unos segundos, me encantaría saber qué es lo que atraviesa su mente en este instante.

—Lo dejo en tus manos, sorpréndeme.

—Excelente elección. Voy a pensar en algo un poco más intenso.

—Todo es intenso contigo, san Damián.

—A veces también me gusta la calma. ¿Quieres tomarte un helado después del trabajo?

—Claro, nunca le diré no a un helado.

*****

Viernes. Han pasado cuatro días desde que tuve por primera vez a Haidée en mi cama y todavía su aroma está impregnado en mis sabanas. Ayer, jueves, apenas pudimos escapar de la despedida de Juan y nos quedamos casi sin tiempo para nosotros. Dios, nunca había hecho tanto acopio de fuerza de voluntad para soportar los tres orgasmos que tuvo Haidée sin siquiera quitarse toda la ropa. Fue rápido, animal, fogoso, perfecto.

No le importó que solo tuviéramos media hora, ella solo deseaba saciar ese fuego que la consumía, porque nosotros simplemente no nos conformamos. Si tenemos una mínima posibilidad, la aprovechamos. Así como aprovechamos el café de la mañana para torturarnos con besos que son más que besos, la hora de almuerzo para conversar —y no solo de sexo—, el helado de la tarde mientras caminamos de la mano hacia el metro.

Y hoy… hoy se lo diré, porque lo que pretendo hacer es atarla y necesito que entienda lo importante que es esto para mí, que comprenda que su entrega es más que abrir sus piernas y dejar que entre en ella. Quiero que sepa que para mí es el regalo más sublime que puede dar una mujer a un hombre como yo.

Quiero que sepa realmente quien soy, antes de seguir enamorándome de ella…

Porque si ella no me acepta… yo, simplemente, estaré perdido.

*****

—Estás callado, Damián… ¿pasa algo?

—Sí, preciosa. Cuando lleguemos a mi departamento te cuento.

—Me preocupas.

—Lo sé, lo siento, ten paciencia, por favor.

Caminamos de prisa saliendo del metro, como siempre. Tengo unas ganas locas de estar con ella, pero también todos mis pensamientos están en cómo abordar esta confesión. Es la primera vez que se lo diré a una mujer, de frente, abiertamente.

De verdad, no me gustaría atravesar por esto nunca más.

Y ella no es cualquier mujer, es a la que más quiero en este momento de mi vida.

Soy un idiota.

El ascensor sube tortuosamente, mis dedos torpes tiemblan al abrir la puerta del lugar donde vivo. Necesito sacarme este peso de encima, necesito hablar.

—¿Haidée, me acompañas al dormitorio? Quiero conversar algo importante contigo.

—Me estás asustando, Damián —confiesa. En su rostro se hace patente el temor y tal vez el dolor. No quiero que lo sienta, no conmigo. Soy un imbécil.

La tomo de la mano y la guio al interior de mi habitación.

Calma, Damián, control.

—Por favor, siéntate en la cama, preciosa.

Haidée se sienta y sigue todos mis movimientos con sus ojos. Por lo menos ya no está esa expresión de dolor, lo que me da un poco de alivio. Saco de la mesa de noche una cuerda blanca de algodón de dos metros, está nueva, perfectamente enrollada, es suave. Mis manos no dejan de temblar... Se la muestro.

—Hace unos días cuando conversamos, te propuse jugar con esto, ¿lo recuerdas?

Ella mira la soga fijamente y noto que su respiración es más agitada. Luego sus ojos se desvían a los míos y se queda ahí, quieta, a la expectativa.

—Sí, lo recuerdo... perfectamente —responde tranquila, se nota en su rostro, ya no me mira con temor.

—Antes de usar esto quiero que sepas algo. —Inspiro profundo... aquí voy—. Para mí, esto no es un simple jueguecito de cama que solo lo haremos una vez por diversión. Esta cuerda para mí tiene otro significado. Esto es parte de mí, de mis preferencias, de mis deseos, de lo que tú me das... Yo... Hace un par de años descubrí que a mí me gusta una forma particular de practicar el sexo, soy lo que llaman un... dominante sexual... —Haidée me mira con sus ojos muy abiertos, pareciera que está intentando entender... mierda—... ¿Comprendes lo que te digo?

—Más o menos... o sea, entiendo... ¿Te gusta someter a las mujeres?

—La palabra someter no me gusta mucho, la encuentro un poco violenta, pero sí es un sometimiento sexual en pos de mi placer a través del placer de mi compañera, que en términos más técnicos se le llama sumisa... Yo sé que soy así, intenté ser como era antes, pero nunca pude. Esto es parte de mí...

—¿Qué cosas te gusta hacer? —interroga con cautela, y mejor para mí que me haga todas las preguntas que quiera, en vez de salir corriendo.

—En realidad, eso lo estoy descubriendo contigo... En este instante me tiemblan las manos, tanto por el hecho de estar contándote esto, como por la expectativa de probar contigo algo de *bondage*... Esto. —Agito un poco la cuerda—, atar a las personas se llama de esa manera.

—¿Soy una especie de experimento? —pregunta con la voz un tanto crispada... ¡Diablos!

—No, por Dios, no. —Me revuelvo el pelo frustrado por no poder explicarle de mejor manera. Me siento al lado de ella y con cautela le tomo una de sus manos... No hace el intento de retirarla, una punzada de alivio me invade—. Eres la persona más importante de mi vida —admito con el corazón a punto de estallar, no me importa ocultar nada, a estas alturas es una estupidez—. No deseo tener secretos contigo, quiero que sepas que sí, puedo tener sexo normal, como todos los demás... pero cada cierto tiempo... Necesito algo más fuerte.

—¿Más intenso?... ¿No soy suficiente?

—Preciosa, contigo todo ha sido intenso... Tú no te das cuenta, pero cuando estás conmigo te entregas, sin reservas... me dejas ser yo. No me cuestionas nada, aceptas lo que te pido, recibes todo lo que te doy... No me acusas de abusador si te doy una nalgada, no me reprendes por morderte un poco, ni chillas como loca cuando te pellizco... Dime, ¿te ha molestado todo eso?... Por favor, dime la verdad.

—No, no me ha molestado... de hecho... ¿es normal que me guste ese calor que provocas cuando haces todo eso?

—Para alguien que le gusta un poco de dolor en un contexto erótico, sí, es normal y placentero.

—Pero tú quieres más que mordiscos y nalgadas a la pasada...

—Sí, quiero más... Pero nunca lo haría si tú me dices que no. Solo llegaría hasta donde tú me lo permitieras. Si no toleras mucho el dolor, pero te gusta y te excita, entonces seré suave. Si me dices que me detenga, lo haré. Si me dices que sea más intenso, lo haré... siempre cumpliré lo que me ordenes...

—Eso de cumplir mis órdenes no suena a que seas un dominante sexual —acota un poco sarcástica, está a la defensiva.

—La parte sumisa es la que tiene todo el poder. Mi objetivo es solo darte placer... con métodos no muy ortodoxos... sobrepasar tus límites si es necesario para lograrlo. Si me dejas... si te entregas. Yo seré completamente tuyo.

—¿Mío? ¿Tu cuerpo, el sexo? Sé más específico.

—Todo, todo, por completo... Mi corazón ya es tuyo... De hecho, voy a aceptar lo que decidas, si no quieres seguir conmigo... Yo... Yo lo entenderé. —Y al terminar de decir esto siento que se me despedaza el alma ante la idea de que me rechace y crea que soy un enfermo sexual... soy una persona corriente... no soy un mal hombre... ¿Estoy pidiendo demasiado?

Silencio...

Se ha vuelto insoportable este silencio...

—Damián...

—Sí, dime, preciosa...

—Yo acepté esta relación contigo, porque me ofrecías experimentar todo lo que no pude con mi ex marido... Pero esto... ¿es normal?... He escuchado sobre las famosas sombras de Grey, Black... o cómo se llame, pero... ¿eso pasa en la vida real?

—Pasa más de lo que imaginas, es todo un mundo, hay libros, información en internet... En otros países hay clubes y cursos de entrenamiento... Y no se trata de que si es normal o no. Lo que pasa en esta cama solo nos incumbe a los dos, no me importa lo que piensen los demás si con ello logro darte todo el placer que puedas imaginar. No me interesa si estoy pecando si te hago feliz. No me sentiré culpable por amarte... Soy un hombre normal, solo te estoy pidiendo una oportunidad.

—Si te pido que te detengas, ¿lo harás?

—Lo juro... este estilo de vida se rige por tres reglas, seguro, sensato y consensuado. Lo que significa que nunca permitiré que nos pongamos en riesgo de ningún tipo, que seremos razonables y por ello nunca haremos alguna práctica estando ebrios o drogados ni nada por el estilo, y que solo se hará todo lo que acordemos. Si hay algo que no quieras hacer, yo no te obligaré ni intentaré persuadirte... —Inspiro profundo, en cierto modo estoy tan familiarizado con esto que me olvido que Haidée no conoce casi nada y me estoy desviando de su pregunta—. Se usan palabras de seguridad para detener cualquier juego. En realidad son dos, uno para bajar la intensidad y el otro para detener todo.

—¿No sirve solo decir no? —interpela un tanto incrédula.

—A veces... bueno, no lo sé a ciencia cierta... a veces dices que no, pero en realidad ese «no», no es tan en serio... como ayer cuando estabas tan sensible que me decías que no podías más, pero al final eras tú la que se movía por alargar el orgasmo... ¿me entiendes?

—Pues sí, tiene sentido si lo expones de esa manera. ¿Y qué palabras serían?

—Hay gente que usa nombres de colores, «amarillo» y «rojo»... pero pueden ser otras.

—¿Puedo elegirlas?

—¿Estás aceptando?

—Solo estoy preguntando.

—Sí, puedes elegirlas si quieres... pero no tiene que ser nada parecido a «no», «más», «para», «detente».

—Ahhhhhhh...

Se queda unos segundos mirándome y luego a la cuerda. Luego, suspira, niega con la cabeza y se masajea una sien. Ay, no…

—Sabes, Damián… Cuando decidí estar contigo, me dije a mi misma que no iba a pensar demasiado, porque cuando lo hago me viene el miedo y la cobardía… Y no quiero volver a ser cobarde, no quiero arrepentirme de no probar esto por prejuicio o temor… Contigo aprendí tantas cosas de mí misma en tan poco tiempo, que sería injusto irme sin darte la oportunidad de que me muestres cómo eres tú, lo que necesitas… Porque a lo mejor, sí puedo dártelo… No lo sé, pero tengo que averiguarlo.

—Entonces, ¿me vas a dejar que descubra todo esto contigo?... ¿de verdad?

—Sí… Pero antes de empezar tengo que decirte algo…

—Dime, lo que quieras.

—Tú también tienes mi corazón… por favor, sé amable con él.

La beso y ella acepta sin reservas, como siempre… Haidée no ha cambiado su respuesta, me quiere…

Esto es el maldito Edén… Estoy a sus pies.

VEINTE

¿Cómo voy a negarme a esto? No puedo, estoy enamorada de este hombre... Damián se veía tan vulnerable, tan perdido. Sé que ha sido difícil para él decirme todo esto, era cosa de verle la cara. Pero estoy agradecida, prefiero que me diga la verdad, que vaya de frente, que no me haya ocultado demasiado tiempo esa parte de él, que en el fondo yo intuía. No es que sepa demasiado de ese mundo, solo he oído cosas, comentarios, pero tener la información de primera mano, jamás.

Debo abrir mi mente, ver más allá de las convenciones... averiguar. Tal vez, soy como dice que soy... No puedo negar que prefiero mil veces dejar todo en manos de Damián, en vez de pensar en cómo llevar las riendas del sexo en la relación, o en cómo hacer para no aburrir a mi pareja, en aceptar la mediocridad por amor... Damián está muy lejos de ser mediocre, simplemente mis pensamientos se esfuman mientras estoy con él de una forma liberadora, solo se trata de sentir y abrazar todo lo que me da.

—Tu mamá sabe que puede llamarte aquí en caso de cualquier cosa, ¿cierto? —me interroga. Siempre se preocupa de ello, porque tenía razón la primera vez, yo me olvido del mundo en estas cuatro paredes.

—Sí, tiene tus datos en su celular —confirmo. Ella tiene muy claro que para una emergencia debe llamar al fijo de Damián.

—Muy bien. —Mira la cuerda y me la ofrece para tocarla. Lo hago y es muy suave—. Solo te ataré las manos, si sientes que se te duermen los brazos o si te corta la circulación debes decirlo apenas lo sientas. No aguantes, ¿vale?

—Vale, nada de hacerse la valiente.

—Eso mismo, preciosa... Necesito tus palabras de seguridad. Una para bajar la intensidad y otra para detener el juego.

—¿Realmente es necesario eso? —interrogo un poco escéptica por el uso de esas palabras. Supongo que es porque recién estoy entendiendo cómo funciona esto.

—Es imperativo.

—Mmmmmm… —Me quedo pensativa un rato, no quiero usar los nombres de colores. Necesito palabras que signifiquen algo para mí. Miro el pendiente de espada de Damián que cuelga de su cuello y me hace volver en el tiempo por unos segundos. El libro favorito de papá y el motivo por el cual llevo mi nombre—. «Dantès» y «Montecristo» —respondo.

—Interesante elección, ¿«Dantès» para bajar y «Montecristo» para detener?

—Sí.

—Voy a empezar… —Inspira profundo—. ¿Estás lista?

—Sí, Damián. Lo estoy.

—Muy bien, preciosa… Por favor, quítate la ropa —pide Damián con su voz más firme, más decidido… más él. Todavía le tiembla la mano que sostiene la cuerda. Pero sin temor a equivocarme, creo que ya no es por la carga de confesar, sino por la emoción de descubrir… y que yo haya aceptado a hacerlo junto con él.

Empiezo a desabotonar mi blusa sin prisa y me la quito. Damián me observa serio, respirando profundo y calmo. Bajo mi falda y solo quedo en ropa interior. Estoy muy nerviosa, y a la vez excitada por poder realizar esa fantasía que se me ha metido en la cabeza y que no he podido eliminar de mi sistema.

Me quito el sostén, mi tanga, mis sandalias… Hace demasiado calor.

—Date la vuelta, preciosa —indica Damián y yo obedezco—. Eres perfecta, pon el dorso de tus manos en tu espalda, un brazo sobre el otro. —Hago lo que me pide, pensé que esa postura sería incómoda, pero no lo es—. Muy bien, así mismo.

Siento cómo empieza a atar mis muñecas, no lo hace en ese espacio que es más estrecho, es un poco más arriba. Da varias vueltas, sus movimientos son tranquilos, medidos. No hay brusquedad, es casi como un ritual.

—Relaja tu respiración, Haidée. Estás un poco agitada. Inhala y exhala profundo, y con serenidad. —No había notado que estaba respirando superficialmente, no es de miedo, es lo que menos siento… es anticipación. Intento tranquilizarme y lleno mis pulmones de aire y los vacío lentamente—. Solo te ataré y luego me daré un festín comiéndote entera hasta que me regales un orgasmo. Luego me montarás y me regalarás otro. Después de eso te desataré y descansaremos. ¿Vale?

—Vale. —Ante ese plan de acción no puedo hacer otra cosa que entusiasmarme, la imagen mental que me he hecho es perturbadoramente gráfica y sexual. Mi clítoris palpita, ya siento la humedad entre mis piernas. Quiero empezar ya.

Damián le da un par de vueltas más a mis muñecas, se asegura de que la soga tiene espacio suficiente para que no apriete demasiado y hace un nudo firme.

—Listo… —Muevo mis manos, no tengo forma de zafarme... Me encanta.

Un sonido estridente rompe la intimidad del momento, es el teléfono fijo… ¡Demonios!

Escucho un resoplido de frustración de Damián y susurra un «dame un minuto…» y sale de la habitación. No logro escuchar del todo lo que habla, pero no pasan ni treinta segundos y ya está de vuelta.

—Haidée, es tu mamá —informa Damián y sin perder el tiempo, y con habilidad, quita mis ataduras en menos de diez segundos.

—¿Le pasó algo a Julieta? —interrogo temiendo lo peor.

—No, la pequeña está bien, pero es importante, dijo ella.

Los nervios recorren toda mi espalda, y sin más preámbulo me dirijo a la sala de estar en donde está el teléfono descolgado. Tomo el auricular con torpeza, maldita sea.

—Mamá, ¿qué pasó? —interrogo preocupada.

—Gabriel está aquí —responde sin emoción, su voz es seca.

—Perdón… ¿qué dijiste? —Por favor, que diga otra cosa, no lo que acaba de decir…

—Hija, Gabriel está aquí… dice que no se va a ir hasta conversar contigo. —¿Pero qué mierda está pasando?... ¡No puede ser!... ¡No! ¡Mi hija!…

—Voy para allá… No dejes que toque a Julieta   ordeno, conteniendo un millón de sentimientos, se ha convertido una tarea titánica no gritar de rabia.

—Lo sé, hijita, por favor, ven con cuidado —responde solícita y también muy preocupada.

—Sí, mamita… voy para allá ahora. —Suspiro… no debo desesperarme—. Nos vemos.

—Nos vemos…

Corto. Ira. Es inútil, solo siento ira.

Damián no me dice nada, me abre paso hasta la habitación y rápidamente me visto. ¿Qué mierda querrá Gabriel? ¿Por qué se aparece justo ahora el imbécil?... No quiero que toque a mi hija, no quiero que la mire, no quiero que respire el mismo aire que ella. No merece conocerla... ¡Es mi hija!

No, no, no, no, no...

—Haidée... ¿Qué pasó? —me pregunta Damián visiblemente perturbado.

—Gabriel está en mi casa... —respondo escupiendo malestar por mencionar el nombre de quien fue mi marido.

—¿Cómo? —interpela incrédulo.

—Eso mismo... Damián... Ese infeliz está en mi puta casa, ¡tengo tanta rabia! —Y tanta es, que mis ojos se llenan de lágrimas de impotencia—. Dice que quiere hablar conmigo... ¡De qué por la misma mierda! ¡De qué!... —Me limpio con desazón mis lágrimas—. ¿¡Por qué ahora!?... No quiero que se acerque a Julieta... ¡Es mía! ¡Yo la parí! —exclamo con rabia, con un profundo miedo a compartirla con quien nunca la deseó.

Y lloro, esto me supera...

Damián me abraza firme, no intenta darme consejos santurrones, palabras vanas, ni consuelos vacíos. Solo me sostiene... como siempre. Y es lo único que necesito, su apoyo.

—Tomaremos un taxi para llegar más rápido —resuelve seguro.

—Damián, no es necesario que vayas... es asunto mío...

—Eres mi mujer —interrumpe—, todo lo que está relacionado contigo me incumbe, y eso incluye tu pasado, tu madre, tu hija, todo. No dejaré que enfrentes esto sola, porque no lo estás. Me tienes a mí —sentencia tan convencido, tan seguro de sí mismo, que no puedo ni quiero rebatir su argumento. Porque lo necesito, porque ya no estoy sola.

—Vamos...

*****

Mientras el taxi atraviesa raudo la capital, Damián llama a su padre por teléfono, le informa que tuvo un problema y que no sabe si podrá llegar a Cauquenes el día de hoy para celebrar mañana el año nuevo. Pero promete que hará todo lo posible por ir. Lamento tanto que esto haya pasado, pero él no tiene dudas. En este momento lo más importante para él soy yo. Y no tengo excusas para contradecir sus deseos.

Así es él, dominante. Posesivo... Y va a proteger todo lo que le importa. Y todo lo que le importa soy yo.

Apoyo mi cabeza contra su pecho y cierro los ojos. Él me abraza y besa mi cabeza.

Todo saldrá bien.

*****

Abro la puerta de mi casa, y entro. Detrás de mí está Damián siguiendo mis pasos de cerca. Mi mamá me recibe de inmediato, me abraza y logro sentir todos sus temores, porque son idénticos a los míos. Luego, sus ojos se desvían hacia el hombre que me acompaña y levanta una ceja. Ella es incorregible. Damián se presenta y ella le da la bienvenida con cariño y lo hace pasar.

—Julietita está en su pieza —me susurra al oído—. Pero no pude evitar que la viera a la pasada. No dejé que la tomara. Preferí que ese cretino estuviera en el living antes de que montara un espectáculo afuera.

—Gracias, mamita.

Ella me da un abrazo y se interna hacia el dormitorio de mi hija para cuidar de ella mientras averiguo qué diablos hace Gabriel en mi casa.

Inspiro profundo, me dirijo a la sala de estar y diviso a Gabriel sentado en uno de los dos sitiales que acompañan el sofá. Sostiene en sus manos el gran marco donde están las fotos de mi hija, que es como un viaje al pasado desde que estaba embarazada, hasta la de la navidad del fin de semana que recién pasó.

El túnel del tiempo le llamamos, parece que Gabriel está perdido en los recuerdos que nunca pudo vivir.

Lo examino en silencio. Cuando me lo topé en el metro solo vi su reflejo, pero ahora me doy cuenta de que se ve más... ¿Adulto? Tenemos la misma edad, sin embargo, los tres últimos años no han sido benevolentes con él.

—¿A qué debo el honor de tan ilustre visita? —No puedo evitar el sarcasmo, no voy a fingir que no me molesta su presencia.

—Haidée... —Está nervioso, lo sé, lo conozco. Deja el marco de fotografías sobre la mesa de centro y no sabe si levantarse del sitial o no—. ¿Cómo estás? —pregunta y opta por no levantarse.

—Al parecer, mejor que tú. —No le voy a preguntar cómo está él. No me interesa—. ¿Qué haces aquí?

—Es complicado…

—Pues intenta hacerlo simple. Ya no tengo tanta paciencia como antes.

—Te vi hace un par de semanas en el metro. —Entonces sí me reconoció. Cerdo, infeliz, repugnante y cobarde.

—¿Y qué tiene de especial? Todo el mundo ve a alguien conocido en el metro.

—Ese día me dio curiosidad saber de ti… Y le pregunté a… ¿Te acuerdas de María Fernanda?

—Hace un par de años que no la veo. —Era una conocida que teníamos en común, la última vez que la vi me la encontré de manera casual en Las Condes, cuando estaba trabajando para Wirenet. Tenía siete meses de gestación, fue un poco difícil ocultar a mi bebé.

—Bueno, todavía converso con ella… a veces… y le pregunté por ti. Me dijo que la última cosa que supo de ti fue que estabas embarazada.

—Es un poco tarde para enterarse de las buenas nuevas, ¿no? —ironizo. Dios, no puedo dejar de repartir veneno.

—¿Es mi hija? —pregunta desviando su mirada hacia las fotos de Julieta.

—Es MI hija —subrayo—. Perdiste todo derecho sobre ella en el momento que atravesaste cobardemente esa misma puerta —declaro apuntando hacia la salida de la casa.

—¡No lo sabía! —explota ante mi mala actitud, pues no me importa si le gusta o no mi jodida actitud. Estoy enojada por la misma mierda.

—¡Yo tampoco, pelotudo! —pierdo la compostura, esto es inaudito—. ¿Qué más querías? Te fuiste de mi vida y desapareciste… Y tu familia también lo hizo. Si poco te importaron los ocho años que estuviste conmigo, ¿para qué te iba a buscar? Dime, ¿para qué?, si tu mensaje de despedida fue bien claro. ¡No existes!

—Quiero recono…

—¡No! ¡Ni lo intentes! —interrumpo, no quiero que diga eso, no lo quiero oír, esto es una pesadilla.

—No estás siendo razonable —rebate con su tono de voz de superioridad. Ese mismo que usaba cuando quería hacerme sentir mal e inferior... Pues ya no soy esa niña que dejó tirada hace tres años.

—¿Qué no estoy siendo razonable? ¿Te parece razonable que te presentes en mi casa después de tres años exigiendo explicaciones? —Me cruzo de brazos y lo miro desafiante—. Discúlpame si no soy «razonable». ¿A mí quien me asegura que mi hija tendrá una relación constante con su progenitor? Si fue tan fácil para ti escapar por otra mujer. Pisoteaste mi vida, el amor que sentía por ti. ¿Quién me asegura que después que mi hija se acostumbre a ti, que te ame, que te llame papá, no salgas arrancando de buenas a primeras para desaparecer de su vida? Yo no voy a arriesgar a Julieta a que le rompas el corazón de esa manera. No lo permitiré.

—No puedes comparar lo que nos pasó a nosotros con una hija, no es lo mismo. —Lo sé, estúpido, no entiendes mi punto.

—No, no es lo mismo... pero prefiero no depositar nuevamente mi confianza en ti. Perdóname si no te entrego a Julieta envuelta en papel de regalo.

—Voy a llevarte a juicio para reclamar la paternidad —amenaza, sé y soy consciente de que puede hacerlo, pero a mí no me va a amedrentar con esa patética actitud. Si quiere ver de verdad a Julieta que le cueste.

—Me interesa un pepino el juicio. No eres su padre —declaro desenfadada, porque es verdad, él no lo es, no en el sentido en que yo considero a un verdadero papá.

—¿Cómo? —Si se viera la cara en este instante, ha palidecido.

—No. Eres. Su. Padre. Julieta tiene solo mi apellido, no tiene padre. Nadie se ha ganado el privilegio de ser el papá de mi hija. Tú solo aportaste de muy mala gana algo de material genético. Eso no te convierte en padre —explico mis razones, entre donante y papá hay un abismo de diferencia.

—Eso lo veremos con el juez —advierte serio.

—Anda a todos los tribunales que quieras, Gabriel, no me importa... Nunca, nunca voy a confiar en ti, o en tu palabra. Aunque logres ponerle tu apellido, aunque pagues pensión alimenticia religiosamente, aunque la visites una vez a la semana... nunca confiaré en ti. No la mereces, porque no eres un buen hombre, mi hija no merece un padre cobarde que no sabe enfrentar las consecuencias de sus propios errores, que evade la realidad, que se caga en los sentimientos de las personas... Mi hija merece algo mucho mejor que eso. Julieta no nació para tener un «padre». —Gesticulo unas comillas con mis dedos—, que cumple por cargo de conciencia. Mi hija es sagrada para mí... Así que anda, haz todo tu numerito de pobre papito triste que quiere reconocer a su hija... Veremos hasta dónde vas a llegar, vas a tener que ganártelo, porque de momento, tú no tienes derecho legal sobre ella.

—¿Ya terminaste? —interpela visiblemente cabreado, pues a mí qué.

—No tengo nada más que decir.... Ah, sí, te informo que estamos divorciados, logré zafarme de tan nefasto estado civil hace tres semanas. ¿Quieres algo más, tomar un tecito y ponernos al día? —pregunto con sorna, solo quiero que se vaya

—Me voy. Tendrás noticias mías. —¡Al fin! Sé que lamentablemente no será la última vez que sepa de él. No sé qué mierda le vi cuando era joven... bueno, era joven y muy *hueona*.

Se levanta del sitial, y camina en dirección a la puerta. Damián ha estado de pie a la entrada de la sala de estar, como un apoyo silencioso. Gabriel pasa por el lado de él y se detiene, Damián pone cara de sorpresa, pero no de una grata.

—¿Y qué haces aquí, *huaso*? —interpela Gabriel con un tono de voz nada agradable, como si se estuviera burlando de Damián... No entiendo nada de lo que está pasando aquí.

—Haidée es mi mujer, ¿algún problema? —responde lacónico y tranquilo sin caer en el juego de él.

Gabriel no dice nada más y se va... Voy a cambiar la chapa de la puerta por si acaso, sé que no tiene copia de mis llaves, pero me dio cosa. Y ahora solo la curiosidad me invade, no entiendo un carajo de lo que acaba de pasar entre ellos dos. Miro a Damián y arqueo una ceja pidiendo explicaciones de manera tácita.

Damián me mira y se encoje de hombros y entra a la sala de estar.

—No me dijiste que el apellido de tu ex era el mismo que el mío —comenta relajado metiendo sus manos en los bolsillos.

Yo también me encojo de hombros.

—No era digno de mención, asumí que era un alcance de apellidos. La familia de Gabriel siempre ha vivido en Santiago, nunca supe de ninguna conexión directa con Cauquenes. Además, ustedes dos no tienen ningún parecido físico que me hiciera sospechar algo.

—Gabriel es mi primo… Uno no muy querido, a decir verdad —revela y levanta las cejas y hace un gesto que denota hastío—. En realidad, no nos soportamos. Siempre se creyó superior a nosotros.

—Lo noté, él un par de veces mencionó a la «familia de *huasos* que hay en el sur». Pero nada más.

—Mi tío es la «oveja negra» de la familia. Detesta hasta el olor del campo.

Río, inesperadamente la situación es odiosamente cómica.

Todo queda en familia.

De pronto, mi mamá se asoma cautelosa con Julieta en sus brazos y al notar que solo estamos nosotros, se refleja el alivio en su cara, deja que mi niña camine hacia mí y me abraza tiernamente. Mi pequeña, mi dulce paraíso… Ella es solo mía.

¿De verdad Gabriel tendrá los cojones para pelear por ella?

No lo sé, eso el tiempo lo dirá.

VEINTIUNO

*E*l mundo es un jodido pañuelo.

El ex marido de Haidée es mi queridísimo primo Gabriel Cortés Walker. Ahora lo detesto más, siempre fue mariconcito para sus cosas. Siempre lloriqueando, egoísta, inmaduro, siempre detrás de las faldas de su mamita. Afortunadamente, perdí el contacto con él hace unos diez años cuando mi tío le vendió su parte del criadero a papá. Hasta donde sé, para él, el negocio era un lastre innecesario, prefería la vida en Santiago con su esposa de apellido inglés.

Por eso ignoraba completamente su vida sentimental y mucho menos sabía que estaba casado, no era información de mi interés. Aunque si lo hubiera sabido me habría dado igual. Vivimos en la misma ciudad, pero nunca me nació visitarlos...

En fin, lo hecho, hecho está y en realidad me interesa un reverendo pepino si Gabriel es mi primo o el presidente de la república.

Estoy orgulloso de Haidée, le puso todos los puntos sobre las íes, y se desahogó, fue rebelde, sarcástica, mala leche, era de temer. Al fin pudo desquitarse un poco y decirle lo que piensa de él. Y la actitud de Gabriel, francamente, no me sorprende, puede que haga todo el show para obtener la paternidad de Julieta, pero puedo firmar con sangre que él se aburrirá. Es de los que les gustan las cosas fáciles y si se presenta algún escollo que le impida ejercer fácilmente su rol de padre, pues se esfumará.

Siempre le gustó lo fácil, por eso hizo lo que hizo para terminar con Haidée.

Maricón.

Detesto a los maricones...

—¿Vas a tomar once[16] con nosotras, *mijito*? —interroga la mamá de Haidée, la señora Mercedes. Miro de soslayo a Haidée y ella está ensimismada dándole pecho a la pequeña Julieta

---

16 *Once: merienda tardía, similar a la hora del té en Inglaterra pero que es mucho más abundante, y que reemplaza la cena en Chile*

sentada en un sitial. Es increíble cómo se le transforma el rostro cuando está con su hija, el cambio es absolutamente radical, y sin embargo, me gusta.

—Si no es mucha molestia —acepto, ya estoy resignado al hecho de que no podré viajar a Cauquenes y tendré que pasar el año nuevo solo. Después de todo, no puedo ser tan fresco de autoinvitarme e imponerle mi presencia a Haidée si tiene otros planes para esa noche.

—¿Quieres jugo o té? Nosotras tomamos jugo de frutilla, hace demasiado calor.

—Jugo está bien, señora Mercedes.

—Ay, no me digas señora. Mercedes a secas nomás.

Sonrío aceptando su sugerencia, es una mujer muy jovial, incluso es un poco coqueta. Haidée se parece mucho a su mamá físicamente, y a su vez, Julieta se parece mucho a Haidée, es más, es idéntica.

Estoy presenciando cómo fue Haidée de niña, ahora como una joven mujer, y probablemente ella será como su madre cuando pase los cincuenta… una mujer muy bella. Un futuro prometedor.

La pequeña deja de tomar pecho y se baja del regazo de Haidée y va a sacar un juguete de su caja, mientras que su madre acomoda su blusa y su ropa interior, y claro, yo no pierdo de vista ningún detalle excitante. Para muchos hombres, la maternidad les baja la libido… A mí en realidad no me afecta, al contrario, le da un valor agregado a la personalidad de las mujeres, son más interesantes.

Y Haidée es la más interesante de todas.

Sí, debo reconocer que me tiene absolutamente cautivado. Ella de pronto me mira y me sorprende observándola embobado. Se levanta del sitial y me invita a sentarme junto a ella en el sofá.

—Lamento todo lo que ocurrió… Nunca imaginé que Gabriel se aparecería de nuevo en mi vida.

—No hay nada que lamentar… Así es la vida, son cosas que pasan.

—Sí… ¿Tú crees que él hará lo que dijo?

—Pues, puede que sí lo haga. Es como un chiquillo que tiene un berrinche… Puede que cuando las cosas se pongan cuesta arriba desista… como suele hacerlo siempre.

—Parece que ustedes tienen su historia…

En ese momento, Julieta se acerca con un juguete, un poni, y me lo ofrece, yo lo recibo y hago como que el juguete le da un besito en la nariz a la niña. Ella ríe y va corriendo a su caja de nuevo.

—Sí, Gabriel siempre tuvo una forma de ser que siempre detesté —continúo con mi relato—. Mi tío y su familia siempre iban a vacacionar a Cauquenes, pero la mamá de Gabriel siempre nos miraba como si fuéramos unos brutos. Mi papá es veterinario, mi mamá también lo era, y sí, tienen acento sureño, pero no eran ignorantes, para nada... Mi tío y mi papá eran dueños de un criadero de caballos chilenos.

—¿En serio? Por eso en tus fotografías siempre hay un caballo con ustedes. Qué bonito.

—Me gusta la vida, allá es tranquila, una maravilla cuando se es niño, pero mi vocación no es compatible con un criadero de caballos... esa es otra historia. —Julieta vuelve con otro poni y lo hace correr sobre mi muslo y hago lo mismo con el mío haciendo una carrera, la pequeña ríe con el juego, es muy inteligente. Ahora que lo pienso, en realidad esta pequeña es mi prima en segundo grado... tiene mi sangre—. El asunto es que a mi tío no le interesaba el negocio, ni estar al tanto de los caballos —sigo narrando mientras Julieta y yo jugamos—, vendió su parte y nunca más volvió. Siempre dio excusas para no ir a Cauquenes y mi papá se aburrió de invitarlo. Yo creo que ni siquiera se enteraron de la muerte de mi mamá.

—Entonces, para Gabriel siempre fuiste objeto de burla por vivir en el campo y supuestamente ser un «*huaso* bruto e ignorante». No me extraña, siempre fue despectivo con la gente más humilde, era uno de los defectos que mejor ocultó por mucho tiempo. No sé ni por qué se relacionó conmigo, siempre fui de clase baja, según mi querida ex suegra... ella nunca escondió su apatía por mi persona.

—Es que tú eres una mujer preciosa, cualquiera con sangre en las venas se enamora de ti. Pero Gabriel, dudo que sepa realmente cómo amar alguien, solo sabe de caprichos. Cuando éramos chicos tenía que andarlo correteando, porque siempre andaba detrás de las faldas de las hijas de los colaboradores de mi viejo. Era un jote [17], pero nunca le resultó, a mí siempre me inculcaron que las chiquillas eran sagradas y se tenían que respetar.

---

17 *Jote: hombre que insistentemente trata de seducir a una mujer sin tener resultados*

—Parece que fui la única con la que le resultó…

—No te culpes, eras muy joven. El primer amor siempre es fuerte y te golpea duro.

—Y tú, ¿cómo fue tu primer amor?

—Fugaz… de verano.

—Ya, niños, a tomar once —interrumpe Mercedes nuestra conversación y Haidée toma a la niña en brazos acabando con el juego de carreras de poni sobre mi muslo. Cosa que es terrible para Julieta que empieza a hacer pucheritos y a llenárseles los ojos de lágrimas.

Haidée trata de consolarla explicándole que los grandes van a comer y que ella también tiene que tomar su leche… Pero a quién vamos a engañar, la niña solo desea seguir jugando y le importa un pepino la leche, y empieza a llorar con más ganas, a lo que Haidée resopla ofuscada y cansada, y eso es señal de alerta para mí.

—¿Puedo tomar a la niña en brazos? —le pregunto. Haidée me mira y luego a Julieta que sigue llorando con sus dos ponis en la mano.

—De verdad, no tienes que hacerlo…

—No le des más vueltas, además creo poder convencerla… o seguirle el juego. Y así todos tomamos once tranquilos.

—Bueno… —claudica, sé que en el fondo le cuesta dar ese paso, porque sin querer me estoy metiendo en un círculo sagrado para ella, y lógicamente, quería esperar más tiempo. Ni modo, las cosas no siempre resultan como uno quiere y parece que ha olvidado que no estudio pedagogía por bolitas de dulce… Siempre he tenido facilidad para tratar con los niños de todas las edades.

Tomo a Julieta en brazos y ella, desorientada, deja de llorar, me mira y vuelve a llorar, y se apoya en mi hombro para seguir llorando.

—¿Qué te hizo tu mamá? —le pregunto tranquilo, y ella en algún dialecto raro la acusa—. Ohhhhh, pobrecita. Mamá tuvo un día difícil y está cansada… ¿Vamos a jugar a la mesa?

—Ajá —responde la pequeña bajando la intensidad de su llanto. Buena niña, sabe lo que le conviene, ya me cae bien.

—¿Limpiemos esa naricita y esas lagrimitas? —propongo mientras vamos al comedor y saco un pañuelo de mi bolsillo trasero. Siempre tengo uno, bueno no le doy el mismo y un tanto asqueroso uso que antiguamente le daban, simplemente lo tengo a mano para tener un plan B, como secar mis manos cuando no hay toallas de papel, o las lágrimas de cierta señorita cuando la encuentro llorando desconsolada en un andén de metro. Un pañuelo limpio y planchado para cada día.

Seco la carita y la nariz de Julieta y miro de soslayo a Haidée, quien observa atenta cada movimiento de nosotros como si fuera una leona al acecho… Me encantan sus matices, no me incomoda en realidad, entiendo su recelo, es una respuesta natural de ceder, en parte, el control de su hija a un hombre con el cual está iniciando una relación más seria después de tres años de un quiebre traumático… Porque por Dios esto sí que es serio, para mí esto es mucho más íntimo y profundo que cualquier otra relación que haya tenido antes, porque por fin puedo ser como soy, y totalmente consciente de que Haidée es el paquete completo.

Y eso incluye a mi pequeña prima en segundo grado, pero qué cosa más graciosa.

Ya controlada la justificada desazón de Julieta, nos sentamos a la mesa que ha puesto Mercedes, y ahora me doy cuenta de que estaba muerto de hambre, el jugo me lo tomo de un solo trago, y ya que tengo una de mis manos ocupadas sosteniendo a la pequeña y la otra jugando con el poni, Haidée me prepara un sándwich de pan marraqueta con queso mantecoso y jamón colonial y rellena mi vaso.

Mercedes y Haidée nos observan en silencio mientras comen, y yo solo juego con el poni celeste con crin de arcoíris, y Julieta con su vaso de entrenamiento en una mano, y con la otra, echando carreras con el poni blanco de crin purpura. Por supuesto que gana Julieta, no quiero provocar la tercera guerra mundial. Y entre juego y juego, yo como mi sándwich y tomo con más compostura mi jugo.

Mi celular suena y por la melodía sé que es papá. Debo interrumpir la apasionante y enésima carrera de ponis justo cuando iba ganando y contesto.

—Hola, papá —saludo.

—Hola, hijo. ¿Todo bien?

—Sí, ya se resolvió el problemilla. —No voy a entrar en detalles, le contaré todo en privado; en cierto modo, todo esto se ha vuelto un asunto familiar.

—¿Alcanzas a venir?

—La verdad, dudo que pueda encontrar pasaje a esta

hora. Lo siento, no podré pasar este año nuevo contigo.

—¿Lo vas a pasar solo?

—Es muy probable...

—Mmmmmm... —Mi papá se queda unos segundos en silencio y a través del auricular puedo escuchar como golpea la mesa con su dedo índice, siempre hace eso cuando está tomando una decisión—. Entonces, voy para allá, no me hará mal respirar el aire capitalino por unos días y también necesito unas pequeñas vacaciones. Abelardo puede sustituirme sin problema —resuelve sin dudar, y me toma completamente por sorpresa. A Agustín Cortés nada ni nadie lo saca del criadero.

—¿Estás seguro? —pregunto pensando que estoy en algún universo paralelo, y a la vez, me pone muy contento, y no puedo evitar sonreír. Me encantaría presentarle a Haidée, sé que la va a adorar... yo ya lo hago.

—Claro, hijo. Si no hay pasajes en bus, tomo un avión en Concepción, y si tengo suerte, llego de madrugada o mañana. Más rato mándame la dirección de tu departamento por mensaje de texto.

—No se diga más, te espero entonces.

—Nos vemos, hijo... te quiero mucho.

—Yo también te quiero.

El llamado se corta y me quedo mirando el celular todavía incrédulo. Este año está terminando de una manera muy peculiar.

—¿Vas a pasar el año nuevo solo, *mijito*? —me interroga Mercedes de pronto.

—Hasta hace un minuto, sí. Iba a tomar un bus a Cauquenes para pasarlo con mi viejo, pero lo perdí. Acompañar a Haidée era más importante para mí... Pero mi papá acaba de decirme que viene para Santiago y estará aquí mañana.

—Ahhh... qué bien... —comenta Mercedes dejando su frase en el aire.

—¿Y si lo pasan aquí con nosotras? —propone Haidée esbozando una sonrisa, tomándome por sorpresa... de nuevo... hoy es el día de los eventos inesperados, de todo tipo.

—¿Estás segura?

—Donde comen tres, comen cinco —sentencia despreocupada.

—Entonces, no se diga más —resuelvo de nuevo, esto ya parece un *déjà vu*—. Mañana estaremos aquí y traeré un buen corte de carne y el postre.

Me distrae la sensación de que súbitamente el cuerpecito de Julieta está más pesado sobre mi brazo, en una posición que me parece incómoda para ella. Le quito con suavidad los ponis que aún sujeta con sus manitas, la acuno entre mis brazos y ella se acurruca en mi pecho, pero así y todo, no despierta con nada. Haidée no esconde su asombro.

La pequeña Julieta está profundamente dormida.

VEINTIDÓS

—Aquí —le indico a Damián la habitación de Julieta y le abro la puerta. Entro primero para abrir la manta delgada que, con este calor, sirve prácticamente de adorno.

Damián con mucho cuidado deja a Julieta encima de la cama, le saca sus sandalias y con un gesto me pregunta si le saca alguna prenda de ropa. Niego con la cabeza, que duerma así tal cual, y si me asalta a medianoche, le pongo pijama. Si la desvisto ahora, se va a despertar y será un problema.

Es tan extraño ver a un hombre en la habitación de mi hija. De hecho, es extraño ver a uno en mi casa. En tres años, ninguno había entrado aquí. Hasta que el maldito de mi ex le bajó el cargo de conciencia y volvió para exigir explicaciones. Me acuerdo y me dan ganas de gritar.

Todo estaba tan bien, todo era sencillamente perfecto.

Damián besa la frente de mi hija y sale de la habitación. Julieta es muy reacia con los extraños, cuando estamos en la plaza o de paseo ignora a cualquier persona mayor de cinco años, y obviamente, las únicas personas adultas que tolera es a mí y a mamá.

Y ahora a Damián.

Salimos de la habitación, y me sujeta la mano antes de entrar de nuevo al comedor.

—¿Estás bien? —me interroga alzando suavemente mi barbilla.

—Sí, solo necesito procesar un montón de cosas, darle su lugar.

—Bien, no me dejes afuera, ¿vale? Estoy contigo. —Besa mis labios con dulzura y me abraza con ternura, y es todo lo que necesito ahora.

—Gracias, Damián.

—Nada de gracias, es un placer... Pero mejor me voy, tengo que ir a casa a esconder todo mi arsenal perverso que te-nía preparado para ti. Así no descubre mi papá que soy un degenerado, ese secreto solo lo conoces tú —bromea con picardía y me hace sonreír, tiene razón, será para la próxima.

—No hay de otra...

—De momento no, preciosa.

Mi mamá ya está retirando las sobras de la once, y se nos queda mirando con una sonrisa. En el fondo sé lo que piensa, y sí, interiormente debe estar saltando en una pata por verme con una pareja. Me pregunto cómo hubiera enfrentado toda esta situación desagradable con Gabriel si Damián no estuviera en mi vida revolucionándola por completo, qué hubiera pasado si no contase con su apoyo, sacando a la luz a la antigua Haidée y combinándola con la que soy hoy.

Probablemente, seguiría muy herida, cobarde, débil...

Quizás no le habría podido decir ni la mitad de las cosas que le dije a Gabriel, lo más seguro es que me hubiera dado una crisis de pánico... Tal vez sí, tal vez no.

Nunca lo sabré y tampoco deseo averiguarlo.

Damián se despide de mi mamá, y lo acompaño a la salida. No deseo que se vaya, quiero tenerlo en mi cama, abrazándome, dormirme sintiendo su aroma y la calidez de su pecho. Pero debo ser realista, no es el momento. Ya habrá tiempo... algún día.

Me conformo con darle un beso de despedida en el umbral de mi puerta.

—Me es muy difícil despedirme si me besas así —me reprende con cariño—. Mañana nos vemos, preciosa. —Me acaricia la mejilla y luego suspira. De mala gana, da media vuelta y se dirige a la reja del jardín. Pero antes de abrir la puerta de hierro, se detiene. Se gira y vuelve a mi lado y me vuelve a besar de una manera tan dulce, casi inocente, que me deja sin aliento, porque mi corazón late rápido de la emoción que me embarga—. Te quiero mucho, Haidée.

Y yo me quedo inmóvil, porque hace tanto tiempo que no me decían eso. Largos años en que no sentía esa inefable sensación de querer y que te quieran.

Pensé que nunca más volvería a decir:

—Yo también te quiero.

*****

No puedo dormir...

Tengo tantas cosas en mi cabeza…

Julieta, Gabriel… puto Gabriel… Damián… Damián el dominante…

Gabriel me tiene sin cuidado, que haga lo que quiera… No saco nada con perder la cabeza ahora, todo dependerá de qué jugada haga, son demasiados factores los que influyen, y de verdad, no estoy de humor para andar pendiente de él.

Julieta, ¡ah mi niña preciosa!, al parecer tiene un sexto sentido mucho más desarrollado que yo cuando se trata de hombres. Mi mamá me contó que Julietita apenas vio a Gabriel se escondió tras las piernas de ella y no quiso hacer ningún contacto con él, pero con Damián… Ni siquiera fue tímida, era como si lo conociera de toda la vida. Bueno él también fue adorable con mi hija, supongo que debo darle crédito, no está estudiando pedagogía por nada, realmente tiene vocación y afinidad con los niños. Observé cómo le hablaba, cómo la tocaba, siempre con respeto, con dulzura. Casi de una manera paternal.

Y eso me asusta un poco, yo quería esperar un poco más, hasta tener afianzada mi relación con él. Vamos tan rápido… y es tan intenso. ¿Será siempre así? ¿Llegará el momento en que yo no le reporte ninguna novedad, que todo se vuelva predecible? ¿Que se aburra de mí? Porque en realidad, dudo que yo me aburra de él… ¿En realidad, puedo ser lo que quiere para satisfacer sus necesidades? ¿Cuáles serán? ¿Qué quiere realmente decir eso de dominante sexual? Sé que intentó explicarme, y lo logró de buena manera, me ha tentado a probar, pero sin ninguna duda, sé que hay más.

Tengo que saber.

Me levanto de mi cama y voy a buscar mi *laptop*, debo investigar. Necesito saciar esta curiosidad y saber a qué diablos me enfrento en realidad. Quiero ser valiente, quiero crecer, quiero saberlo todo y probarlo todo. Tengo que confirmar si estas sensaciones y sentimientos que ha despertado en mí, corresponden a una sumisa sexual. No tengo miedo.

Solo debo abrir mi mente.

*****

—Esto no puede ser… —Cierro mi *laptop* con una mezcla de miedo, enojo y angustia. Debo hablar de inmediato con Damián, esto me supera, estoy hecha un mar de dudas. Desesperada, tomo el celular y marco su número, no pasan ni siquiera tres tonos y contesta.

—Aló...

—Aló... ¿Damián? —hablo cerrando los ojos, estoy casi arrepentida de llamar a las dos de la madrugada, pero es importante para mí.

—¿Pasó algo, preciosa? —interroga él con su voz un tanto somnolienta, pero con clara preocupación.

—Necesitaba hablar contigo... Estoy... estoy abrumada —respondo susurrando, no quiero despertar a Julieta, ni que mi voz le demuestre lo nerviosa que estoy.

—Me estás asustando, ¿qué pasó?

—No podía dormir... y me puse a investigar sobre lo que quieres de mí... ¿De verdad quieres que haga todo eso que sale en internet?

Damián suspira profundo, no sé si de alivio o frustración.

—¿Qué has visto en internet? —pregunta interesado.

—¡Qué no he visto en internet! —replico un poco alterada, adiós a mis intenciones de ocultar mis crispados nervios.

—No todo lo que aparece ahí está bien enfocado, hay muchos huecos en la información —explica con su voz calma y tranquila.

—Explícate.

—Necesito saber qué has estado viendo. Haidée, hay muchas prácticas que no haría ni en mil años. Esto se vive de maneras diferentes, depende de las personas, depende del dominante, de su compañera, de lo que vayan descubriendo.

—¿Eso quiere decir que no me penetrarás con el puño, o que me tratarás como un perro o que me humillarás insultándome o defecando sobre mí? —pregunto casi sin respirar, todo eso me aterró y me asqueó.

—¡No, por Dios, no! Hay cosas que son demasiado fuertes o repugnantes para mi gusto y aunque fuera un experto... Se trata de tus límites, no de los míos... Ya te lo mencioné, es un consenso, yo solo jugaría dentro de los límites que me permitas, y después, cuando estés preparada, intentar rebasarlos de a poco, o probar algo que te llame la atención y que yo sepa que podrías soportar. Las imágenes y videos que abundan en internet son bastante crudos y son ejecutados por personas con experiencia. Muchas veces es como el porno, lo que se muestra no es del todo real.

—Pero es demasiado… yo…

—Haidée, escúchame —interrumpe serio—. No soy un monstruo, ni deseo hacerte ningún tipo de daño, ni maltratarte o abusar de ti… Necesito que comprendas eso.

—Estoy intentando procesar todo, es demasiado, Damián.

—Sé que es complicado, para mí también fue difícil… mucho más de lo que imaginas. Cuando descubrí todo esto estaba solo y es complejo discernir si estás enfermo o no, qué es lo que te sirve, que no, quien engaña, quien no. Opté por dejar de lado el internet para buscar información y solo he comprado libros especializados. Nunca te haría algo que yo no haya probado en mí.

—¿Quieres decir que alguien te ha atado? —Eso me sorprende, en internet no vi que ningún dominante haya experimentado la parte sumisa.

—Lo he hecho todo solo, principalmente. Es parte del camino que he elegido. Debo saber cómo siente mi contraparte. He atado mis piernas, los tobillos, he practicado cómo hacerlo sin dañar, los diferentes tipos nudos… En otras ocasiones de algo sirvió la Brittany. —Reímos, imagino a Damián haciéndole *bondage* a la muñeca inflable, y la imagen mental es cómica—. He probado el dolor en diferentes partes de mi cuerpo para saber cuánto aguantar, que tan duro es un golpe propinado por mis manos… Sé usar una fusta… Todo lo que me ha llamado la atención lo he probado en solitario. Sí, no niego que quiero probar muchas cosas contigo y descubrir más, pero tampoco se trata de experimentar algo de lo que soy completamente ignorante. Pretendo ser un buen dominante, no un retrasado mental y abusador —declara seguro y sin dudar, y empiezo a sentir un gran alivio, porque hay cosas que sí quiero hacer, pero otras simplemente me perturban.

—Entonces no haremos todo lo que sale en internet.

—Nos faltaría vida si quisiéramos poner todo en práctica. Cada persona es un mundo y el BDSM se vive de la manera en que a uno lo llena —asegura convencido, y eso es alentador para mí, después de todo, lleva más tiempo en esto que yo, aunque no haya practicado con alguien formalmente.

—¿Y a ti que te llena? —pregunto con ganas de saber más, de descubrir y resolver estas dudas que me han martirizado las últimas horas.

—Tú, mi preciosa Haidée.

—¿Pero cómo te voy a llenar?… no sabes a qué cosas voy a acceder.

—Sé que quieres ser atada, sé que quieres sentir placer, sé que deseas experimentar, sé que usaremos algunos juguetes, sé que te gusta el dolor erótico y que quieres saber hasta dónde podemos llegar, sé que confías en mí, que deseas que yo controle todo y hacer lo que me plazca en la cama… Todo eso me llena… ¿pero sabes qué me llena más?

—No.

—Llevar a cabo todo eso contigo, con la mujer que quiero y que deseo como a nadie. Al principio, pensaba que con una compañera sexual casual podría servir sin problema para mis propósitos. Pero después de conocerte, todo cambió drásticamente. Contigo lo tengo todo.

—Damián, me tienes tanta fe… ¿y si no soy suficiente?

—Ya eres suficiente, preciosa… Solo déjame quererte, quiéreme y lo demás lo iremos resolviendo en el camino. —Y así sin más, sepulta todas mis dudas, mis temores y solo me hace quererle más. No sé si es su voz, sus palabras, o la forma brutal y sincera para decir las cosas, pero me tranquiliza y ya no siento esa angustia que me poseyó por unas horas—. Recuerda que este estilo de vivir nuestra sexualidad no es para todos los días, para mí son sesiones especiales. Puedo hacerte el amor dulcemente, como también con fuerza y que tú me poseas, y también te querré accesible, dispuesta y sumisa para llevar a cabo mis deseos. Lo quiero todo, mi preciosa Haidée y eres perfecta para mí.

Suspiro, nunca nadie antes de Damián me había hablado de esa forma, no tengo que interpretar, adivinar o suponer. Él es directo, sin evasivas, sin mentiras, sin dobles discursos. Simplemente, es un hombre que no teme decir lo que desea, lo que quiere. Y eso me tiene absolutamente cautivada.

—Perdona por llamar a esta hora… yo…

—Es absolutamente normal y comprensible que te abrume el tema. A todos nos pasa, hay cosas que cuesta digerir y no me molesta para nada que me llames para hablar conmigo sobre eso. Somos una pareja, debemos confiar el uno en el otro. Si yo no tuviera tu confianza esto no funcionaría nunca, y si yo no confío en todo lo que me dices sería imposible para mí ejercer mi dominio.

—Eso fue lo que más leí en todas partes, sobre la confianza.

—Es una piedra angular en este tipo de prácticas, todo es inútil si no confiamos.

—No es muy diferente a una relación normal de pareja.

—No, en ese aspecto no es diferente… solo que nosotros lo pasaremos mucho mejor —promete de un modo seductor—… Aparte de las cosas perturbadoras, dentro de todo lo que viste ¿hubo algo que quisieras probar en el futuro?

—Me llama la atención el trato que hay entre amo y sumisa, es como un ritual. Las órdenes, la obediencia. Cuando están dentro del rol y en la sesión ambos se transforman…

—En cierto modo sí es un ritual, pero dentro de ese ritual hay cosas que me gustan, otras definitivamente no… No todo lo que está publicado se debe realizar al pie de la letra, lógicamente los temas relacionados con la seguridad y el consenso sí, pero bueno, es un tema demasiado amplio. Eso lo podremos conversar con más tiempo y tranquilidad en los días que vienen. ¿Te parece, preciosa?

—Sí, tienes razón.

—Te quiero descansada. Mañana lo pasaremos muy bien.

—Eso espero… sí, lo pasaremos muy bien. Buenas noches, señor Cortés.

—Buenas noches, mi querida señorita Haidée.

Corté el llamado, dejé de lado la *laptop*, y ni siquiera me di cuenta de cómo me dormí.

VEINTITRÉS

$\mathcal{E}$xhalo todo el aire que tenía en mis pulmones.

Relájate, Damián… ya pasó lo peor.

Sabía que eso iba a suceder en algún momento, y lo intuí de inmediato al escuchar su voz. El primer acercamiento a la información es siempre aterradora y te deja en shock. Así y todo, el miedo me recorrió cada terminal nerviosa imaginando que Haidée me expulsaba de su vida para siempre. Juro que pude sentir mi corazón hecho pedazos y el vacío de nunca más poder hablarle, sentirla, tocarla. Me volví a sentir incompleto… sin propósito.

No hubiera sido capaz de soportar el martirio de verla todos los días en el trabajo. Sencillamente, habría renunciado de manera indeclinable. Soy humano, tengo sentimientos, no habría tolerado semejante tortura de verla herida, y de saber que soy el culpable.

Y me jugué todo el pellejo durante esa conversación telefónica, de verdad ha sido una de las más cruciales de mi vida. No sé si Haidée fue capaz de dimensionar lo importante que fue eso para mí, y sé que deberé ser mucho más cuidadoso de ahora en adelante. Me jugó completamente en contra la inesperada aparición de Gabriel, de otra forma las cosas habrían sido diferentes. Muy diferentes.

En este momento tengo solo una certeza, Haidée no puede salir de mi vida bajo ningún punto de vista… jamás.

*****

—¡Hola, papá! —saludo dándole un fuerte abrazo.

—Damiancito —responde dándome palmadas fuertes en la espalda—. ¿Cómo estás, hijo?

—Muy bien, pasa, por favor —lo invito a entrar a mi departamento y mi papá mira con orgullo todo a su alrededor—. Al final tomaste el bus.

—Sí, los santiaguinos son los que salen en masa hacia

Concepción u otra ciudad —responde un poco distraído observando todo—. Y yo que imaginaba que vivías en un cuartucho. Pero no lo has hecho nada mal, está muy lindo tu departamento.

—Gracias, papá. Al principio fue así, pero he ido juntando mis cosas... A veces mi mamá me mandaba dinero —confieso, no para que se sienta mal, sino para puntualizar que no es solo mérito mío.

—Lo sé, hijo —admite con una sonrisa triste—. Tu madre nunca te hubiera abandonado...

—Así son las madres... protegen a sus hijos aunque tengan ochenta años. —Y de inmediato me hace recordar a Haidée, ella también defiende a su hija con dientes y uñas—. ¿Quieres tomar desayuno?

—Sí, estoy muerto de hambre...

El desayuno fue abundante y muy conversado. Le conté a mi papá los pormenores de mi relación con Haidée —omitiendo los detalles escabrosos—, y finalmente le relaté los desagradables hechos ocurridos el día de ayer, y el descubrimiento de que el ex de Haidée es el pelotudo de mi primo. Cosa que tomó por sorpresa a mi papá y le causó molestia. Lógicamente, no digamos que Gabriel era su sobrino favorito, lo tragaba nada más por ser hijo de su hermano.

—Es increíble lo que me cuentas... La verdad, no me extraña que Gabriel sea capaz de hacer semejante mariconada. Ese chiquillo siempre fue un malcriado y un egoísta de mierda. Es casi lógico que actúe de esa manera.

—Hay cosas que nunca cambian... Papá, ¿hace cuánto que no ves a mi tío?

—A Gonzalo no lo veo desde que vendió su parte hace diez años. En esa época estaba iniciando un negocio y necesitaba capital. Para él, el criadero nunca significó lo que significa para mí, así que solo vio la parte monetaria y no el legado de nuestros padres, de nuestros abuelos. Somos muy diferentes... Nos volvimos diferentes cuando él se involucró con Luz María y se casó, él cambió radicalmente. —Suspira resignado—. Hace dos años más o menos me llamó por teléfono, me pilló en un muy mal momento, Martita había fallecido hace poco. La verdad es que no duró mucho la conversación.

—Es una lástima cuando la gente cambia de esa manera, una mujer debe sacar lo mejor de uno, no convertirlo en peor persona.

Mi papá me queda mirando por unos segundos y luego sonríe.

—Sin duda, hicimos un buen trabajo con tu mamá.

—Pues para qué te lo voy a negar. Soy el mejor de mi generación —bromeo con falsa arrogancia y reímos de buena gana.

—Entonces y resumiendo… esta noche vamos a pasar el año nuevo juntos y voy a conocer a mi ex-sobrina-política-actual-nuera —enumera los títulos contando con sus dedos—, a mi pequeñísima sobrina nieta y a mi consuegra.

—Es raro, pero es así, la pequeña Julieta te va a encantar, es muy inteligente. Le gustan mucho los ponis tiene una caja llena —comento con entusiasmo, la imagino montando en un potrillo, estaría fascinada…

Y de pronto, me congelo ante esa idílica imagen, porque siento de corazón que me gustaría llevarlas a Cauquenes… vivir allá con ellas, y me sorprende el hecho que no me importe nada más. Por primera vez pienso en la posibilidad de compatibilizar de algún modo mi futura profesión con la vida en Cauquenes… Si me esfuerzo un poco… tal vez no sería tan imposible…

Intento desechar de mi mente esos pensamientos, pero no puedo. ¿Tiene algo de malo querer una vida como la que acabo de imaginar? Pues opino que no, soy un maldito ambicioso.

—Bueno, supongo que… —Mi papá empieza a toser fuertemente y lo hace por unos tortuosos segundos—. Maldita tos…

—Papá, ¿has ido al médico?

—¿Qué voy a estar viendo matasanos? —rezonga a la defensiva. Sabía que se iba a poner en ese plan.

—Pues tienes que ir, la semana pasada dijiste que era un resfrío y nada que se te pasa. El lunes vas a doctor y se acabó —sentencio serio, ¿por qué diablos es tan terco?—. No quiero asistir a ningún funeral en algún futuro cercano. Aprovecha que estás en Santiago y que hay especialistas.

—Ya, ya, ya, ya, yaaaaa, ¡iré! —claudica de una manera poco amistosa—… Mocoso entrometido e insolente, qué te estás creyendo… —mascula intentando hacer valer su jerarquía paternal y se levanta de su asiento y se estira—. Me voy a echar una siesta, en el bus dormí re mal y no quiero parecer un viejo decrepito ante tu ex-prima-política-actual-novia quedándome dormido antes de las doce.

—Anda, yo voy al supermercado a ver si encuentro un corte decente de carne y el postre.

—Búscame un buen tinto... y no olvides los calzones amarillos. —Río por su última y absurda petición.

—No te preocupes... ¿Amarillo chillón o canario?

—Canario —sigue con la broma riendo, y se dirige al dormitorio de invitados, cerrando la puerta tras de sí. Estoy contento de tener a mi papá a mi lado, el viejo tiene sus manías, su forma de ver el mundo y así y todo se las apaña para sorprenderme.

Es un buen tipo mi viejo.

*****

—¿Por qué diablos me dejé convencer por ti? —rezonga mi papá tirando del cuello de su camisa. Odia las camisas abotonadas hasta arriba y odia mucho más las corbatas.

—Porque es año nuevo y hay que vestir bien para recibirlo —respondo tranquilo. Estamos llegando a casa de Haidée y he escuchado todo su parloteo durante todo el trayecto—. Es la tradición vestir de traje.

—Lo sé... pero lo odio.

—Aguanta, a lo macho... —Le doy una repasada visual aprobando su atuendo y arqueando una ceja—. En todo caso te ves muy bien. Hasta pareces un ser humano bastante guapo para tu edad.

Mi papá resopla frustrado, mamá insistía en que vistiéramos bien para el año nuevo, le gustaba ponerle algo de glamour al último día del año, supongo que por vivir en el campo no hay muchas instancias para tener ese toque que les encanta a las mujeres. Cuando era adolescente también odiaba el traje formal, pero bueno, por trabajo los dos últimos años he tenido que hacer tripas corazón y vestir apropiadamente como secretario. Ya estoy acostumbrado, pero mi viejo parece un potro al que nunca le han puesto una montura.

Abro la reja, atravesamos el antejardín y golpeo la puerta principal. Miro mi reloj, las siete de la tarde en punto. El sonido de la cerradura de la puerta me hace mirar al frente, y Haidée emerge para darme la bienvenida con una gran sonrisa, se ve hermosísima. La miro de arriba abajo y lleva puesto un ligero vestido negro corto y sus piernas perfectamente torneadas se ven suaves y tentadoras. Sobre todo con esas sandalias de tacón alto de tiras finas, del mismo color que su vestido, y la imagen libidinosa de tener cada una de ellas apoyadas en mis hombros mientras la penetro, se hace presente.

—Hola, Damián —me saluda y me saca bruscamente de esa erótica ensoñación dándome un casto beso en los labios. Demasiado casto para mi gusto, pero entiendo que debo guardar la compostura.

—Hola, preciosa —respondo y ella desvía su mirada hacia mi derecha, casi por un instante olvido a papá—. Te presento a mi papá, Agustín Cortés.

—Un placer conocerlo, don Agustín. —Se acerca a él y le da un beso en la mejilla.

—Para mí también, *mija* —contesta él con una sonrisa amable.

—Pasen, por favor —nos invita.

Nos internamos en la casa, Mercedes se acerca a recibirnos y nos saluda a ambos afectuosamente, y yo le entrego las bolsas con las compras que hice hoy, luego se nos aparece Julieta que tiene un poni en cada mano y me ofrece uno entusiasmada; al parecer, todavía me recuerda y yo le sigo el juego. Mi papá se queda con el saludo a medio dar, pues la pequeña lo ignora de plano. La tomo en brazos y nos vamos a jugar a su rincón donde está la caja llena de juguetes, me agacho a su lado y esta vez me tocó el poni rosa.

Mi papá se queda por unos segundos en medio de la sala de estar sin saber mucho qué hacer, pero Mercedes como mujer que es, le pide que le ayude con la parrilla. Hoy cenaremos carne asada, lo típico en estas fechas. Haidée se acerca a nosotros y se agacha para estar a nuestra altura.

—¿Cómo estás? ¿Todo superado? —pregunto sin dejar de jugar a las carreras de ponis salvajes.

—Bien. —Suspira—. Todo está bien, ya pasó lo traumático de la primera impresión.

—¿Segura?

—Sí, sé que tú lo harás bien… ¿Te puedo hacer una pregunta?

—La que quieras, preciosa. —La miro por breves segundos para que sepa que estoy prestándole atención y luego vuelvo a mi carrera de ponis—. Ohhh nooo… Julieta me está ganando… nooooo. Estoy perdiendo, noooo…

—Gánale, Julieta, tú puedes —interviene ella animando nuestro juego y luego se queda unos segundos callada—… Damián, ¿tú perteneces a alguna comunidad o grupo de sado?

—Al principio intenté, pero creo que soy demasiado escrupuloso. Para un hombre dominante y heterosexual el asunto es complicado al momento de buscar alguien afín. O emprendes el camino desesperado y tomas a cualquier sumisa que te sirva para practicar, porque abundan después de «cincuenta sombras», o eres autodidacta y paciente y esperas a que llegue la persona correcta, básicamente como cualquier mortal —relato en un tono de voz íntimo sin quitarle atención al juego con Julieta, no me preocupa hablar de estas cosas frente a la pequeña, ahora está concentrada en domar a un poni rebelde—. Aquí la cosa no funciona como en otros países más desarrollados, donde hay clubes profesionales donde se puede practicar en público o privado. Tampoco hay algún tipo de curso serio de iniciación… ¿podrías creer que en Nueva York hay cursos de cómo dar nalgadas? Hay grupos de apoyo de gente mucho más experimentada, y que no necesita andarse pavoneando haciendo gala de sus conocimientos. A mí me bastó estar una semana conectado y, la verdad, me decepcionó un poco el asunto, muchas de las chicas que abundaban por ahí parecían desequilibradas mentales. Yo no quería una esclava o una mascota o alguien que tuviera la autoestima baja y estuviera en el rol todo el tiempo. Yo quería una mujer de verdad, que sepa la diferencia entre el mundo real y el juego. Me molestaba que se exhibieran como si estuvieran diciendo «soy sumisa y tengo un complejo de inferioridad enorme. Tómenme y háganme mierda». No me gusta la gente insensata y lamentablemente abunda mucho de eso por todos lados.

—Sí, de eso me di cuenta anoche… por eso te llamé, estaba casi en shock. Es tanta información que no sabes por dónde empezar, por lo menos, no fue simple para mí.

—Hay de todo en el mundillo, de la única manera en que puedes separar la paja del trigo es concurrir a las reuniones informales que hacen, pero francamente nunca me animé a asistir a ellas. Preferí aprender y practicar todo lo que pude en solitario y leer mucho. Supongo que no lo hice porque no me gusta que me metan el dedo en la boca y soy llevado a mis ideas en ciertos aspectos de mi vida. Los que se autodenominan dominantes o amos como si fueran sujetos dignos de admiración, pretenden aprender y practicar en directo con una compañera o compañero sin haber probado nada en ellos mismos. Es algo inaceptable y totalmente irresponsable. Muchas veces no hay respeto de parte de los participantes en las comunidades. El movimiento está en pañales aquí. Nos falta mucho.

—¿Últimamente has pensado ir conmigo a alguno de esas reuniones informales?

—En realidad no, pero si quieres ver de qué se trata podemos ir.

—Lo tendré en cuenta, de momento no me anima mucho… ¿Por cuánto tiempo has practicado solo?

—Poco menos de un año, tal vez… Y durante todo ese tiempo conocí algunas señoritas, pero no pude conectar a ningún nivel, solo con conversar me daba cuenta de que eran corrientes. No había profundidad de carácter o templanza, una mujer normal en una situación como la que viviste anoche, no me habría llamado por teléfono… Bueno, tal vez sí, pero para insultarme y sin tener derecho a réplica. Tú estabas asustada, abrumada, pero decidiste conversar conmigo, encontrar respuestas, saber mi postura antes de emitir finalmente un juicio final y eso solo me hace admirarte más. —Dirijo mi mirada hacia ella, y me sonríe un tanto tímida, sus facciones se vuelven angelicales e inocentes—. Gracias, Haidée.

—No tienes nada que agradecer. A mí me basta con que sigas siendo igual de honesto, yo ya tuve suficiente de hipocresía, mediocridad y mentiras en mi vida. Eso es lo que me gusta de ti, que seas directo y que sepas hacer que una se sienta segura.

—Haidée…

—Dime…

—Estoy muy contento de estar aquí contigo. Me haces sentir que al fin poseo algo valioso que atesorar.

—Damián… eres un romántico.

—Es muy posible. «Lo cortés no quita lo caliente». Pero eso, solo tú lo sabes.

Haidée ríe a carcajadas y me da un ligero manotón en el hombro. Se ve preciosa cuando lo hace. Tan fresca y contenta, tan llena de vida.

—Ustedes dos, ya pues, aplíquense y vengan a ayudar

para que cenemos a una hora decente. —Mercedes presiona en modo general de ejército. Haidée sopla un mechón de su cabello con un gesto rezongón y a mí no me queda más que hacerle caso, con lo entretenido que estaba jugando con Julieta y conversando con Haidée. Pero mi mente perversa sacará provecho de esta situación para realizar cierto tipo de juegos para provocar a mi inocente y malévola mujer.

En una de esas si encuentro la más mínima oportunidad, sacaré ventaja de ella y la torturaré placenteramente.

Creo que aparte de dominante también soy sádico... en el buen sentido de la palabra.

VEINTICUATRO

—Permiso, señorita —solicita Damián, tomándome con una mano por la cintura y pasando por detrás de mí... muy, muy cerca de mí. Esta parte de la cocina es estrecha, pero es suficiente para que él pase sin problemas. Pero está rozando mi trasero con su miembro a propósito—. Estás muy rica —me susurra al oído y se va con unos utensilios de cocina al patio.

Maldito, hace lo mismo cada vez que pasa por aquí. Estoy a cargo de pelar papas cocidas y preparar otras ensaladas, y Damián se aprovecha de la situación tocando fugaz y disimuladamente mis piernas, pellizcando mis nalgas, acariciando mi cintura. Y yo tengo las manos ocupadas. Maldito, cada vez que lo hace me dan ganas de violarlo.

Me da igual que sea dominante, me lo violaría de todas maneras... Si pudiera.

Don Agustín y mi mamá conversan animados frente a la parrilla y Damián hace los encargos que le piden y vigila a Julieta. Hoy mi pequeña durmió una siesta para que esté despierta hasta tarde y podamos darle su abrazo de año nuevo, así que ahora está muy animada paseando por todos lados con sus ponis. Damián la distrae inventando juegos, haciéndola reír, y también, haciéndole cariño cuando cree que nadie lo ve.

—*Mijito*, ¿me hace un favor?, ¿puedes ir a buscar la fuente de acero que está en el horno? —Escucho a lo lejos la instrucción que mi mamá le da a Damián. Si supiera la pobre todo lo que él me ha torturado los últimos cuarenta minutos cada vez que le encargan algo.

Maldición el horno está al lado mío.

—Voy, Mercedes —responde solícito y santurrón.

Y ahí viene, lo miro de soslayo y sé que me está observando de una manera depredadora y sonríe malévolamente. San Damián es un demonio.

Se acerca inocente, abre el horno.

—No encuentro la fuente... —miente descarado, veo la

mentada fuente desde aquí. Se agacha y con una mano me toca el tobillo y me recorre la pierna completa hasta llegar a mi muslo y lo rodea para rozar mi clítoris por sobre la ropa interior—. Esto sobra... —Con habilidad empieza a bajar mi diminuta tanga, y yo me he vuelto una degenerada, le sigo el juego y le ayudo a quitarlas levantando un pie y luego el otro para que se quede con su trofeo—. Está húmeda, mmmmmm... —Inhala el aroma de la prenda profundamente y me mira de reojo con una sonrisa prometedora—, me lo guardaré para que te refresques un poquito. —Se mete su nuevo fetiche en uno de los bolsillos de su chaqueta, toma la fuente y se va como si nada.

—Harto te demoraste por la fuente, era para hoy día. —Escucho que reprende en broma mi mamá a Damián.

—Su hija me distrajo... —¡Y el infeliz me echa la culpa!

—Sí, claro —replica mi mamá incrédula.

El papá de Damián solo ríe con el intercambio. Ellos no se parecen mucho en sus rasgos faciales, pero la voz y la complexión son similares. Don Agustín, para la edad que tiene, se mantiene en buen estado físico. Supongo que por el tema de llevar un criadero de caballos no debe tener demasiado tiempo para ser sedentario. Imagino a Damián montando a caballo, y sin duda, debe ser un espectáculo soberbio verlo en vivo.

Al fin termino con las ensaladas y las llevo a la mesa del comedor que ya está arreglada para cenar, y en ese momento, entra don Agustín con la fuente de acero con la carne recién asada, mamá sostiene las botellas de vino que ha descorchado hace un rato para que se aireen y Damián trae a Julieta en brazos para sentarla a la mesa.

Y de pronto me parece tan hermosa esta cena, tan familiar que me emociona a tal punto de sentir que mis ojos se humedecen. Me encantaría que este cuadro lo completara mi papá y la mamá de Damián, porque solo ellos faltan para hacer perfecta esta reunión. Pero ya estoy resignada a tener presente a mi papá en mi corazón, y sé que mamá siente lo mismo.

Durante la cena tuvimos una grata conversación. Lo pasamos muy bien, don Agustín y Damián tienen historias por montón con los caballos, el criadero, el campo. Se nota que están a gusto en nuestra casa, y Julietita se ha portado de las mil maravillas. Claro, si tiene a Damián al lado y le hace caso en todo. No sé por qué ella cambia de forma tan radical con él, es algo que va más allá de mi comprensión. Al parecer, aquí se cumple la máxima de que «la sangre tira».

—Para las vacaciones puedes llevar este ramillete de señoritas a Cauquenes —invita don Agustín—. Les aseguro que lo pasarán muy bien.

—Estaremos encantadas —respondo—, pero dudo que tenga vacaciones este año.

—¿Y eso por?

—Recién llevo dos semanas en el trabajo y no es suficiente para tener vacaciones hasta el próximo año.

—Tienes razón, olvidé que Damián me había comentado que trabajan en el mismo lugar. Se me escapó el detalle.

—Intenta pedirle a Leonardo un día libre cuando yo esté de vacaciones, a finales de febrero, y vamos todos un fin de semana —propone Damián y no me parece mala la idea, pero...

—De verdad, me encantaría, pero no sé si el viaje en bus lo aguante Julieta.

—En avión, yo te pago el pasaje —resuelve don Agustín y yo intento rebatir—. No, no, no, no, no, no me ponga esa cara, señorita. ¿Sabes cuantas novias ha llevado este mocoso a la casa?

—¿Tres? —tiro un numero al azar, en realidad no tengo idea.

—¡Ninguna! —Vaya, eso sí que me sorprende.

—Tengo una respuesta muy buena para esa queja —interviene Damián.

—¿Ah sí?, ¿cuál? —desafía don Agustín socarrón.

—Nunca se dio la oportunidad —responde Damián lacónico.

—¿Esa es tu «muy buena respuesta»? —increpa don Agustín. Damián se encoge de hombros sin darle mucha importancia—. ¡Es una porquería de respuesta! —Y ríe a carajadas.

—Ya veremos, cuando se dé la oportunidad, don Agustín —le digo más para darle en el gusto, que por prometer que de verdad iremos algún día, Damián y yo estamos recién empezando, no sé qué nos espera más adelante.

—La invitación está hecha, solo me tienen que avisar.

—Le cobraremos la palabra —le aseguro para zanjar el tema de viajes, novias, vacaciones y el futuro.

—¿Alguien quiere postre? —ofrece Damián, no sé si lo hace para cambiar de tema o porque de verdad quiere que comer postre. Todos decimos que sí, a mí por lo menos se me antoja algo dulce—. ¿Me acompañas, Haidée? —me pide, en un tono que me suena demasiado inocente y casual para provenir de Damián Cortés. Nada es inocente y casual en él. Siempre está maquinando algo sucio y malvado.

Sonrío como respuesta, para qué lo voy a negar, me encanta que sea sucio y malvado. Es más honesto que sea así en vez de simple y santurrón. Durante toda la velada me dedicó miradas fugaces cargadas de erotismo y se metía la mano al bolsillo de vez en cuando, lo que me recordaba que me había dejado sin ropa interior, lo que me hacía hervir la sangre con tan solo recordar esa mano recorriendo mi pierna.

Nos levantamos de la mesa y nos dirigimos a la cocina. Damián trajo helado de vainilla, no sé si es algún mensaje subliminal para mí o no. Estuve leyendo que la gente que practica sexo convencional se les dice que son vainilla, porque es seguro, tradicional y a la larga aburrido. Y yo creo que con Damián estoy a un paso de ser una mezcla deliciosa y exótica de helado de frutilla con pimienta sobre una base de *brownie*, coronado con crema chantilly, chips de chocolate y nueces picadas.

—¿En serio? ¿Vainilla? —ironizo arqueando una ceja. Damián sonríe de una forma seductora y sin darme cuenta ya tiene una mano bajo mi vestido y llega hasta mi trasero y lo aprieta. Definitivamente, tiene una fijación con esa parte de mi cuerpo—. ¿Hasta cuándo pretendes seguir torturándome? —reprendo haciendo lo mío, y comienzo a acariciar su miembro que de inmediato cobra vida.

—¿Sabes que es lo que me gusta de ti?

—Puedo enumerar varias cosas que te gustan de mí, pero ilústrame.

—Que secundas todas mis perversiones... —Retira la mano de donde estaba y empieza a explorar con un dedo mi sexo que ya está empezando a licuarse. Acaricia brevemente mi clítoris, solo para tentarme y luego se chupa el dedo sonoramente—. Y sabes delicioso.

—Te encanta jugar con fuego, Damián Cortés.

—No sabes cuánto, señorita Haidée.

—Creo que puedo hacerme una idea.

Va al lavaplatos, se lava las manos y luego vuelve para empezar a formar bolas de helado, yo ya he sacado los pocillos para servir, y una bandeja. Pero, Damián es Damián y debí imaginar que el postre no era solo helado de vainilla, lo ha acompañado con galletas oblea, chocolate en rama y salsa de caramelo. Él no puede hacerlo simple y sencillo.

—El helado de vainilla siempre puede mejorar con algunos toques, ¿no crees? —comenta con suficiencia, toma los pocillos y los deja sobre la bandeja que tengo lista para llevar. Me guiña un ojo como todo un seductor, y salimos de la cocina.

*****

Diez… el locutor de la estación radial que ha estado sonando toda la noche empieza la cuenta regresiva. Las copas están en la mesa de centro. Don Agustín tiene preparada la botella para descorcharla en el momento preciso.

Nueve…

Ocho… No sé por qué estoy tan nerviosa, miro a Damián a los ojos y veo una promesa tácita, algo que va más allá.

Siete…

Seis… Miro a mi Julietita, mi pequeño paraíso. No resistió los brazos de Damián, y se ha quedado profundamente dormida. Tendré que darle un abrazo que nunca recordará.

Cinco…

Cuatro… Miro a mi mamá que me mira de vuelta y se nota que está muy contenta esta noche. Hacía tanto tiempo que no veía ese brillo en los ojos, ese reflejo de que está tranquila. No hay caso con ella, es una romántica.

Tres…

Dos… Don Agustín me mira y luego a su hijo, y veo también un brillo especial en sus ojos. Está contento, su sonrisa ha sido inamovible durante toda la noche. Es una persona adorable y es de ese tipo de hombres que ya no se ven, todo un señor.

Uno…

—¡¡Feliz año nuevo!!

Como si fuéramos polos opuestos de un imán, Damián y yo nos abrazamos fuerte al instante, y no tengo palabras, se han ahogado en una marejada de sentimientos que colman mi corazón, y lo único que puedo hacer para intentar decirle todo lo que siento ahora es con un beso. Y lo hago, y no me importa que nos miren, no me importa si no hay inocencia, no me importa nada, porque de pronto esto es tan poderoso que me cuesta asimilar y dimensionar lo que hay en mi interior. Lo beso, lo beso y no puedo parar, el tiempo se ha detenido entre nosotros.

Sus manos enmarcan mi rostro, sus labios poseen los míos y el cálido contacto de su aliento me eriza la piel. Es perfecto, él es perfecto.

—Te quiero mucho, Haidée —me susurra al oído cuando me vuelve a abrazar.

—Te quiero mucho, Damián —respondo aspirando su aroma que siempre me ha gustado—. Hagamos que funcione.

—Está funcionando, preciosa. No lo dudes… Valió la pena esperar por ti.

—Gracias, mi querido señor Cortés.

—Ya pues, entrégame a mi hija para abrazarla, acaparador —reprende mi mamá. Me había olvidado del mundo.

—Se la entrego por un ratito, Mercedes —acepta Damián y mi mamá, sin perder más tiempo, me abraza con mucho amor.

—Feliz año, hijita. Te amo.

—Feliz año, mamita… yo también te amo con todo mi corazón.

Nos separamos de nuestro abrazo y don Agustín está esperando su turno junto con par de copas de champaña, se las entrega a mi mamá y luego me abraza.

—Feliz año, *mija*.

—Feliz año, don Agustín.

—Cuida mucho a mi Damiancito. Él te adora —me pide y me sorprende que me diga eso—. Espero de verdad que lo de ustedes perdure.

—Yo también espero lo mismo.

—Gracias por hacer feliz a mi hijo. Hace años que no lo veía así de contento —confiesa y eso me sorprende aún más, tanto por lo que ha dicho, como por mostrarse tan emotivo… Al parecer, de ahí proviene el carácter romántico de Damián—. Cuídamelo.

—Lo haré, no se preocupe.

Rompemos el abrazo, mi mamá me entrega una de sus copas de champaña y veo que ya todos tenemos una, listos para brindar por este nuevo año. Damián me toma de la cintura y besa mi cabeza con ternura y yo me entrego a la felicidad a este momento. Si me hubieran dicho hace tres semanas que el rescatador de carteras estaría en mi casa celebrando el año nuevo y que somos pareja, de verdad que me habría desternillado de la risa o habría enviado al psiquiátrico al que osara decir tamaña estupidez.

Pero es mi realidad, mi maravillosa realidad.

—Feliz año a todos, y espero que éste sea mucho mejor que el anterior —brinda mi mamá—. De verdad, espero que el próximo año nuevo estemos todos aquí celebrando.

—¡Salud! —respondemos al unísono y bebemos de nuestras copas.

Yo también, de corazón, deseo fervientemente lo mismo.

VEINTICINCO

La noche de año nuevo terminó entrada la madrugada. Fue especial, es la primera vez en muchos años que no me sentía de esta manera… En casa.

Extrañé a mamá, ella adoraba la noche de año nuevo, siempre decía que no era un día como cualquier otro, Marta Ríos creía que era especial cerrar ciclos para seguir adelante. No importaba si no lograbas todo durante el año que pasó o si no te fue tan bien como querías, el año nuevo era la oportunidad de cambiar de actitud y empezar de cero.

A pesar de que añoré mucho su presencia, no me dolió como antes, porque en cierto modo, estaba conmigo y con papá, en nuestros recuerdos, honrando tradiciones, bendiciendo uniones. Estoy seguro de que a ella le habría gustado mucho Haidée…

Haidée, mi querida señorita Haidée. Ese beso que me dio cuando nos abrazamos me marcó. No sabría explicar con palabras precisas lo que me hizo sentir, fue algo poderoso, intenso y profundo. Es como si me hubiera dicho sin palabras que me acepta, todo lo que soy, todo lo que tengo, todo lo que no he podido mostrarle todavía, que no le importa nada más… Y nunca nadie me ha recibido en su corazón de esa forma tan incondicional, porque Haidée me conoce a niveles que nadie más pudo descubrir de mí, ni que yo fui capaz de mostrar.

Y ya no tengo miedo.

No me había dado cuenta, ahora sé que todo el tiempo estaba cagado de miedo, de perderla, de no verla jamás, de cometer el más mínimo error y que me costara demasiado caro. Ahora sé que nunca me había sentido tan asustado en mi vida, porque sin ella ya no estoy completo.

No he sido consciente de la suerte que he tenido, porque ¿qué tan probable es que la casualidad te haya traído a quien justo necesitas, en el momento preciso, ni antes, ni después, sino ahora? No soy el mismo de hace un año, ni tampoco el de hace seis meses y mucho menos soy igual al hombre que le ayudó a recuperar sus pertenencias.

Soy otro, y ella ha sacado lo mejor de mí. Haidée con su forma de ser, con todo lo que he vivido con ella, me ha enseñado más de mí mismo, de lo que pude haber aprendido con otra persona. Nada hubiera sido igual.

Nada.

*****

El día lunes volvimos a nuestra rutina laboral, lo declararon feriado, pero nosotros no pudimos tomarlo libre porque se planificó de esa forma. Hay clientes críticos y el *data center* no puede estar de fiesta demasiados días sin entregar soporte técnico.

Así que en teoría todo es normal a nuestro alrededor, pero Haidée y yo hemos cambiado. La deliciosa tensión sexual no deja de estar ahí, pero hay algo más. Ya no es la simple calentura, esas ansias de quitarse las ganas. Nos hemos sincerado, nos queremos y eso le da un condimento especial a todo esto. Cada vez la confianza y la complicidad se hacen mayor, porque sé que si me equivoco en algo, ella comprenderá y me apoyará. No me rechazará, ni terminará nuestra relación, y eso me da más seguridad, es un bálsamo para mi espíritu turbulento, porque con cada hora que pasa, las ganas de probar de verdad con ella me consumen.

Quiero atarla, torturarla con mi lengua y que ella no pueda hacer nada, salvo recibir. La quiero abierta y dispuesta para mí, quiero escuchar mi nombre saliendo de su boca cuando se rompa, quiero hacerla mía de nuevo. Encadenarla a mí y no soltarla más.

—Damián, ¿todo bien? Estás un poco callado. —Haidée me mira curiosa, estamos almorzando, ayer hicimos porotos granados con mi viejo y le traje una porción a ella, que los ha estado disfrutado extática.

—Solo estaba pensando.

—¿Ah sí? ¿Se puede saber en qué?

—En terminar lo que empezamos el viernes.

—Ahhhhhh… yo también estaba pensando en lo mismo. —Sonríe ladina—. Tengo ganas de probar sin interrupciones esta vez —declara mojándose el labio inferior con la punta de su lengua, lo hace inconsciente cada vez que recuerda algo que ha disfrutado… como el sushi.

—Espero que así sea… ¿Cuándo podremos escaparnos?

—El miércoles. —Ríe y su rostro se ruboriza—. Ah, casi lo olvido, hoy en la mañana mi mamá me dio un recado para ti… Dijo, «Damián Cortés, no creas que nací ayer. Sé lo que hacen los hombres cuando se demoran más de un minuto en buscar una fuente».

—Algo parecido me dijo mi papá, me regañó en privado por ser un descarado.

Haidée ríe y yo lo hago también…

En casa, estoy en casa…

—Entonces, tenemos una cita el miércoles —afirmo entusiasmado. Al fin podré hacerlo a mi manera.

—Tenemos una, señor Cortés —asegura y sus mejillas se tiñen levemente.

—Te quiero mucho, preciosa.

—Yo también…

Y me besa, y es osado este movimiento de su parte por ser la hora del almuerzo en la oficina, pero a decir verdad, no me importa si nos descu…

—¡Ajáaaaa…! ¡Lo sabía! ¡Te pillamos chanchito, san Damián! —exclama la maldita bruja Carolina, quien bruscamente interrumpe nuestro beso… Y no viene sola, está con la bruja-hobbit Jesús que está boquiabierta mirando toda la escena.

—¿A quién pillaron chanchito? —Ay no, todos al mismo tiempo, Leonardo también venía con ellas, mierda—. ¡Changos! ¡Eso fue rápido, san Damián! —exclama levantando las cejas hasta el nacimiento de su cabello.

¡Maldición! Me arrepiento de lo que he pensado, sí me importa que nos hayan descubierto, ya no habrá paz en este lugar.

Haidée irónicamente está con cara de póker, como si no fuera gran cosa que nos descubrieran en pleno beso. En realidad, a ella no le dirán nada, yo seré el blanco de todas las bromas pesadas y salidas de madre de aquí a la eternidad.

—Por favor, compórtense como adultos y no hagan un alboroto —exijo madurez a este grupo de personas. Pero sé que es inútil, ¡si hacen campeonatos de «*Call of duty*», por Dios!, son unos niños de doce años.

—Ay, san Damián, es que acabas de perder tus alitas y tu aureola de santidad —bromea Jesu—. ¿Cómo no vamos a armar un alboroto?

—Supongo que leíste el reglamento interno —acota Leonardo serio—. Te recomiendo que le eches un ojo. Sobre todo en la sección de comportamientos inadecuados e inmorales. —¿De verdad dice algo así? No recuerdo esa parte cuando lo leí.

—La pajarito nuevo terminó siendo un ave rapaz y depredadora —interviene Caro, bruja, bruja, bruja—. Apuesto que tuvo que llamar un cerrajero para quitarle el cinturón de castidad a san Damián... A propósito, ¿sigues siendo virgen o ya te han corrompido?

—El año pasado perdí la virginidad con la Brittany, ¿no lo recuerdas, bruja? —espeto por su broma pesada.

—El plástico no cuenta como *descartuchador, po'h*, Damiancito —comenta Jesu riendo y sujetando su barriga que cada vez es más grande.

—Ustedes asumen altiro que ya pisamos el palito —interviene Haidée y yo la miro con los ojos desorbitados—. Acaso, ¿creen que quitarle la virginidad a un hombre como san Damián es algo fácil? Hay que hacerle un cariñito primero, invitarle una piscola, regalarle chocolates, dedicarle boleros. No se va a entregar así como así. —¡Nooooo, Haidée es una traidora! Ella sonríe descarada y me levanta una ceja... Es mala, mala, mala de adentro. Está acumulando castigos a propósito y se los haré pagar todos—. No me lo hagan más difícil, miren la cara de espanto que tiene. Ahora gracias a ustedes, voy a tener que comprarle osos de peluche y escribirle un poema para que me dé la pasada. —¡Traición! ¡Una vil traición!

—Damián... —Leonardo me mira fijo y entrecierra los ojos—. Estás fregado... ¡Hasta el cuello!... Más rato conversaremos tú y yo.

¿Fregado? ¿Qué quiere decir con eso?

—¡Ah! Haidée, cuando termines tu hora de «colación» —Leonardo gesticula un par de comillas con sus dedos—, y te comas el «postre». —Vuelve a hacer un gesto de comillas—. Necesito que levantes el *server* de Fundo Millaray para entregarle los accesos a David Velasco.

—Sí, no hay problema, con las chicas ya estamos casi listas con las pruebas finales a las bases de datos —asegura firme y profesional, ignorando la broma de Leonardo.

—Perfecto, estaré esperando el aviso.

—No te preocupes, todo está controlado.

—Súper. —Leonardo mira al par de brujas con falsa molestia—. ¡Ya! ustedes dos y medio, vuelvan a trabajar, que para eso les pagan y dejen al parcito tranquilo —ordena a Jesu, a su barriga y a Caro. Da media vuelta y se retira.

—¡Qué aburrido es Leo! Jesu, deberías darle la pasada más seguido a tu marido, anda infumable —rezonga Carolina. Jesu solo ríe a carcajadas.

—Anoche durmió muy poco —responde socarrona—. Vamos, Carito... Haidée ahora es mi héroe, es la exterminadora de santos.

Ambas brujas salen riendo a carcajadas y mi bruja personal también ríe sin parar.

—Lo vas a pagar caro, Haidée González —advierto sin una pizca de diversión.

—Probablemente, lo voy a disfrutar, Damián Cortés. Aplícate para el miércoles. —Se levanta de su asiento toma su plato vacío y lo lava, me da un beso inocente en la mejilla y su mano se pierde en mi entrepierna, acariciándome lo justo para empezar a sentir que cobro vida—. Andas muy sensible, san Damián. Te hace falta tu cuota.

Camina hacia la puerta contoneando sus caderas y luego me lanza un beso al aire y se va.

He creado un monstruo.

*****

Golpeo la puerta de la oficina de Leonardo y desde el otro lado escucho un «pase». Abro y me lo encuentro con la vista fija en la pantalla y luego me mira arqueando una ceja.

—¿Llamaste a la señorita González? —pregunta serio y luego vuelve su atención a la pantalla.

—Sí, viene en un minuto.

—Toma asiento, por favor. —Bueno, supongo que esta conversación no la podíamos evitar de todos modos. Me siento en la silla izquierda y me quedo esperando a que me diga algo. Pero él me ignora.

—Leí el reglamento interno. Dos veces.

—¿Ah sí? Es una lectura muy educativa.

—No dice nada sobre comportamientos inadecuados e inmorales y mucho menos sobre relaciones interpersonales.

En ese momento golpean la puerta y Leonardo autoriza

la entrada. Es Haidée.

—¿Me llamabas, Leonardo? ¿Algún problema con Fundo Millaray?

—No, para nada. Toma asiento, por favor. —Haidée me mira y luego a Leonardo un tanto extrañada. Leonardo se reclina en su asiento y alterna su atención entre ella y yo—. Bien, Damián ya hizo la tarea de revisar el reglamento interno, y se ha dado cuenta de que en esta empresa no hay impedimentos para cualquier tipo de relación amorosa entre sus trabajadores, por lo que solo me queda hacer una acotación respecto a su situación, y se los pido encarecidamente, que separen las aguas. Afortunadamente sus labores no están directamente relacionadas, pero si tú, Damián, haces una estupidez y la señorita Haidée llega mal genio y hace mal su trabajo, nos veremos en problemas. Yo no tengo ninguna objeción en que se den sus besitos locos a la hora del almuerzo, siempre y cuando no termine en algo más «fogoso». Pero sí habrá problemas en el momento en que cualquier cosa personal entre ustedes interfiera con el trabajo. ¿Ha quedado claro?

—Sí —respondemos al unísono. Leonardo cuando se pone en plan de jefe responsable, no deja mono con cabeza.

—Ahora… señorita González, ¿qué diablos le vio a este pelafustán?

Haidée parpadea un tanto desconcertada, debería estar acostumbrada a las salidas de madre de Leonardo, pero pronto se repone y sonríe.

—Me gustan los calladitos.

—Son los peores —asegura Leonardo, guasón—. Bien eso es todo, Haidée. Muchas gracias. —Ella se levanta de la silla y yo hago el ademán de hacer lo mismo pero…—. Todavía no termino contigo, Damián. —Me vuelvo a sentar y espero lo que me tenga que decir—. No pongas cara de funeral. Tengo que contarte algo que sucedió a la hora del almuerzo. —Ahí sí que capturó toda mi atención y me inclino hacia adelante—. Te estaba buscando una mujer.

—¿Una mujer? ¿Cómo era? ¿Te dio su nombre? —interrogo muy interesado, porque no se me ocurre qué mujer puede estar buscándome.

—Luz María Walker.

—Es la esposa de mi tío.

—¿Tu tía?

—La esposa de mi tío —insisto secamente.

—Oh, ya veo.

—¿Dejó algún mensaje?

—Sí, dejó su número de teléfono y que la llamaras a la brevedad. —Me entrega una nota con el nombre de ella y su número.

—Gracias, ¿eso es todo?

—Solo una cosa más.

—Dime.

—Estás fregado.

—¿A qué te refieres con eso?

—Me ha tocado ver en esta vida a tantas parejas ridículamente felices, y me incluyo, que ya perdí la cuenta. Y gracias a ello, puedo saber con un 90% de probabilidad cuando un hombre está enamorado hasta las re patas, y tú, mi estimado Damián, estás fregado. Te doy menos de seis meses y estarás viviendo con la señorita Haidée.

—Estás hablando cabezas de pescado, solo llevamos unos días y ya —miento, no le voy a decir que estado sobre Haidée desde el día que empezó a trabajar en esta empresa—. Parece que estás leyendo demasiadas novelas románticas —acuso revelando el gran secreto de Leonardo Apablaza.

—Son muy educativas, y aunque reconozco que son mi placer culpable —admite sin vergüenza—, no influye en mi capacidad de ver a un par que está tan fregado como yo.

—Estás chiflado. —Me levanto de mi silla y miro que tiene un libro nuevo—. ¿Qué lees ahora?

—«Fervor». —Y levanta las cejas socarrón.

Niego con la cabeza. Definitivamente, está loco. Pero es una gran persona.

Y lo que ahora me tiene totalmente intrigado es ¿por qué demonios la esposa de mi tío está intentando contactarme? ¿Por qué ahora después de diez años? Y la respuesta emerge milagrosamente...

Julieta.

VEINTISÉIS

—¿Y para qué querría contactarte la señora esa? —lanzo esa pregunta al aire mientras caminamos hacia el metro comiendo un helado de tiramisú. Todos los días pruebo un sabor diferente, siempre lo he hecho, desde que tengo memoria nunca como el mismo sabor dos veces seguidas.

—Es evidente, es por Julieta. Gabriel nuevamente se esconde detrás de su mamita para que le arregle los problemas —responde Damián con el ceño fruncido y su tono de voz denota molestia—. La única explicación plausible que se me ocurre para su repentino interés por este «chiquillo, ordinario y salvaje», es que quiera que interceda y te convenza para que no le pongas trabas a Gabriel para que reconozca a la niña.

Gabriel, Gabriel, puto Gabriel. Lo detesto.

—¿Y por qué tú?

—Lo más posible es que Gabriel le fue con el chisme a su mamita de que tú y yo somos pareja.

—Estoy segura de ello, pero así y todo, me parece increíble que a estas alturas esta señora se siga metiendo. No me relacionaba mucho con ella, pero cada vez que estaba en la misma habitación que ella, se las arreglaba para recalcar de manera tácita que yo no era de su clase. Tal vez, por eso mismo quiere hablar primero contigo. Serás un chiquillo, ordinario y salvaje, pero eres el sobrino de su esposo, y te conoce de más tiempo.

—Es posible, pero la señora se va a topar con alguien que no va a hablar con nadie a menos que sea el interesado. Gabriel está harto grande para resolver sus problemas solo… Por Dios que me cae mal ese tipo.

—Se nota… El otro día no pudiste evitar decirle que soy tu mujer —comento socarrona, en el fondo a mí me dio gusto que le dijera algo así, porque así lo siento también.

—Pues no. —Y esboza una sonrisa divertida—. Me dio mucho gusto verle la cara. Además, no dije ninguna mentira, tú eres mi mujer.

—Eso no te lo voy a rebatir… ¿Y qué vas a hacer?

—Francamente, no haré nada. —Se encoge de hombros y come un poco de helado—. Si Luz María quiere hablar conmigo que me busque. No se lo haré fácil, y cuando me encuentre se dará cuenta de que soy alguien imposible de convencer. No podemos hacer mucho ante la ley, pero que le cueste a ese maricón ponerle el apellido a Julieta —sentencia firme y eso me sorprende mucho. Después de la inesperada aparición de Gabriel, esta es la primera vez que hablamos de la situación a la que me ha sometido y, en realidad, no conocía a ciencia cierta la postura de Damián, que ahora veo que es tan visceral como la mía.

No hay nada más que decir, me acerco más a él, y mejor disfruto su compañía. El tema ha quedado zanjado.

*****

Una notificación en mi celular me llama la atención, por el sonido sé que no es un mensaje de texto sino un correo electrónico. Nadie me escribe a mi casilla personal que es la única que tengo sincronizada en mi móvil.

¿Quién será?

Desbloqueo la pantalla y una sonrisa se dibuja de inmediato en mis labios, es de Damián… ¿cómo diablos obtuvo mi correo electrónico? No recuerdo habérselo dado, ni que me lo haya pedido.

De: Damián Cortés Ríos ‹dcortesrios@gmail.com›
Para: Haidée González Rosas ‹h.gonzalez.r@gmail.com›
Fecha: 2 de enero de 2017, 22:43
Asunto: Primer acuerdo de prácticas permitidas

Mi querida y estimada Haidée:
Te estarás preguntando cómo he obtenido tu correo electrónico, y creo que ahora mismo te estás contestando esta pregunta… al igual cómo averigüé tu teléfono: tu currículo. Sé que ese comportamiento es digno de un sicópata. Pero ese no es el punto.
El motivo de esta misiva, tal como dice el enunciado, es establecer con exactitud qué prácticas me permitirás ir probando en ti. A medida que vayamos avanzando en este estimulante viaje que estamos emprendiendo podremos ir ampliando tus límites. Esto lo debí hacer en el momento en que aceptaste descubrir este mundo conmigo, pero ese día las ansias me mataron y olvidé este paso importante. Espero no volver a cometer ese error, es importante para mí tu confianza y no quiero perderla por nada del mundo.

Esto no es un contrato, ni nada por el estilo, solo necesito que rayemos la cancha y establezcamos las reglas para jugar... Además, no niegues que es divertido... apuesto que estás lamiendo tu labios en este momento.

Maldito, cómo lo supo…

Digamos que te observo, me encanta hacerlo, ya que eres mi persona favorita.
Bien, iré al grano. Haré un listado de condiciones, conceptos, cuestiones médicas y actividades, y tú verás cuales apruebas, cuales no y cuales dejarás en una zona gris, lo que quiere decir, que con el tiempo, podremos acordar en explorar. Si tienes dudas, te recomiendo que me preguntes, porque Google es tu perdición.
Todo lo que aparece en las siguientes preguntas son importantísimas aunque no lo parezcan, mi querida Haidée, ya que, como te expliqué, me debo cerciorar de que todo tiene que ser seguro, sensato y consensuado.
Dejaré en blanco lo que te corresponde contestar a ti, y después de lo que yo ya he respondido, puedes acotar según estimes conveniente después del símbolo «slash - /»

—Muy interesante, san Damián, creo que me divertiré contestando tu «acuerdo» —digo en voz alta—. Menos mal que Julieta está en el quinto sueño, sino tendría problemas para prestar atención…. Bien, manos a la obra.

De los participantes:
¿Quiénes participarán? Damián Cortés y Haidée González.
¿Alguien observará? Tal vez Brittany, si está de idea. No fue una sumisa aplicada así que necesita que alguien le demuestre cómo se debe hacer. / Muy gracioso, san Damián. No quiero que ella nos mire.
¿Se realizará cualquier tipo de grabación permanente de la sesión? Fotos, video, audio. Dejemos eso en el área gris. / De acuerdo, área gris.
Quién será el dominante: El señor Cortés.
Quién será la sumisa: La señorita Haidée.

Tipo de escena:
• **Amo/esclava:** Probemos con esa. / De acuerdo
• **Ama/esclavo:** También podemos probar, soy un dominante muy flexible... De hecho, nadie es 100% dominante, ni 100% sumiso. / Muy de acuerdo, no niego que debe ser interesante dar vuelta la tor-

tilla.
- **Sierva/sirvienta:** Área gris. / Sí, escondámosla ahí.
- **Travestismo/juegos de género:** Claro que no. / Olvídalo.
- **Juego de Edad:** Gracias, pero no. / Olvídalo.
- **Animalización:** Total y absolutamente descartado. / Más que descartado.
- **Otra:** En este momento no se me ocurre otra cosa. / ¿Hay más?

Posibilidad de intercambiar roles: Por supuesto. / Bien me parece, me encanta su actitud, señor Cortés.

La sumisa obedecerá a la primera: / Sí, no soy tan mala contigo.

¿Puede el dominante «obligar» a la sumisa? / No, olvídalo.

¿Puede la sumisa resistirse verbalmente? / No, no quiero que hayan cosas que puedan confundirnos, si algo no me gusta solo usaré la palabra de seguridad.

¿Puede la sumisa resistirse físicamente? / No, la misma respuesta anterior.

¿La resistencia equivale a una señal de ralentización? / Acotado anteriormente.

¿La sumisa accede a llevar un collar? / ¿Cuenta el de perlas? Porque ese me encanta, pero no me niego a usar otro tipo de collar más *ad hoc*.

La sumisa accede a dirigirse al dominante de la siguiente forma: Basta con mi nombre a menos que quieras otra cosa más... a tono. / Yo prefiero «Señor Cortés» o «Mi Señor Cortés» es sexy.

Lugar: Habitualmente será en mi departamento, pero como está papá en casa tendrá que ser en un motel de manera temporal. Propongo el «Niágara» que está relativamente cerca de tu casa. / No tengo objeción.

¿Quién garantizará privacidad? Damián Cortés.

La sesión empieza a las 18:30.

Duración: Dos horas (forzadas, por mí que fueran ocho). / Estamos fregados, es lo que hay. Confórmate, señor Cortés.

Señal de inicio: (Una frase o una palabra que indique que empieza la sesión) Elije lo que te haga sentir más cómoda. / Me gusta cuando me preguntas «¿Estás lista?», así que esa será nuestra señal en cuanto te dé una respuesta afirmativa.

Señal de fin: (Lo mismo que lo anterior, elije lo que desees). / «Suficiente por hoy, preciosa».

¿Quién controlará el tiempo? Yo. / ¡El señor Cortés!

¿Las partes entienden que existe riesgo de accidente, falta de comunicación, falta de entendimiento o daño no intencionado? Claro que sí, esto es como un deporte extremo. / Lo más extremo que he hecho en la vida ha sido toparme contigo, Damián. Entiendo los riesgos.

¿Las partes involucradas acceden a discutir cualquier contratiempo de una forma constructiva y sin recriminación? Es casi obvio pero sí, absolutamente. / Cae de maduro, somos adultos.

Límites de la sumisa:
La sumisa tiene algún problema de...
• **Corazón:** / No.
• **Pulmón:** / No.
• **Cuello/espalda/huesos/articulaciones:** / No.
• **Riñones:** / No.
• **Hígado:** / ¿En serio estoy contestando todo esto?... No tengo problemas al hígado.
• **Sistema nervioso/mental:** / Dicen que estar enamorada es casi como estar loca... Bueno, da igual, técnicamente no tengo ningún problema de ese tipo.
• **Usa lentes de contacto:** / No.
• **¿Sufre del síndrome del túnel carpiano o similar?** / No... ¿puedo *googlear* lo del túnel carpiano?

La sumisa tiene antecedentes de:
• **Ataques:** / No.
• **Vértigo:** / No.
• **Diabetes:** / No.
• **Hipertensión/hipotensión:** / No.
• **Desmayos:** / No.
• **Hiperventilación:** / No.
• **Describir cualquier fobia:** / Las arañas y esas texturas asquerosas... Tripofobia, *googléalo* es repugnante, ay ya me dio escalofríos ¡guácala!
• **Otras condiciones médicas de la sumisa:** / Creo que desde que te conozco tengo principio de ninfomanía.
• **¿Algún implante quirúrgico? (pecho, cara, nalgas, muslos):** / No, todo me lo dio la madre naturaleza, je je je je je.
• **¿Está tomando aspirinas?** / Solo cuando me duele la cabeza.
• **¿Está tomando algún tipo de antiinflamatorio o analgésico?** / No.
• **¿Está tomando algún antihistamínico?** / No.
• **¿Algún otro medicamento que esté tomando?** / ¿Cuentan las pastillas anticonceptivas? Ah, no te conté, mañana en la tarde tengo cita con el ginecólogo para que me las recete.
• **Alergias:** / Solo a los imbéciles... Ah, también a la penicilina y

al polen.

Están muy detalladas las implicancias del acuerdo y muchas cosas ya las hemos conversado, pero tal como dice Damián en su correo —y lo que siempre me ha recalcado—, necesita saberlo todo para poder tomar las mejores decisiones. Y todo lo que he contestado hasta ahora responde a eso. Sigo con mi tarea —bastante entretenida, diría yo—, y llego a la parte que le corresponde a los límites de Damián:

Límites del dominante:
El dominante tiene algún problema de...
• **Corazón**: No.
• **Pulmón:** No.
• **Cuello/espalda/huesos/articulaciones:** Espalda, exceso de montar... a caballo, mal pensada. No resisto demasiadas horas de pie. / Menos mal que especificaste el caballo.
• **Riñones:** No.
• **Hígado:** No, alcancé a salvar mi hígado antes de los veinte. / Bien por ti.
• **Sistema nervioso/mental:** No.
• **Otras condiciones del dominante:** Ninguna.
Medicamentos que el dominante está tomando: Ninguno.
En caso de emergencia avisar a: Mercedes Rosas, mi suegri / De acuerdo, aunque después habrá que dar un montón de explicaciones si tenemos una emergencia.
El dominante tiene certificado de primeros auxilios / RCP: Sí, primeros auxilios, la vida en un criadero de caballos te obliga a saber lo básico. / ¿Ah sí? Mira qué interesante.

Material de seguridad a mano:
• **Tijeras de vendas:** Sí.
• **Linterna:** Sí.
• **Kit primeros auxilios:** Sí.
• **Lámpara de emergencia:** No, el edificio cuenta con luces de seguridad en los pasillos en caso de corte general... además como ya afirmé con anterioridad, tengo una linterna.
• **Extintor:** Sí. / ¡Eres todo un *boy scout*, señor Cortés!

Sexo:
¿Alguno de los participantes cree que puede tener una ETS? No, ya te lo comprobé. / Estoy segura también. De todos modos, me haré exámenes de sangre, por si las moscas.

¿Alguno de los participantes cree que puede tener herpes? No / Ídem.

Los participantes se han hecho pruebas de VIH: Sí. / Sí.

Algún participante ha dado positivo: No. / ¡NO!

De los siguientes actos sexuales señalar aquellos que son aceptables Masturbación

• **Del dominante a la sumisa:** Es una de mis favoritas. /A mí también me encanta.

• **De la sumisa al dominante:** Por supuesto que quiero esas manos sobre mí. / Deseo concedido.

• **De la sumisa a ella misma:** A mi lado voyerista y perverso le encantaría ver eso. / No tengo problemas en darte un espectáculo.

• **Del dominante a él mismo:** Digamos que tengo una buena relación conmigo mismo. / Eso quiero verlo.

Felación: Por supuesto que la quiero. / Será un placer.

Cunnilingus: Ya sabes que se me da bastante bien. Aprobado por mi parte. / Para la próxima, no me dejes a mitad de camino, por favor. Ansiosa de probar un orgasmo de ese modo. Aceptadísimo.

Anilingus:

• **Del dominante a la sumisa:** Área gris. / Estaré esperando.

• **De la sumisa al dominante:** Área gris. / Área gris... tirando para negro.

Fisting anal: Creo que eso quedó descartado por ambas partes en la última conversación telefónica. / Totalmente descartado.

Fisting vaginal: Ídem. / Ídem.

Penetración vaginal: Para mí el juego no tendría ninguna gracia sin este ítem. / Para mí tampoco.

Penetración Anal:

• **Del dominante a la sumisa:** No me molestaría para nada probar, serías mi primera vez. / Digamos que se ha convertido en una oscura y perversa fantasía. La probaremos.

• **De la sumisa al dominante:** Área gris. / ¡Ay qué machista!, dicen que es placentero para los hombres, pero bueno, no te niegas de plano... Algún día me darás la pasada, san Damián.

¿Tragar semen es aceptable? Depende de tus gustos, por mi parte es una fantasía que me gustaría realizar. / Dicen que tiene buen aporte de aminoácidos y proteínas. Hay que alimentarse sanamente. Acepto.

¿Alguna objeción si la sumisa está menstruando? He visto cosas peores, no tengo problemas con ello. / Área gris.

Se usarán juguetes sexuales como vibradores, consoladores, dilatadores anales, rosarios, anillos para el pene, bolas chinas: ¡Sí a todo!. /

¡Sí, señor! ¡A todo!

Método anticonceptivo: Píldoras, por favor. / Condones hasta que las pastillas empiecen a hacer efecto. Después seré generosa contigo.

Sustancias (alcohol, drogas, etc.)
El dominante puede utilizar (únicamente) las siguientes sustancias durante la sesión: Solo una copa de vino tinto o blanco, solo para fines recreativos. / De acuerdo.
La sumisa puede utilizar (únicamente) las siguientes sustancias durante la sesión: / También, una copa de vino no me vendría mal de vez en cuando.

Bondage
La parte sumisa accede (únicamente) a los siguientes tipos de bondage:
• **Manos al frente** / Sí.
• **Manos a la espalda** / Sí.
• **Tobillos** / Sí.
• **Rodillas** / Sí.
• **Codo** / Sí.
• **Muñecas a los tobillos** / Sí.
• **Barras de extensión** / Sí.
• **Atada a la silla** / Sí.
• **Atada a la cama** / Sí.
• **Uso de vendas en los ojos** / Sí.
• **Uso de mordaza** / No.
• **Uso de capucha** / No.
• **Uso de cuerdas** / Sí.
• **Uso de cinta** / Sí.
• **Uso de esposas / restricciones metálicas** / Sí.
• **Uso de esposas de cuero / muñequeras** / Sí.
• **Suspensión** / Área gris.
• **Momificación con cinta plástica, bolsa corporal o técnicas similares** / Olvídalo.
¿Alguna mala experiencia de alguien con bondage, mordazas, vendas o similares? / Todavía no.

Dolor
¿Es aceptable para la sumisa que el juego deje marcas? Voy a especificar esta parte, algunas veces, y dependiendo de ciertos factores físicos, se puede presentar enrojecimiento de la piel y moratones, que pueden denominarse como marcas, lo cual no significa que se

haya jugado demasiado duro. Hay personas que las tocas con un dedo y les sale un hematoma. / Si lo explicas de ese modo, entonces, sí.

¿Visible con traje de baño? / Sí, no suelo usar traje de baño así que me da igual.

¿Es aceptable para la sumisa que el juego provoque pequeñas cantidades de sangre? / ¡De ninguna manera!

Humillación erótica: Esta parte está descartada para mí, y definitivamente, por tu parte también / Totalmente descartado, no soportaría ningún trato humillante tanto verbal o físico de nadie, aunque sea un juego erótico.

Palabras de seguridad
Detener completamente el juego: «Montecristo». / De acuerdo.
Bajar intensidad: «Dantès» (me vas a tener que contar por qué elegiste esas palabras). / De acuerdo. Te contaré el porqué algún día, dejemos algunas cosas en el misterio.

Señal de seguridad no verbal
Técnica de los dos apretones: significa que te apretaré levemente el hombro o el muslo dos veces y tú me responderás apretando mi mano dos veces para indicar que estás bien y conmigo. Si no respondes de manera adecuada el juego se acaba. / De acuerdo.

¡Y terminamos!… bastante extenso, pero muy interesante.

Algo que debo recalcar sobre el uso de la palabra de seguridad, y es que no temas usarla, no soy perfecto y puedo equivocarme, y que la uses no significa nada más y nada menos que lo que significa. Yo no te recriminaré, ni nada por el estilo. Lo único que te puedo pedir es que las uses sabiamente.

También te voy a pasar un libro serio, técnico y muy instructivo, mucho menos aterrador que lo que se muestra en internet, quiero que lo leas. No todo lo que sale ahí lo llevaremos a cabo, pero puede darte ideas más aterrizadas de lo que son ciertas prácticas.

Antes de introducir algún elemento nuevo a nuestros encuentros, lo conversaremos y llegaremos a un acuerdo. De momento, esto es lo principal. Espero de verdad que todo esto funcione para los dos. Lo que me estás dando en este instante es uno de los regalos más importantes de mi vida, y para mí es un verdadero honor que seas mi compañera... no me gusta mucho la palabra sumisa, pero es parte

del juego y quiero disfrutarlo a plenitud contigo.
Te quiero mucho, mi preciosa Haidée.

Tuyo, siempre tuyo.
Damián Cortés

Mío, solo mío.
Envío mis respuestas a Damián. Pasado mañana empezaremos en serio. Solo espero que nadie nos vuelva a interrumpir, porque por Dios que tengo ganas de él, sentir nuevamente ese cosquilleo al iniciar ese ritual de ser atada, estar completamente a su merced… Antes la idea de estar vulnerable ante él me provocaba un poco de rechazo, pero ahora solo deseo cumplir sus fantasías, sus deseos, sus órdenes, porque confío en Damián. Sé que independiente de todo, solo me hará sentir bien.
Su respuesta llega diez minutos después, solo me hace sonreír.

De: Damián Cortés Ríos <dcortesrios@gmail.com>
Para: Haidée González Rosas <h.gonzalez.r@gmail.com>
Fecha: 2 de enero de 2017, 23:31
Asunto: RE RE: Primer acuerdo de prácticas permitidas

Mi querida y muy adorada señorita:
Aceptadas todas sus acotaciones y comentarios, me encanta su actitud.

Ahora soy más tuyo.
Damián Cortés

Él es mío…
Y yo soy suya, completamente suya.

VEINTISIETE

*H*ay algo que es realmente hermoso, dentro de todo esto que suele verse tan sórdido y agresivo desde lejos, desde la ignorancia, y eso es, la entrega. ¿Que si soy afortunado? Soy el hombre con más suerte en toda la jodida tierra. Sé que si hubiese conocido tarde a Haidée, yo ya habría cambiado y no hubiera sido capaz de ver más allá. Es muy probable que, finalmente, habría optado por el camino de la desesperación. Esperar algún evento organizado en una comunidad virtual, tomar a cualquier sumisa que fuera de mi agrado y que estuviera dispuesta. Tal vez hubiera practicado, tal vez me habrían permitido jugar más duro, incluso podría haber encontrado alguna mujer mucho más «experimentada» que mi preciosa Haidée, pero en el fondo sé que no hubiera sido lo mismo. Me habría conformado. A la larga, hubiera sido de todas formas un camino en solitario y vacío.

Llámenme sentimental si quieren, pero aun sin jugar duro, aun teniendo mucho más cuidado con Haidée, siento que lo disfruto más, que nuestro camino será más lento de recorrer, pero mucho más enriquecedor, y que con amor el juego va a ser infinitamente más gratificante.

*****

Estamos en una habitación de motel. La cama matrimonial reina al centro, y a la derecha de ella hay una mesa de noche, donde reposa a la espera, la única cuerda que usaré el día de hoy. La luz es tenue, el calor del verano caldea el ambiente.

—¿Estás lista, preciosa? —interrogo mirándola a los ojos, está completamente desnuda frente a mí, esperando, ansiando a que empecemos. Yo no me he quitado la ropa, y me gusta el contraste, la tersura de su piel expuesta y vulnerable ante mi dominio.

—Sí, señor Cortés —responde con una sonrisa. Su postura es relajada y erguida, piernas juntas y sus manos a cada lado.

A la expectativa. Hermosa.

—¿Por qué estamos aquí? —interrogo para saber qué es lo que piensa, antes de empezar.

—Para someterme a ti, para que encuentres tu placer a través del mío —contesta solemne, y es la respuesta perfecta.

Ella es perfecta.

—Y eso haré, mi dulce señorita —Inspiro profundo, el juego debe comenzar—. ¿Cuáles son tus palabras de seguridad?

—«Dantès» y «Montecristo» —contesta segura y decidida.

—Perfecto, así que nada de actos heroicos, por algo existen esas palabras, mi bella Haidée —advierto una última vez. Ella me confirma mirándome a los ojos, asintiendo levemente con su cabeza—... Date la vuelta, el dorso de tus manos en tu espalda, un brazo sobre otro por sobre tu cintura —ordeno sin ser demasiado duro, ni tampoco con suavidad. Ella se gira, me da la espalda y obedece mis instrucciones con gracia y seguridad, y me sorprende gratamente—. Quieta, no hables a menos que yo te dé una orden, te formule una pregunta o que sea estrictamente necesario... Contesta, preciosa.

—Sí, señor Cortés —responde con la respiración un poco agitada.

Excitada.

—Abre las piernas. —Haidée las separa en el acto, mis dedos se escurren suave entre los pliegues de su terso y depilado sexo que ya está húmedo, tan húmedo que solo me dan ganas de estar dentro de ella sin más preámbulo—. Muy bien, así estás perfecta. Te voy a atar, preciosa —anuncio susurrando en su oído—. Te ves hermosa, obediente y caliente para mí.

Control, Damián, control.

Ceremoniosamente, tomo la cuerda, rodeo sus muñecas en seis vueltas y remato con un nudo de cirujano en el medio. Me aseguro de que no esté demasiado prieto, y tal parece que no hay problemas. Ya no existen los nervios de aquel intento fallido de la semana pasada, ahora solo existe el deseo de hacer todo perfecto, y lejos de sentirme inseguro, todo esto me incentiva a ser mejor.

La habitación está en silencio, solo escuchamos el sonido de nuestras respiraciones.

—Comprueba si te puedes soltar, preciosa —Haidée intenta separar y mover sus manos, pero no lo logra—. ¿Lo sientes cómodo?

—Sí, Damián.

—Muy bien. Túmbate sobre la cama, boca abajo, gira tu cabeza hacia el lado contrario de donde estoy —indico lo más claro posible, no quiero dudas, no quiero errores—. Te ayudaré a hacerlo para que no te accidentes.

Guío sus movimientos hasta que se encuentra exactamente en la misma posición que le indiqué, se ve indefensa, dispuesta a aceptar lo que yo quiera hacer con ella. Sé a la perfección que Haidée no podrá soportar demasiado tiempo esa postura, porque después de varios minutos, se torna incómoda, pero también sé que yo no soportaré demasiado tiempo, este juego será breve, pero intenso.

Estoy terriblemente duro.

Me quito la ropa, Haidée puede escuchar mis movimientos y eso aumenta la tensión y la anticipación. Una vez que me encuentre descalzo, ella no oirá nada más. No sabrá qué voy a hacer.

En silencio, me dirijo a buscar la mochila que está al lado de la mesa de noche. Abro el cierre haciendo ruido a propósito y ella mueve su cabeza un poco… Ahhhh la curiosidad de mi Haidée, no puede evitarla. Saco de una bolsa de terciopelo negro que contiene un juguete que he comprado especialmente para ella. Un dildo de cristal rosa, con una forma muy peculiar que imita el tentáculo de un calamar, me gusta porque no tiene la forma típica de un pene. También saco del interior de la mochila un preservativo, lubricante, y esto último, no es precisamente para ella, no lo necesita.

Me dirijo a la cama en el más absoluto silencio. La observo detenidamente, absorbiendo la sensual visión, ella está inmóvil, esperándome. Toco sus manos y ella intenta atrapar mis dedos, pero yo no lo permito por demasiado tiempo. Coloco una generosa cantidad de lubricante que ella tantea entre sus dedos y no puede evitar dar una risita malévola.

—Silencio —demando con una sonrisa en mis labios. Me monto sobre su espalda baja, mirando en dirección a sus pies, sin cargarle mi peso. Haidée ya sabe el porqué le puse lubricante en sus manos, instintivamente acoge mi miembro y mis testículos entre sus dedos, solo puede tantear y acariciar apenas, lo suficiente para mantenerme duro y excitado. No puedo evitar sisear ante su contacto y me quedo unos segundos disfrutando de sus caricias. Dejo el dildo a un lado sin que ella se dé cuenta de su existencia—. Abre las piernas, mi preciosa Haidée.

Y lo hace.

Y sumerjo mi boca, mi lengua, mis dientes en el sexo resbaladizo y aterciopelado de Haidée. Bebo de ella, muerdo sus labios mayores tironeando su piel, recorro su carne, beso y chupo con mi boca. Mis oídos perciben el sonido provocativo de sus jadeos y gemidos. Sus caderas se mueven tentadoras buscando un contacto perfecto que no encuentra, porque su clítoris está escondido lejos de mi alcance y que apenas lo rozo con mi lengua. Sus manos inquietas me acarician levemente, y el deleite se vuelve insoportable y casi doloroso.

Si sigo así estallaré sin remedio.

Cambio de posición y me arrodillo entre sus piernas, sus manos están vacías, ya no tienen nada que tocar. Reprimo a duras penas el instinto casi irrefrenable de penetrarla, solo deseo que llegue a la cima y se deje caer.

Hundo un dedo en ella y su sexo me atrapa voraz, intentando alcanzar el esquivo placer, Haidée quiere romperse. Sin retirarme de su interior, tomo el frío dildo de cristal y acaricio todo su centro resbaladizo y caliente con la punta roma. Ella no sabe qué es, pero no percibo miedo, me inclino un poco para mirarla de soslayo y sus ojos están cerrados, con la boca entreabierta, gozando, disfrutando totalmente fuera de sí.

Reemplazo mi dedo por el juguete, ella lo acoge en su interior por completo y gime gustosa, la penetro y deslizo mi mano libre hacia su clítoris y dejo mis dedos quietos. Sin perder tiempo Haidée se mueve, se estimula y yo entro y salgo de ella intentando coger el ritmo adecuado, que no es fácil de hallar, porque está desesperada, atada, restringida y excitada.

Control, falta poco, ¡control, Damián!

Me concentro en ella, en su respuesta, en ese ritmo irregular y espasmódico que, con el paso de los segundos, empieza a ser más constante y claro para mí. Sus gemidos me guían, logro asimilar su cadencia y su humedad aumenta. Estocadas cortas, secas y duras es lo que enciende a mi mujer que empieza a dar grititos, a tensar sus brazos y sus movimientos se vuelven brutales, lúbricos y furiosos, acompañados por mi nombre dicho a gritos, y eso es música para mis oídos.

Mi Haidée me regala un orgasmo intenso, profundo, precioso. El primero que logro atando a mi mujer, el primero que siente ella de este modo. Me marca a fuego el alma, nunca olvidaré este maravilloso momento.

Estoy tan duro que sé que si la penetro me convertiré en un animal. Quiero disfrutar más. Solo un poco más.

Giro con cuidado el cuerpo laxo y casi sin vida de ella y la dejo de costado, acaricio su cuerpo que está sudoroso, caliente y sensible. Apenas su respiración se empieza a regularizar y descubro que tiene una sonrisa amplia, satisfecha, lujuriosa. Sus ojos entreabiertos son un par de rendijas que dan un atisbo de sus pupilas dilatadas. Pareciera que está lejos, en otro plano de la realidad.

Algunos le llaman subespacio. Un lugar donde la mente vaga producto de una avalancha de endorfinas.

—¿Estás conmigo, preciosa? —interrogo con suavidad, pero firme. Haidée fija su mirada en mí y sonríe aún más.

—Sí, mi señor Cortés —susurra, y nunca pensé que me calentaría tanto el cuerpo y el corazón verla y hablar de esa manera tan entregada, tan vulnerable, tan... sumisa, y a la vez, sigue siendo ella—. Estoy contigo... siempre...

—Muy bien, así se habla. Siempre conmigo, mi querida Haidée —sentencio y observo cómo vuelve a respirar tranquila, pero no deseo que descienda su nivel de excitación—. Vamos a seguir. Arrodíllate. —Le ayudo a incorporarse, porque es absurdo esperar a que lo haga atada, y ella se deja hacer. Sé que intuye lo que le diré, se moja los labios con la lengua y se los muerde. Me levanto sobre mis rodillas frente a ella, empuño su cabellera castaña, larga y ondulada en una cola, tanto como para tener una perfecta vista de lo que va a hacer, como para ayudarla a que mantenga el equilibrio—. Chúpala, preciosa, como solo tú lo sabes hacer. Intenta dejarme seco.

Una sonrisa felina surca su rostro y centra su atención en mi pene rígido, que está más que listo para ser devorado. Primero lame toda la longitud con tortuosa suavidad, dejando una estela húmeda y cálida que luego se enfría por el ambiente. Se da el gusto de recorrerlo una y otra vez con la punta de su lengua, jugueteando en cada recoveco de mi glande que está totalmente hinchado y sensible ante el menor contacto.

Siseo, y un gemido gutural y grave sale de mi garganta.

Se apiada de mí y termina con mi suplicio... lo engulle lento y fuerte, apretando sus labios, haciéndolos estrechos, y su voz se transforma en murmullos sensuales que no alcanzan a salir más allá de su boca. La atmosfera se inunda de sonidos eróticos y sexuales; su voz ahogada, el sonido de sus chupadas, el leve rechinado rítmico de la cama y mis siseos mezclados con jadeos graves. Es todo un festín de sensaciones, Haidée está haciendo realidad mis sueños más oscuros, más íntimos, que en un momento creí que serían imposibles de alcanzar.

Con ella todo es perfecto.

—Detente —ordeno, hoy no quiero acabar en su boca, quiero hacerlo dentro de mi cruel y bella Haidée, y en un pequeño acto de rebeldía ella termina de dar su última chupada—. Eres una perversa golosa —reprendo frunciendo el ceño y tirando levemente su cabello, ella sabe que no es en serio lo que he dicho—. Móntame, dame uno más —exijo y mis ojos se desvían al envoltorio del preservativo que quedó relegado a un rincón de la cama. Lo alcanzo y lo rasgo, para luego, enfundar mi erección que está más tensa y dura que nunca. Jamás pensé que estar así de excitado sería tan doloroso, pero no me importa, sé que pronto encontraré alivio en las profundidades de mi mujer.

Me siento con las piernas estiradas en medio de la cama. Haidée se incorpora, con cuidado y de rodillas logra situarse en el punto preciso para unirnos. Se hunde sobre mí con pasmosa facilidad, y me veo sumergido en ese familiar océano profundo y cálido de su interior. Ella suspira y jadea suave, su voz diáfana y clara es inspiradora.

Estoy en casa, al fin, en casa.

—Muévete, mi preciosa Haidée —incito a mi mujer, a la vez que busco sus ataduras. Quiero soltarla, quiero que se vea libre en el momento en que logre llegar al éxtasis, porque del único modo en que lo alcanza es abrazándome, aferrándose a mi cuerpo con fuerza, una fuerza que no sé de dónde saca. Siempre es así, la conozco.

A tientas comienzo a desatar, a la vez que ella me cabalga con brío y voluptuosidad. Sé que todo acabará en cuestión de segundos.

—¡Hazlo, Haidée! ¡Dámelo, mujer! —demando. Suelto las cuerdas y Haidée al verse liberada, me apresa con desesperación entre sus brazos, al mismo tiempo que su interior lo hace con mi pene, reduciendo el espacio a nada, y se empala con violencia y sensualidad como la hembra que es, transformando su clímax en furia animal y lasciva, y yo me dejo llevar, no doy más, y siguiendo sus embestidas, estallo junto con ella como nunca lo había hecho en toda mi vida, derramándome en chorros interminables, expulsando hasta la última gota, rodeándola con mis brazos, anclándome a ella, atándome a su cuerpo que no deja de moverse, y que sigue alargando sus segundos de gloria.

—No puedo… parar… Damián… Damián… Damián —gimotea y me muevo con ella intensificando su orgasmo, que es inacabable—… Damián… te amo… te amo… ¡te amo!… —admite con su voz estrangulada, y se desvanece sobre mí casi llorando, y yo estoy desconcertado, y a la vez, mi corazón está que revienta, lleno de una felicidad indescriptible, y lo único que atino a hacer es no soltarla y decir…

—Yo también te amo, Haidée. Yo también te amo.

Haidée es mía, solo mía… y yo le pertenezco.

*****

—Hijo, tenemos visitas… —me anuncia papá cuando estoy intentando entrar en mi departamento. De primera no entiendo de qué diablos me habla, todavía vengo inmerso en una neblina de endorfinas producidas por la mejor sesión de sexo que he tenido en toda la vida junto a la mujer que amo.

Estoy parado como idiota en el umbral de la puerta y mi viejo no me deja entrar del todo, interceptó mi llegada apenas puse la llave en la cerradura.

—¿Cómo? —pregunto un poco atontado.

—Tenemos visitas —repite en un tono más firme—. Es tu tía… y Gabriel.

Gabriel, puto, Gabriel… ¡Maldición!

—¿Hace cuánto están aquí? —pregunto en voz baja, a la vez que mis ojos se dirigen a la sala de estar y ahí están esos dos sin disimular que miran en nuestra dirección.

—Una hora más o menos.

No puedo evitar sentir molestia, siento que han invadido mi privacidad de una manera grosera, sin preguntar, imponiéndome su desagradable presencia.

Pero no me queda otra alternativa que recibirlos, no puedo ser igual de grosero, y algún motivo poderoso debe tener esta insistencia que se me vuelve sospechosa.

Algo me huele realmente mal.

—Buenas noches —saludo un tanto parco, me cuesta ser hipócrita y actuar como si no pasara nada—. ¿A qué debo esta inesperada visita? —pregunto directamente. El humor se me ha vuelto agrio, y no me voy a hacer el simpático si todos sabemos que no nos tragamos ni con vaselina.

—Buenas noches, Damián —saluda Luz María en primer lugar, Gabriel está en orgulloso silencio, pero sé que algo malo pasa, se ve bastante demacrado—. ¿Te dieron mi mensaje?

—Sí, pero decidí no llamar. ¿Cómo supo donde trabajo?

—Soy abogada, puedo obtener la información que sea, haciendo solo un par de llamadas telefónicas —responde con un tono superior; maldito tono siempre lo odié—. Era importante, debiste llamarme.

—Si fuera tan importante habría esperado a que yo terminara de almorzar y hablar directamente conmigo, no iban a ser más de veinte minutos.

—Tenía que hacer algo más importante todavía.

—¿Sabe qué?, vaya al grano y diga lo que tenga que decir. Estoy perdiendo la paciencia y siento que mi tiempo también.

—Mamá, no estás ayudando en nada —interviene Gabriel ofuscado, inspira profundo y cansado, y luego me mira—. Tengo una hija.

—Ella no es tu hija, Haidée te lo dejó muy claro la última vez que la viste. —Intento refrescarle la memoria, tal parece que este imbécil tiene problemas con retener información importante.

—No me refiero a Julieta —aclara, y me quedo de piedra.

—¿Qué?

—Abandoné a Haidée porque me enamoré de otra mujer... —relata como si fuera algo que hizo otra persona y no él—, tenemos una hija. Tiene tres años.

Tres años... Eso quiere decir que le fue infiel a Haidée por más de un año... probablemente dos. ¡Qué asco de ser humano!

—¡Cobarde, hijo de puta! —La ira me recorre cada terminal nerviosa, y en cosa de segundos, agarro a Gabriel de las solapas de su traje fino ante el ahogado grito de su madre—. Engañaste a Haidée durante años, cerdo asqueroso —siseo de furia, zamarreándolo, conteniendo las ganas de estamparle mi puño en su puta nariz.

—¡Suéltalo, animal! —chilla Luz María.

—Su hijo es el animal, un mentiroso. Me das asco, *hueón*... ¿Y quieres reconocer a Julieta? No eres lo suficientemente hombre para ser su padre. Me compadezco de tu otra hija, pedazo de mierda. —Suelto bruscamente a ese malnacido—. ¿A esto viniste? Yo no voy a convencer a Haidée para que te de la paternidad.

—¡Martina tiene leucemia! —revela Gabriel con los ojos enrojecidos, y a la vez con ira, y lo que acabo de escuchar me paraliza.

—Su única alternativa es un donante de médula —acota Luz María, ya sin ese tono suficiente que siempre la caracteriza, y tampoco tiene ese desdén con el que siempre me mira.

Mi mente rápidamente procesa estas palabras y descubro el verdadero motivo del súbito interés por Julieta.

Ella es una posible donante.

—Lo siento mucho por tu hija, pero realmente eres un bastardo desgraciado. No te interesa Julieta. ¡Te interesa su médula, cerdo!

—¡Ella también es mi hija!

—¡Porque te conviene! Si Martina no estuviera enferma, ni siquiera estarías aquí.

—Habría hecho lo mismo, estaría igualmente demandando a Haidée por la paternidad... Sé lo que es ser padre... solo necesitamos saber si Julieta es compatible, ninguno de nosotros lo es... ¡Estoy desesperado! Estamos aguardando por la respuesta de un banco de donantes en el extranjero... El tiempo se me acaba...

Y esconde su cara entre sus manos y llora sin consuelo. Yo... solo siento lástima por esa niña que no conozco. Dios, en este preciso segundo no sé qué hacer.

Estoy en un jodido predicamento.

VEINTIOCHO

—*M*mmm... interesante... Damián no es técnicamente un dominante, es un «*top*»... —Junto mis piernas, tan solo recordar la tarde de hoy hace que me vuelva a excitar—. Debí leer este libro antes de averiguar por internet es mucho menos aterrador... *Top*, dominante... Bueno, da igual, me encanta como es el infeliz...

Vibración... mi celular. Miro de soslayo el reloj de la mesa de noche, es tardísimo, no me di cuenta de la hora, ya es la una de la madrugada.

Dejo el libro sobre la mesa de noche, tomo el celular y veo que es Damián...

—Hola, preciosa —saluda él desde el otro lado de la línea telefónica. Yo sonrío al instante.

—Hola, precioso —parafraseo su saludo—. ¿Tanto me echas de menos? —interrogo de muy buen humor.

—Ojalá fuera ese el motivo de mi llamado. —Si alguien me viera la cara se sorprendería lo rápido que se transformó con esa oración—. Ha sucedido algo y no puedo esperar hasta mañana. ¿Puedes recibirme? Estoy afuera en un taxi.

A mi cerebro le cuesta procesar lo que ha dicho... estoy... no sé.

—Haidée, es importante, si no lo fuera no estaría aquí —insiste porque no salen palabras de mi boca.

—Lo siento... perdón, voy a abrir la puerta. —Me levanto y corto el llamado... Maldición, estoy desnuda, el calor últimamente ha sido insoportable a causa de cierto personaje que está esperando entrar a mi casa. Me debato por tres segundos en buscar algo para cubrirme, pero ¡me da igual!, es Damián, por Dios, me ha visto hasta lo que he desayunado. No me voy a poner pudorosa y santurrona ahora. No debo perder tiempo.

Me dirijo a la puerta y solo prendo la luz del pasillo que da a los dormitorios, saco los seguros, menos la cadena y la entreabro, Damián ya está entrando al antejardín y el taxi se está alejando. Agradezco mentalmente que la cerradura de la reja esté mala, porque ahí sí me hubiera tenido que vestir para abrirle.

Deslizo la cadena, saco el último seguro y le abro la puerta a Damián, escondiéndome detrás de ella. Él entra y yo cierro de inmediato, todo está en penumbras, pero se ve claramente que estoy tal como Dios me echó al mundo, y Damián no puede esconder su sorpresa.

—No esperaba una bienvenida de este tipo. Me halaga, señorita Haidée.

—Enfócate, Damián. Dijiste que era importante. No quise perder tiempo en ponerme decente.

—De veras… perdón. Me haces perder la cabeza cuando te veo así…

—¿Qué pasó, Damián?

—Necesito que te sientes… Pero primero, ¿puedes taparte un poquito? De verdad, me desconcentras. Mi autocontrol tiene un límite.

Resoplo un tanto fastidiada, a veces mi hombre piensa con la cabeza de abajo.

—Voy y vuelvo, ponte cómodo, y con eso quiero decir que te sientes en el sofá… vestido —advierto y como alma que lleva el diablo voy a mi habitación, revuelvo mi closet buscando un pijama de verano, hasta que encuentro uno y me visto.

—¿Quieres algo para tomar? —ofrezco cuando vuelvo a la sala de estar y veo que Damián está con la vista fija y perdida en dirección a la caja de juguetes de mi hija… ¿Qué habrá sucedido?—. Damián, despierta.

Parpadea y me mira, inspira profundo y solo hace un gesto con la mano, indicándome que me siente a su lado.

Lo hago sin vacilar, me rodea entre sus brazos…

—Damián…

—Gabriel y su madre estuvieron en mi departamento.

—¿Cómo? Pero que gente más insistente… ¿Qué querían ahora?

—Gabriel tiene una hija…

—Julieta no es…

—No es Julieta —me interrumpe—. Ese infeliz, hijo de perra, tiene otra hija que tiene tres años… ¿Sabes lo que significa?

Significan tantas cosas, tantas y de solo pensarlo se me revuelve el estómago.

—Que simplemente fui una estúpida sin remedio... ¡Mierda! ¿¡Es que acaso esto no va a parar nunca!? Cada vez descubro más cosas horribles de esa época. Hijo de puta, ¡lo odio! —Escondo mi cara entre mis manos, la rabia me recorre el cuerpo como una ola fría y caliente, mi amor propio, mi ego acaba de recibir otra puñalada, me siento tan tonta. Todo encaja, ahora tantas cosas cobran sentido... Mis ojos escuecen... No debo llorar, ¡no más!

—Yo también detesto a ese desgraciado. Ahora más porque debió hacerte feliz y amarte, y odio que te haya hecho tanto daño... Su existencia solo ha causado problemas... Pero eso no es todo.

—¿Hay más?... Por favor termina de una vez...

—La niña tiene leucemia, necesita un donante de médula y nadie de su familia es compatible.

Enmudezco, leucemia, donante, médula, hermanas... medio hermanas... Julieta...

No, no, no, no, ¡no!

—¡Hijo de la grandísima puta que lo re mal parió! —Me levanto bruscamente, Damián no intenta retenerme—. Por eso está interesado... ¡Su objetivo es una donante, no ser el padre! Perro infeliz, ¿qué se ha imaginado? —Camino como leona enjaulada, no sé ni cómo desquitarme—. No permitiré que someta a Julieta a eso, ¡no lo haré! Ella no es un tubo de ensayo con órganos de repuesto, no es una cosa, es mi hija... ¡Es. Mi. Hija! ¡No es un objeto del que Gabriel pueda disponer cuando se le para el reverendo culo! —exclamo furibunda, casi hiperventilada. Damián solo me observa en silencio, y sus ojos... no, sus ojos—... ¿No me digas que te enviaron a convencerme?

Silencio... inhala hondo y se masajea la nuca.

No, tú, no... Damián.

—Contéstame. Di la verdad, Damián —exijo mirándolo fijo. Él suspira profundo.

—Tú debes saber mejor que nadie, que yo no obligo a las personas a hacer algo que no quieren. Yo solo he venido a decirte lo que me han comunicado —responde sin evadir el contacto y con su voz firme, de dominante—, porque en verdad necesitaban a alguien que hiciera el trabajo sucio. Al fin y al cabo, siguen siendo unos cobardes que no son capaces de venir a decirte las cosas de frente. Gabriel se encontró con una mujer muy diferente a la que abandonó hace tres años. Y, simplemente, todavía no tiene los cojones para reconocer que se equivocó... Creo que nunca los tendrá...

—Pues, ya que te pidieron ser el mensajero, diles que la respuesta es no. Gabriel dejó de existir para mí el día que salió por esa puerta. Lo que le pase no es mi problema.

—Entonces, que así sea, yo no intervendré ni voy a intentar convencerte. Nunca lo haría, Haidée. Yo solo accedí a hacer esto por mis principios y para quedar con la conciencia tranquila. Eso es todo. Respetaré lo que decidas, ni más, ni menos.

Cierro los ojos, esto no puede estar pasando... Por qué me pasan estas cosas cuando todo estaba resultando perfecto... Por qué no puedo solo dejar el pasado atrás y que se quede ahí, sin que vuelva cada cinco minutos. Solo pido un poco de paz, después de tres años ya estaba empezando a sentir que la tranquilidad volvía a mi vida, que todo estaba tomando un cauce normal... Por qué... ¡por qué!

Estoy absolutamente furiosa, dolida, perdida... exhausta. Hoy había sido el mejor día de mi vida como mujer. Lo que me hizo sentir el hombre que tengo al frente no se puede describir con palabras que le hagan justicia, porque a pesar de que fue un «juego», fue algo que hicimos con amor, donde mostramos nuestra verdadera naturaleza escondida. Y ahora, en cierto modo, me siento traicionada por Damián, por contarme todo esto, y a la vez, no esperaría otra cosa de él que no sea integridad y sentido común.

Maldito seas, Damián. Te amo tanto.

El silencio se instala entre nosotros, Damián ha vuelto su atención a la caja de juguetes de mi Julieta, daría lo que fuera por saber qué es lo que piensa. Suspira y se levanta del sofá, se acerca a mí con cautela.

—¿Puedo abrazarte? —me pregunta buscando mis ojos.

Asiento con la cabeza, soy incorregible.

—Contéstame, preciosa... por favor.

—Abrázame.

Damián me acoge entre sus brazos y su aroma me envuelve, y sé que él me sostendrá, porque automáticamente me derrumbo, mis lágrimas caen sin control y solo necesito sacar todo esto de mi pecho, toda esta rabia, toda esta tristeza. Ha pasado tanto tiempo, y sin embargo, Gabriel aún se las arregla para hacerme sentir como un trozo de carne que usó a su antojo y que después desechó. Siento que está haciendo lo mismo con

Julieta, como si fuera un oportuno pedazo de carne.

Lloro de impotencia, lloro porque me están poniendo entre la espada y la pared, dejando en mis manos la posibilidad de salvar la vida de alguien que no tiene la culpa. Lloro porque no quiero esta responsabilidad, ni someter a mi pequeña a ninguna clase de dolor...

No quiero, no quiero...

Lloro...

*****

No sé cuánto tiempo he estado así, solo sé que no me quedan lágrimas, lloré hasta que me dolió el pecho y estoy cansada. Muy cansada.

—Lo siento mucho, Haidée. De verdad que si hubiera podido elegir, habría optado por no saber nada, si con eso logro ahorrarte todo esto... —asegura sin soltarme, acariciando mi espalda con suavidad—. Es tarde, preciosa. ¿Quieres que me vaya o me quedo contigo? —pregunta con su voz calma e íntima.

—Quédate... No quiero estar sola hoy.

—Entonces, vamos.

De la mano guio a Damián hacia mi habitación, no quiero pensar, solo deseo dormir sintiendo el calor de él e imaginar que nada de esto ha pasado. Solo fantasear un rato, y relegar a Gabriel al fondo oscuro de mi baúl de los recuerdos.

No me tomo la molestia de quitarme la ropa, solo deseo descansar de todo por unas horas, Damián solo se queda con ropa interior. Es la primera vez que compartimos mi cama y siento que él ha pertenecido a este lugar siempre. Me abraza por la cintura haciendo cucharita, y como siempre, encajamos a la perfección.

—Descansa, preciosa... Te amo.

—Yo también te amo... Descansa tú también.

—No olvides que siempre estaré de tu parte.

—Lo sé...

Cierro mis ojos, pierdo la conciencia escuchando la constante y profunda respiración de Damián.

*****

La alarma de mi celular suena a lo lejos, me giro para apagarla y me encuentro con un obstáculo. Abro los ojos y es Damián. Desorientada y sorprendida, intento recordar por qué demonios está en mi cama, y de súbito, una avalancha de sucesos vuelve a mi memoria al compás de los ronquidos de Damián, que es como un camión. No sé cómo diablos no me despertó, si hace más ruido que la alarma del celular. Me incorporo y paso mi brazo sobre él hasta alcanzar el móvil para apagar la insistente melodía.

—Damián, despierta. —Le toco el pecho y se corta automáticamente el ronquido. Abre sus ojos, frunce el ceño y luego tiene una cara de sorpresa que me gustaría fotografiar.

—No estoy en mi casa —afirma lo evidente y luego su cara se vuelve a transformar—. Ya me acordé por qué estoy acá.

Arrugo la nariz en un gesto de desagrado, no porque tenga a Damián en mi cama, sino por el peso de la realidad.

—Hay que bañarse rápido, Julieta despertará en un rato y prefiero que te vea vestido.

Damián sonríe perverso.

—¿Dame cinco minutos?

—Damián Cortés, ¿estás proponiendo un rapidito? — Miro de reojo el reloj de la mesa de noche faltan cinco minutos para las siete de la madrugada.

Él levanta y baja las cejas rápido como si fuera el lobo feroz de las caricaturas y yo me río de aquel gesto tan divertido.

—Anda, di que sí —ruega besando mi boca—. No seas malita —insiste posesionando mis pechos con sus manos por debajo de la camiseta sin dejar de regar besos por todas partes—. Esto estorba —añade y me quita la camiseta—. Mucho mejor. —Lame y chupa mis pechos fuerte—. Con desayuno incluido, eres perfecta y muy dulce —acota socarrón, supongo que ha tomado un poco de mi leche—. Esto también estorba. —Baja mis pantaloncillos y abarca con su mano todo mi sexo y aprieta como si quisiera exprimir mi humedad. Siempre hace eso y le encanta, a mí me encanta que lo haga—. Abre las piernas, preciosa —ordena suave cerniéndose sobre mí, abriéndome con sus rodillas y yo me dejo. Se quita sus boxers y libera esa masculina, preciosa y tensa erección a la que me he vuelto adicta.

Desciende, desaparece debajo de las sábanas y se pierde entre mis muslos, su boca me devora, sin piedad. Literalmente, me está comiendo con voracidad y hambre, y en pocos segundos, ya me tiene al borde, y deseo romperme teniéndolo dentro de mí.

Intento no emitir ningún ruido, y todo se vuelve una tarea titánica para mí, en el momento que su boca abandona mi sexo, y sin aviso, me penetra y comienza a embestirme constante, profundo, perfecto. Me aferro a sus nalgas y adoro como esos músculos se contraen y relajan al ritmo de sus acometidas, sigo su ritmo y absorbo su fuerza y la uso para mi gozo. La punta de su colgante de espada apenas me roza danzando al vaivén de esta unión. Abro más mis piernas para albergarlo en toda su longitud. Me encanta poder percibir esa potencia entre mis piernas entrando y saliendo con facilidad, y con esa misma facilidad, empiezo a alcanzar esa exquisita sensación que crece en cada estocada que me eleva más y más, y más, ¡y más!

Y muda estallo recibiendo a Damián en mi interior, que sigue penetrándome al mismo compás que las olas de placer de mi orgasmo, hasta que no doy más y dejo de moverme.

Damián rápidamente me abandona, toma su miembro y comienza a estimularse de rodillas, frente a mí, como si fuera una demostración lúbrica de autoplacer, que al cabo de unos segundos, llega a su explosivo clímax regando mi vientre con su cálida semilla, emitiendo un ahogado quejido, respirando agitado y cerrando sus ojos.

Miro el reloj de la mesa de noche, son las siete.

Fueron cinco minutos exactos.

*****

Damián no me volvió a mencionar el tema de Gabriel. Por cinco días pensé que el asunto podría quedar hasta ahí. Eso fue hasta ayer cuando llegó a mi casa la notificación del juzgado por una demanda de paternidad.

No puedo seguir así.

—Jesu. —Ella quita la vista de su monitor y me presta toda su atención, estamos las dos solas, Caro ha salido de vacaciones—. La otra vez me contaste que tu hermana se está recuperando de un cáncer.

—Sí, me acuerdo que en un momento te lo comenté.

—¿Sería muy confianzudo de mi parte si te pido el número de teléfono del oncólogo que la está tratando para poder hacerle unas preguntas?

—Mauricio es un siete como profesional, lo podemos llamar ahora... ¿Le pasó algo a alguien de tu familia? —interroga preocupada, su cara se ha transformado. Sin duda es un tema serio para ella.

—Es una historia larga...

Le cuento a Jesu, a grandes rasgos, lo que me sucedió hace tres años con Gabriel y su familia, mi actual relación con Damián —omitiendo detallar nuestro lado perverso—, y cómo todos nuestros destinos se cruzaron en un punto en el cual necesito tener todas las respuestas para poder tomar una decisión crucial.

Jesu es una mujer que se ha ganado mi confianza, durante estas semanas en que he tratado con ella. Es de ese tipo de personas que las adoras al instante, y lo que más me gusta de ella, es su resiliencia y su forma de ver la vida. Aprecio mucho sus opiniones porque cuando se pone seria es capaz de darte lecciones de vida. Así que cuando termino mi relato, ella está realmente sorprendida, mas no emite ningún juicio en favor de nadie.

—De momento, estás en un punto, no muerto, pero sí agonizante —sentencia ella—. Yo no tengo la verdad absoluta, intento ponerme en tu lugar, pero como lo miro desde afuera con algo de objetividad, también intento ponerme en el pellejo de ese pobre y triste sujeto... El karma pega fuerte cuando se lo propone —acota suspirando—. El dolor más grande para un padre es saber que tu hija puede morir en cualquier momento. Imagino que todo su orgullo, prejuicio y cobardía lo hizo un lulito y se lo metió por el culo para ir a verte, y después, como no obtuvo el resultado que esperaba, se vio en la obligación de rogarle al *huaso* de su primo para que, de alguna forma, intercediera a favor de él.

—De verdad, no puedo sentir compasión por Gabriel. Me da rabia que solo vea a Julieta como una médula de repuesto. Me enferma.

—Míralo por el lado práctico, a lo mejor ese hombre no quiere ser su papá, e hizo todo el *show* para poder obligarte, ya que al ser su padre legal, también puede ejercer el derecho de someterla a ser donante de su hija enferma, e ignorar tu voluntad. Ahora, si tú «negocias» con él hacer las pruebas de compatibilidad, a cambio de que él desista hacer algo que no desea hacer de corazón, si es que de verdad no quiere ser el padre de Julieta, entonces te librarás de él. Pero nunca se sabe. En una de esas, su deseo es auténtico —conjetura viendo todas las posibilidades—. Con esa propuesta verás si él verdaderamente desea ejercer su papel.

—Puede ser… pero me da miedo que le pase algo a Julieta por ser donante, es tan chiquitita, ¿cómo puede ser eso?

—Preguntémosle a Mauricio y salimos de todas las dudas —resuelve de manera práctica.

Después de hablar por teléfono con el oncólogo, tengo información mucho más precisa y confiable —internet ya no me da buena espina—. En resumen, un hermano tiene un 25% de ser compatible con un enfermo de leucemia, los familiares directos un 5%, el resto del mundo es ínfimo, pero no imposible. Julieta es medio hermana de esa pobre niña, su 25% se reduce drásticamente.

El único riesgo para mi hija es el tema de la anestesia general de la intervención que le practican para extraer un poco de médula de un fémur o su cadera. En teoría no sentirá nada y el procedimiento es sencillo. En el caso de que Julieta sea compatible…

Puede sonar a que soy una mala persona, pero si logro descubrir la real motivación de Gabriel con solo acceder a probar la compatibilidad de Julieta, ser un precio bajo por el cual pagar, si con eso logro que él desaparezca de mi vida —en el caso que su interés sea solo por su hija enferma y le importe un pepino mi Julietita—.

Está decidido, voy a probar… y mi conciencia también estará tranquila.

VEINTINUEVE

$\mathcal{M}$i primo no reaccionó de la mejor manera cuando le confirmé por teléfono que Haidée se negaba rotundamente a hacerle las pruebas de compatibilidad a Julieta. Así que, simplemente, cumplió con su amenaza de dar curso a la demanda de paternidad. Yo respeto la decisión de Haidée y prefiero guardarme cualquier opinión respecto al tema. Aunque a veces pienso que es un error dejar a la deriva a esa criatura que no tiene la culpa de la familia que le tocó.

Con toda esta situación el ánimo de Haidée ha decaído abruptamente, y a decir verdad, me ha contagiado su estado. Me afecta todo esto que está sucediendo, no puedo evitar sentirme dividido, impotente. Por un lado entiendo a Haidée, pero por otro, deseo que abra los ojos y vea el bien mayor, sin importar cuan dolorosas puedan ser las heridas del pasado que se han vuelto a abrir. Porque no está sola, yo estoy a su lado.

Admito que soy un cobarde, porque prefiero callar todo esto, en vez de tentar a mi suerte y provocar la ira de ella. No quiero que me expulse de su vida, porque sé que es capaz de hacerlo si meto la pata hasta el fondo. Me bastó con solo ver la expresión de su rostro cuando conjeturó que me enviaron a convencerla. Pude ver la profunda decepción ahí, oculta en sus iris castaños.

No quiero decepcionarla nunca de esa manera.

No quiero perderla.

Y si tengo que mamarme todo esto solo y quedarme callado, que así sea.

—¿Es muy mala cosa la que está pasando? —interroga Leonardo que está parado frente a mi escritorio—. Ya quisiera esa cara para una despedida de soltera. ¿Ya metiste la pata con la señorita González?

—Es muy mala, pero ni siquiera es culpa mía —contesto parco—. Nosotros estamos muy bien. El problema es otro.

—Fíjate que enero es un mes muy aburrido para el *data center* en general. —Lo miro y no entiendo a pito de qué viene su comentario—. Si quieres me puedes contar tu problema, tengo tiempo para entablar relaciones sociales con mi eficiente secretario-asistente-amigo.

Suspiro, en realidad necesito hablar con alguien ajeno a mi familia. Mi papá se ha mantenido en terreno neutral, sé que ha intentado conversar con mi tío, pero él no contesta su móvil.

En fin, le cuento todo, el cómo se gestó mi intensa relación con Haidée —y como siempre, omitiendo la sucia, degenerada y gratificante vida sexual que tenemos—, la situación con Gabriel, mis temores, mi conflicto interior, y Leonardo mi jefe-amigo, me escucha en silencio y con atención. De vez en cuando hace preguntas, pero más allá de eso no expresa nada.

—Pues, es muy jodido el asunto. En este momento, aunque no lo quieran el camino es uno solo, y tú sabes cuál es —asegura Leonardo—. El correcto. Haidée probablemente se cabreará contigo si intentas convencerla de acceder a hacerle las pruebas a su hijita, pero si te ama de verdad te perdonará y recapacitará. Al fin y al cabo, no puede culparte de ser humano y tener consciencia. Ella está con los ovarios calientes por todo el tema, y con razón, no la culpo, pero tarde o temprano se dará cuenta de que está equivocada.

—Entonces, ¿tu consejo es que lo intente y le haga ver que debe ver el bien mayor?

—Eso mismo.

—Mmmmmm…

Y hablando de la reina de Roma, en ese mismo momento Haidée se asoma, a ella usualmente no la veo hasta la hora del almuerzo y si viene es porque Leonardo la ha llamado a través de mí y eso no ha ocurrido.

Raro.

—Damián… ehhhhh… ¿Puedes venir unos segundos a la cocina? Es importante.

—«Sala de reuniones» suena mejor, exterminadora de santos —interviene Leonardo socarrón—. Tiene más estilo —explica.

—Ok, «sala de reuniones» —confirma ella riendo e ignorando por completo el apodo que él ha estado usando últimamente.

—Tres minutos —advierte él—. Sé lo que pasa en cinco. —No sé si bromea o habla en serio—. No me miren así, es verdad.

—No te preocupes, es cortito, no necesitamos tanto tiempo —agrega Haidée de buen humor… ¿Qué está pasando?

—Uy, pobre san Damián, tu reputación está quedando por el suelo —advierte guasón.

No puedo con ellos, si no me voy ahora, empezarán con sus bromas. Me levanto de mi asiento y me dirijo a la «sala de reuniones». Leonardo cuando empieza con sus chistes no para, y la traidora le sigue el juego… como siempre.

Entro y la espero unos segundos hasta que hace su aparición por la puerta y la cierra tras de sí y se queda mirándome seria, mas su semblante no delata ese pesar que no se desvanecía con nada, salvo cuando estamos en la cama.

—Damián… ¿Tienes el teléfono de Gabriel? —consulta, haciendo una leve mueca de desagrado cuando menciona el nombre de mi primo, el retrasado mental.

—Sí, ¿pasó algo?

—En cierto modo, sí —responde tranquila—. Quiero reunirme con él y conocer la verdadera situación. —Levanto mis cejas sorprendido, me ha tomado con la guardia baja—. Damián, tú sabes a la perfección que no quiero a Gabriel en la vida de Julieta, pero lo que realmente me mata de todo esto, son las motivaciones de él… Accederé a hacerle las pruebas a Julieta, solo si él me dice la verdad sobre lo que siente por mi pequeña.

—¿Por qué has cambiado de parecer tan repentinamente?

—Pedí consejo a Jesu… necesitaba conversar con alguien que pudiera darme una mirada desde afuera. Luego hablé por teléfono con un oncólogo, resolví mis dudas respecto a la donación de médula y decidí. —Alivio, eso es lo que siento, tanto por zafarme de pedirle a Haidée a acceder, como por que haya decidido por su cuenta qué era lo correcto—. Pero con condiciones.

—¿Qué clases de condiciones?

—Que quite la demanda de paternidad si solo se trata de un subterfugio para obtener un donante. Si no quiere de verdad y de corazón a mi hija, que mejor no lo haga. No deseo que Julieta esté ligada a él por ningún motivo que no sea por amor —explica con los ojos llorosos, pero ninguna lágrima cae—. En el fondo sé que él no la ama, me cuesta aceptarlo porque adoro a mi niña, pero no se puede gobernar el corazón de los demás. Esa niña no va a pagar los pecados de su padre, no por mi parte.

Sé que a Haidée le duele decir todo esto, y a mí me parte el alma verla así, pienso en Julieta, es una niña adorable, dulce y preciosa, pero yo también intuyo lo mismo que Haidée, que todo es para forzar la donación —en el caso de que sea posible—. A mí nadie me quita de la cabeza que en esa familia ninguno quiere a Haidée o a Julieta. Nadie, ni Gabriel, ni su madre, ni el monigote de mi tío que ha brillado por su ausencia, como si no existiera.

Ni siquiera parece que es hermano de mi papá y que comparten la misma sangre y crianza, son tan diferentes como el agua y el aceite.

No hay nada más que decir, sus deseos son órdenes para mí, saco mi móvil de mi bolsillo y envío el contacto de Gabriel a Haidée. Ella, sin perder tiempo, marca el número, creo que lo hace en este mismo momento para no perder la valentía. Mi mano busca la suya que está libre, y se la tomo, la atraigo hacia mi cuerpo y la abrazo. Beso su cabeza aspirando su suave y femenino aroma. No estás sola en esto, mi Haidée. No lo estás.

Ella activa el altavoz, desea que escuche todo. El tono suena por cuarta vez.

—¿Aló? —se escucha la voz de Gabriel. No hay caso, me causa repulsión ese cerdo. Haidée inspira profundo... Sé valiente, preciosa, tú puedes.

—Gabriel, soy Haidée —contesta.

—Hola, ¿a qué se debe este llamado? —pregunta sardónico, él sabe que en cierto modo tiene el sartén por el mango. Imbécil... no tiene idea de nada.

—Necesito reunirme contigo a la tarde para conversar —contesta Haidée firme, pero sin caer en su juego... Todavía.

—Si es para pedirme que quite la demanda, pierdes tu tiempo.

Haidée se tensa, sé que le está costando un esfuerzo descomunal no mandar el aparato y a Gabriel a la mierda. Y yo también estoy conteniendo las ganas de decirle a ese infeliz que ni siquiera merece que le digan que es un hijo de perra, porque una perra es un noble animal que lucha por sus cachorros.

Lo que sí es un hijo de cinco mil vagones de putas. Con todas sus letras.

—Gabriel, estás a punto de hacerme perder la paciencia con tus pendejadas. Si deseas que le haga las pruebas de compatibilidad a «mi hija» —recalca separando las sílabas—, para que pueda ser donante de médula para «la tuya» —vuelve a marcar su impostación—. Entonces, empieza a bajarme ese tono de voz, porque aquí el único que no tiene tiempo para perder en estupideces eres tú. Hoy a las seis y media en el *Starbucks* que está en General Bustamante —sentencia firme y con la última gota de paciencia—. Nos vemos, y si no vas te juro que haré cualquier cosa para retrasar tu demanda. No me cuesta nada pedirle a Damián que reconozca a Julieta solo para agregarle un par de meses al juicio. Adiós.

Me toma por sorpresa esa amenaza, y yo quedo pasmado, y es por dos motivos que me pasman todavía más. Uno, no se me habría ocurrido entorpecer un juicio por paternidad de esa manera, y dos, ni siquiera me molestó que Haidée me utilizara en su amenaza. De hecho, no me incomoda para nada ponerle mi apellido —aunque irónicamente sea el mismo que el del tarado de mi primo—, y ser legalmente su padre.

No, no me molesta para nada.

Antes de conocer a Haidée nunca me había planteado verdaderamente el tema de los hijos, la familia, y ahora… Mierda, estoy como si me dijera que está embarazada de mí, pero con todo el trabajo adelantado.

Haidée corta el llamado, no espera ninguna respuesta de Gabriel. Si no va, a la única persona a la que va a perjudicar es a su propia hija. Más le vale no ser un estúpido ahora.

—No puedo creer que estoy haciendo esto. Perdón por no avisarte, pero se me ocurrió en el momento la amenaza —se disculpa, yo le contesto abrazándola un poco más fuerte—. Ese infeliz no merece ninguna ayuda —escupe con rabia, yo no la suelto, no esta vez.

—Haidée, estás haciendo lo correcto —murmuro, apoyando mi mentón en su hombro—. Que nadie nunca diga que no lo intentaste, nadie te podrá apuntar con el dedo y sindicarte como la causante de una desgracia. Estoy orgulloso de ti. —Beso su sien, ella suspira y se relaja al fin—. Sé que esto es algo que te supera, todo saldrá bien… En todo caso, buena jugada la de hacerle cuadritos la vida, sé que con esa amenaza estará puntual en el café.

—Gracias, Damián… por todo. —Se gira un poco hacia mí y me mira—. ¿Tienes algún defecto, acaso? Eres ridículamente perfecto.

—No lo soy… para empezar tengo una lista de particularidades que te demostrarán que soy una persona bastante corriente. Primero, está el hecho de que soy un degenerado y perverso —susurro a su oído—. Segundo, a veces tengo miedo y soy cobarde porque no quiero perderte, y aunque tu parte feminista me podría matar por lo que voy a decir, puedo asegurarte que últimamente soy bien «nena» cuando se trata de manejar mis emociones. Tercero, no me gusta que se rían demasiado a costa mía, sobre todo cuando me arrinconan entre cuatro, incluyéndote, traidora. —Haidée ríe, sabe que es verdad—. Así que paciencia para ser parte de su diversión, tengo poca. Cuarto, soy porfiado, muy porfiado, cuando se me pone algo entre ceja y ceja es difícil que me rinda aunque sea algo realmente absurdo, y eso raya la obsesión. Quinto, ya debiste darte cuenta que en el peor momento funciona primero mi pene en vez de mi cabeza, eso no es bueno en ciertas ocasiones. En sexto lugar, está mi mala reacción a ciertos alimentos y no te ha tocado presenciar alguna indigestión, ahí no te recomiendo respirar muy profundo. La séptima, y probablemente va a ser lo más complicado para nosotros, será cuando empiecen mis estudios en marzo, porque con suerte podré verte aquí y tal vez el fin de semana, me pondré enojón por echarte de menos y por el *stress*... Bueno, puede que eso lo resuelvas tú y tu habilidad de domar mis pasiones... Y por último, el peor de todos mis defectos es mi egocentrismo, quiero ser el único y tu todo... después de Julieta, claro está. —Termino de enumerar mis fallos, sé que tengo más, pero no los recuerdo ahora—. No soy perfecto, tal vez mis falencias no son tan evidentes, que es diferente a no tenerlas.

—Ah y roncas como camión —acota divertida—. Es increíble que no me hayas despertado el otro día.

—Yo no ronco —aseguro. Por supuesto que no lo hago... Nunca me he oído roncar.... Creo.

—Sí, claro, no roncas, dejémoslo ahí nomás. Pero volviendo al tema, sé que eres humano y que no eres perfecto-perfecto, lo que pasa es que eres encantador. Puedes distraerme con tus cualidades, pero también puedo decirte que sé cuándo una se autoengaña por justificar o aceptar los defectos de la pareja cuando son insoportables. Yo ya vengo de vuelta, y con mi fallido matrimonio aprendí de ese error y no volveré a cometerlo. Los defectos que enumeras no son tan terribles, ni siquiera el de la indigestión.

En ese momento, golpean la puerta tres veces.

—Llevas diez minutos ahí san Damián, espero encontrarlos vestidos cuando entre —aconseja Leonardo antes de entrar intempestivamente—. Hey, ni siquiera están despeinados. ¡Changos! ¡Son unos aburridos! —Se larga rezongando y lo último que escucho es—: Les doy más minutos y no los aprovechan, son unos…

Haidée y yo reímos, son todos unos incorregibles en este piso.

—Haidée, ¿deseas que te acompañe cuando veas a Gabriel? —propongo, no me agrada la idea de que estén solos en la misma mesa a menos de un metro de distancia. Sé que ella es capaz de defenderse sola, y por supuesto, sé que no existe nada entre ellos. Pero no puedo evitar sentir que debo proteger lo que es mío, y Haidée es solo mía, y odio la idea de que Gabriel la mire. Sobre todo si osa hacerlo con desdén.

—La verdad, sí. Por si tengo que usar de nuevo el recurso con el que acabo de amenazar a Gabriel, estando ahí le confirmas que estás de acuerdo y que no lo he inventado para molestarlo. —Ríe con picardía, está volviendo a ser la misma—. Sé que es una gran mentira, pero se sintió bien apretarle las bolas a ese infeliz.

—Solo espero que lo de apretarle las bolas se mantenga para siempre en el sentido figurado —acoto, la imagen mental de esa frase me perturbó.

—Ay, Damián, sabes que tengo manos solo para las tuyas —Y sin avisar acaricia el quid de la cuestión y las aprieta levemente—, y eso es literal.

Y se va… ¡Se va!… Es una… ¡sádica! Me las va a pagar muy, muy caro…

Soy un idiota, siempre termino diciendo lo mismo, y la que lo pasa mejor con mis castigos es ella…

TREINTA

$\mathcal{C}$aminamos tomados de la mano, tranquilos y sin prisa hacia el café donde cité a Gabriel. Ahora estoy mucho más tranquila, he tomado una decisión y la incertidumbre es menos abrumadora que esta mañana. No hablamos nada, pero de todas formas no me incomoda. Los silencios que vivo con Damián están llenos de mensajes implícitos, su mano firme sosteniendo la mía, su andar relajado sincronizado con mis pasos, sus besos fugaces sobre mi coronilla… todo me dice que su mente y su corazón están conmigo.

Y que me ama.

El calor de enero es horrible, agobiante, seco, y apenas baja la temperatura a esta hora. Pero no me importa, solo quiero terminar con esta situación de una vez por todas.

Llegamos al local y fácilmente encontramos a Gabriel que está tomando un café en la terraza. No se da cuenta de nuestra presencia hasta que estamos al lado de él. Su expresión es indescifrable, susurra un breve saludo al cual respondemos de igual manera. En silencio tomamos asiento frente a él.

—Bien, te cité porque quiero informarte que le haré las pruebas de compatibilidad a Julieta —informo sin anestesia, no deseo arrepentirme.

La cara de Gabriel es de sorpresa… una gran sorpresa.

—Gracias, Haidée.

—No hay nada que agradecer. Esto no lo hago por ti, lo hago por esa pobre niña —aclaro firme—… Pero tengo una condición. Solo una.

—Dime, te daré lo que quieras.

—Solo una cosa me puedes dar en esta vida, y quiero la verdad, Gabriel. Por primera vez en tu vida quiero que seas honesto conmigo. Yo lo que puedo asegurarte es que no cambiaré de parecer respecto a mi decisión, así que, por favor, a las preguntas que te haré, no condiciones tus respuestas en base a ello.

Me observa dubitativo, como si no entendiera lo que le estoy pidiendo.

—¿Amas a Julieta?—interrogo, y me duele el corazón formular esa pregunta.

Gabriel se queda mudo... y duda.

Cierro mis ojos, lo sabía.

—Sé que llegaré a quererla...

—No —interrumpo, abriendo mis ojos nuevamente—. Te dije que me dijeras la verdad, tú y yo sabemos que esa es una excusa, no una respuesta. Contesta.

—No —responde sin mirarme—. No lo sé en realidad —balbucea—. No sé qué sentir.

—Cuando te enteraste de la existencia de Julieta, ¿pensaste primero en tu hija, en salvarla, en vez de pensar en que tenías otra?

—Primero pensé en Martina... Estoy desesperado, no sabes lo que es tener una hija enferma de leucemia —explica para justificar su respuesta. No me interesan sus motivos, solo deseo honestidad.

—Y espero que eso nunca me suceda. —A veces pienso que todo lo que ha hecho Gabriel en su vida, lo ha estado pagando con la enfermedad de su hija.

—Gabriel, ¿de verdad quieres ser el padre legal de Julieta, o todo el tema del juicio fue solo para presionarme? Y por favor, no me mientas —advierto firme.

—Fue idea de mi mamá y yo...

—Suficiente —corto su respuesta, no necesito escuchar nada más, y Gabriel se queda en silencio—. Dime cuál es la clínica donde debo hacerle las pruebas a mi hija.

—Es en la Clínica Santa María, debes hablar con el doctor Heigl, es el oncólogo que está tratando a Martina —responde un tanto desorientado y aliviado.

—Mañana iremos a hacer las pruebas —aseguro—. Bien, ahora que todo ha quedado claro, supongo que no hay motivos para que sigas con la demanda.

—Pero ella es mi...

—Ni te atrevas a decirlo, Julieta no es, ni será tu hija, Gabriel. El amor por un hijo no nace con el tiempo, no es algo que se aprende o se fuerza, se siente o no se siente. Tú no amas a Julieta y nunca lo harás. Te vuelvo a decir lo mismo que la otra vez, no expondré a mi hija a que le rompas el corazón —advierto, mirándolo a los ojos y él evade mi contacto... cobarde—. Lo que pasa es que tu estúpido orgullo no te permite reconocer que nunca podrás cumplir con tu rol. Mírate, eres un iluso, no hay posibilidad de que puedas ser el padre de Julieta como lo eres de Martina —explico lo que para mí es evidente, y el pecho se me oprime, porque estoy conteniendo unas ganas locas de llorar—. Es posible que tengas algo de voluntad para ello, pero no basta solo con eso, nunca sentirás la misma conexión, siempre será una extraña para ti... —Mi voz se quiebra, es inevitable, porque me hace daño exteriorizar mis pensamientos que no se alejan de la realidad—. Olvidas que te conozco, sé cómo eres, sé cómo actúas cuando quieres a alguien y cuando dejas de hacerlo. Sé cómo eres cuando no sientes amor... si es que sabes lo que es eso. Te exijo que no hagas algo que no quieres hacer.

Gabriel se queda en silencio, puedo ver la vergüenza de haber sido expuesto. A mí... a mí me duele el alma, una cosa es intuir, y otra muy diferente es que te confirmen la cruda verdad. Mi hija me duele, soy su madre y la amo, y no me gusta la sensación de que su progenitor no sienta ni la milésima parte de lo que yo siento por ella. Si tan solo no hubiera dudado, si tan solo hubiera sido firme, le habría dado la oportunidad... Todo esto va más allá de mi capacidad de comprensión. Duele, duele, duele...

Duele, pero estoy tranquila, porque aunque sea cruel, al fin tengo la verdad ante mí.

—Voy a retirar la demanda —murmura Gabriel—. En cuanto se hagan las pruebas. —Niego con la cabeza, es el mismo de siempre. Al parecer no me conoce, yo cumpliré mi parte y espero que él haga la suya, en cuanto le ratifiquen que he hecho lo que he pactado.

—Bien, eso es todo... De verdad, espero no verte nunca más cuando todo esto termine. —Me levanto de mi silla, ya no tengo nada más que hacer.

—Tú nunca cambiarás, cerdo egoísta —interviene de pronto Damián con su voz preñada de furia reprimida —. No tienes idea de nada... ¡De nada! —escupe con ira mientras se levanta también de su asiento—. Nunca le harás falta a Julieta.

—De veras que tú eres el papá de repuesto —responde venenoso y altanero. No me queda ninguna duda, Damián tiene razón, Gabriel nunca cambiará.

—Tú lo has dicho, seré su padre aunque sea de repuesto. No necesito excusas para serlo, criaré a una niña extraordinaria —asegura orgulloso. Yo casi no puedo creer lo que estoy presenciando, porque Damián está convencido, a menos que sea un actor consumado, pero algo me dice que no lo está haciendo—. Unos cuantos genes no hacen la familia, porque en este momento yo siento mucho más amor por Julieta y por Haidée, del que tú nunca sentiste ni sentirás en tu vida por nadie.

—No es necesario que te las des de súper hombre en frente de ella —provoca Gabriel—. No eres mejor que yo, sabes que no se puede sentir amor automático por una niña que apenas conoces...

Se ha mostrado tal cual es, al fin y sin querer, dice todo lo que piensa de mi hija.

No lo soporto más y alzo mi mano.

El lugar ha quedado en silencio gracias al sonido de una bofetada bien dada.

En mi palma queda el rastro del dolor del impacto sobre su dura mejilla, y su cara está volteada.

—No tienes idea de nada, Gabriel. ¡De nada! —exclamo furiosa al igual que Damián—. No te quiero ver cerca de mi hija, jamás.

Damián toma mi mano y me saca de ahí... Mientras caminamos rápido me atrae hacia él y nos alejamos, no son necesarias las palabras. Ni siquiera tengo ganas de pensar en nada, ahora no. Gabriel no merece ni siquiera que le dediquemos energía y pensamientos a su persona.

Él no existe.

*****

Al día siguiente, llamo temprano a la clínica y hablo con el doctor Heigl, le explico a grandes rasgos la situación y le solicito hacerle las pruebas de compatibilidad a Julieta. El hombre no puede ocultar su entusiasmo y asombro, y promete hacer la gestión para que nos reciban para la toma de la muestra esa misma tarde. Yo hago todo como si fuera un robot, en mi mente, solo intento visualizar a esa pequeña niña que no conozco, por ella hago esto, solo por ella.

Pido permiso en el trabajo para retirarme un par de horas antes de la salida normal, y así poder acompañar a mamá junto con mi pequeña valiente a hacerse los exámenes de sangre. Sé que Damián quiere estar a mi lado, también quería pedir permiso, pero no lo dejé, no quiero pensar en lo importante que es este simple acto… No quiero darle importancia, solo la necesaria.

Todo fue rápido, nada del otro mundo. Le envié un mensaje de *WhatsApp* a Gabriel con el comprobante de atención demostrándole que había cumplido mi palabra. De respuesta me confirmó que había retirado la demanda esa misma mañana cuando el doctor Hiegl le llamó para avisarle que había fijado cita. Todo ha salido tal y como lo hemos acordado, sin embargo, tengo una extraña sensación al salir de la sala donde le tomaron la muestra a mi hijita.

—¿Usted es Haidée? —pregunta una voz femenina a mis espaldas, me giro y es alguien que nunca he visto en mi vida.

—Soy yo —respondo confundida.

—Hola, soy la esposa de Gabriel… Lucrecia Wilson. —Extiende su mano a modo de saludo y yo estoy atónita.

Ay no… Paciencia, Haidée, paciencia…

Intento poner mi mejor cara de póker y hacerme la loca.

—Hola… —saludo sin saber qué más decir… no tengo nada que decir en realidad. Solo atino a responder su gesto y le doy un apretón decidido… sin exagerar.

—Quería agradecerle personalmente el gesto de hacerle las pruebas de compatibilidad a su hijita —manifiesta con genuina emoción. Es una mujer muy linda, rubia, ojos grises, apellido gringo y con clase, la perfecta nuera para mi ex suegrita linda. No me extraña que ella sea la persona por la cual Gabriel me abandonó—. Sé que es bastante improbable que haya un resultado positivo aunque sean primas en segundo grado. Pero debemos agotar todos los recursos. De verdad, les agradezco el intento…

Pero qué mierda está pasando aquí…

—¿Perdón? ¿Primas? —interrumpo entre molesta y desconcertada. Ese cerdo, después de todo, negó a su sangre—. ¿En segundo grado?

La expresión de la mujer también se ha vuelto confusa. Algo huele mal, muy mal. Hay un asqueroso y nauseabundo olor a mentiras, sucias mentiras de Gabriel.

Las odio con todo mi corazón y yo no le voy a tapar las mierdas a ese cerdo egoísta infeliz.

—Lucrecia… No sé qué le habrá dicho Gabriel, pero mi hija no es prima en segundo grado de Martina —respondo con un tono de voz que incluso a mí me asombra, soy la mar de la calma—. Julieta es medio hermana de la suya.

La cara de Lucrecia se descompone, mira a mi hija que está de la mano de mi mamá, quien está tan sorprendida como yo de toda esta inesperada situación.

—Creo que Gabriel no le ha contado toda la verdad —deduzco lo obvio para mí, pero no para ella—. Por favor, no tome conclusiones apresuradas. No es lo que parece —le pido con mucho tacto, porque logro notar que ella está elucubrando cosas que no son—. Venga, vamos a la sala de espera y le explicaré.

La mujer nos sigue como autómata a la sala de espera, donde hay unos cómodos y enormes sillones, y se desploma sobre uno de ellos. Yo me siento al lado de ella conservando una distancia prudente. Mi mamá se sitúa en otro sillón junto con Julieta que juega con sus inseparables ponis.

—¿Hace cuánto está casada con Gabriel? —pregunto interesada, necesito calcular los alcances de las mentiras de él.

—Tres años... nos casamos cuando nació Martina. Fue una locura, lo hicimos de un día para otro, ni siquiera les avisamos a sus padres o a los míos. —«Ni siquiera a mí, digo, para habernos divorciado primero», pienso irónica. Ella relata esbozando una sonrisa, el recuerdo es bello para ella...

Lástima, ya nunca más lo será. Gabriel es un desgraciado.

—Conocí a Gabriel a los diecisiete, me casé con él cuando llevábamos unos siete años de relación... Eso sucedió hace cuatro años, el matrimonio solo duró uno... —empiezo a resumir mi «idílica historia de amor» sin demostrar ninguna emoción—. Él desapareció de mi vida hace tres años cuando me confesó de un día para otro que estaba enamorado de otra mujer, y simplemente me abandonó. Me borró de su vida y su familia también hizo lo mismo. Me enteré de que estaba embarazada un mes después de aquella confesión. Así que él nunca supo de la existencia de Julieta hasta hace unas semanas. De hecho, se enteró por accidente.

—No puede ser —murmura incrédula—. No es verdad...

Ahora veo que no solo a mí me engañó. También a «la amante» que nunca supo que lo fue. Ahora podemos agregar una «gracia» más a Gabrielito, la bigamia.

Lucrecia está en shock, paralizada. De verdad, me apena hacerle pasar por esto, pero Gabriel no merece mi consideración ni mi complicidad en sus historias truculentas.

—Hace un mes me pude divorciar de manera unilateral, porque no sabía cuál era el paradero de Gabriel... Lo siento mucho, pero yo no tengo por qué taparle las mentiras a él.

No deseo continuar revelando todo lo que ha hecho él coludido con su madre este último tiempo, sería como echarle bencina a una fogata.

—¡No es verdad! —exclama Lucrecia entre lágrimas. Pobre mujer, la negación es lo primero que uno atina a hacer ante una verdad de este calibre.

—Usted puede comprobar los hechos. Si quiere, pida un examen de ADN a la muestra de sangre de mi hija. Incluso le puedo mostrar el papeleo del divorcio que tengo en casa. En fin, le puedo asegurar que esto no es una venganza. —No contra ella, de hecho solo siento lástima—. Simplemente no me gustan que me involucren en engaños, y no voy a fomentar los de terceros, y mucho menos los de Gabriel. Lo siento... De verdad, lo siento por usted.

—Por eso Gabriel no quería que la contactara, ni que le diera las gracias —especuló en un susurro, hablando consigo misma.

—Sus motivos eran más que justificados... Lo lamento mucho... Me tengo que ir. Mamá, vamos. —Me levanto del sillón y mamá toma a Julietita en brazos para marcharnos.

—¡Espere! —pide ella—. Gabriel me dijo que su primo Damián había fallecido y que usted era su viuda...

—Damián está vivito y coleando, lo único cercano a esa verdad, es que él es mi pareja actual —respondo, suspirando cansada—. Si quiere le doy su teléfono para que lo compruebe...

—No... creo que no es necesario... —contesta con un hilo de voz.

—Hasta pronto... suerte —le deseo con sinceridad.

Mucha, mucha suerte, porque la va a necesitar.

No puedo evitar pensar que todo lo que ha sucedido aquí traerá consecuencias, no solo para Gabriel. Sé que posiblemente he obrado de impulsiva manera, sé que esa mujer no está viviendo el mejor momento de su vida por la enfermedad de su hija, y no fui considerada, pero... Él está cosechando lo que ha sembrado. Sé perfectamente que no soy nadie para dar lecciones, pero él tampoco es nadie para jugar con las personas

como lo ha hecho con nosotras.
Solo quiero que esto llegue a su fin.

TREINTA Y UNO

El departamento está vacío, qué raro. Papá casi siempre está de vuelta cuando yo llego del trabajo, estos días ha ido a concretar unos negocios y a visitar a unos clientes de acá de Santiago. Ha estado lleno de actividad, y eso es bueno, no me gustaría para nada que estuviera encerrado aquí sin hacer nada.

Miro mi móvil y me debato entre llamar a Haidée o esperar a que se comunique conmigo, pero me distrae el sonido de la cerradura, mi papá aparece y me mira sorprendido.

—Hola, hijo. —Voy a su encuentro, me besa en la mejilla y me revuelve el cabello—. Llegaste temprano —comenta y se va directo a la cocina americana.

—Sí, hoy Haidée llevó a Julieta a la clínica para hacer el *test*, así que me vine al tiro —respondo y lo sigo, por el lado contrario de la mesa. Papá abre el refrigerador y saca un par de latas de cerveza y me da una—. No quiso que la acompañara, según ella, porque no quería darle importancia al asunto. —Abrimos nuestras latas casi al mismo tiempo y se me hace agua la boca, está fría, perfecta—. Pero estoy inquieto, no me gusta que haya ido sola. —Bebo un trago largo y me siento en uno de los taburetes y mi viejo se queda de pie en frente de mí.

—No puedes estar encima de ella todo el tiempo, hijo —aconseja y bebe un sorbo—. Déjala respirar... Además fue con Mercedes, no le va a pasar nada a ninguna de las tres —comenta relajado.

—¿Cómo sabes que Haidée fue con ella? —cuestiono entrecerrando mis ojos al darme cuenta de inmediato de que no he nombrado a mi suegra.

—¿Es obvio, no? —responde arqueando una ceja... Lo hace de manera exagerada y eso significa que está mintiendo u ocultando algo. Hay algo raro aquí.

—No, no lo es —replico incrédulo.

—¿Te conté que el lunes fui al médico?

—¿En serio? —Le sigo el juego, sé que está intentando cambiarme el tema y lo dejo. Es todo un milagro que haya ido a chequearse—. ¿Y qué te dijo?

—Tengo una simple bronquitis —responde con un tono que dice «fui al médico por una estúpida bronquitis y perdí mi tiempo y dinero»—. Salud por eso. —Bebe un trago largo y luego se limpia la boca con el dorso de la mano.

—Así que es una simple bronquitis —ironizo como si me hiciera mucha gracia, si no la cuida bien puede empeorar. Ahí no será tan simple.

—Bronquitis —zanja el asunto—. Solo debo cuidarme de los cambios bruscos de temperatura y seguir el tratamiento, así de fácil.

—Tú —Le apunto con el índice, sin soltar la lata—, Agustín Cortés, no sigues los tratamientos.

—¿Me has escuchado toser los últimos días?

—Ehhhhhhhh… no.

—Ahí tienes tu respuesta, mocoso.

Entrecierro mis ojos nuevamente. Definitivamente, hay algo raro y mejor me pongo a averiguar.

—¿Has sabido algo sobre mi tío? —indago para ir descartando y llegar a alguna conclusión. Esta pregunta se la hago todos los días y todos los días la respuesta es no.

—Ah… sí… eso… —Baja la vista unos largos segundos y parpadea rápido—. Hoy lo vi.

—¿En serio, qué te dijo? —interrogo sorprendido, mi tío no ha dado luces y de verdad a mi papá y a mí nos extrañaba mucho la situación.

—Digamos que no pudo decir mucho. —Bebe un poco de cerveza y continúa—: Tu tío ya no está en condiciones para hablar.

—¿A qué te refieres? —Se queda en silencio, sus ojos están vidriosos—… ¿Papá?

—Fui a verlo al cementerio. Falleció hace un año y medio… —me cuenta con la voz ahogada—. Me enteré por los nuevos propietarios de la casa en la que vivían… De hecho, Luz María la vendió en cuanto Gonzalo falleció… —Traga saliva, saca su pañuelo blanco y seca sus ojos antes que las lágrimas salgan del todo. Yo estoy impactado… mi tío… muerto—. Ya ni recuerdo qué conversamos la última vez que hablamos por teléfono, yo estaba sumido en la pena de perder a tu mamá, y yo…

—Papá… no es tu culpa no enterarte —interrumpo antes de que empiece a autoflagelarse—. Luz María no te avisó, no eres adivino…

—Nunca salí del criadero, soy culpable también de nuestro alejamiento… Era la misma distancia de Cauquenes a Santiago que de Santiago a Cauquenes. Dejé pasar demasiado tiempo por rencor, estupidez… por orgullo.

—Tal vez sí, tal vez no. Papá, mi tío Gonzalo tampoco lo hizo de la mejor manera, él también…

—¡Pero no lo intenté! —estalla y ahora no puede impedir que salga un par de goterones de sus ojos. Me duele verlo así y mis ojos escuecen—. Independiente de todo, no hice nada. ¡Nada!

—Por favor, no te culpes, papá… —le pido. Acá todos tienen responsabilidad, nadie es más culpable que otros—. Es tarde para ello…

—Lo sé. —Se encoge de hombros y seca su cara—. No lo puedo evitar, ¿qué puedo hacer para no sentir esto? La culpa me carcome, era mi hermano…

—No lo sé… soy hijo único… —respondo, sonriendo con tristeza, y no puedo evitar que también caigan un par de lágrimas—. No tengo hermanos, no sé lo que es eso…

Nos quedamos callados con la vista perdida, sumergidos en nuestros sentimientos, en los recuerdos. Vaciamos nuestras latas de cerveza, secamos nuestras lágrimas. Ninguno de los dos puede hacer nada para enmendar los errores que separaron a la familia, que Luz María y Gabriel hayan sido siempre unos seres despreciables, no justificaba una separación definitiva de los hermanos. Sin hablar, mi papá me ofrece otra lata de cerveza y acepto. Repetimos el mismo acto de abrirlas y hacer un brindis por mi tío y su eterno descanso.

Intentamos buscar algo de consuelo, porque tal vez la redención nunca llegará. Y debemos aceptarlo, aunque duela.

Bebemos, no decimos palabra alguna, me entristece enterarme de que mi tío ha fallecido, tengo buenos recuerdos de él. Era un hombre amable, incluso cariñoso conmigo, pero era totalmente permisivo con su mujer y Gabriel.

—Hijo… tengo que contarte algo… En realidad… —dice de pronto mi papá, interrumpiendo el silencio—. Tienes un hermano —confiesa en un hilo de voz y yo no soy capaz de procesar muy bien esa información… ¿Escuché bien? ¿Un hermano? ¿Dónde, cómo, cuándo?, pero ninguna de estas preguntas salen de mi boca. No soy capaz de hablar… Miro a papá fijo, él me observa con cautela y suspira.

—Estaba esperando un mejor momento, pero nunca es el momento ideal últimamente. —explica y yo apenas reacciono—. Es mayor que tú, tiene treinta... —Sigo sin poder hablar, no sé qué sentir. Estoy confundido, saco cálculos mentales y sé que no engañó a mamá, todo sucedió antes de que la conociera—. Esperaba contarte para año nuevo cuando fueras a Cauquenes. De hecho, me enteré esa misma semana, pero las cosas cambiaron... No he sabido cómo decírtelo... yo.

—¿Cómo fue? —atino a preguntar esto es increíble.

—Yo era muy joven, ella también —inicia su relato y logro ver en su semblante cómo viaja con nostalgia en el tiempo—. Éramos novios... Un día ella, simplemente, me dijo que ya no me quería y que deseaba terminar nuestra relación, y se fue. El amor cuando uno es demasiado joven es débil, y no insistí. Si ya no me quería no podía forzarla y con el tiempo le perdí la pista. Conocí a tu madre... hice mi vida —explica y su voz empieza a ser más firme—... Hace dos semanas estaba en las caballerizas y Abelardo me dijo que un hombre me buscaba en mi oficina. No le di mucha importancia, siempre van desconocidos a la oficina, pero cuando entré y lo vi fue como ver mi reflejo... y lo supe. Simplemente, supe que ese muchacho era hijo mío, no lo cuestioné sin que él dijera nada. —Parpadeo sorprendido, en su voz se nota que está contento, orgulloso, no puede ocultarlo. Y en el fondo me gusta verlo así, no esperaría otra reacción de su parte, y no puedo evitar pensar en Gabriel y sus malditas dudas. Mi papá es un ejemplo de que cuando tienes el instinto y la conciencia tranquila, no dudas sobre tus sentimientos, lo sabes.

—¿Por qué ahora? —pregunto, necesito saber los motivos por los cuales apareció de la nada mi... hermano. Es extraño pensar de esa manera, durante veintisiete años fui solo uno, y ahora...

—Edmundo, así se llama, dijo que solo tenía curiosidad de conocernos. Su madre falleció hace poco y le confesó la verdad solo un mes antes de morir. —Se queda pensativo unos momentos, como si en este momento no estuviera en la misma habitación conmigo. Suspira profundo y una sonrisa apenas se dibuja en sus labios—. Ella fue mi novia unos seis meses, cuando llevábamos un poco más de cinco, un desconocido la violó...

—Papá interrumpe su relato, aprieta su mandíbula y empuña

su mano fuerte intentando canalizar la rabia. Yo me compadezco de esa mujer, debió ser horroroso—. Cuando descubrió que
estaba embarazada —prosiguió—, pensó que había sido producto de aquella agresión. Nosotros nos veíamos poco, y de
hecho solo tuvimos intimidad una vez, justo antes del ataque
y… —Inspira profundo, sé que es difícil de relatar una historia
triste, truncada, que pudo haber tenido otro final—… y solo
asumió que era del desconocido. Se alejó de mí, imagino que
por la vergüenza… y huyó de su casa porque su familia era
muy conservadora y retrógrada. Siempre le amenazaron con
golpearla y echarla a patadas de la casa si se preñaba… Afortunadamente, fue recibida en un hogar de acogida, porque quiso
dar en adopción al niño… Pero al final, no fue capaz. —A papá
se le vuelve a quebrar la voz y se queda en silencio, y de nuevo
se le humedecen los ojos.

Esta ha sido una tarde demasiado fuerte para él y para
mí también. Mi mentón tiembla, mi cara está húmeda de lágrimas que ya no me tomo la molestia de secar.

—Lo siento —se disculpa por sus lágrimas, pero es absurdo, no puedo culparlo por sentir—. Aurora era una buena
muchacha y de un corazón generoso. Me duele saber lo que
sucedió… la quise mucho. Nunca imaginé todo esto, solo me
quedé con lo que me dijo cuándo terminó conmigo y ya. —Su
mentón tiembla y sigue—: Se hizo cargo de Edmundo y con el
pasar de los años se dio cuenta del parecido que tenemos, pero
para ella era demasiado tarde, cuando me quiso contar yo ya
me había casado con Martita, tenía otra vida… estabas tú. Y
decidió dejarlo todo tal como estaba y siguió con su vida. Ella
nunca le dio información precisa acerca de su origen a Edmundo, ella nunca se casó, y cuando ya estaba su enfermedad en
etapa terminal, le contó todo a mi… a mi hijo. Aurora crió a un
buen hombre. Edmundo es profesor y vive en Concepción…
¿no es irónico?

Es extraño saber que tienes un hermano de la noche a la
mañana. Siempre deseé tener uno, pero mis padres decidieron
no tener más hijos porque el embarazo casi le costó la vida a
mamá. No siento rechazo por Edmundo, es más, quiero conocerlo porque… porque es mi hermano y la historia de su origen
es triste, pero a la vez es una demostración de que la vida puede
golpearte, puedes tomar malas decisiones, pero eso no te hace
una mala persona. A pesar de todo, puedo darme cuenta de que

Aurora fue una mujer íntegra, que pudo haberse aprovechado de muchas cosas para sacar ventaja, pero optó por el silencio y se dedicó a su hijo en cuerpo y alma. En mi opinión ella debió hablar con papá hace muchos años, pero no todas las personas actúan, ni piensan de la misma manera. Ni papá ni yo somos nadie para juzgarla.

Tenemos un integrante nuevo en la familia, nada más y nada menos.

—Lo único que te voy a decir es que quiero conocerlo pronto —sentencio resuelto y seco las lágrimas que no pude impedir que cayeran. Estoy cansado de reprimirlas, me duele el pecho y la garganta.

—Pensé por un momento que te ibas a enojar —dice, limpiándose la cara por enésima vez con su pañuelo.

—Estoy anonadado, pero no enojado, ¡cómo se te ocurre!… Solo sé que deseo verlo, no sé cómo explicártelo, siempre quise un hermano, mi primo siempre fue un pelotudo… Y ahora, simplemente aparece Edmundo, ¿entiendes?

—Creo que sí, te juro que casi me caí de culo cuando lo vi, parece un gemelo perdido en el tiempo, en vez de un hijo mío —comenta sonriendo, el denso momento empieza a aligerarse y nuestros corazones oprimidos comienzan a latir con normalidad—. Fue tragicómica la situación, a él también le impresionó el parecido. Conversamos mucho me contó sobre su vida, sobre Aurora, yo le hablé de ti y de Martita. No sé si me entiendes, pero desde que lo vi no pude evitar sentir algo… una certeza… Tengo otro hijo, es totalmente inesperado, pero ya lo quiero…

—Te entiendo… perfectamente, papá.

Y toda esta situación me hace reflexionar sobre Julieta y Martina. No sé si la vida les dará la oportunidad de poder tener una relación de hermanas relativamente normal.

La historia de ellas es mucho, mucho más complicada.

TREINTA Y DOS

—Increíble. —Es lo único que puedo decir después de escuchar el relato de Damián sobre su hermano salido de la nada y la triste noticia de saber que don Gonzalo lleva más de un año muerto. Mi ex suegro no era una mala persona, pero sí era evidente su debilidad de carácter e indulgencia cuando se trataba de su esposa y su hijo… Una lástima, lo siento por don Agustín que ha perdido a su hermano sin poder hablar una última vez, sin poder hacer las paces.

—Sin duda alguna, la tarde de ayer estuvo llena de revelaciones para los dos. ¿Así que se supone que tú eres mi viuda? —Ríe Damián jocoso y yo lo reprendo con la mirada—. Lo siento, sé que es terrible para esa pobre mujer, pero reconoce que esa mentira parece sacada de una teleserie.

—No sé cómo le hizo Gabriel para casarse hace tres años sin haberse divorciado, ¿no se supone que eso no es posible por la base de datos del registro civil? —Apoyo mi cabeza en mi mano mientras enrollo el último bocado de spaghetti y me lo como apenas.

—Cuando quieres hacer que una mentira sea convincente, pues, nada te lo impide para poder falsificar unos cuantos documentos y simular una ceremonia de matrimonio —conjetura y creo que está muy cerca de lo que en realidad pasó—. En todo caso, no todo el mundo ha de tener un manual de cómo casarse… Digamos que la ignorancia se puede prestar para que te metan el dedo en la boca.

—Es posible, recuerdo que yo no tenía idea de nada hasta que me presenté en el registro civil a pedir hora. Creo que él ha ido demasiado lejos con sus mentiras.

—Y Luz María también le ha secundado en todo, es abogada, debió saber perfectamente lo que su hijo estaba haciendo, a menos que Gabriel le haya mentido a ella también. —Se queda un par de segundos pensativo y se rasca la cabeza—. Ve tú a saber, no me sorprendería si ella lo sabía todo.

—A estas alturas poco me importa. Pero no puedo negarte que Lucrecia me dio lástima, pero Gabriel se lo ha buscado, yo no voy a andar ayudándole con sus mentiras.

—No te preocupes por ello, digamos que has sido un instrumento del universo para castigar sus fallos —declara intentando aligerar mi ánimo, pero no me puedo deshacer de esta inquietud.

—Pues no me agrada ser un instrumento del universo. Lo único que temo en este momento es que Gabriel tome represalias cuando le estalle todo en la cara. Sé que cuando eso suceda la primera que se enterará seré yo.

—Eso mismo estaba pensando... No sé a qué extremos llegará ese infeliz, porque para algunas cosas se hace el macho, pero para otras es bien maricón.

—¿Y si vuelve con lo de su demanda de paternidad?... Ya no quiero imaginar, de verdad que no lo quiero en mi vida...

Tan solo me imagino en ese escenario y se me aprieta el estómago que use la paternidad de Julieta como un arma para castigarme. El maldito sabe que ella es mi talón de Aquiles. Damián toma mi mano, y me pide que lo mire sin palabras, agradezco su apoyo, pero esta vez siento que disparé en mi propio pie al decirle toda la verdad a Lucrecia... No sé qué hacer...

—Reconoceré a Julieta... —declara Damián sacándome de mis pensamientos. Sé que su intención es buena, pero no es suficiente—. La adoptaré... no sé, busquemos una alternativa para impedir que Gabriel la use de caballito de batalla.

—Damián, no tienes que hacerlo, es...

—Sí, tengo qué —interrumpe antes de que intente negarme o darle alguna explicación—. Ningún hijo de puta caprichoso se mete contigo o con Julieta. No estaba bromeando cuando le dije a ese cabrón que siento más amor por Julieta que lo que él ha sentido jamás... Nunca he hablado más en serio en mi vida —sentencia sincero, con el ceño fruncido, determinado.

—Pero...

—Haidée. —Me llama por mi nombre, y su tono es el que usa cuando está dominándome, en este momento está hablando el señor Cortés. No deja que esgrima ningún argumento contra lo que él ha decidido, está totalmente convencido de lo que dice—. Siempre he asumido que estar contigo significa amar todos los aspectos de tu vida, eso incluye a Julieta, ella forma parte de ti, te hace ser cómo eres... ¿Cómo no voy a quererla si es un pedazo de ti?

—Damián... ¿es que acaso no lo entiendes? Una hija es para siempre... ¿y si un día lo nuestro no sigue? ¿Qué harás con Julieta? No puedo exponerla de esa manera... —le explico. No deseo que tome esto a la ligera, aunque su cara y su voz me dice lo contrario. No es fácil para mí—. Llevamos tan poco tiempo y tú tomas decisiones que son de por vida con una facilidad que a mí me pasma —confieso, necesito que me entienda.

—¿Y por qué lo nuestro va a terminar? —pregunta y no tengo una respuesta definitiva para ello. No veo motivos ni ahora, ni nunca para que esto acabe pero...

—Damián, no seas ingenuo, nada dura para siempre... —Y el temor a perder esto, que cualquier cosa me separe de él, me mata. Me cuesta superar el miedo a volver a fracasar como pareja, y ahora es peor, porque tengo una hija a la que le pueden repercutir mis errores.

—Lo sé, Haidée, créeme que lo sé... Para mí no es necesario haber sufrido todo en carne propia para saber que nada dura para siempre... Mamá murió y dejó a papá solo sin avisar, sin poder decir adiós. Y mucho antes de eso, Aurora se fue por un terrible hecho y luego se equivocó en callar, Gabriel te abandonó y ni siquiera supiste qué fue lo que pasó... y yo, yo nunca me proyecté con nadie lo suficiente como para pensar en un para siempre hasta que te conocí. —Inspira profundo, sus ojos están vidriosos, Damián no teme abrir su corazón de una manera que me abruma, porque nunca conocí a un hombre como él, y sé que nadie se le iguala—. La vida tarde o temprano te separa de quienes amas, de tus sueños, de una forma u otra, llega el momento de despedirse; pueden pasar veinticinco años, seis meses, unos días, pero eso nunca se sabe, no tengo ninguna garantía... —declara y yo no tengo palabras, me he quedado muda. No puedo rebatirle nada, por más que intento razonar, por más que intento encontrar un impedimento para que él asuma un papel que ofrece libremente, por amor... No puedo decirle que no—. Solo déjame disfrutar lo que tengo ahora contigo con todo lo que implica... No pienso en que acabará, no pienso en dejar de amarte, no pienso en otra que no seas tú... Nadie me puede dar lo que tú me das... Nadie.... ¿No sabes, acaso, lo jodidamente difícil que es encontrar a una mujer que ame todo lo que soy?... El 90% de la población femenina me consideraría un agresor, un sicópata, o en el mejor de los casos, un pobre y triste *hueón* degenerado, y para peor, con un sueldo regular.

—Pero, Damián, tú no eres así. —No, él es un HOMBRE con mayúsculas, como deberían ser todos, sensato, seguro de sí mismo, maduro. Su perversión es solo un detalle que lo hace más interesante, pero a veces se subestima, y eso solo lo hace ser más humano. Al igual que yo, también tiene temores e inseguridades, solo que las esconde mejor que yo, y en estos momentos es cuando salen a la luz.

—Solo lo sabes y me conoces porque has sabido escucharme, me diste la oportunidad de demostrártelo, has abierto tu mente y estás aprendiendo junto conmigo... Pero créeme que no muchas piensan o actúan como tú. Encontrarte ha sido como si me hubiera sacado la lotería.

Lo miro a los ojos, él no evade el contacto, nunca lo ha hecho. A veces me pregunto si es una locura todo esto, no he conocido la paz y la quietud desde que lo conozco, y sin embargo, ya no puedo imaginar mi vida sin él. Antes, solo me mantenía a flote por Julieta, por mamá... no por mí. No me sentía capaz de volver a amar otra vez y estaba conforme con vivir una vida monótona, segura y sin riesgos que solo brillaba por esos momentos en los que mi hija me demostraba que todo valía la pena.

Y ahora, este hombre me hace sentir que solo nos puede separar algo tan definitivo como la muerte, y por más que intento encontrar motivos, Damián siempre tiene una respuesta para todo, no se desgasta en pensar en lo que va a suceder en el futuro.

Lo único que tenemos es el ahora y el deseo de estar juntos mañana.

—Damián, ¿qué haré contigo?

—No sé, solo ámame y déjame reconocer a Julieta. Quiero que estén tranquilas la mayor cantidad de tiempo posible.

—Necesito hablar de esto con mi mamá, siento que no puedo decidirlo sola. Es demasiado importante.

—Me basta con que lo consideres, pero yo estoy seguro de lo que he dicho. —De pronto ríe a carcajadas, no sé por qué, estaba muy serio hace dos segundos atrás—. No puedo creer que le voy a dar la razón a ese chiflado —dice para sí mismo sin dejar de reír.

—¿De qué estás hablando? —pregunto y en mis labios aflora la sonrisa de nuevo, se ve contento, pero no entiendo su repentino cambio de humor.

—De que estoy fregadísimo y que te amo.

—Yo también te amo, pero sigo sin entender, Damián.

—No me entiendas... —Mira su plato vacío y luego el mío, hoy almorzamos *spaghetti* al pesto hecho por estas prodigiosas manitas—. Creo que hace rato pasó la hora de colación...

—Estamos bien en la hora, lo que pasa es que te devoraste el almuerzo hoy —le explico, no comía, tragaba mientras conversábamos lo que nos sucedió ayer.

—Cocinas delicioso, casi tanto como yo.

—Tienes serios problemas de autoestima, Damián Cortés. Primero te tiras al suelo y luego te pones arrogante. ¿Quién te entiende? —Bipolaridad diría yo, pero prefiero guardarme el comentario.

—¿Ves que me saqué la lotería? Solo tú me entiendes —responde socarrón.

—¿Y mi «postre»? —pregunto de mejor ánimo, las conversaciones trascendentales se aligeran de la nada, y lo que parecía difícil de decidir se vuelve fácil. Solo necesito buscar consejo.

—Ya sabes lo que pasa cuando comes postre, y tanta fuerza de voluntad no tengo... —asegura con una sonrisa en sus labios; me gusta cuando se pone así, juguetón—. Necesito mi salida especial contigo. —Y cuando dice «especial» sé a lo que se refiere, y es cuando el señor Cortés hace acto de presencia—. Adoro a mi viejo, pero es un problema cuando se trata de privacidad para nosotros.

—Puedo llamar a mamá y avisarle que saldré contigo. A mí también me hace falta mi cuota... ¿Es normal empezar a necesitar sentir esa sensación de querer algo más fuerte?

—A eso me refiero cuando digo que nadie me puede dar lo que tú me das —afirma y me besa los nudillos—. Definitivamente, probaremos algo un poco más intenso.

—Maravilloso.

Ya quiero que sean las seis.

*****

Estoy atada de manos, muñecas juntas y al frente, boca abajo, sobre el extremo derecho de la cama. Piernas juntas.

Desnuda. Solo uso mi collar de perlas.

Húmeda.

Calor.

—El mejor lugar para mantener a salvo mi arsenal sexual es traerlo conmigo a todas partes en mi inocente mochila negra —expone Damián de pie mientras recorre mi espalda con algo frío y duro, probablemente es el dildo de cristal—. Lo mejor es que no sabes qué hay en ella, salvo la soga y nuestro amiguito rosa. Pero... ya dije que esto sería un poco más intenso. —Recorre mis nalgas con la punta roma del juguete que ya está cobrando algo de calor y acaricia entre mis piernas con la longitud del dildo, pero sin penetrar. Muevo las caderas, buscando mayor fricción—. Quieta —ordena duro y yo dejo de moverme—. Nada de contonear ese culo precioso hasta que yo te lo diga.

Me besa una nalga, luego la otra. Sé lo que haremos, antes de entrar a esta habitación lo hemos conversado. Probaremos *spanking*, o las famosas nalgadas. Dolor erótico... hasta convertirlo en placer...

En teoría. Tengo que probar.

—Abre las piernas —demanda Damián y yo me estremezco de la anticipación.

No puedo ver nada en esta posición, lo único que sé es que él está vestido. Obedezco.

Me penetra con el juguete y es excitante, pero no lo suficiente, siento como todo mi centro palpita y yo anhelo sentir algo más... grueso y grande.

—¡Quieta! —repite él y deja de jugar con el dildo—. Junta las piernas y ponte en cuatro patas. —No me había dado cuenta de que me estaba moviendo, lo he hecho involuntariamente. Me incorporo, me arrodillo y descanso mi peso en mis antebrazos, estoy atada, expuesta y vulnerable. Los dedos de él me recorren las nalgas, tentando, acariciando.

El sonido repentino del azote de su mano en mi nalga derecha e inmediatamente un leve escozor se hace presente, pero se diluye en breve con las caricias suaves que Damián me da para aliviar el dolor.

El calor fluye en mi piel... pero lo siento desbalanceado, necesito sentir el golpe en el otro lado.

—Del uno al diez, ¿cuánto dolió? —interroga él.

—Uno —respondo, no ha sido para tanto, podría decir que no dolió del todo.

—¿En serio, solo uno?

—Tal vez dos, señor Cortés...

Otra nalgada más, pero ahora en la izquierda, la misma intensidad, el mismo escozor y la sensación de calor se expande... Caricias... me encantan sus caricias, firmes, seguras.

Repite lo mismo... una y otra vez, hasta que pierdo la cuenta, pero con cada golpe, todas las sensaciones se potencian y solo siento ese maldito vacío que solo puede ser llenado por él. Siento todo mi culo caliente y la imperativa necesidad de que Damián aseste otro azote y me llene de caricias.

Quiero más, más...

—Aumentaré la intensidad —advierte Damián—. Se ve precioso ese culo con ese color rojizo. Quieta. Eres una rebelde, si sigues moviéndote así no aguantaré más y no te conviene tener a un hombre demasiado ansioso... podrías no alcanzarme cómo quieres.

Diablos, no me doy cuenta de que me muevo... Quiero tenerlo dentro de mí. ¡Ahora!

Pero no digo nada, solo espero...

Una caricia larga, sus dedos se pierden entre mis piernas, solo me tienta, no me toca como yo lo deseo, y es frustrante, es un martirio.

—Estás mojadísima, ¿puedes sentirlo? Se ve precioso todo húmedo y resbaladizo. —Sumerge sus dedos en mí y logro sentir que estoy inundada, no me había percatado de lo muy excitada que estoy, solo estoy pendiente del delicioso calor que me provocan los azotes de Damián—. Eres maravillosa, lo estás haciendo muy bien... Vamos a usar otro juguetito muy útil para ti. —Ante mis ojos presenta unas bolas chinas de silicona, las mueve y tienen algo en su interior.

Me abre, me penetra, me expande, lo necesitaba...

Nuevamente descarga su palma, más fuerte, más intenso, pero el dolor... no duele, es extraño, sé que el golpe ha sido dado con más fuerza, pero el escozor se difumina con mayor rapidez gracias a la manos gentiles de Damián cuando acaricia esparciendo ese calor, convirtiéndolo en... placer. Mi sexo apresa las bolas que están dentro de mí, es delicioso. Nunca hubiera imaginado que se siente tan bien todo esto.

Más, quiero más...

—Del uno al diez, ¿cuánto dolió? —pregunta nuevamente.

—Tres... tal vez rozando el cuatro —contesto.

—¿Solo tres… rozando el cuatro? Mmmm… Eres una viciosa. Me estás tentando a usar otra cosa para azotarte, pero no voy a empujarte demasiado hoy, me estas volviendo loco con tus jadeos.

Y cuando dice que lo estoy tentando a usar «otra cosa», las posibilidades son muchas.

Me excita.

Un azote interrumpe mis pensamientos y me vuelvo a hundir en esa vorágine de sensaciones, el sonido del golpe, ese ardor, las caricias, el calor, sus dedos tentando mi sexo, jugando con mi humedad y con las bolas chinas, las saca y las mete entre una nalgada y otra, placer duro y puro. Me tortura… Todo se repite una y otra vez, me diluyo una y otra vez.

Me encanta esta sensación, roza la perfección, pero solo hay una forma de que todo esto sea perfecto, y eso es tener a Damián embistiendo entre mis piernas.

Eso sí es perfecto.

—¿Estás conmigo, preciosa? —No sé cuánto rato ha pasado, estoy aturdida, siento a Damián como si estuviera lejos, pero a la vez sé que está al lado mío.

—Estoy contigo —susurro inmersa en esto que no comprendo. Damián revisa mis muñecas. Había olvidado que las tenía atadas…

—¿Las sientes bien, no te incomoda?

—Está todo bien —respondo, y es verdad, todo está bien.

—Perfecto.

El sonido del tintineo de la hebilla de la correa de su pantalón me llama, miro en dirección a Damián y él se está desnudando sin dejar de mirarme, en cuestión de segundos puedo deleitar mi vista con su cuerpo, que para mí es sublime, viril, lleno de un poder que emana en cada poro de su piel. Se acerca a mí y extrae las bolas chinas dejándolas en la mesa de noche, acaricia mi sexo y se embetuna sus dedos con mi humedad que empieza a enfriarse con el aire y luego estimula su miembro, acariciando su glande con sus dedos mojados de mí. Lamo mis labios, deseo engullirlo, él sisea.

Inspira profundo, toma un preservativo de la mesa de noche y enfunda su erección.

Se pone detrás de mí, toma mi collar de perlas y lo enrosca en su muñeca derecha, es su pequeño ritual, puedo sentir el sonido y los leves tirones de las cuentas, y me penetra fuerte haciendo chocar su pelvis con mis nalgas, el roce de su piel con la mía me enloquece.

Embiste egoísta y frenético tomando con fuerza mis caderas, incrustando sus dedos en mi carne y yo quiero estallar, y él sabe que no lo lograré. Nuestros cuerpos colisionan, como si fuéramos animales, sedientos de sexo y placer,. Yo chillo, quiero estallar, romperme, desbordarme, y no lo alcanzo.

Damián se detiene en seco y se retira de mí con brusquedad, respirando agitado, tensando su cuerpo. Conteniendo su orgasmo, lanza un quejido torturado fundiendo sus manos en mi piel.

—Boca arriba, dame tus muñecas, te desataré. —Hago lo que me ha ordenado, Damián me conoce, por algún motivo cuando él me libera no es solo física sino mental. Es como si me diera la autorización para poder alcanzar el éxtasis definitivo.

Obedezco, ofrezco mis muñecas y con rapidez Damián me devuelve mi libertad.

—Abre tus piernas, preciosa. Déjame entrar.

Lo hago.

Al fin está donde pertenece… dentro de mí… sobre mí.

Y me transformo en una criatura lasciva que solo desea ser llenada y alcanzar el clímax a la vez. Damián me penetra sin parar a ese ritmo perfecto que adoro, y mis caderas se unen a ese vaivén glorioso y placentero. Aferro mis dedos a sus nalgas para sentirlo más duro, más intenso, más profundo. Más mío.

Mío, mi señor Cortés es mío.

Mis gemidos se unen a los resoplidos y jadeos de él, y de pronto nos volvemos bestias salvajes que se mueven en sexual sincronía y perfección. Placer, solo siento placer que, desde el primer segundo, solo aumenta.

—Dámelo, Haidée… ¡dámelo, mujer! —demanda Damián con su voz estrangulada y cargada de deseo.

—¡Damián! ¡Más fuerte! ¡¡Lléname!! —Las estocadas de mi hombre cada vez son más precisas y exquisitas, y sin más, alcanzan ese punto milagroso que me arrasa por completo, y estallo como nunca lo había hecho antes en mi vida. Grito su nombre, me despedazo y Damián lanza un gemido ronco siguiendo el compás de mi orgasmo que a él también lo destruye de gozo. Puedo sentir cómo él se drena en su última embestida y se queda quieto, tenso, agitado.

Todo mi centro palpita hipersensible, mi cuerpo se afloja, estoy llena de una sensación que me cuesta describir…

Paz, encontré mi paz.

—Suficiente por hoy, preciosa —decreta mirándome a los ojos con una ternura infinita, el juego por hoy ha concluido—. Haidée, te amo… Quiero estar contigo siempre —declara Damián aferrándose a mi cuerpo, sin separarse de mí—. Siempre, siempre…

Su tono de voz es tan vulnerable, como si me estuviera rogando para que no lo deje nunca más. No quiero dejarlo, ni ahora, ni mañana… es imposible.

—Yo también te amo, Damián. No te dejaré nunca —prometo y estoy segura de cumplir esta promesa. No es la primera vez que la hago, pero la vez anterior se la hice a una persona que no la honró, ni la valoró, yo sí estaba segura de cumplirla. Porque así soy yo, si amo lo hago sin condiciones y lucho hasta el final. Debo admitir que soy una romántica, al igual que mamá.

Sé que cualquiera que vea esto desde lejos creerá que estoy loca, que tal vez soy una mujer con serios problemas y que necesita ayuda sicológica urgente. Muy pocas personas podrían comprender esto…

Es más que una relación, es más que amor, es más que sexo, es más que una perversión.

Es todo, fundido en una amalgama perfecta que difícilmente se puede igualar. Esto se da solo una vez en la vida.

Sería una idiota si dejo escapar una oportunidad así.

—Damián, esto no es suficiente para mí —sentencio seria, mirándolo a los ojos.

—¿A qué te refieres con que no es suficiente? —me pregunta confundido frunciendo el ceño con un dejo de preocupación, qué lindo es.

—Quiero más —respondo.

—¿Más?... ¿En qué sentido? —todavía no se le quita la cara de desconcierto. Me mira fijo intentando descifrar mis palabras.

—Todos los días —contesto, jugando con él, está tan aturdido que no entiende lo que le digo.

—¿Sexo todos los días?

—Es imposible tener sexo todos los días… —Río pensando en que ya al quinto día Damián va a tener ciertas partes irritadas por tanta acción—. Hay otras cosas que quiero todos los días.

—¿Qué otras cosas quiere la señorita? —interroga y en sus ojos veo un brillo de diversión, ya está captando la idea.

—A ti... al amanecer, yendo al trabajo, verte a la hora de almuerzo, volver a casa... disfrutar cosas simples, ver una película, llevar a Julieta a la plaza, compartir una once con mamá... Cuando vuelvas a estudiar, tendré que esperar a que vuelvas cansado a la medianoche, pero no importará demasiado, porque podré dormir contigo todas las noches, hacer el amor de vez en cuando, también podremos follar como animales... silenciosos, pero de todas formas como animales.

—Me estás pidiendo que viva contigo —afirma—. Eres más valiente que yo. —Lo miro extrañada, no entiendo qué quiere decir con eso, ¿no quiere más? ¿Interpreté todo mal? ¿Me he equivocado?—. Esta tarde estuve a punto de pedirte lo mismo, pero me dio miedo.

—Probablemente te hubiera dicho que no... Pero durante las últimas horas todo cambió.

—Va a sonar feo, pero te hice cambiar de parecer a punta de palmadas en el culo.

—Básicamente sí... pero sabes que eso no es así, es... es...

—Todo —concluye. Se separa de mí... Se me había olvidado que todavía estábamos unidos, se quita el preservativo y luego me abraza posesivamente con sus manos, sus piernas todo su cuerpo se enreda con el mío—. Haidée, hagámoslo. Vivamos juntos... Los tres.

—Los tres...

Nos besamos y sellamos nuestro compromiso, sin ceremonias, sin testigos, sin papeles, sin garantías. Lo único que tenemos, es esto, un amor que nos une en cuerpo y alma... Para siempre.

Sé que será para siempre.

TREINTA Y TRES

$\mathcal{N}$o es compatible.

Ese es el categórico resultado del examen que le practicaron a Julieta. Haidée me mira aliviada, y a la vez con pesar. Toda una contradicción, y es el reflejo de mis sentimientos, exactamente los mismos.

Es una lástima por esa niña.

Los resultados los enviaron por correo electrónico y decidimos verlos en la casa de Haidée por dos motivos. Uno, porque es algo importante para ella, aunque no lo quiera reconocer, y dos, porque el día de ayer decidimos unir nuestras vidas, y esto forma parte de ello.

Sé que no podemos hacer este cambio de golpe y porrazo, debemos hacerlo gradual, tanto por Julieta, como por Mercedes, por lo que a partir de hoy me verán mucho más seguido, para que ambas se vayan acostumbrando. Después de todo, apenas llevamos un mes de relación y el común de las personas no decide algo así de trascendental con tan poco tiempo.

Pero nosotros no tenemos una relación común, ella y yo no somos personas corrientes y han pasado tantas cosas entre nosotros que treinta días parecen una eternidad. Haidée el día de hoy me regaló unas copias de las llaves de su casa y yo le regalé las de mi departamento. Fue casi como un intercambio de votos. Lo suyo es mío, lo mío es de ella... Todo es nuestro.

—Es una pena por esa pequeñita —se lamenta Mercedes y mira de reojo a Julieta que está sentada en mi regazo—. Agustín tampoco es compatible —revela con pesar, y Haidée y yo nos la quedamos mirando de un modo inquisidor—. ¿Por qué ponen esas caras? Julietita y yo acompañamos a Agustín al médico y aprovechó de hacerse el examen por si acaso.

—¿Y por qué lo acompañaste, mamá?

—Es lógico, no es de Santiago —explica resuelta. Si Mercedes tuviera treinta años menos, estaría poniendo los ojos en blanco como si Haidée le estuviera preguntando una estupidez—. Me pidió de favor que lo acompañara a hacer algunos trámites, y ustedes saben perfectamente lo complicada que es esta ciudad, incluso para un santiaguino, sobre todo con esas combinaciones horrorosas de metro. De todos modos, fue un placer para nosotras hacerle de guía, nos sirvió de paseo.

Me quedo callado, papá conoce esta ciudad como la palma de su mano, lo que me hace sospechar que él tiene un interés en mi suegra, o tal vez no, a lo mejor solo hicieron buenas migas porque Mercedes es una mujer muy simpática y es de un carácter muy amable.

Mejor no le doy más vueltas al asunto, es un poco raro.

—*Mamiám*, el poni —me llama la atención Julietita tomando mi mentón con sus manitas, he dejado de jugar y ella no me lo perdona.

—¡Noooo el poni se desmayooooo! —exclamo jugando—. Julieta tiene que darle un besito para que despierte. —La pequeña sin perder tiempo le da un besito a mi poni de crin de arcoíris y lo revive mágicamente—. Wiiiiii, ¡está vivo! ¡Está vivo! —Y hago que el juguete reviva y seguimos jugando.

De pronto, el ambiente se vuelve silencioso, y solo se ve interrumpido por la dulce voz de Julieta que juega conmigo. Nos quedamos todos pensativos por unos minutos, hay una sensación de incertidumbre que no nos permite estar tranquilos del todo, las cosas no son fáciles.

—Me pregunto si ya lo sabrán… —conjetura susurrando Haidée, en su cara se dibuja la preocupación.

—Gabriel no podrá recriminarte nada, cumpliste tu parte —asevero sin dejar de prestarle atención a Julieta que ya está quedándose dormida, es tarde para ella, y apenas puede mantener la cabeza erguida, intenta por todos los medios vencer el sueño y seguir jugando, pero es inútil. Es increíble que en cosa de segundos ya esté cayendo rendida entre mis brazos—. Yo también me hice el examen —confieso, Mercedes y Haidée me miran sorprendidas—. Ayer a primera hora, antes de ir al trabajo —explico mientras acomodo a la pequeña con suavidad para que se acurruque—. Supongo que los resultados estarán mañana, todavía no me llega ningún correo del laboratorio y no sé si trabajarán el día sábado, pero no tengo mucha fe, si Julieta que es media hermana y no es compatible, mis posibilidades son muy remotas. Solo lo hice por si acaso.

—¿Por qué no me comentaste nada? —me pregunta Haidée, yo me encojo de hombros.

—Se me olvidó, estabas un poco tensa ayer y andabas en otra, preferí no perturbarte más. Después salió el asunto de mi hermano… —Ella asiente, entendiendo.

—Tienes razón, *mijito*. Han sido días de locos —coincide Mercedes suspirando, y de pronto mira el reloj de pared—. Oiga *mijo*, ¿hoy te vas a quedar? Es un poco tarde, son las diez y el metro va a cerrar en un rato.

¡Mierda! Se me pasó volando la hora, y no tengo ningún cambio de ropa. No quiero irme, pero estoy forzado a hacerlo; tener al menos una muda de ropa va a ser lo primero que solucionaré este fin de semana.

—Mejor me voy —resuelvo a regañadientes, y me levanto tomando en brazos a mi pequeña bella durmiente—. Tenemos un soldado caído, mi generala —bromeo y Haidée esboza una sonrisa.

—Eres su Morfeo personal —apostilla Mercedes—. Con Agustín de a poco se está soltando, pero contigo, ¡puf! Es una entregada, igual a la madre.

—¡Mamá! —reprende Haidée y se sonroja, me encanta cuando ella se pone así.

—¿Estoy diciendo alguna mentira? —desafía guasona, es todo un caso mi suegra—. Ustedes se hacen los tontos nomás, yo ya vengo de vuelta.

—Soy irresistible para mis mujeres —bromeo siguiendo el buen humor de Mercedes—. Preciosa, vamos a acostar a Julietita.

Haidée se adelanta y me abre la puerta de la habitación de la pequeña, y al igual que la vez anterior, espero a que su madre prepare la cama y luego la acuesto con suavidad, quitándole sus diminutas sandalias y regalándole un besito en la frente. Me gusta su aroma, no le ponen colonia en su ropa o en su cuerpo, y huele parecido a Haidée. Es digna hija de su madre, sé que no le perderá pisada cuando crezca, será fuerte, hermosa e inteligente.

Y yo estaré ahí para ser testigo y partícipe de ello… y pobre que se aparezca un *hueón* como Gabriel en su vida, porque me encargaré de espantarlo a escopetazos.

Sonrío ante ese pensamiento, me estoy adelantando demasiado a los hechos…

—¿Damián, de verdad que no puedes quedarte? —me pregunta Haidée con algo de decepción en su expresión—. El otro día quedó una muda de ropa tuya acá, cuando viniste a contarme lo de Martina.

—Tienes razón —confirmo con una sonrisa que aflora al instante, ante la idea de pasar la noche con mi mujer—, y yo que me estaba resignando a irme por lo mismo. Eso lo vamos a resolver pronto. —La beso, tengo tantas ganas de ella—. Te amo.

Salimos de la habitación de Julieta de la mano, Mercedes se está preparando para marcharse. Según lo que me contó Haidée, su mamá vive a unos diez minutos caminando, y por la hora no voy a permitir que se vaya sola a su casa. Hay que cuidar a todas las mujeres de la familia.

—La acompaño, Mercedes —ofrezco.

—No, *mijo*, anda tranquilo para la tuya. No es la primera vez que me voy a casa a esta hora —rechaza Mercedes, testaruda. Ya sé de donde viene la terquedad de Haidée, es genético.

—Da igual, no iré a mi casa hoy —respondo y ella levanta una ceja, pero no hace ningún comentario perspicaz.

—En ese caso… —claudica y se despide de su hija, siempre es con un abrazo y un beso dado con mucho amor. No es difícil darse cuenta de que Mercedes ha hecho un gran trabajo con Haidée, haciendo de ella una mujer fuerte, admirable. Siento un poco de envidia por su relación, me hacen recordar la que tenía yo con mamá. Todavía la echo de menos, sus llamados telefónicos, sus correos electrónicos. Las visitas esporádicas que me hacía a escondidas de papá, en aquella época en que estábamos tontamente distanciados.

Creo que nunca la dejaré de extrañar. Me gustaría tanto saber que es lo hubiera pensado de todo lo que me ha estado sucediendo.

Camino junto a Mercedes en silencio, la temperatura del ambiente es templada y agradable. Por ser verano, y a pesar de la hora, todavía hay mucha gente en las calles, no vamos ni muy rápido ni muy lento.

—Usted se hace la loca nomás, Mercedes… Yo tampoco soy tonto —digo de pronto y ella me mira de un modo extraño.

—No sé a lo que te refieres, *mijito* —responde natural.

—Mi papá conoce muy bien Santiago, no necesita guía turística.

—Ahhhhh… eso. ¿Ahora me vas a preguntar cuáles son mis intenciones también? —interpela a la defensiva.

—No se trata de eso.

—Sí, *mijo*, sí se trata de eso. Agustín y yo solo somos amigos, y en cualquier caso, tú papá está harto grandecito para hacer lo que quiera con su vida. No lo cuestiones así como yo no cuestiono tu relación con mi hija, ni las decisiones que han tomado respecto a que seas el papá de Julieta. Ustedes son adultos y saben lo que hacen, a mí solo me queda apoyar a mi hija y estar ahí siempre para ella.

—Mercedes, no se trata de eso, de verdad, solo es un poco raro para mí. Mi mamá falleció hace dos años y es la primera vez que mi papá va al médico desde que ella se fue. Solo quería darle las gracias.

—¿Y de qué? No es nada —responde quitándole la seriedad al momento—, tu papá es como todos los hombres, hay que llevarlos de una oreja a hacerse los chequeos. —Ríe divertida—. Su error fue haberme dado la confianza para ser su amiga... Pero la verdad es que todo se ha dado entre nosotros porque Agustín está muy solo, tal vez ahora que tiene a otro hijo cerca ya no será tan terrible sobrellevar esa soledad cuando vuelva a Cauquenes.

—Ellos tienen que recuperar mucho tiempo.

—Todos, *mijo*... Tú también debes recuperar el tiempo con tu hermano.

—Lo sé... —En ese momento suena mi teléfono en mi bolsillo e interrumpe nuestra conversación. Lo saco y veo que es mi papá, soy un idiota, estaba hablando de él y no lo llamé para avisar que esta noche no llegaba. Estoy acostumbrado a no dar explicaciones—. Aló, papá.

—Hola, hijo, ¿cómo estás?

—Bien, perdón por no llamar antes, lo olvidé —me excuso antes de que se le ocurra reprenderme.

—No te preocupes, hijo. ¿Hay alguna novedad con los exámenes de Julietita?

—Sí, nos entregaron el resultado... La peque no es compatible.

—¡Por la chupalla, qué lástima! Yo tampoco lo soy, me hice el test de compatibilidad cuando fui al doctor.

—Lo sé, Mercedes nos contó. Yo estoy a la espera de mis resultados, pero ahora se ve más difícil aún.

—No hay que perder la fe, hijo. —Se escucha un suspiro y luego se queda un par de segundos en silencio—. ¿Vas a volver al departamento?

—Esta noche no, papá.

—No hay problema —afirma relajado, pero se queda callado por un instante y luego tose, aclarando su garganta—. Damiancito, quería avisarte que tu hermano vendrá a Santiago, está de vacaciones y quiere conocerte. Le dije que te preguntaría si se puede hospedar aquí con nosotros.

—¿¡En serio!? ¡Qué bueno! —Y sonrío automáticamente por la noticia, de verdad quiero conocer a mi hermano—. Por supuesto, ahí nos acomodamos. Dile que venga mañana mismo si quiere, estaremos esperándolo.

—Qué bueno, hijo, se lo diré. Le comenté a Edmundo lo de la niña, así que se ofreció a hacerse la prueba de compatibilidad también.

—Es muy noble de su parte.

—Nunca se sabe, hijo. La esperanza es lo último que se pierde. Todo esto lo hacemos solo por esa criatura que no tiene la culpa de nada.

—Así es... Dale las gracias a Edmundo por su amabilidad y dile que venga, que no hay problema... La idea es recuperar el tiempo. —Y miro de reojo a Mercedes que sonríe, no es difícil adivinar de qué estamos hablando papá y yo.

—Ya, Damiancito, te dejo. Dale mis saludos al ramillete de señoritas.

—En tu nombre. Mañana nos vemos.

—Descansa, hijo... aunque lo dudo —bromea y suelta una risotada—. Nos vemos.

—Pesado, chao nomás.

Corta el llamado en medio de risas. Estos últimos días han sido muy intensos para todos nosotros y me da gusto escucharlo bromear y reír. Creo que en eso también ha influido Mercedes, y debo admitir que todo es más fácil cuando tienes a alguien que te escucha y aconseja.

—Ya, *mijo*, llegamos —anuncia Mercedes en frente de una casa que es diferente a la de Haidée. Viven cerca, pero no es precisamente el mismo barrio—. Gracias por acompañarme.

—No, gracias a usted... Por todo.

—Ya te dije, no es nada.

Me da un beso en la mejilla, y me quedo pendiente hasta que entra a su casa.

Miro el cielo estrellado y pienso en mamá. Supongo que debe pensar lo mismo que yo, papá ha estado demasiado tiempo solo.

Por mitigar la perdida de mi mamá, papá se enfrascó en el criadero y se desconectó del mundo. Y de la nada, sin darse cuenta, la familia creció, y a la vez, sufrió una perdida que él no vio venir. Mercedes en poco tiempo se convirtió en ese cable a tierra que siempre brinda una buena amiga. Mi papá está empezando a preocuparse de sí mismo, es joven, le queda mucho por hacer y por vivir.

Retorno sobre mis pasos sin mucha prisa, pensando, analizando, asumiendo. Mi vida se ha vuelto vertiginosa. Pero de todas formas la disfruto, disfruto todo lo bueno que he vivido, y de lo malo, me quedo con la enseñanza de ser un mejor hombre.

Cuando llego de vuelta a la casa de Haidée —que pronto será mi casa también—, me percato de que hay un automóvil estacionado en frente. Miro la hora en mi reloj de pulsera, faltan quince minutos para las once.

Suspiro, solo una persona puede tener el desatino de venir a esta hora.

TREINTA Y CUATRO

Ya no está en mis manos, esa responsabilidad ya no es mía. Hoy por fin respiro con un poco más en paz... Solo un poco, el tema de la esposa de Gabriel me tiene inquieta.

Han pasado varios días desde que hablé con ella y cualquier mujer con sangre en las venas ya le habría armado la casa de putas a Gabriel, y ante ese escenario, hay dos posibilidades. Una, que la capacidad para inventar mentiras de mi ex marido sea sobrenatural, y la haya convencido de que todo lo que le dije es falso, y la otra posibilidad, es que la mujer está corroborando mi historia para darle el golpe final a Gabriel en cualquier momento.

Enciendo el televisor para no seguir pensando y distraerme un rato mientras espero a que Damián vuelva. Hace mucho tiempo que no veo ningún programa o película, y en este momento, me doy cuenta que no recuerdo cuando fue la última vez que lo hice. El ocio había dejado de ser parte de mis rutinas, cuando llegó Julieta a mi vida, muchas cosas pasaron a segundo plano... incluso yo.

Irónicamente, están exhibiendo la película «Cincuenta sombras de Grey», no la pillé desde el principio, pero ya llevo unos quince o veinte minutos viéndola por morbo, he escuchado mucho del libro y del argumento, pero no me causa curiosidad leerlo, y con razón, pobre tipo, no tiene idea de lo que hace, ¡¿cómo se le ocurre atarla a la cama, vendarla y fustigarla en la primera sesión?! ¡Eso no se hace con una chiquilla a la que le has quitado la virginidad hace dos minutos! ¡Por Dios, ¿qué clase de dominante eres?! Yo con solo ser atada quedé abrumada y marcando ocupado no sé cuánto rato, y eso que soy viejota y con experiencia... Si yo fuera la protagonista habría mandado al millonario a freír monos al África con todo y helicóptero solo por ofrecer tan «tentador contrato».

Es un gran contraste con mi experiencia con Damián, él ha sido mucho más cuidadoso con todo, tanto por ser novato, como por querer hacer las cosas bien. Ahora que lo pienso mejor, el hombre lo ha hecho casi perfecto, porque me ha estado pervirtiendo de la mejor manera, abrazo cada experiencia nueva, la vivo y la disfruto hasta la última gota, y de algún modo este mundo ya es parte de mi vida y de mis gustos. Claro que debo reconocer que al principio Damián me abrumó al sacarme de mi zona de confort, diciéndome sin pelos en la lengua todo lo que quería, sin edulcorar sus intenciones. Y analizándolo en profundidad, era lo que necesitaba, porque mi mayor temor era que un hombre me mintiera solo por el afán de seducir, que me prometiera el cielo, la tierra para enamorarme como loca y entregarme, y que al final de cuentas, esa persona no pudiera entregar algo tan sencillo como la honestidad y el amor.

Golpean la puerta, qué raro, Damián tiene las llaves, tal vez olvidó que ahora tiene carta blanca para entrar a mi casa. Abro la puerta… No es Damián.

Gabriel… ¿qué mierda hace aquí y a esta hora?

—Creí haberte dicho que no quería verte más en mi vida —saludo con todo mi amor y cariño.

—Y estaba de acuerdo con eso, ¿me permites pasar? Tengo que decirte un par de cosas —solicita con un tono de voz que me indica que no pretende hablar afuera de mi casa. Yo, simplemente, para ahorrarme el posible escándalo lo hago pasar a la sala de estar.

Gabriel mira de reojo la película que estoy viendo y sonríe con sorna. Yo apago el televisor en el acto y me cruzo de brazos.

—¿Qué es lo tan importante que me tienes que decir?

—Lucrecia me echó de la casa en cuanto nos anunciaron que Julieta no es compatible con Martina. Me dijo que te conoció —revela fulminándome con la mirada—. ¿Cómo mierda averiguaste sobre mi esposa? —me increpa acercándose e invadiendo mi espacio personal.

—¿Qué? ¿A eso viniste? —interpelo entre sorprendida y molesta. Doy un paso atrás, no soporto su presencia.

—Contesta, ¿por qué buscaste a Lucrecia? ¡¿Qué ganabas con destruir mi vida, por la misma mierda?! ¡Contesta! —exige levantando la voz y noto cómo tensa su mandíbula, está enfurecido.

Pues me importa un pepino que esté enfurecido, mi conciencia está tranquila.

—Primero, bájame ese tono de voz porque esta es mi

casa y no voy a tolerar que me hables de esa manera, y segundo, yo no he buscado a nadie. Ella lo hizo.

—No seas mentirosa…

—No me vengas a tratar de esa manera —exploto ante su acusación—, que tú seas un farsante no significa que todos lo seamos. A tu «esposa». —Y hago un gesto de comillas con mis dedos—, me la encontré en la clínica cuando fui a realizarle las pruebas de compatibilidad a Julieta. Ella fue a agradecerle el noble gesto a la viuda del primo de su esposo —relato con sarcasmo—. Mira que buenita fui en hacerle las pruebas a una prima en segundo grado, a pesar de tener bajas probabilidades. —El rostro de Gabriel se demuda, al parecer supuso otra historia por completo diferente—. Y como yo no tengo por qué secundar tus mentiras, le dejé bien en claro a Lucrecia toda la historia, partiendo por el hecho de que tú y yo estuvimos casados hasta hace un poco más de un mes, y que eres el padre biológico de Julieta.

—¿Por qué mierda no te quedaste callada? ¡No era tu asunto!

—Mira, pendejo. A mí no me hubiera interesado toda tu historia con tu mujercita y tal vez me habría quedado bien calladita tragándome el orgullo, pero inventaste una telenovela de mierda para ocultar a Julieta. No mereces, ni te debo mi lealtad, negaste a tu sangre, ¡negaste a mi hija, cobarde! —exclamo perdiendo mis estribos, ahora yo soy la que esta enardecida—. Me confirmaste lo poco que te importa Julieta. ¿No te das cuenta de lo egoísta que eres? ¡Siempre se ha tratado de ti, de tus sentimientos, de tus intereses! Primero tú, segundo tú, tercero tú y luego tu sombra. No es mi problema que seas un *hueón* mentiroso y mala clase.

—Mamá siempre tuvo razón, la sin clase eres tú, eres una…

—Y a mucha honra —interrumpo su intento por ofenderme—, si la clase se mide por ser mentiroso y cínico, prefiero ser el último pelo de la cola de un perro. No me vengas a exigir explicaciones ni a recriminarme nada. Todo esto te lo ganaste tú solito, no sé cómo mierda puedes vivir todos los días sobre una montaña de mentiras. Y ahora hazme el favor de irte de mi casa, y desaparece de mi vida.

—Tal vez nunca desaparezca, si vuelvo a poner la demanda de paternidad y solo por joderte la… —advierte vengativo y es la gota que rebalsa el vaso.

—¡No me vengas con amenazas, hijo de puta! —Le apunto el pecho, enterrándole mi dedo índice con cada palabra rabiosa que sale de mi boca—. A mi hija no me la tocas de nuevo...

—¿¡Qué mierda acabas de decir!? —interpela Damián furibundo entrando como huracán en la sala de estar. Toma a Gabriel de las solapas de su traje con ira—. ¡Eres un cerdo maricón, deja a mi mujer y a mi hija en paz! ¡No están solas! —Espeta dándole un puñetazo en el abdomen haciendo que Gabriel quede de rodillas en el suelo y yo estoy con una mezcla de alivio, sorpresa y amor por ese hombre que está transformado en un energúmeno—. Amenaza ahora a mi mujer en mi presencia, ¡inténtalo, maricón! —Le toma del cabello y le propina un golpe en el rostro—. ¡Hazlo! —Se aleja de él y luego me mira cómo si me preguntara si estoy bien, y yo asiento con mi cabeza y luego va a mi lado y me rodea con un brazo—. Vete, Gabriel, antes de que te saque la *conchetumadre*, y sabes muy bien que puedo hacerlo... —ordena con un tono de voz gélido y a la vez cargado de cólera.

Gabriel no dice nada, está de rodillas en el suelo intentando recuperar el aliento y puedo notar el hilo de sangre que sale de su boca y que cae al suelo.

—Mamá... —Julieta entra a la sala de estar y está restregando sus ojitos con carita de sueño—... Mamá, *Mamián*...

—Vete —advierte Damián a Gabriel una vez más sin mirarlo, sus ojos están en Julieta y en cuestión de segundos estamos junto a ella intentando impedir que vea a ese malnacido—. Hola, preciosita —saluda con ternura, agachándose a su altura para distraer su atención—. ¿Vamos con mamita a dormir? —propone tomándola en brazos.

—Ajá —responde ella y me estira sus bracitos—. Mamita... —me llama mi pequeño paraíso con su dulce e inocente voz.

—Ve a hacer dormir a la niña, preciosa —me pide Damián con suavidad. Acepto que él se haga cargo de la situación y me dirijo a la habitación de Julieta—. Vete ahora, Gabriel, o llamo a carabineros... —es lo último que logro escuchar antes de cerrar la puerta.

Agradezco al cielo que Julietita es chiquitita y es prácticamente ignorante de lo que sucede a su alrededor. No sabe lo que es la maldad ni lo cruel que pueden llegar a ser las personas. Sé que no la podré proteger toda la vida, pero haré todo lo humanamente posible por hacerla fuerte, para que en el futuro este tipo de cosas no la derrumben, que sea capaz de levantarse cada vez que caiga…

Nos acostamos en la cama y mi niña busca mi pecho, encontrándolo con facilidad, lo toma con sus manitas y empieza a succionar. Abrazo el cuerpecito tibio de mi Julietita hermosa y no puedo evitar que un par de lágrimas caigan, porque tengo miedo a que Gabriel cumpla con su amenaza.

Simplemente, no sé hasta dónde puede llegar.

****

—El lunes quiero a ir al registro civil, a primera hora —anuncia Damián en medio de la oscuridad de mi habitación. Su cuerpo desnudo está enredado al mío en una perfecta cucharita. No podemos dormir, ambos estamos tensos por todo lo que ocurrió hace una hora—. Quiero reconocer a Julieta y que sea mi hija —explica con seguridad.

Yo suspiro y me quedo en silencio unos segundos. No tengo una bola de cristal, no tengo el futuro asegurado, no tengo garantías… solo el ahora. Y ahora el deseo de Damián es ser el papá de mi Julieta, algo que nunca quiso ni querrá Gabriel. No quiero aceptar que todavía me duele que menosprecien la existencia de mi hija, así como la mía, cuando me abandonaron sin mayores explicaciones, pero es así la realidad. Tal vez con el tiempo esta herida sane, pero de momento, solo puedo mitigar el dolor entregándole ese rol a este hombre que ama todo de mí, incluyendo a Julieta…

Que así sea…

—Está bien, hazlo —autorizo—. Sé el papá de Julieta.

—Y al terminar de decir estas palabras me deja un sabor agridulce en los labios. Mi hija va a tener un papá, y durante todos estos años me mentalicé en todo lo contrario, siempre pensé en que solo seríamos ella y yo. Nunca imaginé que un hombre me pediría ser el padre de mi hija, por amor, por mí, para cuidarnos de todo y de todos…

—¿De verdad, en serio? —me pregunta entre entusiasmado y cauteloso—. ¿Y puedo aprovechar el viaje pedir hora para una unión civil?

—¿Qué? ¿Para qué quieres una unión civil? —interrogo desconcertada, ¿cuál es el gusto de someterme a una montaña rusa emocional?

—Es obvio, tú no quieres casarte todavía, pero queremos vivir juntos, y yo deseo protegerlas de manera legal por si me pasa algo...

—Damián, estás hablando como si te fueras a morir mañana.

—Y no pretendo morirme, pero soy tan feliz ahora, que es la única forma que tengo de controlar todo, y sentirme tranquilo respecto a ustedes... Solo déjame hacer las cosas bien.

Ay, Damián siempre con sus argumentos tan contundentes, cómo le voy a decir que no. ¡Qué más da! La mayoría de los hombres van siempre en la dirección contraria al compromiso real y Damián va derechito a ser un padre de familia y «esposo» en tiempo record.

—Haga todo lo que quiera, vaya y pida hora para una unión civil también —acepto socarrona—. ¿No quiere ninguna otra cosa más el señor Cortés?

—Uy sí, mañana ponte vestido y no uses ropa interior.

—Ok —acepto lacónica, sé a lo que quiere jugar y a mí me encanta. Siempre me llevo todos los beneficios de su perversión.

—¿Así nomás? ¿No me vas a poner ningún pero?

—Así nomás.

—Sin duda, me saqué la lotería. —Me da un beso sonoro y largo en la mejilla al mismo tiempo que aprieta uno de mis pechos—. Soy un degenerado con demasiada suerte. Te amo, Haidée.

—Yo también te amo, señor Cortés.

Se cierne sobre mí y en la penumbra puedo ver su amplia sonrisa, y entre mis piernas siento el roce de su erección como si fuera un hierro ardiente. Me hace el amor lento y dulce, besándonos sedientos, diciéndonos cuánto nos amamos, deseando que nuestra unión sea eterna. Nos movemos como uno solo, hasta llegar juntos a un clímax intenso y cegador, que nos hace caer rendidos a un sueño calmo y profundo, donde nada ni nadie nos puede alcanzar.

Nadie.

TREINTA Y CINCO

*P*ocas veces en mi vida amanecí con una mujer a mi lado, no niego que era algo que resultaba agradable y excitante. Pero ninguna de esas experiencias se iguala a despertar junto a la mujer de tu vida. Sé que Haidée lo es, tengo veintisiete años, a punto de llegar a los veintiocho, y nunca me había sentido así de seguro con ninguna otra.

Los hombres a mi edad por lo general no tienen idea de dónde están parados, la mayoría están en una etapa en la que se comportan como adolescentes, y recién pasado de los treinta empiezan a plantearse la vida de una manera más adulta. Yo no puedo, no fui criado así, tenía un legado que mantener, siempre me inculcaron eso. La tierra, los caballos, la tradición, la familia. No tenía hermanos, toda esa responsabilidad iba a recaer en mí y fui educado con mucho amor, pero también de una manera estricta para seguir esa senda demarcada por mis padres. Eso fue hasta que me di cuenta de que deseaba hacer otras cosas y se vino el quiebre con mi papá. Sin embargo, eso no significaba que odiara el campo. De hecho, me gusta la vida allá, simple, tranquila…

Antes de que Haidée llegara a mi vida, solo sabía que quería ser profesor, y mi elección para empezar a estudiar esa profesión fue por vocación, y ahora quiero todo lo que mis padres tuvieron, y lo estoy logrando, al formar una familia junto a la mujer que amo, que me ha dado a su hija para que sea mía, a la que quiero criar y educar como lo hicieron conmigo. Tengo un hermano con el cual puedo compartir el legado, y eso me hace darme cuenta de que me ahogaba en un vaso de agua. Ahora mi herencia no la veo como una carga, sino como una forma más de mantener a mi familia tranquila, en un lugar donde el tiempo transcurre de otra forma, y si me pongo ambicioso, de todas formas me las arreglaré para ejercer mi profesión de alguna manera u otra.

No importa si me quedo en Santiago o en Cauquenes. Si me lo propongo, podré hacer todo lo que desee.

Pero eso solo el tiempo lo dirá, mientras tanto hay una encantadora señorita con cara de sueño viéndome desde la puerta.

—Julietita —la llamo susurrando al mismo tiempo que me siento en la cama, ella abre más sus ojitos y sale corriendo. ¿La habré asustado? Lógico, si ella no está acostumbrada a verme en las mañanas y mucho menos a torso desnudo. Miro el reloj de la mesa de noche y veo que son las nueve. Haidée duerme profundamente y no puedo evitar acariciar su sedoso cabello, enredando sus bucles castaños entre mis dedos, si supiera lo sensual y erótica que se ve cuando empuño su cabello mientras me devora…

—¡*Mamián*! —exclama la pequeña de vuelta, cargada de ponis y me saca bruscamente de mis sucias fantasías. En este momento soy sinónimo de juegos y diversión, supongo que es un buen comienzo.

Se sube a la cama con algo de torpeza, porque no quiere soltar los ponis mientras se aferra a las sábanas. Pasa por encima de Haidée, y le pisa las piernas, despertándola de una manera no tan encantadora, —más bien tormentosa—, porque ella da un chillido agudo y se queja de dolor. Julieta la ignora por completo y se instala en medio de los dos, yo sonrío por todo el alboroto que arma solo por jugar.

—Este *dosa pada* ti. —Me da el poni rosa—. Este *púdpuda pada* ti. —Luego otro púrpura… ¡púrpura! ¿No puede ser solo color morado? ¿Por qué le pone un nombre tan complicado? ¿Cómo diablos una niña de dos años conoce el color púrpura? Definitivamente, Mercedes y Haidée están haciendo un gran trabajo de estimulación cognitiva con Julieta—. ¡*Cadedas, Mamián*! —Ella toma dos ponis y sin avisar empiezan a correr a toda velocidad—. Ya *po'h*, juega —me ordena como una tirana versión miniatura, y a mí no me queda más opción que competir en desventaja.

—¡Eres una tramposa, Julieta Cortés! —reprendo a la pequeña, diciendo su nuevo nombre, me gusta mucho como suena. Miro de reojo a Haidée que está sentándose con una sonrisa en los labios—. Igual te voy a ganar… ¿Quieres conocer caballos de verdad?

—¿*Callabos*? —interroga confirmándome que me está poniendo atención.

—Caballos, son muuuucho más grandes que los ponis —

explico, aunque sé que entenderá la mitad de lo que le digo, por muy inteligente que sea. En realidad, es para que Haidée escuche—. Cuando vayamos a Cauquenes montaremos a caballo tú y yo. Quiero que veas mi tierra, que respires aire puro. Hay una casa muy grande, el tata Agustín tiene muchos caballos, grandes, chicos, de todos los colores. El caballo mío se llama «Pícaro», y hay uno perfecto para ti que se llama «Endemonia'o», lo voy a domar para ti cuando sea el momento. —Miro de soslayo a Haidée y noto que enarca una ceja, como si me dijera «¿en serio domas caballos?»—. Sí, Julieta Cortés. —Definitivamente mi apellido se escucha muy bien junto a su nombre—. Tu papá sabe domar caballos, por eso pudo atrapar el corazón de tu mamá, la tuvo que domar. —Y eso lo digo con un toque de malicia.

Siento un suave manotazo de ella en mi hombro, a veces Haidée me reprende de esa manera, y yo me río. Mi mujer se ha mantenido en silencio y al margen del juego que tenemos Julieta y yo, me está dejando crear lazos con mi hija —qué raro y gratificante se siente pensar de ese modo—, debo recuperar dos años en los que solo tuvo a dos madres, porque Mercedes también ha hecho ese papel.

Y así se me va media hora jugando con Julieta, Haidée nos observa y de a poco interviene, integrándose a nuestro juego, y de pronto el ambiente se llena de risas, caricias tiernas y abrazos suaves para Julieta. No sé si ella es consciente de todo esto, sé que esto probablemente no lo recordará en el futuro, pero estoy grabando este momento en mi memoria para contárselo mil veces cuando sea más grande.

Esta es mi primera vez como papá. Ahora soy un hombre de familia.

*****

—Hijo, Edmundo está aquí —me informa papá muy contento por celular—. Se dejó caer sin más.

—¿En serio? —respondo más contento y ansioso que mi viejo, estoy emocionado, ya quiero ver a mi hermano—. Hay que celebrarlo... Bueno, vamos a celebrar varias cosas. ¿Por qué no vienen para acá y hacemos un asado de almuerzo? —propongo entusiasmado mirando el reloj de la muralla, es mediodía.

—Se dijo, se hizo, vamos para allá en un rato.

—Súper, los esperamos. Ah, antes de que se me olvide, ¿puedes traerme un poco de ropa? Pasaré el fin de semana con Haidée.

—Sí claro... Supongo que no me encontraré con nada raro en tus cajones —acota haciéndome retroceder en el tiempo.

—¿No me vas a perdonar nunca lo de las «*Playboy*»?

—No, siempre me regodearé con haberte hecho la jugarreta de mi vida. —Todavía recuerdo que cuando tenía unos trece o catorce años conseguí unas revistas para adultos. Mi viejo las descubrió y alteró la revista reemplazando el rostro de las modelos por la cara de Abelardo. Fue traumático—. Tu mamá disfrutó mucho haciendo el trabajo manual recortando la cara de Abelardo, según recuerdo, sus carcajadas se escuchaban hasta las caballerizas.

—Ustedes fueron una rara combinación entre amor, cariño, disciplina y un sentido del humor bastante enfermo y retorcido... —Mi papá ríe del otro lado de la línea telefónica—. Nos vemos más rato, te quiero mucho, papá.

—Yo también, hijo.

Corto el llamado y me dirijo a la cocina, donde se encuentra Haidée lavando la loza del desayuno que fue bastante tardío, de pasada me fijo en qué está haciendo Julieta y la sorprendo viendo «*My Little Pony*», ahora comprendo su fijación con los cuadrúpedos de colores. Me aseguro de que no hay moros en la costa y continúo con mi camino.

Haidée se da cuenta de inmediato que estoy a su lado y me sonríe, me pongo detrás de ella... muy, muy cerca de ella, y mi mano se pierde por debajo de su vestido.

Me encanta mi mujer tan obediente, está sin tanga, y con mi otra mano compruebo que tampoco está usando sostén. Haidée sigue lavando la loza en silencio, haciendo como que nada pasa, pero abre levemente sus piernas para darme acceso directo.

—Mmmm... No me canso de decir que eres mi sueño húmedo hecho realidad, preciosa —susurro en su oído y rozo su sexo, sus muslos, sus nalgas, a la vez que me lleno la otra mano con uno de sus pechos—. Te informo que tendremos visitas a la hora de almuerzo.

—¿Ah sí? —responde con un jadeo, un dedo se hunde en ella—. ¿Quién si se puede saber?

—Mi papá y mi hermano —respondo moviendo lentamente mi dedo dentro de su sedosidad líquida y caliente.

—¿Edmundo está en Santiago? —interroga ella con su voz trémula. Ha dejado de lavar la loza y solo se afirma al lavaplatos pegando sus nalgas a mi erección que ya quiere entrar en ella.

—Así es, los invité a celebrar su llegada con un asado familiar… Llama a Mercedes para que venga.

—Ok —afirma y empieza a mover sus caderas de esa manera que me encanta.

—Voy al supermercado a comprar —anuncio y me separo de ella, no sin antes darle su buena y merecida nalgada que restalla en la cocina mientras ella da un quejido de frustración.

Soy un sádico y un masoquista, estoy duro, pero me fascina provocarla.

—Eres un infeliz desgraciado, ¿cómo se te ocurre dejarme así, bestia? —me reprende con una sonrisa perversa—. A la noche no te quejes, hoy será mi turno de ser la señora González, precioso —advierte con un tono de voz totalmente convencido, volviendo a lavar la loza—. Serás mi sumiso, no eres el único que se ha preparado.

—He creado un monstruo…

—Pues claro, un monstruo del que no podrás librarte jamás. —Me mira de reojo, y luego vuelve a concentrarse en la loza—. Cierra la boca y ve al super.

—Como ordenes, mi señora —acepto socarrón—. Nos vemos más rato, bella —Le doy un beso inocente en su mejilla y me retiro para cumplir mi misión.

—¡*Mamián*!

No llego muy lejos, Julieta descubre que estoy a punto de abrir la puerta para salir. Me mira con una expresión que le hace la competencia al gato con botas y le tiendo la mano.

—No soy Damián, soy tu papá —indico a la pequeña, asumo que el concepto para ella es desconocido—. Papá. —Me apunto el pecho, sí, se siente bien decir eso—. Papá.

—¿Papá *Mamián?* —responde Julieta. Bien, es un avance. Le lavaré el cerebro para que me diga papá por el resto de su vida.

—Algo es algo, papá, solo papá. ¡Voy con Julieta! —aviso y tomo de la mano a mi hija… Es definitivo, se siente jodidamente bien pensar en ella como mi hija. Es mi hija.

Haidée sale de la cocina secando sus manos con un trapo y me mira un tanto sorprendida.

—¿Estás seguro? Julieta es un peligro en un supermercado.

—¿A qué te refieres con que es un peligro?

—Te recomiendo que no pases cerca de la sección de juguetería, ni por la de dulces, si es que no quieres sufrir una merma importante en tu presupuesto.

—Anotado, ¿eso es todo?

—Te deseo buena suerte.

*****

Julieta sí es un peligro en un supermercado. Pero hoy es un día para celebrar, así que pasé a propósito por la sección de dulces. A mi niña le gustan los chocolates, las galletas y los malvaviscos. Le llegan a brillar los ojitos cuando ve azúcar.

Compramos todo lo importante: la carne, el carbón, un Capitán América, tomates para hacer ensalada, helado menta chocolate para el postre —hoy descarté la vainilla—, unos *Hot Wheeels*, Legos —Julieta necesita algo de diversidad en esa caja de juguetes—, unas cuantas golosinas y una leche sabor frutilla para entretener sus tripitas.

Como hoy le di en el gusto, todo fue relativamente fácil. La única situación complicada en la que me vi envuelto en mi nuevo papel de papá, fue al principio de esta aventura. En cuanto pusimos un pie en el supermercado, a la pequeña no se le ocurrió mejor momento que tener ganas de hacer pipí. Ni idea de donde llevarla, ¿al baño de hombres o al de mujeres? Hice tripas corazón y la llevé al de mujeres donde varias señoritas me miraban raro, no sé si era compasión o diversión. Entré al cubículo con ella y... Dios, es la cosa más compleja llevar a una niña al baño, con razón las mujeres demoran tanto. Al ser público, no tiene que tocar el inodoro porque da cosa, y debes tomarla en brazos de cierta manera para atinarle al blanco, el poco espacio para maniobrar, y luego asegurarse que ella seque bien sus partes con papel higiénico, y todo esto hacerlo todo en tiempo record, o si no, corres el peligro de que no pueda aguantar... Y eso sería nefasto...

Supongo que algún día le pillaré el truco, o lo evadiré olímpicamente hasta que Julieta sea capaz de hacer estas cosas por su cuenta.

De todos modos, disfruté salir a comprar con mi hija.

*****

—Llegaste entero, felicitaciones, papá —ironiza Mercedes a modo de saludo cuando regreso a casa cargado de bolsas. Lógico que llegué entero, tomé un taxi, ni amarrado me devolvía a pie con Julieta.

Hay que ser práctico.

—Gracias, Mercedes. Ustedes no me tienen mucha fe —replico con el mismo tono de voz que usó ella.

—Conocemos a Julieta —interviene Haidée recibiendo las bolsas del supermercado y nota que una está cargada de juguetes y golosinas—. Te dije que no pasaras por la parte de…

—Déjame mimarla un poco, no fue tan terrible.

—¡Tantos dulces que compraste! —exclama Mercedes al abrir la bolsa y dimensionar su contenido.

—Así tiene para la semana… o para el mes —respondo relajado—. No sé, ahí vean ustedes, los esconden y ya.

—¿Un Capitán América? —interroga Haidée levantando las cejas y luego me mira—. ¿Es para ti?

—Alguien tiene que montar a los ponis… Ay, por favor, no cometí ningún pecado. No me miren de esa manera.

—¿Y de qué manera te estamos mirando, *mijo*? —pregunta Mercedes con inocencia.

—No sé, me miran raro ustedes dos.

—Te miramos con cara de que malcriarás a Julieta, Damián —indica Haidée sonriendo y puedo notar que en realidad está feliz por esto que estamos viviendo.

—Ah, eso. —Tomo en brazos a Julieta que está intentando sacar sus autitos nuevos de la bolsa—. No la malcrío es su premio por portarse bien, ¿cierto, Julieta? —le digo mirándola a los ojos y ella me pone atención.

—Ajá, papá *Mamián*.

—Bien dicho, hija… —Le doy un beso sonoro en la mejilla y la dejo en el suelo—. Dile a mamá que abra los empaques de los autitos… Ahora si me disculpan, señoras mías, me voy al patio a prender el carbón, el asado no se hará solo —me excuso tomando las bolsas que necesito y me dirijo a la puerta trasera de la casa que está en la cocina para realizar mi cometido, dejando a mi mujer y a mi suegra parpadeando perplejas.

Punto para papá.

*****

El fuego está ardiendo, la carne está lista para la parrilla esperando que las llamas den paso a las brasas. Inspiro profundo, estoy nervioso. Estuve ocupando mi tiempo y mi mente para que la ansiedad no me comiera. Hoy conoceré a Edmundo, mi hermano. Todavía me cuesta trabajo creer que tengo uno. Me quedo pegado viendo la nada, ensimismando, especulando.

¿Cómo será? ¿Sentirá lo mismo que yo? ¿Qué tipo de persona será?

Una voz grave me saca de mi estado, es papá. Mis pies no se mueven, les ordeno a que lo hagan, pero los nervios se apoderan de mis músculos.

—¡Acá estás! —exclama mi papá a modo de saludo—. Edmundo, hijo, por acá.

—Papá, hola —respondo. Al menos mis cuerdas vocales funcionan. Mis pies todavía están adheridos al suelo.

Y ahí está… mi hermano.

Es… es… es ver a mi papá, pero mucho más joven. ¡No era broma, es un clon!

Los tres compartimos la misma complexión, alta y fuerte, pero yo me parezco a mamá. Edmundo es igual a mi viejo, al igual que sus ojos, su cabello es castaño oscuro, piel morena, pero usa barba como yo. Cuando nuestras miradas se encuentran, él sonríe abiertamente y se acerca a mí caminando rápido y seguro.

Hasta en eso se parece a mi viejo, increíble.

—Hola, Damián. Al fin —saluda contento y me abraza, su voz es idéntica a la de papá, pero con el tono propio de la juventud. Finalmente mi cuerpo puede moverse y estrecho más ese abrazo que no sabía que anhelaba. Siempre quise un hermano, y ahora tengo uno.

—Al fin… Hermano. —Mi voz se quiebra, este sentimiento emana desde el fondo de mis entrañas, es más fuerte de lo que puedo entender. Y simplemente mis ojos se llenan de lágrimas—. No puedo creer que tengo un hermano.

—Ni yo… Estoy muy contento de conocerte —responde Edmundo sobre mi hombro, ninguno de los dos quiere romper el contacto—. Tenía miedo, pensé que a lo mejor ustedes…

—Olvídalo, somos los Cortés, nunca más te podrás deshacer de nosotros.

Edmundo ríe y llora, yo también… ¡Tengo un hermano!

De pronto, siento que alguien me toca la espalda y es papá que se nos une en este abrazo que ha tardado demasiados años en llegar. Pero a partir de hoy, eso comenzará a ser rectificado. Un hermano no se encuentra todos los días y debemos recuperar el tiempo.

Los tres rompemos el contacto y nos limpiamos las lágrimas de felicidad, papá y yo con nuestros infaltables pañuelos y Edmundo con el dorso de su mano.

—¿Ya conociste al resto de la familia? —le pregunto a mi hermano con orgullo.

—Papá —Mira de reojo a mi viejo para ver su reacción y él sonríe—. Me ha presentado a mi exprima-política-actual-cuñada… ¿así era? —Mi papá asiente riendo y yo niego con la cabeza—, a mi pequeña-prima-en-segundo-grado-actual-sobrina y a Mercedes.

—Mercedes… yo diría, consuegra-actual-amiga… futura-madrastra. Nuestra familia crece a pasos agigantados. —Edmundo ríe jocoso. Si a papá le gusta bromear con los parentescos, yo también me puedo tomar la libertad de molestarlo a él. No sé hasta dónde llegará esa amistad, pero no me perderé de la oportunidad de cobrar mi pequeña venganza.

Me dura muy poco, mi papá me da un sopapo en la nuca zanjando el asunto.

—¡Auch!, no muestres la hilacha todavía, papá —increpo sobándome exageradamente la nuca desatando las carcajadas de Edmundo y las mías.

Este momento, uno de los más importantes de mi vida se ve interrumpido por la vibración de mi celular, haciendo que mi risa cese.

Como un maldito acto reflejo, saco el aparato de mi bolsillo y le echo un ojo rápidamente, es una notificación de un correo entrante. Pretendía volver a guardarlo, pero el remitente me obliga a desbloquear el equipo.

Los resultados del laboratorio.

Sin mayor preámbulo abro el correo, y leo rápidamente el diagnostico hasta llegar a la palabra que me interesa. No lo puedo creer, dice… «Compatible»…

Soy compatible con Martina…

TREINTA Y SEIS

$\mathcal{V}$er a tres hombres grandes, abrazados y llorando es algo que solo te conmueve. Agustín mira a Edmundo del mismo modo que ve a Damián. Con amor, orgullo, generosidad…

Eso me hace entender por qué Damián es tan especial, fue criado rodeado de amor en un mundo que es tan ajeno a la ciudad, donde otras cosas son importantes. Ver a Agustín y a Damián darle esa bienvenida a Edmundo solo me reafirma esa confianza que siento por los sentimientos de Damián hacia Julieta. Para ellos lo importante es el amor, la familia, la sangre, no importan las circunstancias, Edmundo está aquí, buscó sus raíces y lo acogieron como uno más, sin cuestionar.

Ellos son así.

La tarde siguió su curso, Edmundo se puso al día con Damián y Agustín, mientras la carne se asaba, y luego, al almorzar. Continuaron conversando durante el postre, la sobremesa, y no se movieron de ahí hasta que la noche se hizo presente. Mamá y yo escuchábamos esas historias y a veces interveníamos. Julieta se paseaba entre los brazos de su abuelo, su padre y su tío, recibiendo atención y juegos —ahora mucho más variados gracias a Capitán América, los Lego y los *HotWheels*—. Me pongo a pensar lo increíble que es la vida y sus vueltas, lo rápido que cambia, en que no puedes desperdiciar el tiempo.

Sin embargo, puedo notar que algo le pasa a Damián, conversa animado, pero de vez en cuando juguetea con su celular entre sus manos. Él no suele hacer eso, es una de las pocas personas que conozco que no tiene una relación cercana con su aparato.

De pronto me mira y sonríe.

—Haidée y yo les tenemos una noticia —declara Damián aprovechando un breve silencio y me toma de la mano.

—No me digas que estás embarazada —conjetura mi mamá mirándome con algo de reprobación.

—No, para nada —afirmo y ahora yo la miro con la misma cara que me puso—. No tenemos catorce años, por favor.

—No es eso, pero es algo parecido —aclara Damián tranquilo—. En la semana iré al resgistro civil a reconocer a Julieta como mi hija y pediré hora para un acuerdo de unión civil con Haidée.

—¿Se van a casar? —pregunta Agustín alzando una ceja.

—No, técnicamente no es matrimonio... —aclara Damián y se queda pensativo un segundo—. Pero es lo mejor por el momento, queremos vivir juntos y de esta manera Haidée y Julieta quedan protegidas de manera legal ante cualquier eventualidad.

—¡Pffff! Es un matrimonio por donde se le mire, solo le cambian el nombre —sentencia Edmundo soltando una risotada—. ¡Felicidades, hermano, felicidades, cuñadita!

—¡¡Felicidades a los dos!! —exclama alegre mi suegro.

Agustín y Edmundo se levantan de la mesa y nos abrazan deseándonos lo mejor para nuestra vida, mi mamá hace lo mismo, pero a ella no le sorprende el anuncio, hace rato que mira con otros ojos a Damián y sus visitas con elástico, y lo de Julieta lo tiene totalmente asumido. Pero de todas formas está contenta, nos abraza, nos desea felicidad, y al borde de las lágrimas, amenaza con cariño a Damián con castrarlo si me hace llorar.

Nada que hacer, mamá es mamá.

—También tengo otra noticia —anuncia Damián, pero su tono de voz es extraño y busca mi mano para volver a tomarla—. Me llegó el resultado del laboratorio hace unas horas y... Soy compatible con Martina.

Todos quedamos en silencio, intentando procesar esta bomba-milagro.

Una mezcla extraña de alivio e incertidumbre me invade. Cierro los ojos porque sé que será inevitable toparme con Gabriel o su familia. Pero no me importa, no dejaré que Damián esté solo en ese momento, es mi pareja, debo estar con él cuando sea intervenido.

Sé que es un procedimiento sencillo, mi ser racional me lo repite a cada rato, pero no dejo de sentir esa reticencia hacia a las cosas que no puedo controlar.

—Me sorprende que Gabriel no esté encima de nosotros en este momento —comento más para mí misma que para el resto—. Supongo que ya están enterados, es cuestión de tiempo que alguien de esa familia nos contacte.

Damián se encoge de hombros, está entregado a la situación.

—Entonces, ¿cuándo se quieren casar? —interroga Agustín cambiando de tema, aligerando el ambiente.

*****

—Al fin solos —digo cerrando la puerta del dormitorio tras de mí. Doy un suspiro profundo, la casa está en silencio y nuestra habitación solo es iluminada por la cálida y tenue luz de la lámpara de la mesa de noche—. ¿Estás cansado?

—Muerto —me responde Damián con los ojos cerrados, tirado en la cama cuan largo es y completamente desnudo. Su antebrazo izquierdo le cubre los ojos y el color de su piel se ve distinto a causa de la iluminación, parece un ser más etéreo, casi sobrenatural, no parece un hombre de carne y hueso.

Hermoso, divino.

Y literalmente muerto... bueno, algunas partes de él dan una señal inequívoca de su falta de vigor.

—Increíble, yo ya estaba pensando en que tenías priapismo o algo así —comento, sentándome al lado suyo y con un dedo levanto su miembro en reposo—. Nunca lo había visto así de triste. —Y maliciosamente jugueteo con el pobre apéndice dormido de Damián.

—Está así la mayoría del tiempo. No sé por qué te sorprende —afirma sin moverse.

—No sé, siempre lo veo tan animado —satirizo con un suspiro, sin dejar de jugar—. Sobre todo cuando estás cerca mío. Ahora está como muertito... ¿Y si le hago respiración boca a boca para que resucite? —Apenas termino esa oración, noto que el objeto de mi afecto comienza a engrosarse y a adquirir mejor aspecto, más vivaz—. Parece que en este momento necesita un estímulo extra. —Me quito el vestido, y sin más, me quedo desnuda al instante, es de lo más práctico no usar ropa interior en estos casos.

Acaricio suave el borde de su glande y luego deslizo la yema de mis dedos por la creciente longitud, Damián permanece en la misma posición en la que lo encontré, no hace nada, se queda quieto. A diferencia de un pene con prepucio, uno circuncidado necesita que una sea más suave con las caricias, siempre está expuesto y receptivo a cualquier «incentivo». Y definitivamente se necesita lubricación.

—¿Estás listo, precioso? —interrogo. Damián quita su antebrazo descubriendo sus ojos y me mira fijo. Su expresión ha cambiado del relajo absoluto a la expectación.

—Sí —responde lacónico.

—Sí, ¿qué? —contraataco dando una repentina chupada a su pene que ya está rígido.

—Ay… malvada —se queja por la maldad que acabo de hacer—. No hemos negociado el cómo te llamaré —responde con una cuota de rebeldía y diversión.

—Bueno, eso lo podemos acordar ahorita. Me basta con «señora» —respondo con suficiencia, me gusta mucho jugar a esto. Es muy entretenido variar.

—Sí, señora —acepta esbozando una sonrisa.

—Mmmmmmm, ¿qué te voy a hacer primero? —me pregunto en voz alta, es difícil decidir qué cosa hacer, y me doy cuenta que Damián realmente planifica una escena con anticipación o improvisa muy poco—. Menos mal que me prestaste ese libro —acoto en voz alta, recordando algunas cosas que leí y que eran bastante interesantes, sobre todo el apartado de «tortura erótica».

Abro el cajón de la mesa de noche y saco un paquetito plástico, en su interior contiene un anillo para el pene, que es una banda elástica de látex y que sirve para apretar el conducto seminal, y por ende, retrasa la eyaculación, se puede considerar un tipo de bondage, según mi documentación. Tengo que probar si es verdad lo que me indicaron en el sex shop.

Damián observa en silencio mis acciones, abro el envoltorio y le muestro el anillo estirándolo mucho, él levanta una ceja desafiante y yo río.

—Supongo que sabes cómo usar eso —interroga Damián, incrédulo.

—¡Silencio! No te he permitido que hables.

—Tampoco me has dicho lo contrario.

—Colabora o no te dejaré llegar al orgasmo —advierto firme, sé muy bien como lo puedo dejar al borde, tengo mis propios recursos.

—Sí, señora.

—Ahora guarda silencio, y solo habla para lo estrictamente necesario… ¿Tus palabras de seguridad? —Definitivamente no es llegar y dominar, casi se me olvida eso tan importante… pero no deja de ser divertido.

—Rojo y amarillo.

—Qué poco original, pero valen igual.

Del mismo cajón saco un envase de lubricante, con Damián Cortés nunca se sabe, así que también me he preparado con algunas cosas básicas para jugar, claro que él no lo sabía hasta ahora.

—Abre las piernas —ordeno y es extraño decirle eso a un hombre.

Me arrodillo entre sus muslos y embetuno con lubricante esa vara caliente y dura con mi mano derecha, empuñándolo suave de arriba abajo, y Damián sisea gustoso. Deslizo el anillo con lentitud hasta llegar a la base.

—¿Lo sientes cómodo? —pregunto y aprovecho de acariciar sus testículos que ya están tensos, me gusta verlos así, apretados.

—Está bastante ceñido, pero es soportable, señora.

—Excelente… No te muevas, no me toques —decreto las reglas de este juego. Mi juego.

Con mi mano derecha vuelvo a apresar la rigidez de Damián sin ejercer mucha presión, lo hago con gentileza, desde la base y ascendiendo, no muy rápido. Y antes de que llegue a la punta, mi mano izquierda ya está en la base lista para hacer el mismo movimiento, y repito.

Damián jadea y se tensa, pero no hace nada más, dicen que la sensación es similar a salir de una vagina todo el rato, y parece que así es.

Subo, subo, subo… Mis manos nunca hacen el amago de bajar y empiezo a aumentar la velocidad. Es insoportable para él, sus quejidos son placenteramente tortuosos y su cabeza no se queda quieta y la mueve de un lado para otro.

Creo que es demasiado para él…

Entonces bajo.

Repito el mismo ejercicio con mis manos, pero a la inversa, descienden desde la punta hacia la base. Me fascina tener ese poder sobre su cuerpo, saber que solo yo puedo volverlo loco de esa manera. Que confía en mí, tanto como para entregarme su dominio y dejar que haga lo que se me plazca con él.

Bajo, bajo, bajo…

Sus muslos se tensan, sus abdominales se marcan, su mandíbula se aprieta… respira agitado.

Subo, subo, subo…
Bajo, bajo, bajo…
Subo, subo, subo…
Bajo, bajo, bajo…
Subo, subo…

—¡Amarillo! —gime—… amarillo… Es demasiado… —explica con la voz estrangulada.

—Lo siento, mi vida.

—No te preocupes… si hubiera podido gritar, grito para desahogarme… pero Julieta…

—Entiendo… Te voy a compensar, amor. —Comienzo de nuevo con la tortura, pero solo deseo que esta vez llegue al clímax.

Decido cambiar el movimiento, ahora subo y bajo, de la forma tradicional, empuñando con un poco más de presión y al llegar al borde de su glande mi mano da un leve giro para estimularlo, y para potenciar la experiencia, rasguño sus testículos al mismo tiempo. Damián jadea grave y gutural, mueve sus caderas intentando marcar el ritmo a las estocadas y yo lo sigo. Me excita verlo así, me calienta tenerlo tan entregado, me relamo los labios por tenerlo dentro de mi boca, pero quiero que estalle con mis manos.

—Juega conmigo —demando—. Tus dedos dentro de mí.

En el acto él obedece, sus dedos inquietos juegan con mi humedad y me penetra con dos dedos con mucha facilidad, embiste unos segundos y luego los saca por completo, dejando una estela de calor dentro de mí, acaricia mi clítoris y vuelve a penetrar.

Yo no dejo de mover mi mano y los gemidos de Damián se vuelven más evidentes. Es una señal para mí, está a punto de alcanzar el orgasmo, pero no puede. Al ritmo de sus embestidas deslizo el anillo de una vez y lo libero, mi hombre ahoga un grito, se tensa y se derrama, una, dos, tres, cuatro veces, sembrando su simiente sobre su abdomen, y bañando la punta roma y carnosa de su pene junto con mi mano.

Pero esto es una tortura, y yo quiero mi orgasmo. No soy Santa Teresa de los Andes.

Sin darle respiro me monto sobre él y con premura me empalo, todavía está duro e hipersensible, y debo actuar rápido… Sé que lo lograré, porque con tan solo sentirlo dentro de mí es como tocar el cielo.

Me muevo sobre Damián, rápido, fuerte, exigente, apresando su erección en mi interior, sintiendo esa exquisita sensación de piel con piel sin ninguna barrera de por medio. Mis caderas ondean voluptuosas en el momento en que me inclino para rozar frenéticamente mi clítoris sobre la pelvis de él, logrando ese contacto sublime que me lleva directo al cielo. Damián gimiendo al borde del delirio, me anima tomando mis caderas, enterrando sus dedos en mi piel, entrando y saliendo de mí, embistiendo al compás de mi cabalgada.

Y de la nada, sin aviso, me suelto y me dejo llevar.

—Damián... Damián... Damián... —gimo su nombre, porque me encanta como suena saliendo de mis labios, porque me fascina combinar su nombre con el placer, porque lo amo a más no poder—. Damián... ¡Damián! ¡¡Damián!!

Y estallo, la ola de gozo me despedaza, me hace girones y me mata, y al segundo después, revivo encarcelada en los brazos de mi hombre, de mi vida, de mi todo.

Lo beso, lo beso largo, profundo. Lo amo como a nadie, como nunca... Quiero permanecer unida a este hombre, atada a su vida, sostenerlo y que me sostenga, siempre, los dos. Juntos.

Los minutos pasan en silencio, nuestras respiraciones se regulan, nuestros corazones empiezan a latir con normalidad, nos envuelve la tranquilidad.

—Suficiente por hoy, precioso mío... Suficiente —sentencio todavía unida a él, todavía no me quiero separar.

—Te amo, Haidée... Te amo.

—Yo también, Damián... ¿Por qué tardaste tanto en llegar a mi vida?

—No tardé... llegué justo a tiempo... Si te hubiera hablado la primera vez que te vi, tal vez el resultado no hubiera sido el mismo. A lo largo de todos estos años cambiamos demasiado, nos faltaba mucho por vivir, mucho por crecer.

—Pero Damián... —me incorporo confundida y mirar su rostro, está relajado, pero solemne—. ¿De qué hablas? Nos conocimos el mes pasado, esa fue la primera vez que te vi.

—Esa no fue la primera vez que yo te vi —confiesa acariciando mis pómulos—. Creo que siempre amé esas pecas.

—¿Cómo? ¿Y cuándo fue eso?

—Tal vez tenías quince o dieciséis en ese entonces... —relata con su voz calma, yo estoy desconcertada—. Te recuerdo, pero no sabía que eras tú.

—Explícame, no entiendo nada.

—Cuando tenías esa edad, ¿fuiste de vacaciones a Dichato?

—Tengo una amiga que me invitó ese verano... De hecho, es la única amiga que todavía tengo... Sí, estuve ahí en un camping de ese lugar, tenía dieciséis.

—Yo también estuve ahí... Eras tan linda, tu cabello siempre me gustó y esas pecas que motean tus mejillas te hacían única. Todos los días te bañabas a la orilla del mar con ese traje de baño azul... Pero ahora eres más hermosa.

—Yo no recuerdo haberte visto. Lo recordaría...

—No lo hiciste, Gabriel te habló primero. —Abro mucho los ojos con sorpresa, en efecto ahí conocí a Gabriel. Primero fuimos amigos y al final de ese año empezamos nuestro eterno noviazgo. Todo lo que me dice es increíble y cierto, y mi amor por Damián crece un poco más—. Yo solo te miraba desde lejos, me paralizaba la idea de hablarte, no sé por qué... Fuiste mi primer amor, fugaz y no correspondido. Estuviste dos semanas en ese lugar. Me acuerdo del primer día que llegaste, tú reíste a carcajadas... —relata con una sonrisa llena de nostalgia, es un recuerdo que él aprecia, se nota en su cara—. No sé de qué reías tanto, pero te veías tan preciosa, feliz, inocente... Creo que en el fondo no me sentía lo suficientemente bueno para ti, se te notaba lo santiaguina, pero no eras como las demás. Todo ese año te recordé, luego tu rostro se volvió borroso, y olvidé.

—Damián...

Y en ese instante recuerdo aquella conversación casual que tuvimos hace un tiempo, a propósito de los primeros amores, y que fue interrumpida por mamá...

—*Parece que fui la única a la que le resultó...*

—*No te culpes, eras muy joven. El primer amor siempre es fuerte y te golpea duro.*

—*¿Y tú, como fue tu primer amor?*

—*Fugaz... de verano.*

—Hace un rato me di cuenta que eras tú —continúa con emoción—. Tienes una fotografía de esas vacaciones con tu amiga en la sala de estar. Es increíble cómo los recuerdos estallan cuando algo los gatilla. Me había olvidado de ti y de pronto todo volvió.

—Fue la primera vez que me dejaban salir a vacacionar con otra familia. Camila es mi mejor amiga, vive en Concepción, y con suerte, la veo una vez al año, por eso conservo esa fotografía en un lugar de honor.

—Envidaba a Gabriel por hablar contigo… Esa fue la primera y única vez que quise algo que él tenía. —Ríe con un dejo de tristeza.

—No te pongas así, mi amor… Estamos juntos ahora, ¿o no?

—Y soy más feliz que nunca. —Toma mi cara entre sus manos, y sus ojos tienen el brillo de lágrimas que nunca saldrán de ahí—. Eres la primera, única y última… Me has enseñado a tomar las oportunidades cuando se presentan. Nuca más dudaré, no volveré a tener una segunda oportunidad contigo.

—Oh, Damián. —Lo beso, lo beso con ternura, como si quisiera recrear cómo hubiera sido si nos hubiéramos besado hace once años. Tiene razón, no tendremos una segunda oportunidad, no en esta vida—. Te amo tanto…

—Ahora te amo más… Es increíble, ahora te recuerdo como si fuera ayer… ¿Sabes qué fue lo que pensé la primera vez que te vi?

—No, dime…

—«Preciosa», esa fue la primera palabra que pensé cuando te vi.

—¿Y la segunda vez que me viste?

—No pensé precisamente en una palabra… Te vi y me excité.

—Ay, Damián. —Río por lo que me dice, pasó de la inocencia a la lujuria en dos segundos.

—Me pillaste en otro momento de mi vida. En mi defensa diré que no me excito con solo ver a una mujer, a menos que esté desnuda, y recuerdo que en esa ocasión estabas muy bien vestida… Fue muy sugerente verte despeinada y jadeante.

—Estuve corriendo tres cuadras tras un «lanza», Damián.

—No importa, mi mente fue muy retorcida en esa ocasión… Me hiciste despertar.

—Ya te creo que te hice despertar.

—No, en serio… Sacudiste mi mundo, más bien, fue un terremoto que reacomodó todas las piezas que conforman mi vida, les diste sentido y un propósito.

—Bueno, tú también has logrado el mismo efecto en mí.

—Creo que sí… Haidée, soy muy feliz a tu lado, ¿tú lo eres conmigo?

—Lo soy, Damián. Soy muy, muy feliz…

No importa lo que suceda, no importa lo que nos rodea, no importan los demás… Soy feliz.

TREINTA Y SIETE

Julieta es mi hija.

Es tan fácil ser padre en el papel. Ir, inscribir, aceptar, es muy simple tomarse a la ligera este rol. Para mí ser padre es un acto de amor, por amor a su madre. Reconocer a Julieta es casi como haberla concebido. Haidée me está regalando lo más sagrado para ella, su hija. La única diferencia es que me perdí el embarazo y los dos primeros años de vida. Pero tengo todo por delante.

Bueno, nada es perfecto.

Son las diez y media de la mañana. Pedí medio día administrativo en el trabajo para hacer el trámite en el registro civil y ahora Julieta se llama legalmente Julieta Cortés González.

En un mes más, Haidée contraerá su unión civil conmigo. Perfecto.

Me falta un trámite más.

Conversar con cierto personaje mentiroso y manipulador.

Llamo a su número de teléfono y espero a que conteste... y espero...

Y espero...

Y espero...

No, no contesta y sale la grabación de la compañía de teléfonos.

Me encojo de hombros, vuelvo a insistir. Últimamente me he dado cuenta de que puede ser asquerosamente persistente. Es cosa de preguntarle a Haidée.

Un tono, dos...

—¿Qué quieres? —Es el peculiar saludo de mi amado primo. Control, Damián, no te conviene perder la paciencia.

—Me llama la atención que todavía no me llamen de la clínica —respondo de la misma manera encantadora que él.

—¿Por qué habrían de llamarte? —interroga cambiando su tono de voz, ya no es tan altanero.

—¿No lo sabes, Gabrielito? El *huaso* de tu primo es compatible con tu hija. —Le suelto la bomba sin más, es evidente que no tiene idea de nada.

Silencio.

—No, no lo sabía… —confirma—. Lucrecia es la que está a cargo de Martina. No he visto a mi hija, mi señora me echó de la casa cuando…

—Cuando se enteró de la verdad… Cualquiera que tenga algo de sangre en las venas haría eso, Gabriel —interrumpo. No quiero desviarme del tema ni sentir lástima por él—. Asumo que tu esposa ya lo sabe, que tu primo salió de su tumba con una médula compatible. Debe estar impactada —ironizo, no me sale ser amable con mi primo.

—¿Para eso me llamas? ¿Para regodearte de mi situación actual? —me recrimina, y si me pongo a pensar, no me da gusto que esté pasando por esto, pero…

—Tu situación actual es producto de tus acciones, pero no te llamé por eso.

—Tú dirás.

—Quiero hacer un trato contigo.

—¿Un trato?

—Es simple, no quiero saber nada de ti, nunca más. No quiero demandas de paternidad, no quiero amenazas, recriminaciones, ni visitas sorpresa. No quiero que te acerques a mi mujer, ni a mi hija.

—Julieta no es tu…

—Es mi hija —subrayo silabando, tal como lo hace Haidée—, la acabo de reconocer. Si me juras que desaparecerás de la vida de ellas, tal como lo hiciste hace tres años, entonces accederé a donar mi médula para tu hija.

—Eres un…

—No soy mejor que tú —intervengo cualquier perorata de su parte—, ya me lo has dicho millones de veces. Por mi mujer y mi hija soy capaz, incluso, de hacer algo tan bajo como extorsionarte, ya que no me has dejado otra salida… Si tan solo no te hubieras desquitado con Haidée, te equivocaste medio a medio. Quiero que me garantices que desaparecerás de nuestras vidas y tu hija tendrá una oportunidad.

—Está bien… —acepta vacilante, no sé si no cree lo que le acabo de decir o si piensa que estoy jugándole una broma cruel—. Yo… Intentaré hablar con Lucrecia para…

—No me interesa lo que tengas que hacer… Sé hombre

por una vez en tu vida y deja de lado las mariconadas. Enfrenta este desastre que tú solo te buscaste. Jura por la vida de Martina que nunca más volverás a la vida de Haidée o de Julieta… No queremos saber nada de ti… nada.

—Te lo juro… Te garantizo que nunca más me verán —promete con un tono de voz firme. Supongo que es verdad, ni siquiera teniéndolo en frente de mí podría saber si puedo confiar en lo que él dice.

—Más te vale —advierto lacónico.

Corto el llamado. Dirijo mis pasos hacia la clínica para hablar con el doctor Heigl y empezar a finiquitar todo esto. Da lo mismo si es verdad o mentira el juramento de Gabriel, por mi parte voy a donar de todas formas.

*****

—¡Un mes! —exclama Haidée abriendo sus ojos y dejando su tenedor a medio camino. He regresado justo a tiempo para almorzar con ella.

—Un mes, no es llegar y trasplantarle mi médula a Martina, la deben preparar primero para el procedimiento. Pueden ser unos días más, puede ser menos, depende de la respuesta de la niña frente al tratamiento —explico lo más claro posible, el doctor Heigl me puso al día, y bueno, el procedimiento no es como uno lo imagina, es más simple de lo que era hace quince años.

—Pobrecita. Me imagino a Julieta hospitalizada y se me aprieta el corazón.

—Yo prefiero no imaginarlo…

Nos quedamos unos segundos en silencio y suspiramos.

—Nada que hacer y a esperar… —Come el bocado que había dejado a medio camino y mastica lento—. Ojalá Gabriel no…

—No te preocupes por ello —interrumpo sus elucubraciones, ella menciona a ese infeliz y todo su cuerpo se tensa.

—¿Cómo no me voy a preocupar? Ese tipo está chiflado, me puede armar la de san Quintín en cualquier momento.

—Ya te lo dije, no te preocupes —decreto—. Digamos que lo incentivé a que deje las pendejadas de lado, porque eso fue lo del otro día, un berrinche de un niño mimado que se le ha derrumbado el castillo de naipes.

—¿Incentivo? —Haidée me mira con curiosidad, y yo me encojo de hombros.

—Básicamente le dije que nos dejara en paz y yo a cambio donaba la médula.

—¡Pero, Damián! —me reprende con un tono muy reprobador—. ¿Cómo fuiste capaz de hacer semejante cosa?

—Solo fue de mentiritas —aclaro en el acto, no me gusta cuando ella se enoja—, solo lo hice para apretarle las bolas un rato.

El rostro de Haidée cambia, dándose cuenta de que todo fue una jugarreta de mi parte para presionar a Gabriel, y que no hablaba en serio.

—Se siente bien hacer eso… —comenta socarrona.

—Figurativamente sí, porque literal, me da asco. Mira, se me pone la carne de gallina. —Le muestro mi brazo para que vea como se me eriza la piel.

Ambos reímos ante la imagen mental de lo que acabamos de decir. Queda poco para que esta situación sea parte del pasado, y yo haré todo lo posible para que el paso del tiempo sea rápido. Así que mantendré a mi mujer ocupada.

—La unión civil será el 16 de febrero —anuncio y Haidée me sonríe.

—¿No había hora para el 14? —Levanta una ceja—. Habría sido más de tu estilo.

—El día de los enamorados hay que conseguirlo con meses de anticipación. Además que mi cursilería tiene límites.

—Tu cursilería solo te la guardas para la intimidad. Creo que he sido la única que ha visto tu lado cursi.

—¿Ah, sí? —interrumpe Leonardo entrando intempestivamente en la cocina-sala-de-reuniones. Pareciera que todo el rato está escuchando detrás de la puerta—. ¿San Damián es cursi?

Cierro mis ojos, odio estos momentos. Haidée sonríe diabólicamente. Disfruta poniéndome en estas situaciones. ¡Traidora!

—A veces es un dulce bizcocho relleno de manjar —asegura guasona y me guiña un ojo.

—¡En serio! Mira tú, ah… qué interesante —acota Leonardo, sonriendo ladino.

—¿Y Jesu? —interrogo para cambiar el foco de atención—. ¿Dónde está?

—En el baño, va cada cinco minutos a estas alturas. La «guarisapo» ocupa mucho espacio —responde esbozando una sonrisa. Está chocho con el embarazo de su mujer, y he logrado mi objetivo, ya no soy el blanco de sus bromas.

—¿Ya no es un «*alien*»? —sigo con mi estrategia, no le doy cabida a las bromas.

—No, le cambio el sobrenombre a cada rato, ahora es el turno de guarisapo —responde Leonardo orgulloso. Lo entiendo tan bien, cuando pienso en Julieta se me hincha el pecho.

—¡Damiancito! —exclama Jesu entrando en la cocina, otra más a la que hay que desviarle la atención.

—¡Jesu! —replico con su mismo tono de voz, pero con un toque de sarcasmo—. ¿Cómo está tu guarisapo?

—Bien, falta poquito para el pre natal y para descansar —responde con ese brillo especial en sus ojos, ese que ha estado presente desde que se enteró de que esperaba familia.

—¿Vamos a buscar reemplazo, jefe? —interrogo a Leonardo para seguir con mi plan—. ¿A alguien de La Comarca, Rivendel, Gondor? Mordor está descartado, ¿cierto?

—De hecho así es, solo convocaremos mortales, elfos o hobbits —bromea siguiéndome la corriente *Tolkieniana*—, después te vas a mi oficina para ver los pendientes… Y a propósito de hijas, ¿cómo está la tuya?

—Bien.

—¡Já, lo sabía! —acusa Leonardo apuntándome con un dedo.

—¡¿Haidée, acaso no puedes guardar ni un secreto?! ¡Todo el tiempo le das material de *hueveo*[18] a este par! —le reprocho medio en broma, medio en serio. Aunque en este momento está más inclinado a la parte de «en serio».

—Ups. —Es lo único que dice Haidée y se encoge de hombros.

—Te lo dije, san Damián, estás fregado. Si yo debería jugar la lotería o algo así —manifiesta Leonardo divertido—. La señorita González ya no es exterminadora de santos, es una depredadora de solteros… y tan calladita que se veía.

—No es tan calladita después de todo —aseguro y Haidée me ignora por completo fingiendo que sus uñas son más interesantes.

—No culpes a Haidée, Damián. Lo que pasa es que su

---

18 *Hueveo: dependiendo del contexto significa importunar, fastidiar, hacer o decir cosas estupidas, perder el tiempo*

cara lo decía todo esta mañana, solo la apreté así tantito —admite Jesu haciendo el gesto de algo chiquito con sus deditos—. Y cantó como Plácido Domingo. ¿Y para cuando es el bodorrio?

—Unión civil —aclaro.

—Es lo mismo, la única diferencia es que no pueden adoptar y el divorcio es solo ir al registro civil —dice Jesu haciendo un gesto con su mano como si estuviera restándole importancia.

—Bueno, como quieras llamarle, será el 16 de febrero.

—¡Felicidades a ambos! —celebra Leonardo—. Levanten sus culos de la silla y déjenme darles un abrazo.

Leonardo y Jesu nos abrazan y nos desean lo mejor para el futuro, por lo menos no siguieron con sus bromas y se comportaron como adultos maduros, como pocas veces lo hacen. Conversamos unos minutos como seres civilizados y sin bromas pesadas sobre algunos de nuestros planes, y después, pasamos a comentar algunos temas de trabajo que nos involucraban a todos los presentes. Las mejores reuniones de trabajo surgen de la nada y fluyen de una dirección a otra, así da gusto trabajar, Leonardo no es del estilo de los que se reúnen todos los días y pierdan tres horas de manera innecesaria como suele pasar en otras partes.

—Y eso es todo, Damián. Vamos a buscar al reemplazante de Jesu de la misma manera que lo hicimos la vez anterior, la única diferencia es que convocaremos a técnicos en redes y no ingenieros. Al reemplazante lo necesito con un mes de entrenamiento porque la Jesu sale de prenatal en menos de dos meses. —Asiento con la cabeza y luego Leonardo prosigue—. Haidée, mañana llegan un par de servidores, así que en cuanto eso suceda, nos avisas a Damián y a mí para instalarlos, porque son de los grandotes y no podrás hacerlo sola, y lógicamente, Jesu no podrá ayudar porque no puede hacer ningún esfuerzo.

—No te preocupes, ahí prefiero la fuerza bruta de ustedes —afirma Haidée, y finalmente Leonardo dirige su vista a su esposa.

—Jesu, voy a necesitar el reporte de los discos duros de la inmobiliaria Insignia.

—No hay problema, Leo. En un rato te los envío al correo —responde ella profesional cambiando su tono de voz, como si de verdad no tuvieran ninguna relación personal con él—. ¿Hubo alguna respuesta del servidor de Transportes Uribe?

—No han dado señales de vida —responde Leonardo—. ¿A ti no te dijeron nada, Haidée?

—Nada, les llamaré por teléfono para consultar cuando podrán apagar el servidor para trasladarlo. Esa UPS[19] fallará pronto y ahí se pondrán pesados —afirma mi mujer totalmente inmersa en su trabajo.

—Muy bien, me avisas cualquier cosa, son los únicos clientes que todavía permanecen conectados a esa UPS. No quiero que después nos planten reclamos por tonteras. Si ellos no responden, no va a ser nuestra responsabilidad si falla el equipo. Bien, muchachos, a trabajar que para eso les pagan —declara socarrón dando por terminada la reunión de trabajo.

Jesu y Leonardo se van y yo retiro los platos de la mesa y me dispongo a lavarlos, Haidée me abraza por la cintura y apoya su cabeza en mi espalda.

—¿Qué pasa?

—Nada, solo estoy contenta.

—Qué bueno, yo también lo estoy. Hoy debo ir al departamento y me quedaré hasta el miércoles. Haremos un club de Tobi, mi papá, mi hermano y yo. El jueves vuelven al sur y quiero aprovechar el tiempo con ellos. ¿No te enojas?

—No, por supuesto que no. Tienes que pasar tiempo con tu papá y tu hermano… —Suspira profundo—. Te echaremos de menos la niña y yo.

—Yo también, pero creo que ya tuvo sobredosis de papá, quiero que se dé cuenta de que no estoy —bromeo—. El miércoles llevaré más ropa, así que me tienes que hacer espacio en tu closet.

—Y no es chiste, debo ordenar toda la ropa que está ahí. Me voy a la sala de servidores, nos vemos a la salida.

—Nos vemos, preciosa.

Me besa suavemente, impregnando el calor de sus labios sobre los míos, y se va, dejándome a solas. Termino de lavar los platos, seco mis manos e inspiro hondo. Mi vida ha cambiado tanto el último tiempo, mis prioridades, mis anhelos, mis sueños, mis proyectos. Todo. Y sin embargo, siento que voy en la dirección correcta, no tengo esa sensación de vacío que me invadía antes con otras mujeres. Haidée me llena como nunca nadie lo hizo, la amo de una manera que nunca fui capaz, me ha <u>regalado tanto</u>, su vida entera me la ha entregado…

19 UPS: *fuente de suministro eléctrico que posee una batería con el fin de seguir dando energía a un dispositivo en el caso de interrupción eléctrica*

Debo honrar ese obsequio, también le quiero dar mi vida. Y se la voy a dar.

*****

Abro la puerta de mi departamento, es extraño, pero ya siento que este no es mi hogar. Mi hogar está junto a Haidée y Julieta. Este lugar se ha transformado en una cáscara vacía. Sin embargo, cuando entro me encuentro con mi papá y mi hermano que llenan el espacio y hacen que la sensación de vacío y soledad se esfume. Cuando ellos se vayan yo ya no volveré a vivir en este lugar, está decidido.

Ambos me reciben con mucho cariño, mi papá me ofrece una cerveza y nos sentamos en la barra de la cocina americana, tenemos tiempo que recuperar, historias que contar, recuerdos que compartir y crear nuevas experiencias. Es nuestro momento, hoy, nadie nos va a interrumpir, ni siquiera Gabriel que acaba de llamar dos veces por teléfono y he ignorado sus intentos. No deseo escucharlo hoy, ya tuve mi cuota de él.

Bebo un sorbo de cerveza y miro a mi viejo. Debo resolver un asunto más importante.

—Ya, papá, cuéntanos la firme, ¿qué onda tú y Mercedes? —interrogo directo al hueso, no me creo mucho el cuento de que son amigos nomás.

—Ahhhhhh… Entonces sí hay una historia ahí, yo pensé que eran imaginaciones mías —acota Edmundo—, ya decía que eran demasiado cercanos. Ya *po'h*, suéltalo, papá.

—No les diré nada, mocosos entrometidos —responde serio, se cruza de brazos y frunce el ceño haciendo que se dibuje una línea vertical entre sus cejas.

—Está a la defensiva, ¿cierto, Damián? —declara guasón Edmundo.

—No te equivocas, hermano. Está a la defensiva —afirmo en el mismo tono.

—¿Qué se creen mocosos del demonio? No tengo veinte años. Acá el papá soy yo y se me respeta —sentencia amurrado.

—Pues te comportas peor que los alumnos mechones de la universidad.

—En serio, papá, no es para molestarte ni nada. Solo quiero saber… —explico suavizando mi tono de voz, dejando las bromas de lado. De verdad, me gustaría saber qué pasa entre ellos.

Mi papá suspira y se nos queda mirando y luego vuelve su atención a su lata de cerveza.

—No se trata de reemplazar a tu madre… yo todavía estoy de duelo, hijo. Mercedes también es viuda, su esposo fue el amor de su vida al igual que lo fue Martita para mí. Ella lleva casi cuatro años sola, y si no es por Julieta y Haidée… Lleva el doble de recorrido que yo, ha pasado el tiempo y todavía no olvida a Alejandro, yo tampoco olvido a Martita. Solo somos dos personas que encontraron amistad y apoyo en sobrellevar la pérdida, porque nunca deja de doler y eso lo llevamos solos…

—Pero, papá, no estás solo.

—Lo sé… lo sé. Pero tienes tu vida, eres un hombre… ambos lo son. Me refiero a que no puedes compartir el dolor de no tener a tu compañera, y debes aprender a vivir sin ella y apreciar este tipo de momentos. Imagínate, tengo otro hijo… la vida quita y da. No me va a devolver a Martita, pero los tengo a ustedes, y ahora tengo una nieta, una nuera y una amiga. Mercedes simplemente me entiende, no sé qué tiene, pero me siento cómodo conversando con ella sobre este tipo de cosas, me da otra perspectiva. Es como Abelardo, pero versión mujer y no tiene idea de caballos.

—Entonces, solo son muy buenos amigos —resuelve Edmundo un tanto incrédulo.

—Así es… ¿No creen en la amistad entre un hombre y una mujer?

—No —responde Edmundo.

—Depende —respondo yo, lo hacemos al mismo tiempo y reímos.

El timbre del citófono silencia las risas y mi papá lo contesta. Al escuchar lo que le anuncia el conserje frunce el ceño y luego nos da la espalda respondiendo algo que no logro escuchar bien y luego cuelga. Vuelve al lado de nosotros y se nos queda mirando.

—Luz María está aquí.

TREINTA Y OCHO

—¿Dónde está papá *Mamián*? —interroga mi pequeña cuando llego a casa sola, yo le sonrío y pienso que Damián sí tenía razón en augurar que Julieta lo iba a echar de menos.

—Está con el tata Agustín y el tío Edmundo, hijita —le explico con suavidad.

—¿Tío *Mundo*, Tata *Gustín*? —pregunta mientras la tomo en brazos y me dirijo a la sala de estar.

—Sí, hijita. El tío Edmundo y el tata Agustín... Hola, mamita —saludo a mamá que me intercepta antes de poder sentarme en el sofá.

—Hola, hijita, ¿cómo te fue en el trabajo? —interroga dándome un beso en la mejilla.

—Bien, bien, fue un día relajado, enero es muerto para el *data center* —respondo tranquila pero cansada, más por el calor que por el trabajo del día.

—Qué bueno... ¿Y tu futuro marido? Qué raro que no ande a la cola tuya —indaga mi mamá guasona.

—Damián fue a hacer su «club de Tobi» antes de que Agustín y Edmundo vuelvan al sur.

—Deberíamos hacerles una cena de despedida o algo así —propone mamá—. Se van el jueves, podríamos invitarlos mañana o el miércoles.

—Sí, tienes razón. Me encantan cuando están todos aquí.

—Sí, es raro y fascinante que de pronto la casa se llena de testosterona. Todos son de un carácter amable pero fuerte, es de familia, son todos cortados por la misma tijera.

—Son adorables. —Pero definitivamente prefiero a mi adorable personal y perverso—. Es increíble lo mucho que ellos se parecen en sus formas de ser.

—Y ridículamente guapos todos ellos —asegura coqueta mi mamá, riendo—. Por lo menos no son de esos hombres que se pasan acicalando, ni que se sacan las cejas. Si los *cabros* hoy son más vanidosos que las mujeres, algunos son medio travestis, cara de *mina*, ojos delineados y boquita pintada ¡con barba y todo!, y del cuello para abajo, hombre, ni chicha ni *limoná*.

Imagino a los tres en ese estilo casi travesti y estallo en carcajadas, ahí sí que no pasaría nada con mis hormonas y Damián sería mi «mejor amiga». Las risas se convierten en un ataque que llega a las lágrimas y no podemos parar.

Mi celular suena y en el instante en que leo el nombre de quien intenta comunicarse conmigo mi risa se detiene.

Gabriel... mierda.

Mi primer impulso es ignorar el sonido del móvil, pero Gabriel no es de llamadas telefónicas, es del estilo de visitas inesperadas y eso enciende mis alarmas. Mejor contesto.

—Hola, Gabriel —saludo intentando ser civilizada.

—Hola, Haidée —responde apurado y alterado, no es el mismo Gabriel de siempre—. ¿Está mi mamá en tu casa?

—¿Por qué habría de estar aquí? —replico dando a entender que ella no está.

—Es largo de explicar...

—Inténtalo, Gabriel, porque no entiendo qué carajos está pasando.

Gabriel resopla y se queda unos segundos callado... ¡Maldito, habla de una buena vez!

—Perdimos la empresa, el dinero, todo... —revela con voz monocorde—. Cuando papá falleció tuvimos una crisis en la empresa y Lucrecia y su familia nos salvó. Nos tenía en sus manos y ahora se desquitó por... por lo que hice y porque mi mamá sabía todo y se encargó de ocultar la información hasta que pudiera legalizar el matrimonio sin que Lucrecia supiera.

—Abro los ojos sorprendida, después de todo, Luz María era cómplice de las mentiras de Gabriel, vieja de mierda inmoral—. Mi mamá se enteró hace un rato de que estamos en la ruina y salió de aquí como una loca. Pensé que iba a tu casa, ya que tú le revelaste la verdad a Lucrecia. Temí por la seguridad de ustedes —admite con un hilo de voz—. Ni Damián, ni mi tío contestan el celular, por eso decidí llamarte.

Mierda, eso es malo. ¡Es terrible! Para Luz María estar sin dinero y estatus, es como si la enterraran viva en una fosa común, rodeada de marginales sin identificar.

—Aquí no ha venido... —informo, pero un sentimiento de intranquilidad empieza a recorrer cada fibra de mi ser.

—Sal de tu casa, ahora —ordena nervioso—. Ve a donde una amiga, o a la casa de tu mamá. No sé, dónde sea, pero espera a que yo la encuentre y te avise… Yo la conozco, a veces sobrerreacciona, pero esta vez… perdió el control, está fuera de sí.

—Está bien, lo haré… gracias por avisar.

—Mantenme informado por si se aparece. Y por nada del mundo le abran la puerta si las encuentra. Si eso sucede, me llamas de inmediato —indica con un tono de voz agitado, pareciera que está caminando rápido, logro escuchar que cierra la puerta de un automóvil.

—Ok… lo haré.

—Estamos en contacto.

El llamado muere.

Mis manos tiemblan, no sé por qué… Todo me parece ilógico, como si entrara a un universo paralelo. Tengo un muy, muy mal presentimiento.

—Mamá, vamos donde Damián. Ahora.

—¿Qué pasó, hijita? —pregunta inquieta, ella siempre sabe cuándo todo está mal. Y esta vez no es la excepción.

—No tengo idea qué pasa en realidad, pero Gabriel no estaba bromeando, en el camino te explico.

*****

—Contesta, contesta, contesta… —susurro nerviosa al teléfono. Los intentos de llamado se suceden una y otra vez sin ninguna respuesta.

—«El teléfono al que usted llama no contesta…» —recita la grabación de la compañía.

—¡Maldición! —blasfemo intentado contener la angustia, cada minuto que pasa se me antoja eterno.

—Hija, no te desesperes. Los muchachos deben estar distraídos en su «club de Tobi».

—Lo sé… pero Damián es de los que contesta siempre el teléfono o devuelve el llamado a los cinco minutos. Sé que algo no anda bien, ¡lo sé!

—Voy a llamar a Agustín, para que te quedes tranquila —propone serena, pero la conozco, en sus ojos se refleja esa intuición, de que algo pasa.

—Por favor…

Mientras mamá llama a Agustín, miro el caluroso atardecer por la ventanilla del taxi que recorre la ciudad. Mis manos sudan y mi pequeña se ha quedado dormida en mi regazo.

Solo quiero que esta sensación sean solo imaginaciones mías, prefiero pensar que estoy exagerando a causa de la conversación con Gabriel...

—No contesta, hija... También es raro —informa mi mamá al cabo de unos minutos—, Agustín suele contestar altiro. Esperemos a que me devuelva el llamado.

Vuelvo a mirar hacia la calle, siento que el automóvil se demora un mundo, pero en realidad va bastante rápido, y calculo que en cinco minutos llegaremos. El agobio me consume, siento mis piernas como si fueran a derretirse en cualquier momento.

Mi celular vibra, haciéndome dar un respingo y el aparato se desliza entre mis dedos temblorosos, hasta que logro sujetarlo... Miro la pantalla.

¡Maldición es un mensaje de propaganda de la compañía de teléfonos! ¡Malditos!

Vuelvo a llamar...

—«El teléfono al que usted llama no contesta...»

—Maldita sea... —siseo intentando contener mi rabia y frustración, no puedo, me cuesta un montón mantener la calma.

—¿En el semáforo, señora? —interroga el taxista indicando la intersección de la calle Vicuña Mackenna con Ñuble.

—Sí, ahí mismo —confirmo y veo el valor del importe en el taxímetro, hurgo en mi cartera hasta encontrar mi billetera y saco un billete de diez mil pesos. Espero a que detenga el vehículo y le pago al conductor que, al parecer, no es estúpido y tampoco sordo, ya que me da el vuelto de inmediato—. Gracias.

—Suerte, señora.

—Gracias.

Bajamos del taxi, y nos dirigimos caminando a paso veloz en dirección al edificio donde vive Damián. Mi hija empieza a desperezarse por el cambio de ambiente y temperatura, y se aferra remolona a mi cuello. Entramos por el hall, y al pasar por conserjería me detengo ahí en seco. Quiero salir de dudas antes de montar un espectáculo sin motivo.

—Buenas tardes —saludo al conserje—. Necesito hacerle una consulta.

—Dígame, señorita —responde sonriendo, él me conoce, lo he visto varias veces cuando he venido con Damián—. ¿En qué puedo ayudarle?

—¿Una mujer ha visitado el departamento 1106?

El conserje no dice nada por unos segundos, tal parece que está imaginando una teleserie con la pregunta que acabo de hacerle… No está tan lejos de la realidad.

—De verdad es muy, muy importante —insisto casi rogándole.

—Hace un rato —contesta no muy seguro de dar la información—. Una señora rubia se anunció con el nombre de Luz María…

—Gracias… —Miro a mamá y le entrego a Julieta—. Mamita, voy a subir. Quédate esperando ahí con Julieta. —Le señalo unos sillones que hay habilitados como una sala de espera—. No quiero que esa mujer la vea.

—Pero, hija —intenta persuadirme mientras le entrego a mi Julietita—. Esto no me gusta nada.

—A mí tampoco… Por favor, espera a que te llame, no antes.

—Ve con cuidado, por favor. En serio, no hagas nada estúpido.

—Sí, mamita.

Parto corriendo hacia el ascensor y presiono el botón de llamado. Para mi suerte ya viene bajando, y al llegar al primer piso, salen varias personas, entro y me someto a la subida más lenta de mi vida. Pero sé que no llegaría en las mejores condiciones si me voy corriendo por las escaleras hasta el maldito piso 11. Me seco el sudor de las manos en mi falda, y siento que los nervios me recorren todo el cuerpo, desde la punta de mis pies hasta el cuero cabelludo, como si se tratara de oleadas gélidas de calor sofocante.

Saco mi celular y marco el contacto de Gabriel, quien contesta al instante.

—Gabriel, tu madre está en el departamento de Damián —informo saltándome todas las formalidades.

—¿Qué mierda hace ahí?

—No sé, dímelo tú. En este momento estoy subiendo…

—¡No lo hagas, Haidée!… Espera a que llegue allá, estoy cerca… ¡Mierda!

Un largo chirrido de neumáticos me paraliza, seguido al instante por el estallido horrible, metálico y seco de un impacto violento. Lo único que pudo escuchar después es el ruido de una bocina estridente que no deja de sonar y que traspasa mis oídos desde el otro lado de la línea.

—¿Gabriel?... ¿¡Gabriel!?... ¡Gabriel, contesta!

La comunicación muere… Esto no puede estar pasando, siento que el calor de mi cuerpo se diluye… Marco su número de vuelta…

—«El teléfono al que usted llama se encuentra apagado o se…»

¡Mierda, mierda, mierda!

Mierda…

Las puertas del ascensor se abren, y me sacan de cuajo de ese estado de aturdimiento y me enfoco en mi objetivo. Tengo miedo, mucho miedo… Saco las llaves que me regaló Damián… No oigo nada desde el otro lado de la puerta… Nerviosa, pongo la llave en la cerradura y la giro.

Abro la puerta, y escucho tres chasquidos metálicos y sordos, y al ver con lo que me encuentro, la sangre se me hiela.

TREINTA Y NUEVE

—¿Qué querrá Luz María? —interrogo a mi papá, él se encoge de hombros—. ¿Será que se enteró que soy compatible?

—Ni idea —responde frunciendo el ceño.

—¿Luz María? Refrésquenme la memoria, ¿quién era ella? —pregunta Edmundo con curiosidad.

—Era la esposa de mi hermano —responde mi papá con cara de que no le agrada para nada hablar de ella.

—Ah, ya veo… La madre de *Gay*-briel, el donante de esperma de Julietita, ¿cierto?

—Ese mismo —confirmo esbozando una sonrisa por el juego de palabras de mi hermano, y chocamos nuestras latas.

Suena el timbre intempestivamente y todos damos un respingo a pesar de saber que iban a tocarlo. Mi papá abre la puerta y hace pasar a Luz María, y de pronto, el ambiente se ha cargado de tensión. La sola presencia de esa mujer bastó con enrarecer el lugar al instante.

Se ve… extraña, es ella y a la vez no lo es… Tal vez estoy solo imaginando.

—Hola, Luz —saluda papá. Lo hace a propósito, a ella le jode que no digan sus dos nombres juntos.

—Buenas tardes —responde lacónica con su maldito tono de voz de superioridad, entrando a mi departamento como si fuera la dueña del edificio. Vieja infumable.

—¿Cómo te ha ido, cómo está tu nieta? —interroga papá por cortesía. En realidad, ninguno entiende por qué está mujer se apareció sin previo aviso.

—Podríamos estar mejor, ¿no crees? —contesta con sorna mirándome de soslayo. ¿Pero qué bicho le picó a esta vieja?

—No sé, dímelo tú. ¿Qué te trae por aquí? —pregunta mi papá tratando de averiguar qué se trae entre manos. Realmente, todos queremos saber qué diablos quiere.

—Negocios, principalmente —responde secamente.

Hurga y forcejea con su enorme y fina cartera intentando sacar algo—. Ay, esta cosa tan difícil de manipular... Ahora sí. —Y sin más, saca un arma con silenciador y le apunta en la cabeza a mi papá. En la cara de Luz María se dibuja una sonrisa cínica, maliciosa.

¡Está loca!

Mierda...

Mi papá levanta inmediatamente sus manos. Edmundo y yo nos quedamos quietos... no paralizados, solo cautos de hacer cualquier movimiento que le haga apretar el gatillo.

Mi teléfono empieza a sonar con insistencia sobre la barra de la cocina americana. Suena, suena, suena... se queda en silencio. Luego suena, suena, suena...

—Les advierto que no se muevan —amenaza y quita el seguro del arma sin dejar de apuntar a papá—. ¡Apaga esa cosa! ¡Tú, imbécil, apaga todos los teléfonos! —demanda mirando a Edmundo que, nervioso, toma mi móvil y lo silencia ,al igual que los demás que están en ese mismo lugar—. Necesito dinero —continua con voz fría, mirando fijo con esos ojos azules igual de gélidos.

—¿Y tienes que hacerlo de esta manera? —interpela papá nervioso sin quitarle la vista al arma, traga un poco de saliva—. Yo te puedo prestar...

—¡No necesito un préstamo! —Luz María interrumpe el ofrecimiento casi con rabia, empujando el cañón sobre la frente de mi papá—, lo que quiero es todo tu maldito dinero. ¡Todo, perro infeliz!

¿Qué? ¿Qué clase de broma enferma es esta? ¿Por qué mierda quiere el dinero, si ella y Gabriel tienen negocios boyantes? ¡Se volvió loca! ¿Para qué quiere más plata? ¿Cómo pretende obtener todo el dinero de mi padre si lo mata...?

Si nos mata...

Mierda...

Ella será heredera junto con Gabriel por ser el familiar más directo de nosotros. Aunque mi tío le haya vendido su parte a mi papá... Si no hay hijos vivos de mi viejo... o nietos... Mierda.

¡Ella se queda con todo!

Miro a Luz María, está completamente enajenada y hasta el momento nadie, aparte de Haidée y yo, tiene la más mínima idea de que ya he reconocido a Julieta. No se lo he confirmado ni siquiera a mi papá... Si todo sale mal, mi hija será quien reciba la herencia, y si esta mujer lo descubre... No quiero ni imaginar...

Debo protegerla.

—Luz María... —Intento llamar su atención y ganar algo de tiempo—. Podemos resolver esto... No es necesario llegar a ese extremo. —Sé que es inútil razonar con ella, pero tengo que distraerla, hacer... algo—. Es cosa de hacer un traspaso del criadero...

Sin dudar ni un segundo y con una frialdad inhumana Luz María me apunta ahora en la cabeza... Mi papá y Edmundo ahogan un grito. Entorno mis ojos, inspiro profundo y levanto mis manos con lentitud. Los abro de nuevo, no tiento a mi suerte para mirarla directo a los ojos y provocar mi propia muerte. Solo me enfoco en el frío cañón que tengo pegado a la piel de mi frente.

Haidée, Julieta... No quiero morir. No ahora.

No ahora...

—No me interesa en qué orden mueran, hijos de puta —manifiesta con sadismo, lo está disfrutando... Está absolutamente perturbada—. ¿Ahora quién es el altanero, mocoso ordinario? Te haré pagar por todo lo que has hecho pasar a mi hijo... por golpearlo y humillarlo. Y tu mujercita... —Empieza a reír como una desquiciada por unos segundos y bruscamente su rostro se vuelve severo—. Esa puta sufrirá lo indecible cuando estés muerto, y esa guacha ya no tendrá a su papito postizo para que le regales tu asqueroso apellido corriente... Así va a pagar esa perra arribista... ¡Por andar metiéndose en los asuntos que no le conciernen! ¡No tenía por qué hablar con Lucrecia!

—Vieja de mierda, siempre tan clasista. ¡Cómo me encantaría arrancarle la lengua por hablar así de Haidée y de mi hija! Sus palabras solo confirman que lo único que le gustaba de mi tío era su dinero. Él la quería tanto, fue un pelele toda su vida.

—Señora —interviene Edmundo con suavidad sin bajar sus manos—. ¿Está segura de todo esto? ¿No será capaz de dispararle al único donante compatible de su nieta?

—¿Acaso crees que me voy a tragar semejante mentira? —interpela Luz María mirando de reojo a Edmundo.

—Es verdad —acota mi papá y ella dirige su atención a él—. Si quieres te muestro...

—¡Mienten! ¡Silencio! —ordena perdiendo el control y

empuja con fuerza mi cabeza con el cañón del arma—. Mienten, mienten, mienten... —sisea entre dientes—. ¡Hijos de puta mentirosos!

—Hoy le dije a Gabriel... pregúntele —revelo nervioso, miro de soslayo a papá y luego a Edmundo. Sus rostros reflejan que están esperando a que ella cometa un error o que me mate para poder actuar... Sé que si muero ellos harán algo, lucharán por mí. Si me mata esa viaja lunática, no será en vano, mi mujer y mi hija no se quedarán solas, ellos se harán cargo de todo—. Llámelo, él se lo puede confirmar...

Miro a Luz María, su rostro cambia levemente de expresión, lo último que le dije probablemente le afectó en algo. No sabría decir a ciencia cierta de qué manera. Pero rápidamente su rostro se transforma por la ira, no quiere ver la verdad.

—No les creo ninguna mierda —declara furibunda—. ¡Tú morirás primero, chiquillo salvaje y ordinario!

El sonido de la cerradura de la puerta hace que todos desvíen la mirada y la atención en esa dirección. ¡Es ahora o nunca!

Sin dudar un segundo más, tomo las muñecas de Luz María y la obligo a apuntar al cielo raso. Escucho tres chasquidos y el polvo de la losa cae sobre nosotros. Forcejeo y le cargo el peso de mi cuerpo sobre ella para desestabilizarla. Ella no es una mujer menuda, me hace la tarea difícil, se resiste como un animal acorralado.

—¡Sobre ella! —grita Edmundo y siento dos pares de manos intentando inmovilizar a Luz María, quien me patea las canillas y se retuerce.

—¡¡Damián!! —Escucho que me llama Haidée, es su voz, sé que no estoy soñando... ¡Está aquí! ¡Mi mujer fue la que abrió la puerta!

—¡Haidée, cúbrete! —exclamo sin poder ver dónde está. No puedo ir a su lado, me siento impotente, pero la prioridad es desarmar a esta mujer lunática—. ¡Cuidado!

Con la ayuda de mi papá y de mi hermano que apresan las manos de esta vieja loca, llego hasta el gatillo y pongo mi dedo sobre el de Luz María, y empiezo a forzarla a disparar hacia el cielo raso para descargar el arma. Chasquidos metálicos y sordos suenan y mueren entre nuestros resoplidos, el polvo cae sobre nosotros, y desde lejos, percibo el murmullo nervioso de Haidée comunicándose con carabineros.

Pierdo la cuenta de la cantidad de disparos que da el arma, pero llega un momento en que se acaban las balas. Me aseguro de ello intentado dar tres disparos más, pero nada sale.

—¡No hay balas! ¡Quítenle el arma! ¡Hay que inmovilizarla! —ordeno mientras suelto a esa mujer, y sin pensar más, me voy en dirección a mi mochila a buscar todas mis cuerdas.

Mi papá y Edmundo desarman a Luz María quien chilla, patea y bufa como bestia cuando le quitan la pistola y mi hermano la lanza lejos.

—¡Me las van a pagar, hijos de puta! —grita totalmente colérica armando un escándalo de proporciones—. ¡¡Me las van a pagar!! ¡¡Van a morir!! ¡¡Hijos de puta!!

—¡Sujétenle las piernas! —demando para poder atarla, pero la muy desgraciada reparte patadas en todas direcciones y casi me da en los genitales. Por un pelo.

—¡¡Eres un maldito, Agustín!! ¡Maldito! —continúa chillando, desgarrando su garganta. Y sus ojos se han inyectado en sangre producto de sus lágrimas de rabia y frustración. Es un espectáculo patético.

—Tengo una idea mejor —asegura Edmundo—. Papá, tómala fuerte de los brazos —instruye y espera a que papá asegure la sujeción llevándole los brazos a la espalda—. Señora, esta es la primera vez en la vida que hago esto… —Y sin decir nada más, le da un fuerte derechazo noqueando a la mujer que se desvanece y cae como saco de papas—. Pero no me dejaste elección, vieja loca. Igual te lo merecías —afirma sobándose los nudillos y respirando agitado.

Empiezo a atar los tobillos, las rodillas, los brazos y las muñecas de Luz María, lo hago rápido como si fuera a despertar en cualquier segundo. Haidée no interviene, me observa en silencio, y mi papá y mi hermano se van a su lado para, de algún modo, juntarse como familia y apoyarse… y de verdad espero que ninguno de los dos se ponga a analizar por qué diablos tengo cuerdas en mi mochila.

Termino de atar a Luz María, y sé que no podrá moverse ni en un millón de años, sonrío para mis adentros con suficiencia, hoy me ha servido ser un degenerado.

—Los carabineros vienen en camino —informa Haidée con su voz quebrada—. Los acabo de llamar.

—Gracias, *mija*… Nos salvaste —agradece papá emocionado, dándole un abrazo fuerte al que ella responde.

—No, no fue nada… Pero no es mérito mío… —afirma ella con modestia—. Gabriel… Gabriel me llamó y… —Empieza a llorar, pero continúa su relato estoica—. Su mamá y él están quebrados, Lucrecia lo hizo… Se vengó de todas las mentiras de Gabriel… Luz María salió de su casa como loca y Gabriel pensó que iba a la mía. —Nosotros tres levantamos las cejas al mismo tiempo por lo que nos cuenta. Dios mío, de haber sido la venganza al revés, es la hora que mi mujer y a mi hija estarían sin vida—. Así que vine para acá. Cuando estaba hablando con él informándole que ella estaba aquí… Parece que él tuvo un accidente de tráfico y… —Inspira entrecortado y se limpia la cara—. Escuché un choque y la comunicación se cortó… No sé qué más pasó…

—Mierda… ¿Has vuelto a llamar? —interrogo preocupado. Gabriel es un ser horrible, pero no le deseo la muerte a nadie.

—No, cuando hablé con él yo estaba en el ascensor, y después abrí la puerta…

—Llamemos. —Tomo mi celular y marco el número de Gabriel. Todos me miran expectantes. No hay tono—. Mierda…

—Ya averiguaremos, es posible que pronto tengamos noticias —tranquiliza papá, pero su rostro no se ve muy convencido de lo que dice, sé que está imaginando lo peor.

En ese instante entran los oficiales de carabineros y todos respiramos en paz. A pesar del caos que se forma al interior de mi departamento, nosotros estamos juntos y serenos, declarando e informando a los oficiales. Haidée llama a su mamá y le avisa que todo está bien y al cabo de cinco minutos tengo a todas mis mujeres al lado mío. Definitivamente, no es un sueño. Están bien, sanas y salvas… y yo vivo.

No sé qué más va a suceder, pero en este instante tengo la sensación de que todo al fin ha terminado.

*****

Entro a la habitación de hospital junto con Haidée. Ha pasado un día desde que Luz María perdió el juicio, literalmente. En estos momentos está dopada hasta las raíces de su cabello en un hospital siquiátrico. No hubo manera de controlar a la mujer cuando recuperó la consciencia. Fue un día de locos de remate y espero no vivir una jornada similar en lo que me resta de vida.

Gabriel está durmiendo en la camilla con sus piernas enyesadas y con la cabeza vendada. Afortunadamente su accidente no fue grave, pero sí va estar invalidado por una buena temporada. Hasta siento lástima por él. Hay una mujer que está sentada al lado de él mirando la nada, con la vista perdida.

—Es Lucrecia —me susurra al oído Haidée.

—Buenas tardes —saludo en voz baja. La mujer levanta la vista y no puede ocultar su sorpresa—. Soy Damián Cortés y creo que ya conoce a mi señora, Haidée —me presento y ella abre más los ojos.

—Sí, por supuesto. Buenas tardes —nos saluda con un hilo de voz y luego mira a Gabriel—. Se suponía que esto no iba a pasar de esta manera.

—Lucrecia, nadie imaginó que eso sucedería. —Haidée trata de persuadirla de que no se culpe—. Esto es solo culpa de Luz María, de nadie más.

—Gabriel, está sedado... no he podido hablar con él... —informa con su voz quebrada—. Mi hija pregunta todos los días por él... —Las lágrimas empiezan a emerger de sus hermosos ojos grises y transparentes, ella no es una mala mujer, si lo fuera estaría bailando flamenco sobre el cuerpo de Gabriel. Le ofrezco un pañuelo para que seque su rostro, ella lo acepta esbozando una sonrisa.

—Su hija debe ver a su padre, Lucrecia —aconseja mi mujer—. Gabriel puede ser muchas cosas, pero sí estoy segura de que adora a Martina. Ha hecho lo indecible para salvarla. Sabes que no es santo de mi devoción, pero eso es lo que puedo decir en su defensa, y lo único que puedo asegurar en esta vida, sin temor a equivocarme. Martina los necesita a los dos...

—Lo sé, lo sé... Lo entiendo muy bien, pero... compréndeme yo... ¡Me engañó todos estos años!... Y sin embargo, aquí estoy, preocupada por él.

—Eso es porque lo amas —afirma Haidée—. Es difícil dejar de amar, aunque tu esposo no sea la persona que crees... Yo también pasé por eso —revela susurrando—. En este momento, Martina es primero en tu lista de prioridades, lo de ustedes puede esperar.

—Lo sé, tienes razón. Ella es primero que todo —Nos mira con los ojos anegados en lágrimas, y se refleja su dolor y gratitud—. Gracias por venir...

—Es lo mínimo —asevero—. Gabriel fue quien puso sobre aviso a Haidée, y si se hubiera quedado callado, nosotros no estaríamos aquí… Cuando despierte, dale las gracias de nuestra parte.

—Se lo diré.

—¿Y Martina, está bien? —pregunta Haidée interesada por la pequeña, la más inocente en toda esta historia.

—En este momento mi familia la está acompañando, no se ha dado cuenta de nada, afortunadamente. Solo echa de menos a su papá. Hoy mismo empezaron a prepararla para recibir el trasplante de medula. —Se levanta de su silla y se acerca a mí y me da un abrazo, y yo solo respondo a ello sin soltar a Haidée de la mano. Lucrecia rompe en un llanto desconsolado, como si se quebrara por dentro en millones de pedacitos—. Gracias, gracias por darme este regalo…

—Tu hija no merecía que le diéramos la espalda… Todos nos hicimos las pruebas, solo fue suerte… Al fin y al cabo es familia y la pequeña no iba a pagar los pecados de su padre. —Haidée aprieta mi mano y la miro de reojo, también está llorando. Hay que tener agua en vez de sangre para no conmoverse, incluso, yo tengo el pecho oprimido.

—Lo siento tanto, por todo.

—Ya pasó, Lucrecia… ya pasó —afirma Haidée acariciando la espalda de Lucrecia y ella solo convulsiona en llanto—. Hay que dejar que las cosas se tranquilicen, debes ser fuerte por Martina, ella es tu motor, tu vida, tu razón… Lo demás no importa si ella está bien.

Nos quedamos en silencio, y esperamos mudos a que Lucrecia se calme, siento compasión por ella, porque en este momento su vida se está derrumbando en todos los sentidos y la única esperanza y alegría es que su hija se puede salvar.

—Nos volveremos a ver el día de la operación —digo a modo de despedida, cuando Lucrecia está más tranquila—. Espero que todo mejore.

—Si lo deseas… más adelante, quizás —dice Haidée con cautela—… Podemos hacer que nuestras hijas tengan alguna relación. Damián es el papá legal de Julieta, pero la sangre ahí está, yo no me opondré si tú deseas que Martina sea hermana de mi hija.

—Lo pensaré…

—No te preocupes, respetaré lo que decidas. Lo único

que puedo pedirte es que no involucres a Gabriel, esto es entre nosotras.

—Sí, claro... entiendo.

—Cuando las cosas se calmen y te sientas mejor, lo piensas. Solo es para que lo sepas, yo no tengo ningún rencor contigo, ninguna de las dos teníamos idea de nada.

Por cosas como ésta amo a mi mujer con toda el alma, a pesar de todo, tiene la suficiente madurez, generosidad y altura de miras para ofrecerle a Lucrecia una oportunidad para sacar algo bueno de todo lo malo.

—Gracias... a los dos.

Nos despedimos de ella, dejándola nuevamente a solas con Gabriel. Se les viene todo complicado para ambos, pero eso es asunto de ellos y solo de ellos...

El futuro de su familia solo el tiempo lo dirá.

CUARENTA

Agustín y Edmundo volvieron al sur el día jueves, tal como estaba programado. Con Luz María en el siquiátrico y Gabriel en un hospital, la calma retornó definitivamente a nuestras vidas. Dieron orden de investigar los hechos que protagonizó mi ex suegra por unos tres meses. Según el fiscal, es probable que nada pase con condenas de cárcel, ya que la mujer está realmente loca y es muy probable que tenga que seguir recluida en aquel lugar por mucho tiempo más. Loca y todo, fue declarada un peligro para la sociedad.

La despedida de mi suegro y mi cuñado fue agridulce, todas nosotras estábamos empezando a acostumbrarnos a su presencia. Son hombres que se hacen querer y la reunión que les organizamos junto con mi mamá fue llena de momentos emocionantes. Nos comprometimos a que la familia debía reunirse, en lo posible, todos los meses, una vez en Santiago y a la siguiente en Cauquenes.

«La familia siempre debe estar unida», declaró don Agustín, con un vaso de vino tinto al momento de brindar con un hijo a cada lado, y de esa forma decretó la visita mensual con los ojos brillantes, cargados de amor y orgullo por sus «mocosos entrometidos».

Al día siguiente de la partida de Agustín y Edmundo, Damián se vino a vivir definitivamente a mi casa, y ahora es nuestra casa. Durante un fin de semana se trajo todas sus pertenencias, menos los muebles. Su departamento lo arrendó, así que esa propiedad se paga sola.

Cada día soy un poco más feliz, ¿es eso posible? Lo es, ahora lo sé.

Estos días han sido prácticamente una interminable luna de miel, una bastante silenciosa debo decir, pero así es la vida cuando hay una pequeña ninja que a veces despierta y se queda mirando desde el umbral de la puerta a media noche. Debo comprar un pestillo o algo así, porque Julieta ya nos sorprendió en una posición comprometedora —muy comprometedora—, y tuvimos que hacer acopio de toda nuestra fuerza de voluntad para actuar con naturalidad y no traumatizarla.

Aunque creo que los más traumatizados fuimos nosotros, Julieta reía porque creía que jugábamos a los ponis. ¡Ay, Dios, qué niña!

Y así el mes de espera transcurrió tranquilo, no tuvimos noticias de Gabriel, ni de Lucrecia así que lo que ha sucedido entre ellos es un misterio, y personalmente prefiero que sea de esa manera. Damián se comunicaba directamente con el doctor Heigl sobre los avances de Martina, y afortunadamente, la pequeña estaba respondiendo favorablemente al tratamiento de preparación para recibir la médula de Damián.

Al fin hemos podido respirar en paz. El trabajo va como siempre sin grandes problemas y ya estamos entrenando un reemplazante de Jesu para su prenatal, es tan chiquita, todavía le falta como un mes y medio, pero a estas alturas pareciera que va a reventar. Leonardo cada vez anda más pendiente de su mujer, cosa que oculta pobremente. Y yo ya le agarré el ritmo al trabajo, y cada vez lo hago mejor, tanto que casi no se nota la falta de Juan, que según nos cuenta Carolina, le está yendo fenomenal en su nuevo trabajo.

Me encanta mi trabajo, me gusta mucho... pero debo reconocer que me gustaría estar más tiempo con mi hija. La extraño horriblemente y siempre siento esa culpa, esa parte de mí que no quiere separarse de ella por las mañanas, esa parte que quiere criarla al cien porciento y quitarle esa carga a mi mamá. Ella ya hizo su labor conmigo, no debería estar criando de nuevo, debería estar malcriando.

Pero mi realidad es otra, no puedo dejar de trabajar. Antes la presión era porque yo era el único sustento de este hogar, y ahora esa carga se ha aliviado junto a Damián, pero él gana bastante menos que yo, así que soy la principal proveedora.

Tal vez, algún día pueda estar más tiempo con Julietita, pero mientras ese día llegue, trabajaré y haré todo lo que esté al alcance de mi mano para lograr nuestros objetivos... Damián lo sabe, y está empeñado en no reprobar ningún ramo cuando vuelva a estudiar. Le faltan dos años, sé que lo logrará, si se aplica tanto como lo hace en otros «ámbitos», no me cabe la menor duda de que no fallará.

*****

—¿Señora Haidée? —me llama el doctor Heigl al entrar en la sala de espera. Todavía tiene puesta la ropa con la que entró al quirófano. Yo me acerco rápidamente para saber cómo salió la extracción de médula de Damián. Él me sonríe tranquilo, y yo siento alivio—. Todo salió bien y no hubo ninguna complicación. Vamos a someter una muestra de la médula a biopsia y si todo sale bien, Martina podrá recibirla en los próximos días. Su marido está en la sala de recuperación y en una hora podrá verlo.

—Muchas gracias, doctor —agradecí intentando no sonreír como idiota cuando dicen que Damián es mi marido—. ¿Cuándo le dan de alta?

—Mañana mismo, no se preocupe —asegura afable.

—¡Maravilloso!

Y sí, es maravilloso, lo necesito totalmente entero y recuperado pues en dos semanas más contraeremos matrimonio... Sí, matrimonio, después de lo que ocurrió con Luz María encontré absurdo que tuviéramos una unión civil si al final es casi lo mismo que casarse. Vida hay una sola y debemos disfrutarla intensamente. Así que cambiamos la ceremonia de unión civil a matrimonio, y también pospusimos un poco la fecha para organizar todo bien y celebrarlo un día sábado. Será algo íntimo y sencillo, toda la familia vendrá del sur e invitamos a los chicos del trabajo, de hecho Leonardo y Jesu serán nuestros testigos. Incluso vendrá mi amiga Camila, que desde hace unos años vive en Concepción, esta será «la oportunidad» que tenemos de encontrarnos en el año. Ella es una de las pocas amistades que permaneció a través del tiempo, no hablamos mucho, ni estamos una encima de la otra, pero cuando nos necesitamos, ahí siempre estamos, en las duras y en las maduras. Es como si el tiempo no hubiera pasado, nuestra relación de amistad sigue intacta.

Me despido del doctor y vuelvo a la sala de espera, mamá está con Julieta comprando unas golosinas, y como ahora estoy mucho más tranquila me pongo a contestar un par de correos desde mi celular que me ha enviado Leonardo para adelantar algo de trabajo para no tener un millón de pendientes el día de mañana.

—Buenas tardes, Haidée —me saluda una voz femenina que me suena conocida, levanto la vista y es Lucrecia. Luce bastante mejor que la última vez que la vi. Me alegro por ella.

—Hola, Lucrecia. —Me levanto del sillón y la saludo con un suave abrazo y un beso en su mejilla—. ¿Cómo estás?

—Bien, todo ha mejorado mucho —responde esbozando una sonrisa—. Vine a ver cómo salió todo.

—Acaba de avisarme el doctor Heigl que todo resultó súper bien y sin complicaciones. Si la muestra de Damián no indica lo contrario, Martina recibirá la médula en unos días.

El rostro de Lucrecia cambió tanto frente a mis ojos. Sí, se notaba que estaba mejor, pero ahora era como si le hubieran quitado el peso del mundo de encima. Intento ponerme en su lugar y admiro la fortaleza de esta mujer, porque a pesar de todo lo que ha sucedido el último tiempo es capaz de mantenerse en pie.

Creo que desde hace mucho tiempo ella no lloraba de felicidad, y me da gusto que sea así, tengo fe en que todo saldrá bien. Es más, estoy segura de ello.

—Gracias por todo lo que han hecho, son muy generosos —continúa Lucrecia cuando logra controlar sus lágrimas—. Muchas gracias.

—Era imposible darle la espalda a Martina… —afirmo con suavidad—. Ella es una persona que tiene todo un futuro por delante.

—Tengo un mensaje de Gabriel —informa Lucrecia, y por algún motivo no me sorprende del todo, yo ya espero cualquier cosa de su parte. Lo único que me llama la atención, es que ella haya accedido a ser la portadora del recado de Gabriel.

—¿En serio?

—Sí, Gabriel dijo que lo siente por todo… por no ser capaz de amar a Julieta, y que mantendrá su promesa de no acercarse a ustedes. Por eso mismo me pidió que te lo dijera, esta vez no es por cobardía, sino que es por cumplir su palabra.

No sé qué decir, solo asiento con la cabeza y le agradezco su mensaje con ese gesto. Creo que por primera vez en su vida Gabriel va a cumplir con su palabra.

Eso espero.

*****

—¡Y de blanco la fresca! —Fue el efusivo saludo de mi amiga Camila al llegar a mi casa, la ceremonia de matrimonio será celebrada aquí, en nuestro hogar. Me abraza fuerte y yo estoy contenta de que esté conmigo hoy.

—No es blanco, es marfil. Y tiene un cinto rojo —refuto su broma.

—Da igual, es un tono de blanco más «sucio» —replica guasona levantando las cejas cuando mira de soslayo a Damián que se ve arrebatador de traje—. Ha mejorado sustancialmente tu gusto con el sexo opuesto, pero ¿no te da un poquito de miedo casarte por segunda vez, mujer?

—¿Debería? —contraataco con suficiencia alzando una ceja—. Debo ponerte al día, Damián es un hombre fuera de serie.

—Ah, no. Esta no es mi amiga, ¿dónde está Haidée? —bromea poniéndose en puntillas buscándome entre los invitados e ignorando mi presencia, sonriendo contenta—. Te ha cambiado un montón la vida, se te nota, antes tenías ojitos tristes, ahora no. —Me abraza fuerte y luego toma mis manos—. Me encanta verte retomando tu vida, siempre supe que Gabriel era un pastel, pero nunca lo viste hasta que fue tardísimo. Los hijitos de mamá siempre son lo peor del género masculino.

—¿Experiencia propia?

—Uf, si supieras. No sé qué diablos le pasa a los ilustres varones de nuestra generación, ¡está perdida! Ocho de cada diez hombres menores de treinta son unos pasteles inmaduros. Ok, les compro cuando dicen que no quieren compromiso, pero estos *hueones* no se comprometen con nada, ni con mujeres, trabajo, estudios, responsabilidades, es como que vienen a este mundo a solo respirar y pasárselo de fiesta en fiesta.

—Al parecer, te han tocado la mayoría de los pasteles, amiga.

—Hago cumplir la máxima, mientras llega el correcto, disfruta de los incorrectos. Algunos solo tienen cualidades de la cintura para abajo y deben ser aprovechadas.

—Ay, Camilita, nunca cambias.

—Si he cambiado, ya no sufro. Apenas me salen con una pendejada los mando a la punta del cerro y se acabó —explica chasqueando los dedos—. Y que pase el siguiente pastel.

Yo río de las cosas que dice, pero en el fondo se hace la loca, Camila es una escéptica del amor. Digamos que tuvo una muy mala experiencia con el rey de los pasteles y ya nunca fue la misma. Si yo me refugié en mi hija y no me involucré con nadie, Camila es todo lo contrario, es como si buscara a propósito a hombres que cumplan con el requisito de ser pastel para confirmar sus teorías de que ya no existen hombres decentes, y de pasada, no involucrar su corazón.

—Y hablando de pasteles, ¿quién es ese pastelito que está al lado de tu hombre? Está como quiere —interroga con malicia, ya puedo ver sus colmillos de loba emergiendo para asestarle una mordida al espécimen al que le ha puesto el ojo.

—Es mi cuñado, se llama Edmundo y hasta donde sé es un hombre decente, cero porciento pastel. No es tu tipo —le advierto medio en broma, medio en serio—. Los Cortés son hombres muy especiales.

—Viene muy de cerca esa recomendación, te vas a casar con uno.

—Preciosa —interrumpe Damián con cariño nuestra conversación—, ya llegó papá con el oficial civil —anuncia con una sonrisa de oreja a oreja. Y a mí me empiezan a bajar los nervios, pero no de inseguridad, sino de emoción. ¡Me voy a casar!

—Suerte, amiga —me desea Camila—. Y tú, cuídala porque o si no te dejo las bolas de corbata —amenaza a Damián apuntándolo con su dedo índice sin ningún rastro de diversión.

—Siempre lo voy a hacer —promete Damián solemne—. No te preocupes, está en buenas manos —asegura y Camila que probablemente esperaba otra reacción de mi futuro marido, se queda sin habla.

—¡Más te vale! —Bueno, casi sin habla.

Todos están reunidos a nuestro alrededor, Damián toma en brazos a Julieta, quien lleva la cajita con las argollas y luego toma mi mano, puedo sentir cómo tiembla, está nervioso, pero en su rostro solo hay felicidad. El oficial civil nos sonríe y empieza la ceremonia… Mi corazón late fuerte, soy feliz…

—Ahora que los contrayentes y sus testigos han firmado, les doy la libertad de intercambiar alianzas, y si lo desean también, pueden dedicarse unas palabras.

Damián sonríe, le pide a Julieta que abra la cajita que tiene en sus manitos y le indica qué alianza sacar. Nuestra pequeña hace exactamente lo que le piden y le entrega la sencilla banda de oro a su papá. Ofrezco mi mano izquierda y él y me mira a los ojos.

—Te amo, Haidée. Prometo amarte con toda mi alma, cuidar nuestra familia y hacerte feliz hasta el fin de mis días. —Desliza la argolla en mi dedo anular y luego la besa—. Tienes todo mi corazón, preciosa —susurra solo para mí—. Hija, dale ahora el anillo a mamá —indica Damián a Julieta, y ella repite la acción que hizo hace unos momentos.

Y ahora es mi turno.

—Te amo, Damián, y lo haré hasta mi último aliento. Seré tu mujer, tu amiga, tu amante, tu esposa y estaré siempre a tu lado para cuidar a nuestra familia. Prometo hacerte feliz. —Y al terminar esas palabras le coloco el anillo que sella nuestras promesas—. También tienes mi corazón, solo sigue siendo amable con él —le susurro al oído y el asiente con su cabeza.

Nos besamos con dulzura y mi hija se une a nosotros rodeándonos con sus bracitos regordetes, apoyando su cabecita entre las nuestras.

—¡Felicitaciones a la nueva pareja y familia! ¡Un aplauso! —anima el oficial del registro civil dando por concluida la ceremonia.

Todos aplauden y luego somos rodeados por nuestros familiares y amigos que nos desean lo mejor para nuestras vidas. Mamá toma a Julieta en sus brazos para permitir que compartamos con todos este hermoso momento. Damián y yo sonreímos, nadie nos puede quitar este precioso momento. Somos felices.

Hoy comienza definitivamente el resto de mi vida…. De nuestras vidas.

EPÍLOGO

—¡*T*oma fuerte las riendas, Julieta! ¡Eso, muy bien! ¡Enséñale quien manda! —animo a mi niña desde una distancia prudente. Cada vez que aprende algo nuevo me lleno de orgullo, y hoy es la primera vez que monta sola a «Endemonia'o» un caballo negro y dócil, todo lo contrario a su nombre. Mamá siempre era irónica con los nombres de los ejemplares, y esta vez tampoco perdió su toque. Siempre supe que ese caballo sería especial para mi hija.

—¡Damián, teléfono! —anuncia Haidée acercándose rápidamente a mí y mirando también con orgullo a nuestra hija—. ¡Con cuidado, Julietita!

—¡Mira, mamá! —exclama mi hija haciendo gala de sus nuevas habilidades y a sus casi siete años ya está montando con mucha destreza.

—¿Quién llama? —interrogo extrañado, poca gente me llama… Creo que solo Edmundo lo hace.

—Ainelen Westermeier —responde casual acariciando su vientre, Haidée está esperando a nuestra segunda hija. Cuando me lo contó exploté de felicidad, he podido vivir y disfrutar lo que no pude con Julieta. Esta experiencia ha sido todo un descubrimiento, todo es maravilloso y aterrador al mismo tiempo.

Y Julieta es la más feliz con esa noticia, al fin tendrá una hermana con la que podrá estar siempre. Martina y Lucrecia vienen un par de veces al año y nosotros viajamos a Santiago otro par. Mantenemos un contacto cordial, y aunque las niñas no dimensionan bien que son medio hermanas han establecido una muy buena relación, y siempre es un problema cuando una u otra tiene que volver. Lucrecia es una mujer sencilla y de buen corazón y está haciendo un trabajo formidable. Martina venció la leucemia y es una niña sana y fuerte.

De Gabriel no supimos más, solo el hecho de que Lucrecia se divorció de él. Ella no pudo perdonarle sus mentiras. La confianza entre ellos murió y ahora él solo ejerce el rol de padre de Martina.

—¿En serio? Voy enseguida. ¡Abelardo, échale un ojo a la niña! —indico a la mano derecha de papá y él hace un gesto con un pulgar.

Camino rápido en dirección al despacho de papá, que es el lugar donde está el teléfono del criadero, mi viejo no está, fue a Concepción a visitar a Edmundo junto con Mercedes.

Siguen siendo amigos, los mejores… según ellos, no me extrañaría si algún día se casan.

—¿Aló?

—Buenas tardes, ¿Damián Cortés?

—Con él, buenas tardes, Ainelen.

—Hola, Damián. Te llamaba por tu entrevista de trabajo… Nos dejaste muy impresionados, así que, ¡felicidades, te quedas con el puesto! Quisiera saber cuándo puedes empezar.

Saco rápidamente cálculos mentales e intento recordar mis pendientes y decido. ¡Al fin el trabajo es mío!

—El próximo lunes sin falta —aseguro confiado.

—Maravilloso. Entonces, te esperamos a las diez de la mañana para que empecemos. Como ya te comenté en la entrevista, en la escuela que tenemos en el fundo, preferimos otros métodos de enseñanza y necesitábamos a alguien que se le notara que es profesor por vocación. Por eso mismo te elegimos.

—Muchas gracias por confiar en mí. No se arrepentirán.

—Estamos seguros de ello… Espera un momento. —Se escucha un murmullo de una voz masculina, que me es familiar. Es el esposo de Ainelen que le indica algo, y ella afirma con un «ok»—. Ah, por cierto, mi esposo me recordó que nos comentaste que tu esposa es ingeniero en redes, si no me equivoco.

—Sí, ¿por?

—¿Estaría interesada en trabajar de manera ocasional para mantener la red del fundo? Funciona siempre bien, pero a veces se necesita que se le eche un ojo.

—Tendría que consultarle. Si quieres le doy el dato para que vaya a verte y conversen.

—Sería estupendo, que me avise cuando pueda venir.

—No hay problema, estarán en contacto. Muchas gracias, Ainelen.

—Gracias a ti por confiar en nuestro proyecto. Entonces, nos vemos el lunes.

—Ahí estaré.

Cuelgo el auricular, intentando no ser brusco, estoy... estoy ¡contentísimo! ¡Por fin voy a ejercer!

Terminé mi carrera hace dos años, pero no había podido hacer nada más que la práctica y recibir mi título, ya que hace un año mi viejo se quebró la cadera y necesitó ayuda inmediata en el fundo y nos vinimos todos para acá, incluyendo a Mercedes que terminó siendo la enfermera más estricta del planeta... «Con esos amigos, quien quiere enemigos», refunfuñaba siempre papá cuando se quejaba de Mercedes.

Y finalmente nos quedamos, con el pasar de los meses me hice cargo del criadero. Ya era tiempo de que mi papá se desligara de las tareas más pesadas y demandantes.

Después de todo, debo admitir que esto se transformó en una vocación, tanto como ser profesor. No fue tan difícil asumir y llevar a cabo este trabajo, me di cuenta que este mundo lo llevo en la sangre, solo me faltaba madurar y crecer. Edmundo también me echa una mano dentro de sus posibilidades, a él le resulta mejor la parte administrativa, yo soy más de estar metido en campo. Somos un gran equipo, hemos logrado un buen equilibrio. Me gusta mi vida aquí, pero de todas formas, tenía la espina clavada por no poder ejercer.

Hasta ahora.

A Edmundo le llegó el dato casi secreto de que en el fundo Millaray —que casualmente está cerca del criadero— necesitaban un profesor para su escuela particular, donde las clases empiezan a las diez de la mañana y terminan a las dos de la tarde. Principalmente, el proyecto prepara a los niños para rendir exámenes libres, ya que ellos por seguridad no pueden salir del fundo. Esto es, porque sus madres y ellos mismos están dentro de un programa que busca proteger a las víctimas de maltrato. Me interesó de inmediato, conversé con mi papá y Haidée para buscar consejo, y me exigieron que fuera y lo intentara.

Y lo logré.

Haidée y yo llevamos cuatro años casados, ¡cuatro! A veces no puedo creerlo, yo no siento el paso del tiempo. Solo me doy cuenta de ello porque cada día mi hija está más grande y cada vez se parece más a su madre físicamente, porque su carácter es igualito al mío, lógicamente esa es su mejor cualidad.

Cuatro años, y mi amor por Haidée solo crece y madura, y a veces me pregunto cómo es posible que nos amemos tanto.

Yo creo que, por una parte, la confianza sigue ahí sólida e intacta, y por otra, porque seguimos siendo unos pervertidos. Me atrevería a decir que solo hemos empeorado en ese sentido, hay veces que Haidée genera tantas endorfinas que podría sedar a un piso completo de cuidados intensivos.

Ella siempre me regala sesiones memorables que solo me confirman que soy un degenerado con demasiada suerte y que valió cada puto minuto esperar a que llegara a mi vida. Ella siempre fue la indicada... Y a propósito de ello, me pongo a pensar en cuando fue la última vez que jugamos y creo que ha pasado bastante tiempo.

Necesito mi cuota y sin duda Haidée también, ha llevado su collar de perlas todos los días, y eso es señal inequívoca para ambos de que necesitamos algo un poco más intenso. Claro que igual lo hacemos con cuidado, por su estado.

Vuelvo al corral donde está mi esposa observando a mi hija y Abelardo está pendiente de ella al lado del caballo. Mi mujer, como si sintiera mi presencia, se da media vuelta y me mira con expectación.

—¿Y qué tal te fue? —pregunta con ansiedad.

—El trabajo es mío. El lunes empiezo.

—¡Lo sabía! ¡Qué alegría, mi amor! —exclama colgándose de mi cuello y yo la abrazo por la cintura con mucha suavidad—. Estoy orgullosa de ti. —Me besa con pasión, esa que nunca se acaba y que siempre está entre nosotros. De a poco interrumpimos el beso y me mira a los ojos con admiración, me acaricia la barba y luego mis sienes donde hay un par de canas un tanto prematuras para mi gusto.

—El día de la entrevista les comenté que eres ingeniero en redes —le cuento y ella me escucha con interés—, y necesitan que vayas a echarle un ojo a la red de ellos, solo mantención.

—Buenísimo, no hay problema. Así no me oxido.

—Eso nunca. Eres la mejor.

Y sin duda lo es, cuando ella tuvo que renunciar a su trabajo, Leonardo le ofreció trabajar de manera remota como apoyo a algunas eventualidades, lo cual la mantiene al día en sus conocimientos, ya que se dedica a tiempo completo a ser dueña de casa. Aunque yo digo que es la dueña de mi vida. Se ocupa de los asuntos de nuestro hogar, de Julieta, e incluso me ayuda en el criadero. Aprendió a montar a caballo y es una excelente amazona. Ha abrazado esta vida y la ha hecho suya, pero deseo que haga todo lo que desee, no quiero que se vea obligada a hacer algo que no quiere.

Siempre le pregunto si es feliz estando a mi lado, y ella siempre me responde que sí, y luego me lo demuestra con una sonrisa, con un beso, diciéndome «te amo», o entregándose a mí, soltándose y dejándose llevar, permitiendo que la posea cómo se me plazca.

Haidée me lo da todo. Y más.

Con ella aprendí mucho más que sexo o a practicarlo de una manera no convencional, aprendí a amar, a ser padre, esposo, amigo, amante, a ser yo mismo, a ser un mejor hombre. Yo nací el día en que ella volvió a mi vida, enseñándome a disfrutar todo a plenitud, y sobre todo, a amar incondicionalmente, sin miedo, sin límites.

Y todos los días sigo aprendiendo… seguimos aprendiendo, juntos.

Siempre.

Fin

AGRADECIMIENTOS

Antes de escribir este libro tenía muy claro que no quería hacer algo manoseado respecto al género (millonario traumado – jovencita inexperta y sin dinero). Durante mi búsqueda de información, encontré un excelente manual, y sin él, probablemente esta historia no existiría como tal. Mi primer agradecimiento va para Jay Wiseman por escribir «BDSM, Introducción a las técnicas y su significado». Sin duda, presentar la información de manera práctica, amena y totalmente técnica te ayuda a separar la paja del trigo, y así poder construir a Damián como un ejemplo de cómo debe ser un buen dominante.

Gracias a mis lectoras beta, y cada vez la lista es más larga. Esta vez no diré nombres pero ustedes saben quiénes son. Gracias por estar a mi lado siempre y ser mi brújula.

Gracias a las chicas del grupo, por alentar mi trabajo y participar en la lectura semanal de capítulos, son las mejores. No saben cuánto aportan a mis historias.

A mi familia, por ser ellos, por ser cómo son y por ser parte fundamental de mi inspiración, en cada historia se refleja un poco de ellos.

Le agradezco a mis hijos por darme material sin que se den cuenta, por dejarme escribir y por darme la mayor de las experiencias. Ser mamá de Isi y Leo es un trabajo increíble a la par de agotador.

Gracias al señor A.C.A.A, mi esposo —ahora ante la ley con anillo y todo—, ahhhh, simplemente te amo, por todo. Por darme tu amor, mi familia, por ser mi compañero y por no pintarme el mono por no ser una dueña de casa convencional. Te amo, mi señor.

Y finalmente, gracias a todas las lectoras, a las que están desde el primer día, y a las nuevas que le dan una oportunidad a mi trabajo. Gracias a todas por la fe que tienen en mí.

Hilda Rojas Correa

SOBRE LA AUTORA

Hilda Rojas Correa, es el seudónimo de Pamela Díaz Rivera, nació en julio de 1980, en Santiago de Chile. Es la mayor de tres hermanas, casada con un «hermoso marido, follador y bueno» —según las propias palabras de él—, madre de dos hijos —la mejor del mundo, según ellos cuando les da golosinas—, dueña de casa semi profesional, y se autodenomina una romántica «sentimentaloide» empedernida.

La primera novela que escribió fue, «Yo, tú, ellos... Nosotros» en el año 2013. Nunca antes había hecho nada igual en su vida, y un día solo se puso a escribir a modo de exorcismo, y el resultado gustó tanto a los demás, que simplemente siguió sin mayores pretensiones.

Recién en el año 2015 se tomó en serio el hermoso oficio de escribir y desde entonces ha publicado en: «Libertad» en abril, «Un paso a la vez» en septiembre del mismo año. «Pide un deseo» en enero del 2016, en mayo «Te encontré en el olvido». En enero del 2017 publicó «Ángel, camino a la redención» y ahora en julio, «Contigo Aprendí». Se espera que a finales de ese mismo año se publique «Enséñame».

Todos los títulos, a excepción del último, también están disponibles en papel directamente con su autora.

Puedes seguirla en:

www.hildarojascorrea.com

@HildaRojasC

@hildarojascorrea

www.facebook.com/hildarojascorrea
«Novelas y algo más - Hilda Rojas Correa»

www.ingramcontent.com/pod-product-compliance
Lightning Source LLC
Chambersburg PA
CBHW051529250626
47156CB00001B/293